唐华英
作品

上

团结出版社
UNITY PRESS

图书在版编目（CIP）数据

小家碧玉：全二册 / 唐华英著. -- 北京 ：团结出版社，2017.9
　　ISBN 978-7-5126-5577-5

　　Ⅰ．①小… Ⅱ．①唐… Ⅲ．①长篇小说－中国－当代 Ⅳ．①I247.5

中国版本图书馆CIP数据核字(2017)第224025号

出　　版	团结出版社	
	（北京市东城区东皇城根南街84号　邮编：100006）	
电　　话	（010）65228880　65244790	
网　　址	http://www.tjpress.com	
E－mail	65244790@163.com	
经　　销	全国新华书店	
印　　刷	三河市京兰印务有限公司	
装帧设计	成都天恒仁文化传播有限责任公司	
开　　本	160mm×225mm　　1/16	
印　　张	30	
字　　数	348千字	
版　　次	2017年9月第1版	
印　　次	2020年1月第2次印刷	
书　　号	ISBN 978-7-5126-5577-5	
定　　价	105.00元（全二册）	

目录

001　第一章　浣花村的吕家

024　第二章　无事献殷勤

057　第三章　新表嫂

085　第四章　回家

102　第五章　父亲的得意门生

117　第六章　去府城

136　第七章　登哥定亲

158　第八章　故人来

179　第九章　登哥儿成亲

第一章 浣花村的吕家

江南浣花村是个山清水秀的地方，村前有一条清澈见底的浣花溪淌淌流过，溪边种满了一排排桃树。春暖花开之时，两岸俱是桃花灿烂，花团锦簇，粉艳艳的像一层层霞光。

溪边有家人家姓吕，本是官宦之后，到吕顺这一代已经家境衰败。家里只剩下一座两进的老宅子，一百多亩地。靠着这祖上传下的田地，现成收些租课为活。

吕顺自十八岁上取了个秀才后，就再无寸进，屡次落第。心灰意冷之下办了个学堂，收些小学生度日。娶的是镇上吴家的幺女为妻，夫妻和睦相敬如宾，育有二子一女。

清晨初阳微露，朗朗清脆的孩童诵读声传入后院，吵醒了甜甜酣睡中的吕碧玉，睁开一双睡意蒙眬的眼睛。

打地铺的小青已有所察觉，上前来笑道："姐儿醒了。"

碧玉揉揉眼睛，甜甜一笑露出一对浅浅梨涡，清甜明快。

小青上前扶起碧玉，伺候她穿好衣裳又从屋前的水缸里舀了一罐水，挽起衣袖打湿毛巾，替碧玉漱洗。

碧玉在梳妆台前坐好，透过模糊的镜面，一个娇俏可爱的女孩子就映入眼帘。小青手脚灵活的替碧玉梳了两个整整齐齐的麻花辫，用结子绑好。碧玉左看右看，满意地点点头。

碧玉抿着嘴笑道："小青，什么时辰了？"

小青朝外看看天色，道，"卯时三刻。"

碧玉笑道："该去上房给娘请安了。"

两人来到上房，李四妈眼尖已瞧见，忙掀起帘子叫道，"姐儿来了。"

碧玉给吴氏请了安，吴氏忙拉着她坐在身边，"女儿睡得可好？是不是又被前院的读书声吵醒了？"

碧玉腻在吴氏怀里，撒娇笑道，"女儿睡得甚好，每天晨起能听到读书声，女儿觉得很是悦耳。要是哪天不听了，反而不习惯了呢。"

吴氏不由微微点头笑道，"说得极是，娘也是听习惯了。"

碧玉道，"爹娘睡得好吗？爹爹和哥哥都吃过早点了吗？"

"都好，你爹爹他们早就吃完去学堂了。"吴氏点点她小巧的鼻子取笑道，"哪像你这般悠闲，这时辰才起。"

吕顺和吕登天天都是卯时就起，用过早饭就去前院的学堂。卯时二刻小学生们都会陆续到达。

碧玉嘟起小嘴道，"娘，女儿早晨就是起不来嘛。"

吴氏摸摸她黑亮柔顺的头发，"你呀，当心你哥哥笑话你。"

碧玉头一扬满不在乎地笑道，"笑就笑吧，我才不在乎。"

吴氏疼爱地摇摇头，"你这孩子。"

碧玉的视线在房间内逡巡一圈，"三弟呢？还在睡吗？"

"申哥还没起，昨晚半夜醒来闹腾了许久。"

"怎么了？"

"昨天白天睡多了，晚上就睡不着了。"

母女俩笑着说些家常，其乐融融。

吴氏见女儿穿着身淡绿的衣裳，显得格外娇俏。手摸了摸料子笑道，"这衣裳是你三舅妈特地从府里带回来的，她家里的人都没舍得给就给了你，她还真是疼你。"

碧玉笑道，"不光是三舅妈疼我，外祖父舅舅舅妈们都很疼我的。"只要是女孩儿用得着的东西，吴家人都会挑些好的送到吕家碧玉的梳妆台上。纵然吕顺百般拒绝亦是无用。

吴氏娘家家底在镇上也算数一数二，世代经商，几代下来生活富足。吴氏在家中排行老四，上面还有三位兄长，因此极为受宠。成婚之时，吴家老爷子给了一块地和两家铺子做陪嫁。

当初吕家看中吴氏，全是看中吴家好生养而且生的都是男丁。这点让吕老爷子最为满意所以才会让媒婆上门求亲，否则世代书香人家怎么会看得上商贾之女呢。

果不出所料，头一年就生了长孙吕登，第三年上生了孙女碧玉。虽说是个孙女，但对人丁单薄世代单传的吕家来说已经很高兴。吕老爷子合上双眼鹤驾西去时是心满意足的。

不过碧玉的出生最高兴的恐怕是吴家的人，吴家的三子生的都是儿子，没有一个女儿。物以稀为贵，吕碧玉从一出生就极得吴家人的疼爱，说是心头肉也不为过。满月之日，吴老太爷就送上一块地给尚在襁褓中的碧玉，几位舅舅皆有厚礼相赠。

正说着话，内室传出孩子响亮的啼哭声，吴氏忙站起来进内室。小儿子正因醒来找不到人号啕大哭，见吴氏进来伸着小手，嘴里口齿不清地叫道，"娘，娘。"

吴氏俯身抱起儿子，轻拍申哥的后背笑道，"小申哥醒了？莫哭莫哭，来，娘抱。"

申哥一被抱在怀里就停止哭泣，双手抱着吴氏的脖子，把头埋在她肩膀上。

"娘，三弟的衣裳。"碧玉将放在左边柜子上的小衣裳取来，递到吴氏跟前。

吴氏取过衣裳替申哥穿起来，不一会儿就穿戴整齐。上下打量一番，从地上拿起孩童的老虎头小鞋子套到他脚上，抱着他出内室。

"申儿下来走走。"吴氏把他放在地上，鼓励地看着他。

他的头摇得像拨浪鼓，手抱着吴氏的双腿不肯动。

"三弟，走过来，走到姐姐这里来。"碧玉蹲在三尺外的地上，张开手臂唤道。

申哥看过来，犹豫的歪着头。吴氏低下头道，"申哥快过去，到姐姐那里去。"

见申哥还在摇摆不定，碧玉眼珠一转，从荷包里取出一块桂花糖，拿在手里摇晃道，"三弟，姐姐这里有糖哦，要不要吃？"

申哥黑葡萄般的眼睛一亮，头点的像小鸡吃米，"要，要，申哥要吃糖。"

碧玉拿着糖诱哄着，"走到姐姐这里，姐姐就把糖给你吃。"

申哥垂涎三尺地盯着那块糖，口水流下来。在巨大的诱惑下，他终于摇摇摆摆地走过来。

碧玉慢慢朝后退，引着他一点点的走，走了二十几步他不耐烦了停住脚步，委屈地眨巴着眼睛，泪意蒙胧。

"三弟，再走几步就能吃糖喽。"碧玉故意伸直手，把糖递到他眼前，又马上缩了回来。

申哥别提多委屈了，眨巴着泪光闪闪的眼睛，转过头朝吴氏看去，吴氏笑着向他挥挥手，"去姐姐那里，姐姐有糖。"

他回过头只好继续走，这次碧玉不再朝后退。等他扑上来，她一把抱住，把糖塞到他嘴里。申哥不由眉开眼笑地抿着糖，乐不可支。

吴氏忙上前接过儿子，怜爱地亲了亲，笑着逗弄着。

碧玉也凑上去，摸摸弟弟胖乎乎的小手不时地做个鬼脸，逗的申哥不时发出呵呵的清脆笑声。吴氏见这双儿女一副天真烂漫的样子，心中甜滋滋的。

申哥年方二岁，白白胖胖，正是最活泼可爱的时候。碧玉极为喜爱这小弟弟，经常哄着他玩。

见弟弟笑得这么可爱，碧玉忍不住道："娘，让女儿抱抱三弟。"

吴氏看着女儿细细的手臂，笑道："女儿今年才八岁，还抱不动弟弟。等你年长些，再抱不迟。"

碧玉皱皱可爱的小鼻子笑道，"等女儿再年长些，三弟就不用人抱了。"

吴氏道，"那最好，你可以督促他多走路。没见过像申哥这么懒的孩子，都两岁了还不时要别人抱，羞不羞啊？看看你大哥十个月时就自己走路，再也不要别人抱了。"长子的独立早慧是她最引以为傲的。

申哥已经能听懂了，不满地嘟起小嘴道："娘，申儿不懒，不懒。"

吴氏好笑地问道，"既然不懒，为何不肯自己走路？"

申哥眼睛忽闪忽闪像把小扇子，奶声奶气地道，"申儿走路累。"

听着申哥一本正经的回话，吴氏和碧玉不禁笑出声来。

李四妈已经摆好了饭桌，过来请吃早饭。

吴氏将申哥递给李四妈，让她给孩子喂饭。吴氏则带着碧玉去吃早饭，菜式简单，两个酱菜两个鸡蛋一罐清粥，一时吃毕下来。

碧玉笑道，"娘，女儿想上前院去。"

吴氏疼爱地看了眼女儿，点头应允，"去吧，晌午时和你爹爹哥哥一起回来吃饭。"

碧玉脆生生地应了，回西厢房拿书本。小青早已翻出她要用的《论语》，见她进来忙递上。

碧玉顺着旧旧的青石板路慢慢走，后院中庭种了棵大槐树，树下有张石桌几只石凳，夏天傍晚时她们全家就围坐在这里吃晚饭、纳凉，说说家常。

吕登所住的东厢房纱窗外种了几株竹子，显得非常清雅幽静。碧玉所住的西厢房屋外则种了几丛菊花，在微风中摇曳生姿。整个院子沉浸在淡淡的日光下显得如诗如画，如同一幕浓浓适宜的水墨画卷。

二进的宅子虽旧，但收拾的整整齐齐，吴氏这几年好好拾掇了一番，重新作了番布局。前院的正房三间，左边一间收拾出来作了外书房，给吕家父子读书用。中间用作客厅招待客人用。右边一间作了账房。左右厢房俱三间，西厢房作了厨房和仓库。院子的一角圈了块出来养些鸡鸭。

而三间东厢房改成了学堂，碧玉站在外面扫了一眼，只见吕顺正在前面摇头晃脑地诵读着"子曰：君子食无求饱，居无求安，敏于事而慎于言，就有道而正焉，可谓好学也已……"下面的十几个小学生也跟着摇头晃脑的，坐在最后排的兄长吕登正全神贯注地盯着前方。

趁吕顺不注意，碧玉轻手轻脚的从后面进去，偷偷坐在吕登旁边的空位子上，用手臂捅了捅兄长。吕登被惊醒，侧过一边俊秀的脸，看了她一眼，默不作声的从桌上拿了套纸笔砚墨给她。

碧玉感激地对他笑笑，不敢多说话。

吕顺早已看见自己的女儿从后面悄悄进来，心里不由暗笑，这个孩子每次都这样，早晨起不来，每到这个时辰才姗姗来迟。而且总让兄长帮她准备文房四宝，还担心被他看见会挨骂。不过这个女儿天分极高，只要看到二遍的书就会记住内容。只可惜不太勤奋，不过女孩子家也不打紧，她爱听课就让她去，她爱偷懒也随她去。

吕顺带着学生们诵读了几遍，停下来视线转了一圈。

"你们中谁来解释下这几句话的意思？"

小学生们面面相觑，拘谨的默不吭声。

吕登站起来道，"这几句话的意思是，孔圣人教诲世人吃食不求饱，居所不求安稳。君子之道，要少说话要勤敏的做事。"声音清朗无比。

吕顺满意地摸摸胡须，但仍力持严肃地道，"读书不光要熟烂于心，更要多细心领略。多听从孔子的教诲，不要违了君子之道……"

吕登乖乖受教，点头坐下。碧玉在一边不由抿嘴偷笑。

学堂通常只上半天的课，晌午时分吕顺就让这些小学生们回家去，明天再来上课。

小学生们有礼地向先生行礼后，才鱼贯而出。

碧玉这才上前请了安，叫道："爹爹，娘让我们回去吃饭。"

吕顺瞅瞅碧玉取笑道，"女儿，今天你又迟到了。"

"爹爹。"碧玉不依的拽着父亲的衣袖摇晃，惹的吕顺一阵轻笑。这孩子太爱撒娇了，可他偏偏就吃这一套。

一旁的登哥促狭笑道，"爹爹，妹妹老是这样，要罚她背书。"

碧玉不满地瞪了眼，坏哥哥，爹爹都舍不得罚她，他却还调唆着爹爹来罚她。

登哥捏着她鼓起的脸颊，笑道，"妹妹，难道你还怕背书不成？"

碧玉把头一晃，避开他的手道，"我是不怕，可是我现在肚子饿得咕咕叫。"两只小手还捂住肚子，一副可怜兮兮的模样。

吕顺不由哈哈大笑，牵起宝贝女儿的小手就往内院走去，吕登微笑着紧随其后。

吴氏早已听到笑声迎了出来："顺哥为何这般高兴？"

吕顺笑道："我们女儿肚子饿了，快快开饭。"

吴氏忙动手摆碗筷，笑着问道，"女儿又撒赖了？"

这三个孩子中丈夫最看重长子登哥，最疼爱幼子申哥，但哄的他眉开眼笑被他当成掌上明珠却是这个女儿碧玉。

碧玉笑着扑上去抱住吴氏的腿，道，"娘，女儿没有。是哥哥要罚我背书。"

软软的小身体让吴氏心里爱怜横生，抱起女儿道，"为什么呀？难道你在学堂里闯祸了？"

"才没有呢！我很乖。"碧玉撅起嘴道。

登哥笑道，"娘，我和妹妹开玩笑呢。"

吴氏摸摸女儿的头发，故意逗她道，"女儿乖，是不是哥哥欺负你？娘帮你作主。"这两个孩子虽老是打打闹闹，但感情好着呢。

"没有，没有啦，哥哥没有欺负我。"碧玉急了，头摇的飞快。她嘴上是这么说，其实她知道哥哥最疼她，有什么好吃的好玩的，先偏着她。每天早晨还会替她多备一份笔砚，半点都不用她费心。

一家人正笑闹着，申哥摇摇摆摆地走进来，后面跟着神情紧张的李四妈。

"爹爹。"申哥见到父亲，眼睛一亮，脚下不停摇摇晃晃直朝吕顺冲过来。

吕顺连忙张开双臂，一把抱起小儿子，在那胖嘟嘟的小脸上亲了一口，笑道："申哥想爹爹了？"

申哥不住地点头，脸上绽开灿烂的笑脸，露出几颗门牙，特别幼齿可爱。

说着话儿已摆上饭来，一家人没有穷讲究。团团围着一桌吃饭，申哥照旧由李四妈喂饭。

中午的饭菜丰盛些，一盘白斩鸡、一盘红烧鱼、一盘炒青菜、一碗鸡血酱汤。吴氏挟了块鸡肉给丈夫，又挟给两个子女，才挟了筷青菜自己吃起来。

吃罢中饭，吕顺带着登哥去外书房，继续温书。他自身已不指望，继而把所有的希望寄托在这个长子身上。

饭后是吴氏教导碧玉厨艺女红的时候，她细细的指导女儿的针线，碧玉也很聪慧，说过一遍就能领悟。遇到不懂的地方稍稍点拨一下，就明白了。

碧玉拿着绣了半天的手帕，问道，"娘，您瞧瞧这朵梅花，有些不对。"她左看右看都觉得这针线怪怪的，就是不懂问题出在哪里。

吴氏接过看了看，指着一片花瓣道，"这里漏了几针，所以才看上去颜色不均。"顺手帮她补齐，再一看就齐整了。

碧玉困惑的睁大眼睛，"为什么我就看不出来呢？"

她研究了好久都没看出来，娘一看就查出问题的所在了。

吴氏安慰道，"学的时间长了，自然能看出来。不要急慢慢来，熟能生巧。"

碧玉学这针线也没多久，刚刚学会些许针法。

听了这话，她点头道，"女儿明白了。"

李四妈端了托盘进来，"姑娘，姐儿先喝点茶吃些点心再学吧。"

吴氏接过茶水，抿了口道，"申哥睡着了？"

小儿子每天午后都要睡上一小会，但不能让他多睡，免得又像昨晚那样折腾了半夜。

李四妈回道，"是，申哥儿睡着了，小青正守在旁边。到时辰就会把申哥儿唤醒的。"

吴氏满意地点点头，"茶点送到外书房了吗？"

"送过了，姑爷和登哥儿都吃了。"

李四妈是吴氏的陪房，说话之间自然没有那么多拘束。她和丈夫李有财当年随着吴氏陪嫁到吕家，生了一女小青。这些年下来帮着吴氏打理家务，甚得吕家上下的欢心。

碧玉拈了块赤豆糕，津津有味地吃起来。吃毕笑道，"这个糕味道很好，我要学。"

吴氏指指刘四妈道，"这是你四妈妈的拿手点心，你可以向她请教。"

吕家的三个孩子都是由刘四妈帮着带大的，对她的感情很是深厚，都招呼她四妈妈。

碧玉仰起小脸道，"四妈妈，你做的点心特别好吃，可要教教碧玉啊。"

刘四妈笑的眼睛眯成一条缝，连连道，"只要姐儿想学，四妈妈一定全教给你。"

她有一手做点心的绝活，当年在吴家学的。吕家上上下下都爱吃她做的点心。

不过吴氏做的饭菜可胜过她好几筹的，所以家中三餐都是由吴氏掌勺。

说了些闲话，吃完点心。碧玉从针线箩里取出还没完成的手帕，细细绣起来。半晌，她有些累了停下手，朝吴氏看去。

吴氏手里拿着一块天青色的缎子专心致志的缝制着。

碧玉凑过去看了看道，"这是给爹爹做的衣裳吗？"这颜色和款式比较适合吕顺穿。

吴氏道，"嗯，等这件做完了，再给登儿做一件。每天在学堂里也要穿得整整齐齐，不能让人笑话了。"家中众人的衣裳都是她亲手制的。

李四妈在旁边的小机坐着，闻言道，"做完这几件，姑娘也给自己添几身新衣裳，过年时见客也好体面点。"

吴氏瞧了瞧身上的衣服，笑道，"我的衣裳多着呢，不用再添。"她身上穿的是套半新不旧的衣裳，头上简单的盘起发，没有任何饰物很朴素。

她一年也只有在过年时才会做身新衣服，其实她大可不必如此。

吴氏的嫁妆里有一家布店，根本不会穿不起新衣服。可她就是不肯为自己多做件新衣。而家中其他人则会时不时地扯上一段料子做一件。

碧玉的衣裳不用她打点，每年生辰时吴家都会送四季十六套衣裳过来的，够她穿了。也唯有这个时候吕顺才不会拒绝吴家送给碧玉的礼物。

李四妈劝道，"姑娘何必这样，以前在闺阁中时衣裳都不穿第二遍。现在又不是穿不起，何苦……"

"嫁鸡随鸡，嫁狗随狗。既然嫁了相公，就要过这种生活。庄上人家哪有天天穿新衣的道理。"吴氏手停了下来，顿了顿道，"再说登儿今年十岁了，再过几年就要童试，考秀才，考举人。那可需要一大笔银子，还有将来他们兄妹三人的婚事，都需要用钱，我们家里这点钱够什么用。"

吕登天资聪慧，读书极好。吕顺夫妻对他抱以厚望，希望家中能出一个举人老爷来。但路费学费开销打点人情都要花钱的，吕顺对银钱之事不关心，但吴氏却不得不及早打算。决不能为了短银子而误了孩子的前程。

还有吕登和吕申将来要娶妻，聘礼钱也需要一大笔钱。女儿碧玉倒还好些，吴老爷子在她出生时送的那块地正好做她的嫁妆。吴氏千打算万盘算，钱就是不够用啊。只能精打细算，能节省点就省点。

听这么一说，李四妈不吭声了。

碧玉听了不由笑道，"娘，钱不够的话可以把我的那块地卖了，给哥哥考试用。"

吴老爷子送的那块地吕家上下都知道，吕顺本来不肯接受，但老爷子说是给外孙女的嫁妆，又不是给吕家的。他无法只好收了下来，但交代谁也不许动。

吴氏心里极是安慰，这孩子从小就贴心懂事。"傻孩子，再怎么穷也不能卖你的地。再说我们家也没穷到这种地步，你哥哥的年纪离考试还早了点。"

碧玉眼睛一亮，展颜笑道，"哥哥十四岁就可以去考试了，到时一定可以考上的。"

吴氏不由露出微笑，"你就这么肯定你哥哥能考上？"

碧玉神气的一仰头，得意洋洋道，"那当然了，我哥哥多聪明啊，谁也比不上。"

吴氏摇摇头道，"傻女儿，哪有这么容易的事。"

世人都说万般皆下品，唯有读书高。可是有多少人知道读书到中举这条路有多艰难？科举分成乡试、会试、殿试三级。先要通过童试取得生员资格，才能参加每三年一次的乡试，通过乡试的才是举人。举人才有资格参加礼部举办的会试，通过会试的人叫贡士，至此才算是功成名就，入仕为官。这一路走来，不知有多少人被埋没掉。

君不见有多少仕子苦读一辈子，到白发苍苍儿孙满堂之时依旧不能黄榜标名。就是吕顺满腹才华，依旧屡次不中，只能埋没乡间做个学堂教书先生。

正说着话，就听外面吕顺的声音传来，"娘子，快来看看谁话音刚落，吕顺已领着一个男人进来。

吴氏忙起来迎上去问好，"大哥，你怎么来了？家里有事吗？"

吴家富是吴家的长子，掌管着吴家镇上的生意，平常忙的脚不沾地，根本没空上亲戚家串门子。

吴家富高高胖胖，常年脸上挂着微笑，十足的富态，此时一脚跨进来笑道，"妹妹，玉姐儿呢？"

"大舅舅好。"碧玉从吴氏身后冒出来，甜甜的冲吴家富唤道。

吴家富笑容满面，一把抱起碧玉，"我们家玉姐儿又长高了些，想不想舅舅？"

"想的。"碧玉娇俏可爱的扳着手指头道，"碧玉想外祖父，想大舅舅，想大舅妈，想忠表哥……"

吴家富欣慰的直点头，"好孩子，难为你这么想着。过几天来舅舅家住几天，好好耍耍。"

碧玉转过头看父母，吴氏上前笑道，"大哥，快放下她。她虽然瘦小，但分量还是有点的，可不要累着了您。"

吴家富摇头笑道，"不累不累，玉姐儿这么轻，怎么会累着我。我好久没见她，得好好亲香亲香。"

吴氏轻笑道，"大哥，别宠坏了她，小孩子家家的太过娇惯不好。"

吴家富眉毛一翘道，"这又什么不好，你从小也是娇惯大的，现在还不是相夫教子下厨做菜酿酒做衣裳样样能拿得出手，好得很啊。"

吴氏无可奈何地苦笑道，"大哥……"

他们实在是很头痛，碧玉这孩子从小被吴家人捧在手掌心宠爱呵护惯的，真担心被宠坏了。

吕顺忙招呼道，"大哥，你先坐下歇歇，难得来一次，一定要喝杯新沏的洞庭茶。"

吴家富坐下，把碧玉抱在他膝盖上，笑道，"茶不茶的倒无所谓，不过妹妹酿的桃花酒我可要喝上几杯。"

吴氏听了这话，忙站起来道，"大哥您等着，我去做几道您喜欢的菜，再开坛新酿的桃花酒，管您喝个够。"

每年的三月都是桃花盛开的季节，而吴氏都要酿上十几坛桃花酒，自家倒不吃，专门拿来走礼用。她自酿的酒风味独特，就是镇上最有名酒铺的酒都比不上。左邻右舍的都爱的不行，纷纷上门求方子回去自己酿，可不知为何，就是酿不出那股子味道。

吴家富道，"先不急，坐下，把正事说了要紧。"

吴氏坐回位子，好奇地问道，"大哥，什么事？"

吴家富从怀里取出一张大红帖子，递给吕顺，"这是请柬，一定要提前几日到。趁此机会在我们府上多住几天。"

吕顺接过一看，吴家三子仁哥的婚事，忙笑道，"恭喜大哥，贺喜大哥。"

吴家富乐呵呵道，"同喜同喜。"

吴氏问道，"大哥，仁哥要娶亲了？娶的是哪家的姑娘？"

吴家富笑道，"是镇上金家的姑娘。"

金家在镇上也算是殷实人家，开了家当铺，一家酒楼。

吴氏迟疑了一下道，"是金家的女儿，排行第几？"

吴家富理所当然地道，"自然是排行第三的那位。"

吴氏不由松了口气，"那还好，也不算辱没了我们家仁哥。过年时大嫂还在张罗这事，没想到这么快就办喜事了。"

金家有二子三女，排行第三的是唯一的嫡女。

吴家富解释道，"正好金家和我们吴家在县里合开一家当铺，你嫂子见他们家的三姑娘不错，就看上娶来做儿媳妇。"

吴氏笑道，"原来是这样，嫂子满意就行了。"

吴家的长媳钱氏性格风风火火的，直爽脾气，有话就会噼里啪啦地说出来。

吴家富深知妻子的脾气，点头道，"你嫂子的性子有些燥，娶个柔顺的媳妇正好。"

一直乖乖坐在他怀里听大人说话的碧玉插嘴道，"大舅妈的性子很好。"

钱氏平日里有什么好吃的好穿的都会送一份过来，虽然多数都会吕顺退回去，但吕碧玉知道大舅妈疼她。

"哟，你大舅妈没白疼你，还知道给她说好话。"吴家富眉开眼笑道，"不错，回去说给她听，她肯定高兴坏了。"

碧玉睁大眼睛，认真地道，"大舅妈心地本来就很好，碧玉是实话实说。"

见她认真说话的小模样实在可爱，吴家富摸摸她的头，乐得合不拢嘴，"好好好，实话实说，哈哈哈，妹夫妹妹，玉姐儿越来越会说话了，你们教的不错。"

吕顺阻止道，"大哥，别再夸她了，她年纪小容易当真。"

吴家富终于收住笑，眉间还余着一丝笑意，"你们呀太谨慎了。对了，这次可要多住几天。"

吕顺为难地皱起眉道，"大哥，你也知道，我这学堂离不了人的。"

吴家富对这个妹夫一向尊重，闻言道，"这……这也是，那就算了，那妹妹呢？"

吴氏抿着嘴担心地看了眼丈夫，道，"我倒是想多住几天，多陪陪爹爹，可我走了，让顺哥怎么办？"

吕顺生活起居都是由吴氏一手帮办的，离了她都不知道怎么办了。上次她去娘看望生病的老父亲，见天色晚了就住了一晚。结果回去时吕顺没吃好睡好，衣服也拉里邋遢的。让她心疼坏了，自此就不在娘家过夜。

吴家富见他们夫妻感情好，心情极是高兴，脸上却摆出不耐烦的样子道，"行了行了，那让孩子们住几天吧。"

吴氏低头想了想道，"登哥的学业不能耽搁了，申哥又小，离不了我。不如让碧玉住几日吧。"

这折中的办法既解决了她的难题，又给了兄长的面子，两全其美。

吴家富无可奈何，板着脸不吭声，可妹妹说的都是正理。不过有宝贝外甥女住几天，心里还是很高兴的。

碧玉拉着他的衣袖，黑白分明的大眼睛委屈地盯着他，"大舅舅，您不欢迎碧玉住吗？"

吴家富慌了手脚，忙抱着她哄道，"谁说的，我们家碧玉最讨人喜欢的，你外祖父一直念叨着你，你大舅妈也想着你，巴不得你天天住着不走呢。"

碧玉一下子笑开了，灿若春花，"那碧玉多住几日，到时大舅舅再送我回来。"

吴家富直点头道，"好好好。都听我们家碧玉的。"

小申哥已经睡醒，刘四妈抱着他出来见过大舅舅，吴氏接过抱着逗弄，引的他不住咯咯笑。

说笑了一阵，见天色渐晚。吴氏把怀中的孩子交给刘四妈，亲自下厨房洗手做菜。半个多时辰，就麻利地整出了一桌的饭菜，摆好碗筷，再开了坛新酒。酒气扑鼻而来，引的人垂涎欲滴。

吕顺父子陪着吴家富上桌吃饭，吴氏母女三人正准备去厨房吃。

吴家富笑道，"又不是外人，妹妹你们母女也上来一起吃。"

吴氏为难地皱着眉道，"大哥……"

以前也是一起吃的，但想着孩子们渐渐大了，也要开始做做规矩。

吕顺见舅爷极为坚持，只好道，"上来吧，舅爷不是外人。"

吴氏带着碧玉坐在吕顺下首，一家子围坐着吃饭。

吴家富喝了口酒，满足地眯起眼道，"我就喜欢喝这个酒，味道香醇浓郁。"

吴氏忙道，"大哥，走时我给您带一坛。"

"那敢情好，家中之人都喜欢。妹妹酿酒的手艺是越来越高明了，别人都酿不出这股子味道。"吴家富夸道。

吴氏谦虚道，"这寻常的很，可能步骤里有些差别吧。我也不会什么，只会做做菜，酿酿酒。"

见她一副谦虚小心的模样，又想想她当年在闺阁时的情景，不由取笑道，"比起当年已经大有长进了。"

吴氏脸一红，忙斟满酒盅，"大哥，您多喝几盅，即便喝醉了就在这里歇下，让下人送个信回去。"

吴家富满意地笑道，"好好，妹夫来，我们一起喝。"

吕顺不善饮酒，只是稍稍陪了一盅，就脸色暗红。

吕登见状忙接过酒盅道，"我陪大舅舅喝。"

他虽然年纪小，酒量却不错，喝了几盅，脸上只稍微有些飞红。

吴家富高兴地拍拍他的肩膀，"登哥像我们家的人，能喝。"

吴氏在旁有些担心，不由劝道，"大哥，他还是个孩子，不要让他多喝了。"

碧玉抿抿嘴偷笑，哥哥的酒量比爹爹好多了。

吴家富拍拍外甥的肩膀，"放心吧，妹妹，我有分寸。登哥这孩子真不错，书读得好又孝顺，比我们家那几个都有出息。妹夫妹妹，你们以后就有福了。"

吴氏心里得意，嘴上却说，"孩子还小呢，说出没出息的还早着呢。忠哥兄弟几个我瞧着都好，大哥，你比我们有福多了。"

"那几个兔崽子做生意还行，读书却一点都读不进去。哎，我盼着家中能出个读书种子，可惜没有一个是中用的。"

吴氏劝道，"大哥……"

吴家富一摆手，打断妹妹的话，笑道，"行了不用劝我了，这些年我早已经想通，家中那几个已经没法子，不过我不是有登哥这个外甥吗？将来他上进了，我这个大舅舅也能沾点光。"

吴氏不由笑道，"希望承您吉言，他能上进，那我们一生的心血也就没白费。"

吴家富果然喝醉了，当晚就在吕家歇下。

一大早他就匆匆忙忙起来，在吴氏的照应下吃了早点，就赶着回镇上照看生意去了。万事都要他打点，他没办法在外面逗留太久。

吕家众人送别吴家富后，吕顺带着碧玉兄妹两人去了学堂。吴氏抱着小儿子回了内院。

碧玉今早起的稍早了些，有些发困。坐在后排，手里拿着书本，视线不经意的飘到窗外。

咦，李有财（李四妈的相公）带了两个人进来，是谁呢？她定睛一看，是浣花村的村长周立带着一个六七岁白皙清秀的小男孩，身后还背着个大竹筐。

吕登用手捅了捅她，她猛地转过头，眼睛眨了眨，怎么了？

吕登抬抬下巴，示意她朝前看，只见吕顺正盯着她，用眼神指责她的不专心。

碧玉讨好的冲吕顺笑笑，用小手指指外面。

李有财走到门口，并不进来，小声地叫主人出去，有人找。

吕顺微微点头，吩咐小学生自己看书，然后才出去。

见院子中站着的老村长，吕顺连忙迎了过去，"村长这么早你怎么来了？快到客厅坐。"

周立是地地道道的庄家人，正正方方的脸，黝黑的皮肤，露出憨厚的笑容，"先生不要这么客气，老汉就不进去坐了。今天来是想把我这孙子送过来，请您替他启蒙。彬儿，快给先生行礼。"

周立有一子一女，儿子常年在外面做生意。只有一个嫁到本村的女儿在身边。他一生在田里刨食，对读书人非常敬重。

吕顺学问好，人又和善，不是那种抬头望天目中无人的秀才，村里人对他交口称赞，都跷起大拇指道声好。

而这方圆百里只有吕家的学堂不规定要收多少束脩，只要孩子资质好，不拘束脩多寡，有钱的人家多给点，无钱的人家就是给几条鱼几斗米也行。因此四周的人家纷纷想把孩子送过来读书，不过能进的孩子只有极少数。

虽说这些年周家靠着周立的儿子做生意有了些钱，但周立还是希望孙子能读点书，将来能考上个秀才什么的就心满意足了。

周彬今年八岁，很腼腆的一个孩子，听了爷爷这话，忙恭恭敬敬鞠躬道，"先生好。"

吕顺打量着这个孩子，微笑道，"好，村长，这就是您的小孙子？这孩子什么时候回村里的？"

周彬从一出生就跟随在外出经商的父母身边，今年过年时他父母才把他送到爷爷身边。因此村里人都没见过他。

周立憨笑着搓手道，"今年过年时他父母送回来的，让我们老夫妻俩不至于膝下寂寞，老汉想着他的年纪也到了进学堂的时候，这不就带着他来了。"

吕顺犹豫了下，道，"村长，您这小孙子以前有没有学过？识得字吗？"

他收学生都是要考核下他们的资质，资质尚可的才收下。只不过村长对他们吕家一向照顾有加，他不好意思回绝。

村长推了推小孩子，道，"彬儿，快跟先生说说。"

周彬有些怯生生地道，"娘曾经教过我千字文，认得几个字。"他一直在父母身边长大，忽然被送到这陌生的地方，心里忐忑不安的很。

吕顺想了想，点头道，"就让他留下吧。"

周立大喜过望，不住的道谢。从身后的竹筐里取出十几条新鲜的大鲫鱼，又从怀里取出几串钱道。"先生，这是束脩。"

吕顺执意不肯受，周立则死活要给。最后还是收下了大鲫鱼，钱则没有收。

周立交代了孙儿几句，就乐呵呵地回家了。

吕顺让李有财把鱼送进内院，交给吴氏处理。自己带着周彬进了学堂，向学生们介绍了一下，见吕登旁边还有个空位，就让他坐过去。

碧玉和吕登好奇地打量着，把个周彬看的脸红红的。

吕顺轻咳了声，把所有人的注意力都引到他身上，才开始继续讲课。

周彬茫然地听着，眼神虚无，根本听不懂在说些什么。

吕登有些不忍心，把手中的书递到他眼前，用手指点着吕顺说的内容。周彬感激地对他笑笑，随即认真地看着书本。

晌午时分，小学生都走光了，只有周彬被留了下来。

吕顺看了看他，温和地说道，"以后晌午回家吃过饭后你再来，我帮你补些基础内容。"

周彬大喜道，"谢谢先生，我吃完饭马上过来。"

吕顺挥挥手让他回去，带着吕登兄妹回后院。

刚进厅里，一股清香的鲫鱼汤扑鼻而来，碧玉大乐，眉开眼笑地跑到吴氏身边，"娘，今天吃鱼汤吗？"

"瞧你开心的，快去洗洗手。"吴氏拍拍她的头笑道。

碧玉低头看看自己一手黑黑的墨汁，不由芜尔。刚才写字时不小心沾上的，自己都没留心。

刘四妈早送上清水毛巾澡豆，碧玉洗又洗，用藻豆搓了搓，用清水洗干净拿毛巾把手擦干。

吕顺父子也洗过手后，才一起上桌吃饭。一大盆热气腾腾乳白色的鲫鱼汤里飘浮着几许绿绿的葱花，引的人胃口大好。

用汤勺盛了碗鱼汤，汤下面是一层豆腐，碧玉舀了点豆腐送到嘴里，未几，嘴角露出一丝微笑，嫩嫩滑滑的，真好吃，这道汤是她最喜欢的。

吴氏捡了块鱼肉，挟到她碗里，笑道，"慢慢吃，不要被鱼刺卡到。"

"嗯。"碧玉点着头，嘴里嚼着入口即化的鱼肉。

"这孩子。"见她贪吃的模样，吴氏不由好笑不已。

吕顺疼爱地看着女儿，道，"娘子，女儿喜欢吃，明天再做这道汤吧。反正这鱼还有些。"

吴氏应了，挟了块鱼挑去刺，放到小申哥的碗里，李四妈正用勺子细心地喂他。

申哥吃的满嘴都是油，嘴里鼓鼓的，一嚼一嚼的。

吴氏道，"吃完饭，盛碗汤给申哥喝下。这孩子也喜欢的。"

李四妈忙应了，把鱼肉辗碎，慢慢喂给申哥吃。

吴氏转过头道，"顺哥，这是村长送来的鱼吗？"

吕顺点头道，"是啊，他送小孙子来学堂。"

"那孩子如何？模样性子随谁？"

吴氏嫁过来这些年，只见过村长的儿子儿媳几次。给她模糊的印象那对夫妻中的妻子长得非常漂亮。

"不随他祖父。"想想周立的模样，吕顺摇摇头道。

吴氏道，"那可能随他娘了。"

周立父子长的很相似，一眼就认得出来。

吕顺漫不经心道，"可能吧。"他对此没有什么印象。

吴氏有些疑惑道，"好好地在父母身边，怎么就送回来了？"

吕顺喝了口汤，想了想道，"可能都忙，顾不上。也有可能是怕村长老夫妻寂寞吧。"

"也有可能。"吴氏丢开心中的疑问，道，"这孩子资质如何？"

"只学了些千字文，不过我看着挺灵气的。"

吴氏愣了下道，"那不是要从头教起吗？"

这些年吕顺收学生极其严格，但凡资质差点的都不收，这不就教着十几个小学生。别的学堂每年都有二三十名学生的。

"我让他下午再过来，帮他补补。"

吴氏听他这么一说，总算明白过来，"这也好，这些年承了村长的情，也该还上。"

夫妻俩说些闲话，不一会儿，吃完饭。

吕顺父子依旧去了前院，周彬已等在厢房门口。见他们来了，连忙迎上去。

招呼他进了书房，吕登自己去书案边练字。

吕顺坐在椅子上，问了他几个问题。

周彬垂手而立，回答的条理清晰口齿伶俐。

吕顺满意地点点头，看来这个学生还不错。让周彬把论语前几篇背诵，熟烂于心。不懂的地方再给他梳理梳理。

周彬乖顺地在一旁背着书，吕顺转过去看自己的儿子。

吕登正聚精会神地写着字，两耳不闻窗外事的模样。

这些日子，吕顺嫌儿子的字不大好，买了几本字帖布置了许多功课，让他必务将字练好。在考试时，试卷上的文字整齐很大程度上关系到考官的态度。毕竟谁都喜欢整齐好看的文字。试想试卷上东歪西倒潦草的字，考官怎么会喜欢？考官不喜欢又怎么会取中这卷子呢？

吕顺看了一会儿，觉得登哥的字有些进步了，心中暗想，果然要督促才行，以前不提，那字没长进。最近练了些日子，这字已有些许神韵。

"登儿，这个字不是这样的，收笔不对。"吕顺接过毛笔，写了几个字道，"行书是回锋为收，侧锋为放，明白吗？"

吕登看了他和父亲的字，不由心悦诚服地道，"明白了，多谢父亲的教诲。"

吕顺接着道，"多临摹名家的字帖，为父这次选的赵孟頫的胆巴碑极适合临摹。时间久了，自然能形成自己的风格。"

吕登乖乖受教，不住点头。

周彬在旁边听着，大感兴趣不由自主的凑过头来看。随着吕顺不停地讲解，两人不约而同地侧头细听。

吕顺心里暗忖，孺子可教也。

第二章　无事献殷勤

午后，碧玉自告奋勇的帮李四妈送茶水点心到外书房，两只小手拎着个点心盒子，晃晃悠悠地走在青石板路上。

绕过一道门，就到了书房。门口站了个二十多岁的妇人，正伸长着脖子朝里看。

碧玉好奇地问道，"请问您是谁？在这里做什么？"

怎么放陌生人进来了？李叔怎么回事啊？

那妇人转过身，露出张几分姿色的脸来，碧玉眉头轻轻一皱，转眼放开，展颜笑道，"孙家婶婶，您怎么来了？哦，对了，您是找周家哥哥的吧。我帮您叫出来。"

这个妇人是村长周立的女儿，嫁给本村的孙家。碧玉见过几面，只不过很不喜欢这个婶婶。

孙周氏堆出一脸的笑道，"是玉姐儿啊，长得越来越水灵了。告诉婶婶，想要什么东西不？我帮你淘来。"

碧玉和她总共没见几面，她却如此熟稔的口吻。让碧玉感觉不舒服，真是无事献殷勤，没安好心。

碧玉虽如此想，面上依旧笑意盈盈，"多谢孙家婶婶，碧玉用不着什么。"

孙周氏亲切地道，"不要这么客气，我们又不是外人。"

谁跟你是内人了？最讨厌乱攀亲戚的人。我们两家既不是同宗，又不是姻亲，哪门子的亲戚啊。碧玉腹诽着。

"爹爹教过碧玉，不能轻易收别人的礼物。无功不受禄。"碧玉眨着眼睛道。

孙周氏瞅着这孩子，这么小点就说出这番道理。肯定是吕大哥教得好，决不是她娘的功劳。"瞧瞧这张小嘴，真会说话。不愧是吕大哥的女儿。"

"多谢孙婶婶谬赞。"碧玉笑嘻嘻的走到门口扬声呼唤道，"周家哥哥，你家姑姑来找你了。"

里面的三人其实早就听到她们的对话，只是吕顺没发话，都没出去。听了碧玉这么一叫，周彬走了出去。

周彬惊讶地道，"姑姑，您怎么来了？"

孙周氏摸摸他的头，满脸慈爱地道，"彬儿，姑姑不放心你，过来看看你。"

周彬有礼的作揖道，"我很好，谢谢姑姑挂念。"

孙周氏笑道，"彬儿进去吧，姑姑在这里等你放学，顺便送你回家。"

周彬奇怪的很，姑姑家中不是很忙吗？怎么有空等他放学呢？"姑姑请回吧，待会彬儿自个儿能回去。"

孙周氏义正词严道，"不行，你还小，姑姑不放心的。"

"姑姑……"

吕顺终于出来道，"周彬，你随你姑姑回去吧，明天早上再过来。"

他本想不出来的，让他们姑侄说会子话，就会散了，啰唆了这么久还没完，不得已只好出面。

孙周氏眼睛一亮，脸上飞上彩霞，声音糯糯的，"吕大哥，劳烦您多照顾我们家彬儿。"

吕顺认真地点头道，"当然当然，村长已经交代过了。"

"吕大哥，奴家在这里多谢您了。"孙周氏说完弱不禁风的拜了下去。这个动作如果是大家闺秀做出来，肯定会仪态万千。可由一个村妇做出来，有种东施效颦的感觉。

吕顺皱了皱眉，双手虚扶了一把，道。"不用这样，快快请起。"

孙周氏身体未动，嘴里娇滴滴地道，"应当的，彬儿他爹娘都不在身边。我这做姑姑的应当过来道谢。"

吕顺为难地看着，碧玉上前一步，挡在父亲面前，小手挽住孙周氏的手臂，"婶婶快起来，周爷爷已经来嘱托过了，您不用再道谢。"

孙周氏心中暗恼，脸上却羞答答地道，"吕大哥，我们家彬儿就交给您了。"

碧玉一肚子火，暗忖：这人永远是这副样子，也不瞧瞧自己的年纪和身份，做出这种羞羞怯怯的形状给谁看呢？就算我爹爹以前差一点跟你定亲了，可不是没定吗？现在男已娶女已嫁，做出这副幺蛾子出来做什么？也不嫌丢人。

碧玉第一次见她这副模样，十分不解。后来听李四妈背后说起过去的事情才知道有这么一出。从此对这个女人有了抵触情绪。

周彬在旁边看得目瞪口呆，立了半晌，才上前拖着她的袖子道，"姑姑，我们回家去吧，我肚子饿了。"

孙周氏看看面无表情的吕顺，又低头看看可怜兮兮的侄儿，有些犹豫。

周彬揉着肚子道，"姑姑，我中午没吃几口饭，现在饿得难受。"

孙周氏还是顾惜自己侄子的，依依不舍的跟吕顺道了别，才拉着周彬走了。

吕顺舒了口长气，每次见到她都这个样子，实在让人吃不消。幸亏这种见面的机会不多，否则真是人言可畏。

"爹爹，女儿给你们带点心来了。"碧玉把点心盒举得高高的。

吕顺连忙接过，"怎么是女儿送来的？李四妈呢？"

碧玉笑道，"四妈妈正帮着娘缝制衣服，女儿主动要求的。"

因为要去吴家喝喜酒，吴氏忙着赶制出门的新衣裳，实在忙不过来，就让李四妈打下手。

"女儿真乖！"吕顺摸摸她的小脑袋道。

进了门，吕登站在书案面前，见他们过门，停下笔看了过来。

碧玉仰起笑脸道，"哥哥，休息一下，吃点心喽。"

吕登走过来，笑道，"今天吃什么？"

碧玉揭开点心盒的盖子，取出一碟杏仁酥、一碟桃酥饼。

"这是舅舅昨日带过来的，爹爹哥哥快尝尝。"

吕顺皱眉道，"又让你舅舅破钞了。说了多少次了，不要送东西过来，就是不听。"

碧玉笑着拈了块杏仁酥，递到吕顺嘴边，"爹爹，这个可好吃了。"

吕顺不忍拂女儿的意，张嘴接过去吃了。"女儿吃过了吗？"

"没有，等会回后院再说。"她可不能抢在爹爹未吃之前就先吃。

"这里有，女儿也吃吧。"

碧玉看了看他们，又看了看桌上的两碟点心，艰难的摇头道，"女儿回去吃，娘给备着呢。"

吕顺又怜惜又欣慰，取了块桃酥喂她，笑道，"吃吧。"

碧玉眨巴眨巴眼睛，有些受不了诱惑，口水要流出来了。连忙跳了起来，道，"爹爹，我先回去了。"

说罢，一溜烟就奔到门口，窜了出去，脚步声朝后院远去。

吕顺满脸笑容地摇摇头，真是个傻丫头。

碧玉咚咚地跑回后院，满脸大汗。

吴氏在屋里见了道，"跑什么？慢慢走。"

碧玉吐吐舌头停下奔跑的脚步，慢慢走进去。娇声道，"娘，我要吃桃酥饼。"

吴氏指指左手边的小几道，"已经帮你准备好了，快吃吧。"小几上摆了一碟子桃酥饼和一盏清茶。

碧玉欢呼一声走到吴氏身边坐下，拈起一块饼就要往嘴里送。忽想起些什么，道，"娘，您吃过了吗？"

吴氏拿手帕替她把额头的汗拭去，温柔地道，"吃过了，这是给你的吃的。"

碧玉吃了块饼，眯起眼睛嘴角翘起来。这种糕点只有镇上才有，平时是吃不到的。

吃罢，用清水洗了洗手，突然道，"娘，那个孙家婶婶来过了。"

吴氏的手一顿，眉头皱起道，"她来做什么？现在还在吗？"

碧玉看了眼她道，"接她侄儿回去了。"

吴氏暗暗松了口气，笑道，"回房间玩去，娘这里忙着呢。"

碧玉见吴氏和刘四妈十指翻飞，忙着制衣，起身道，"我去陪三弟玩会。"

"也好，小青带着你三弟在厢房里，你去吧。"

碧玉点点头，出去找申哥了。

刘四妈忧心道，"那个女人怎么又来了？姑娘，是不是……"

吴氏收敛心神，低着头看着手中的衣裳道，"她是过来找她家侄儿的，又没什么。"

刘四妈紧张得很，朝外面看了看道，"姑娘，您可不要掉以轻心啊,她每次见到姑爷都那副样子,说她没心思谁都不会相信。"

吴氏淡笑道,"就因为那样,我才不担心的。"

见刘四妈大惑不解的样子,吴氏并不解释。

以吕顺那么端庄严肃的性子怎么会看上已嫁的妇人?孙周氏越热情,吕顺越会远避三尺。更何况当年没看上,如今半老徐娘了,更不会看上。

当初吴氏刚嫁过来时,并不知道这事。有次去邻家赴宴时,孙周氏对她冷嘲热讽的,酸话说了一大筐,让她很下不了台。

后来才从隔壁的牛嫂那里才知道缘由,原来孙周氏当初看上了同村文质彬彬的吕顺,撺掇着她爹周立找媒婆上门提亲。周立一直非常敬重读书人,听了女儿的话就赶着找人去说媒,可惜被吕老爷子回绝了。可她就是不死心,纠缠着吕顺,非要嫁进吕家。闹的村里人尽皆知,吕老爷子恼怒不已,后来干脆替吕顺定了吴家这门亲。

没想到她还没死心,吵着要进吕家做小,最后没法,周立只她将她许配给了村里的孙家,成亲生子后才消停下来的。哎,怪不得看到吴氏会那么酸。只不过这么多年了,怎么还想不开呢?

如今她看到吕顺还有些妖妖娆娆的,不过吕顺只要一见到她就避开,根本不想跟她照面,免得流言蜚语,让所有人都不自在。

周彬第二天来学堂时,有些别别扭扭的。但见吕家父子面色寻常,并没有异样之色。渐渐就放下心,专心读书。在吕顺的细心教导下,短短时日学业进步神速。

吕顺无意中收到一个天资聪颖的学生,也非常快慰。

周立得知后欣喜异常,还专门带了些自家种的白花花的大米,送到吕家感谢先生对他孙儿的教诲。

晌午时,全家围坐在一齐吃着热腾腾的饭菜,不时说些家常。

吕顺想起一事，停下筷子道，"明日大舅兄家请客，你先带着三个孩子过去，我晌午时分过来。"

吴氏点头应了，本想让他把学堂歇一天。可想想丈夫的脾气，也就没说什么。

午后，吴氏正准备张罗着要带去吴家的礼物，李四妈抱着申哥陪着一起参谋。

碧玉见堆了一地的东西，笑道，"娘，您就挑几件外祖父喜欢的东西就行了，舅舅家什么都不缺。舅舅舅妈不至于会挑这个理。"

吴氏笑道，"话虽如此，但我也不能太随意了。这好歹是我的心意，礼多人不怪。"这些年下来，娘家帮了不少，这次娘家办喜事，她自然要尽份心意。

说到明日的喜事，吴氏从柜子里取出一套衣裳，笑道，"女儿，这是娘给你新做的衣裳，你看看喜欢不？"

碧玉接过展开一看，是一套粉红的绫绵裙入手柔软异常，不由欣喜笑道，"谢谢娘，女儿很喜欢。"女孩子对好看的衣裳首饰都无法抗拒，不管她是年纪小的还是年纪老的。

吴氏笑道，"喜欢就好，明天就穿这件，看着也喜庆。"

明日是大哥家的三侄子娶亲之日，场面肯定非常热闹，族中亲眷都会来。她家生活条件普通，但在场面上也不能显得太寒酸，丢了脸面。家中每个人都给做了新衣裳，明日好装扮一新去吃喜酒。

碧玉点头道，"知道了，娘。"

吴氏让碧玉回房休息去，碧玉眉开眼笑的拿着衣服回房间。

想了半天，吴氏选了两套她平时亲手做的衣衫给老爷子，三桶她亲手酿的桃花酒，取了几个自己自制的精致荷包，里面都塞上一个银锞子，再收拾了自家养的鸡鸭若干只。

打点妥当，吴氏有些累了，在红木椅子上坐下。申哥早已经熟睡，将他放在房中的床上。

李四妈奉上盏金桔茶给吴氏，笑道，"我家姐儿穿上那套衣服，肯定会把别的小姑娘比下去。"

吴氏喝了口茶道，"她还小呢，说什么比不比的，让别人听了笑话。"只要不被别人嘲笑寒酸就行了。

李四妈道，"这有什么打紧，姐儿长的招人爱，让别人知道了也好，将来也……"

话没说完就被吴氏摆手打断，"我就这么一个女儿，不求她将来大富大贵。只求能顺遂一生。她未来的夫家只要家底过得去，公婆和善好相处，夫婿老实本分就可以了。"

李四妈惊讶道，"姑娘这是怎想的？世人不是都盼着女儿嫁的越高越好吗？"

吴氏摇摇头道，"门槛越高是非就越多，还不如小家小户的清静。"

李四妈想想叹道，"这倒也是，别的不说就说近的。当年的刘家富贵着呢，可就为了妻妾间的闹腾，把个好好的家都折腾败了。可惜了。"

吴氏只是笑笑，不搭理。

话说这刘家曾经是吴家的世交，还曾经上吴家提过亲，结果被吴氏一口拒绝。

李四妈见她不语，看看外面的天色道，"姑娘，今日做什么点心？"

通常未时三刻都会做些点心送到外书房去，今日却被耽搁住，快要到申时了。

吴氏恍然惊醒，急道。"幸亏你提醒，我差点忘了。这时辰来不及做繁复的点心，就做白切糕吧。既省事，他们又爱吃。"

"是，姑娘，奴婢这就下去做。"

李四妈急急忙忙去厨房做点心。

吴氏坐到床头，看着呼呼大睡的小儿子，脸上溢出满足的笑容。

碧玉回到房中，小青迎了上来，接过碧玉手中的衣裳歪着头笑道，"姑娘又做新衣裳了？真好看。"

"是啊，娘让我明天穿上去外祖父家。"碧玉坐在书案前，从书架上捡了本诗集，随手翻了几页。

小青听了忙道，"那小青拿去熨烫整齐。"

碧玉含笑点头，看了半个时辰的书，觉得坐着有些腰酸背疼。合上书站起来，活动活动筋骨。

小青从外头进来，手中拿着个托盘，放着一小碟热气腾腾的白切糕和一壶菊花茶。

"姑娘，这是我娘刚刚蒸好的，您快尝尝，冷了就不好吃了。"

碧玉接过白切糕，略尝了尝，道，"给我留两块，其他的你吃吧。"

小青眉开眼笑的谢过碧玉，到一边吃去。

碧玉喝了口菊花茶，味香茶清，回味醇香。好久没喝到这么新鲜的菊花茶，这些都是自家院子中种的，吴氏亲手采摘下来后制成的。

吕顺除了前面的学堂外，家中其他家务都不管，听凭吴氏处置。吴氏她倒是真的很能干，极会过日子，总是把家中打理的干干净净，舒舒服服的。

第二天是吴家娶新妇的大喜日子，碧玉一早起来梳洗完，就换上吴氏昨日为她准备的粉红衣裳。

小青站在她身后，细细的梳理着丝滑的黑发，慢慢的一个别致的发髻就梳好了，"姑娘，要用哪个钗？"

小家碧玉
XIAO JIA
BI YU 上

妆盒内放着十几枝各式的钗，都是她生日时三个舅舅送的贺礼。碧玉指着那支珍珠钗道，"就这枝吧。"

小青听了，把这支钗插入发中，侧头看了看效果，笑道，"还是姑娘的眼光好。"

那支钗上莲花托上嵌了一颗小珍珠，插入发中显得很是雅致清丽，无半点富贵之气。

去上房给吴氏请安，登哥已经坐在那里陪母亲说话。见妹妹进来，打量一番，笑着道，"妹妹这么一打扮，像换了个人似的。要是在路上，哥哥都不敢认了。"

碧玉不由调皮地笑道，"哥哥今天这身装扮，妹妹也不敢认了。"兄妹两人斗嘴斗的不亦乐乎。

登哥穿了身宝蓝色的衣裳，五官端正，眉清目秀，虽只有十岁，然已有小大人的模样。

吴氏捂嘴笑道，"你们这两个孩子，也不怕让人听见了笑话。"

登哥道，"娘，这里又没有什么外人，不打紧。"

碧玉上前给母亲请了安，才在登哥旁边的座位落座。

吴氏看了看女儿这身打扮，满意地点点头，既大方又清爽。她让李四妈把首饰盒拿过来，在盒子里取出一对珍珠耳环道，"女儿过来，娘替你戴上。"

碧玉道，"不用了，娘，我这样已经够了。"

吴氏笑道，"今天这么喜庆的场合，不能太寒酸了，再添上这个端庄点。"

碧玉听母亲这么说，走到吴氏身边，低下头来，让吴氏把耳洞上的茶叶梗取下，换上珍珠耳环。

这么一换，让碧玉硬生生地增了二分俏丽。吴氏得意地看着女儿，这孩子的小模样越来越像自己了。

碧玉笑眯眯地问道，"娘，好看吗？"

吴氏点头笑道，"好看，自个儿照照镜子去。"

碧玉在镜子前顾盼，不一会儿，回到吴氏身边坐下，"谢谢娘。"

吴氏摸着她细细的黑发，道，"女儿渐渐大了，娘也要打扮打扮你了。"

登哥在旁一直笑嘻嘻地看着，听了这话打趣道，"娘最偏疼妹妹。"

碧玉拍手笑道，"哥哥吃醋了。"

吴氏摇摇头笑道，"不偏心，娘不偏心，你们都是娘的手心手背。"

登哥忙道，"娘，我和妹妹说笑呢。"他可不是小心眼的人。

吴氏满面笑容夸道，"娘知道，我们家登哥是个爱护弟弟妹妹的好兄长。"

说的登哥不好意思起来，低着头笑。

等摆好饭桌，娘几个吃完早饭，就准备出发去镇上。

吴氏吩咐道，"登哥，你去前院问问你爹爹有什么可吩咐的，再去看看李叔把车准备好了没？"

"是，娘。"

不一会儿，吕登回来条理清晰的说道，"爹爹没什么交代的，让我们一路小心，他晌午就过来。李叔已经把车准备好，正候在外面。"

吴氏点头笑道，"让他进来把东西搬上车去。"心里对儿子的行事举止极为满意。

李叔正是李有财，小青的爹爹。长的极为高壮，为人很老实本分，当年随吴氏一起陪嫁过来后一直忠心耿耿。

他进来请了安，默默地把地上的东西搬出去。

见搬得差不多了，吴氏拿起一个小包裹姗姗而起。

吕登忙要接过包裹，吴氏笑道，"这点东西娘拿得动，你和你妹妹先出去吧。"

吕登牵着碧玉的小手，两人开开心心的出去，小青也紧随其后。

李四妈抱着吕申落后三步，跟在吴氏身后。

在李叔的帮助下，吕家众人上了车。说是车好听了点，其实就是非常简单的一个车厢，破破旧旧的，用骡子驮着。

这还是当年吴氏的陪嫁，这些年下来早就破旧不堪，可吴氏还是舍不得换。平日又不出门，用不着专门配置。偶尔过年时走走亲戚，这也够用了。

骡车在乡间小路上晃晃悠悠地走着，但并不妨碍碧玉的好心情，她伸出头欣赏一路的田野风光。

阡陌纵横，青草郁郁葱翠，路边不知名的小花盛开，微风拂面让人心旷神怡。

吕登凑过来，一齐趴在窗边看，突然用手指着远方道，"妹妹，你看那里。"

那里是一片莲花田，这时节已经败落，莲叶掉散。几个农人正在水田里挖莲藕，路边放着刚挖出来新鲜的白白嫩嫩的藕。

碧玉兴奋地抓住哥哥的手臂叫道，"快看，是藕。"

她最喜欢吃桂花糖藕和肉末藕饼，每当这时节，吴氏会买上些藕亲手做。

吴氏摸摸她的头，"女儿，现在要去你舅舅家，不能买。"

"嗯，女儿知道。"碧玉乖巧地点点头，抬头恳求道，"等从舅舅家回来，娘给女儿做。"

吴氏点点她的鼻子，取笑道，"小馋猫。"

"哥哥也喜欢吃的。"碧玉不服的嚷道。干吗就单说她一个？

"申儿也要吃。"睁着黑亮大眼睛的申哥听到吃的，立马来了精神。

吴氏满脸慈爱地笑道，"好，都吃都吃。"

听了娘的话，碧玉又趴回窗口看向外面。

不一会儿突然想起件事，转过头好奇地问道，"娘，三表哥娶媳妇，二舅家和三舅家都会回来吗？"

她这三个舅舅除了大舅舅留在镇上老宅外，其他两个舅舅都在外面做生意。二舅舅在县里，三舅舅在府里。

"都回来的，这种大喜的日子他们怎么可能不回来？"吴氏说到这里，顿了顿，揪了眼碧玉道，"怎么你又让他们给你带东西了？"

碧玉不满地嘟起嘴，"怎么是女儿让他们带东西的？是他们硬要送我的。"哪需要她开口，每次他们回镇上时，都会带好多东西给她。

吴氏提醒道，"那也不能要，你爹爹会生气的。"

碧玉自然知道爹爹的脾气，点头道，"知道，女儿不要贵重的东西。只要些不值钱的小玩意。"

吴氏见女儿这么乖巧，有些不忍心，摸摸她的头道，"女儿，不要怪你爹爹。"

碧玉仰起头笑，露出一对浅浅的梨涡，"女儿怎么会怪爹爹，爹爹是为了碧玉好。"

"你明白就好。"吴氏欣慰的很，她的这双儿女一向乖巧听话，父母说过的话从不违背。

吕顺的性子有些文人的清高，他不喜欢自己的子女接受别人的馈赠。幸好没有文人的迂腐，没有一棍子打死，不值钱的小玩意倒是可以收下，每逢过年过节送的东西也能挑些收下。

吴氏看向正朝外面张望的儿子，吩咐道，"登哥，今日有很多人会来，你可不能失礼了。"

吕登已满十岁，可以在外院由大人带着交际。平时礼仪方面她专门教过他们兄妹，一举一动都严格调教过。

而吴氏的礼仪是当年吴老爷子专门花重金，请来放出宫回家乡的老宫女教出来的，因此吴氏的言行举止极其端庄高雅，绝不会逊于大户千金。

"是娘，爹爹已经嘱咐过儿子。"吕登笑着应下。

"你的礼仪是娘亲自教的，娘是放心的。"吴氏对这个儿子一向放心，只是还是叮嘱几句。"不过要和舅舅家的表哥表弟好好相处，知道吗？"

几位兄长生的都是男孩子，而男孩子一多，就容易起口角，容易起摩擦。

"知道，娘。"

半个时辰后终于到了镇上，东转一道弯就到了位于同德大街上的吴府。吴府青砖大瓦，粉墙白恒，在外面看进去，只觉屋檐重重，层层叠叠一望无际。门口挂了两个大红的灯笼，喜气洋洋。

吴府的管家早就等候在门口，见吕家的人来了，忙开了侧门，直接进了二门。

整个吴府装扮一新，大红色四处可见，极为喜庆。

正房里，一头银发慈眉善目的吴老爷子坐在首座，四周围坐了些吴家宗族的长辈。

"女儿你们来了？"老爷子见到女儿一家非常高兴。

吴氏带着三个孩子给在场诸人请了安，才在丫环的搀扶下起身。

吴老爷子招手让碧玉过去，碧玉笑嘻嘻地扑上前，叫道，"外祖父，想碧玉了？"不理会吴氏在旁边瞪她没规没矩。

碧玉和吴老爷子没大没小闹惯了，反而极得吴老爷子的欢喜。

老小孩老小孩，就是喜欢小孩子跟他嬉闹。不过所有的晚辈中也只有这个外孙女敢跟他这么闹。

吴老爷子脸上露出委屈的神色道，"外祖父很想碧玉，可是碧玉不想外祖父啊，都不来看外祖父。"

碧玉抱住他的脖子咯咯笑道，"娘怕碧玉在这里添乱，不让碧玉来。"

吴老爷眉头一扬，道，"怎么会添乱呢？别听你娘胡说，我们家玉姐儿乖巧着呢。这次可要多住些日子。"

吴氏原来答应兄长让碧玉多住几天，可现在却有些不放心了。这孩子在家里斯斯文文的，在这里却有些放纵任性，都是老爷子给惯的。她还真怕碧玉在这里多住几天，回家时会难以管教。

"爹，还是不要让她多住。"吴氏看着这老幼两人互动，心里摇摇头，"她呀，还是不要给你们添麻烦了。"

"玉姐儿怎么会给我们添麻烦呢？"吴老爷子手臂一挥，一锤定音。"女儿，就这么说定了，让她在这里多住几天。"

"爹爹啊。"吴氏还想劝劝。

吴老爷子打断道，"你家相公呢？怎么没来？"他左看右看怎么不见人影呢？

吴氏小心翼翼地看了眼父亲，生怕他不高兴。"相公放心不下学堂，要到晌午后才来。"

闻言，吴老爷子满意的点头道，"这样好，是个先生的样子。"

吴氏放下心来，正想开口说话，外面走进一名丫环禀道，"大奶奶请姑奶奶去霞光院说话。"

霞光院是吴家富夫妻所住的地方，此次用来交待女眷。

吴老爷子挥挥手道，"女儿去吧，你嫂子前几天还念叨你。"

"那女儿告退了。"

吴氏把吕登留下，自己带了碧玉和申哥去霞光院。

内院里小桥流水，阁楼亭榭俱全，曲径幽幽。吴氏母女三人和刘四妈母女顺着一条鹅卵石铺就的小路款款而行。

"妹妹来了？"一脸笑意的吴家长媳钱氏迎了出来，"家里忙吗？"

钱氏是同镇商家之女，与吴家富自幼青梅竹马，感情甚好，自嫁入吴家后生了三个儿子，是吴家名副其实的当家主母。

她今日穿了套大红的吉服，头上戴着金头面，手上套着叮叮咚咚的好几只手镯，显得极为富贵。

吴氏和钱氏的感情很好，两人年纪差了一大截，吴氏自幼丧母，钱氏向来把小姑当亲闺女般疼爱，而吴氏对大嫂也敬爱有加。

"还好，恭喜大嫂了，娶了房好媳妇。"吴氏笑意盈盈的道。

"同喜同喜，玉姐儿快过来让大舅妈好好看看。"钱氏一把抓过碧玉细瞧。碧玉甜甜的仰着头请安。

有些日子未见了，吴氏母女三人和钱氏很是亲热的叙了会话。

院里一大群女人，穿的花花绿绿，穿金戴银，涂脂抹粉的，都是吴家的亲戚，有性子张扬的，有性子怯弱的，有性子温和的，各种都有。

碧玉跟着吴氏一一行礼，谨慎小心的不出一丝差错。

钱氏不由笑道，"妹妹，玉姐儿越来越像你了。"模样像，行事也有几分相像了。

吴氏疼爱地摸摸碧玉的头，道，"二嫂和三嫂呢？"

钱氏笑道，"她们在东临阁招待客人，妹妹过去见见吧。过后带孩子们去你二侄媳那边坐坐，她那里静，这里人多嘈杂，不要吵了两个孩子。"

这里太过喧闹，对才两岁的小申哥不大好。钱氏有些担心，连忙安排好安静的地方。

东临阁是座临碧水清池的水阁，四周澄亮。秋风气爽，是个极适合招待宾客的场所。今日来的人多，怕照顾不周，就分开招呼。

吴氏早就见过大侄媳章氏，但一直没见二侄媳季氏，心中早就奇怪。这种场合没道理不出席啊。

"二侄媳怎么没出来？"

钱氏脸上乐开了花，"她身子不比前了，大夫让她静养。所以我就让她在自己院里休息。"

吴氏听了呆了呆，随即醒悟大喜道，"嫂子真是双喜临门，恭喜大哥大嫂了。"

钱氏乐得合不拢嘴，"我盼这个孩子盼了好久。"

钱氏的大儿媳章氏进门三年了，还未有身孕，二儿媳季氏进门也有二年了，肚子一直没消息。她为了这事愁眉不展，求神拜佛的，银子花了不少，就是不见动静。她本来是看不惯三妻四妾的，可到了这个田地也没办法，只能准备为二个儿子纳房妾室了。

没想前几天季氏身体不适，请了大夫来瞧，居然查出是喜脉，这把吴家上上下下乐坏了。因胎儿不大稳，钱氏不敢让她出来走动，生怕有个万一。

吴氏也为他们高兴，吴家盼孙儿盼了整整三年了，这下总算能松口气了。这件事不仅是吴家富夫妻的心事，也是吴老爷子的最大心病。难怪刚刚他老人家乐得眉开眼笑。

吴氏带着子女去临东阁见过两位嫂子，见场面太过热闹，不好太过打搅又怕吵了两个孩子，依嫂子之言转身进了二侄媳季氏住的迎风院。

季氏正坐在院中的椅子上闭目养神，淡淡的阳光照的人懒洋洋的，丫环们侍立在一边。

"姑奶奶来了。"机灵的丫环早瞧见吴氏，连忙叫道。

李氏忙起身迎接，惊的吴氏上前扶住道，"二侄媳，快坐下，别惊了孩子。"

季氏脸一红，低下头去，她的年纪有十七八岁，鹅圆的脸，眉毛细细，皮肤挺白皙。

大家相互见过落了座，李四妈手中抱的申哥突然伸出胖胖的小手，嘴里含糊不清的冲季氏叫"表嫂，表嫂"。

刚刚吴氏让他叫人，他始终闭着嘴不肯吭声，现在反而肯开口了。

季氏本来就喜欢孩子，现在有了身孕，见到肉嘟嘟的登哥更是爱极，满脸笑容的招手让他过去。

登哥挣扎着要下地，李四妈无奈只好放下他，他刚站定就摇摇晃晃的扑向季氏。

季氏弯腰要将他抱起来，吴氏忙道，"小心点，这孩子手脚不停，当心他伤了你。"

"侄媳哪有这么娇嫩，姑姑放心。"季氏将他抱在膝上，笑眯眯的逗着他说话。

碧玉默默地吃着茶几上的点心，喝着茶，不时朝四周看上一眼。景色很不错，小巧玲珑假山下种了一大丛怒放的鲜花。

吴氏见她这么乖巧，心中很是欢喜。这孩子，本来还担心她会人来疯，没想到如此规矩。

门口传来清亮的声音，"妹妹，你们都到这里躲清静了。"是吴家三媳唐氏。

吴氏站起迎向她，"三嫂，你也来了？快进来歇歇。"

季氏刚想站起来，就被唐氏伸手制止了。

"今天的客人来得差不多了，我也趁机偷偷懒，消停会儿。"唐氏爽朗地笑道。

一边的丫头早就搬了把椅子放在吴氏的上首，两人说笑着落了座。

"三舅妈，您累了？碧玉让您捶捶。"碧玉忙转到唐氏身后，伸出对小拳头，轻轻捶着她的后背。

唐氏极为受用，乐的眯成一条缝，"妹妹，还是玉姐儿伶俐懂事，真想带她回府里去。"

其实碧玉人小哪有什么力道，只不过唐氏心里挺乐呵。

唐氏自个儿生了个儿子，其他妾室也生了三个儿子。她倒想再生个女儿，只是那年生孩子时伤了身体，无法再生育死了这条心。

她很喜欢女孩儿，对碧玉这个外甥女是疼到骨子里，有好吃的好玩的都会让下人送去吕家。

吴氏笑眯眯道，"这孩子有您这么疼爱，是她的福气。"

唐氏也知道这是不大可能的事情，转身握住碧玉的手，有些心疼地道，"好了好了，玉姐儿，三舅妈不累了，快歇歇。"

碧玉笑着收回手，唐氏抱起她让她坐在膝上。

"三嫂，你家勇哥儿呢？怎么没见？"吴氏扫了眼院外，不解地问道。

勇哥儿是唐氏生的嫡子，年纪最幼，平时总跟随在唐氏身边不离左右。

"那孩子早就跟着几位兄长出去玩了，哪像玉姐儿这么坐得住呢？"唐氏摇摇头，亲了亲怀中的碧玉，"还是闺女好，贴心。"

吴氏心里受用，嘴上却说着，"勇哥儿也聪明伶俐，让人喜欢的不得了。"

"我还是喜欢玉姐儿，妹妹，要不把玉姐儿给我当女儿得了。"唐氏抱着不撒手，怎么疼也疼不过来。

"三嫂喜欢女儿，再生个女儿就行了，怎么抢起我闺女来了。"吴氏话一说出口就已后悔，真是没脑子怎么就没想到那一茬。

唐氏却毫不在意，摸着碧玉的脑袋，"就是生不出女儿来，才想抢个闺女回家。"

说来也怪，吴家的都是男孩子，别人家都想要儿子，他们家却盼着有个娇滴滴的女儿，可惜始终没有如愿。唯独吴氏生了个女儿碧玉，吴家人眼馋得不行，老想着拐回吴家养。

"儿子好，能防老。"吴氏眯着眼安慰道。

唐氏掩着嘴笑道，"那你把玉姐儿送给我吧。"

吴氏有些头疼，这三嫂的性子又爽朗又大方，行事极利落。可总爱开玩笑的提起这事，直接拒绝又不好，为难的要命。

"三嫂，你怎么老提这事，被我家相公知道了，肯定跟你急。"

想想吕顺那呆板执拗的性子，唐氏不由噤声。

碧玉瞅瞅吴氏，又看看唐氏，笑道，"三舅妈，你的手镯好看极了。哪里买的？"

"府城里聚宝斋买的，他们家只有这么一副，稀罕着呢。玉姐儿的眼光不错，三舅妈送给你吧。"唐氏说着就直接脱下手镯要给她带上。

碧玉本想引开话题，忘了这个三舅妈豪爽的性子，只要她看的入眼的人，再好的东西也舍得送出去。何况是她最宝贝的碧玉，还不掏心掏肺的，什么都给了。

碧玉忙摇头，不肯收。唐氏非得给她套上。

吴氏忙拦着她，"三嫂，你就饶过她吧，被她父亲知道了，非得训她一顿不可。"

"那不要让他知道。"唐氏手一挥。

"我可什么事都不会瞒他的。"

"瞧你这么老实，哪有未出嫁时的精灵古怪。"唐氏又笑又叹，想不通吴氏怎么会变化这么大。

吴氏不以为忤，淡淡笑道，"出了阁，性子自然会变些。"

"你呀，幸好你相公还知道心疼你，否则我都替你委屈。"

唐氏一直不明白，公公怎么会把小姑嫁到吕家？瞧瞧，好好的富家女子嫁到乡下，从一个十指不沾阳春水的娇娇女到如今的家务女红样样精通的村庄妇人。真是太可惜了。

"三嫂。"吴氏不依地叫道。

唐氏的想法她心里很明白，但她无法跟别人解释，如今她生活得很开心很满足，比以前锦衣玉食的生活祥和平静了许多。

唐氏见她不喜，无奈的摇头，"好了不说这个，说真的妹妹，等喝完喜酒，让玉姐儿随我们去府城里住段日子，如何？"她又在这个问题上夹缠不清了，只盼多说几遍，吴氏一不小心就答应了。

"这个……"吴氏为难的迟疑着，心中想着用什么借口挡回去。府城实在是太远了，她怎么放心得下？光想想这个孩子要在这里住上几天，她都不放心的很。可直接拒绝也太不给面子，这个三嫂是真心疼爱碧玉的。

唐氏笑道，"妹妹，你放心，我会好好照顾玉姐儿的。"

吴氏忙赔笑道，"我不是这个意思，而是我已经答应大哥让她在这里住下，陪陪爹爹。你也知道爹爹很喜欢我这个女儿，提了好几次我都没答应，这次好不容易答应，实在不好反悔的。"

听吴氏摆出吴老爷子这尊大佛，唐氏不吭声了，总不能做儿媳的跟公公抢人吧。

碧玉伸出小手抱着唐氏，乐呵呵地道，"三舅妈，等碧玉长大些，再上舅妈家玩玩。"

唐氏乐了，刮刮她的小鼻子，"你这张小嘴就会哄人，是不是吃多了蜜？"

"三舅妈……"

吉时到了，大家都到前堂去看新人成亲。一对亲人大红喜服，全身喜气的在主婚人的主持下拜天地。

夫妻交拜后就被傧相扶着进了洞房，碧玉想跟过去看看，听

小家碧玉
XIAO JIA
BI YU 上

说可以闹洞房的。

被吴氏一把抓住，"女儿，闹洞房是大人的事，小孩子不许去。"

碧玉撇了撇嘴，"娘，让女儿去看一眼吧。"

吴氏板起脸，碧玉知道这事没指望了，只好无奈地被下人送回迎风院。

李氏在房内休息，见碧玉带着小青嘟着小嘴进来，不由问道，"玉姐儿，这是怎么了？"

"二表嫂，没事。"碧玉不好意思说，玩着自己的衣袖。

季氏看了看她，又看了看天色，命下人们端了一个小炉子进来，在炉子上炖了一锅羊奶。腥膻的味道直朝四处散开。

"二表嫂，这个是您要吃的吗？"碧玉皱皱鼻子。

季氏神情无奈中带着甜蜜，"大夫说羊奶养人，婆婆专门让人从乡下找来健壮的羊，每天挤出锅新鲜的羊奶，煮着吃。"

"可是这个味道……"碧玉捂住鼻子有些不适应。味道那么腥，怎么喝啊？

"难闻也要喝。"季氏摸着肚子，脸上露出满足的笑容。

碧玉想了想，问道，"有没有杏仁？"

"有的，玉姐儿想吃吗？"季氏忙让下人去厨房拿。

杏仁拿来后，碧玉将杏仁放下羊奶中，等煮开，用调羹和筷子捞起杏仁，把羊奶倒入青花薄胚碗中。

她把碗递给季氏，"二表嫂，您尝尝。"

季氏接过小心喝了一口，不由大为惊奇，"玉姐儿，怎么会一点味都没有呢？"

碧玉得意地笑道，"这是娘教过我的，杏仁可以掩盖住羊奶的腥味。"

"姑姑懂的真多，我都不知道有这么个小秘方。"季氏懊恼地看着碗里的羊奶，苦笑道，"早知道，就不用喝那么多腥味的羊奶了。"

碧玉眯起眼笑道，"现在您知道了，总比永远不知道强吧。"

季氏听了大乐，这孩子说话有条有理，有依有据的，特别好玩。

"这话又是谁教的？"

"是我爹爹教的。"碧玉小脸一抬，满脸骄傲，小模样别提多可爱了。

季氏忍不住抱着她，摸摸她的头发笑道，"怨不得府里上上下下这么疼玉姐儿。"

她刚嫁进来时，见那么多人疼碧玉，脸上虽也摆出一副疼爱有加的神色，肚里却暗自嘀咕，哪有这种理的。后来时日久了，才知道原委，这吴家跟别家不一样，稀罕女孩儿。

不过她这胎要是也生个女儿，那是不是也这么受宠？不行，她还是要生儿子。儿子才是她最可依靠的，也是在吴家立稳脚跟的凭仗。第一胎生了儿子，后面再生儿生女就没有那么多讲究了。

陪着季氏说些闲话，碧玉始终笑意盈盈，文文静静的，让季氏大为怜爱。

平时两人接触的机会比较少，碧玉偶尔来一次吴府，也是让吴老爷子和吴家富夫妻给占着，难得有这么近距离的相处。

季氏惊奇地问道，"玉姐儿，你爹娘还让你念书？"

碧玉笑眯眯地点头，"嗯，爹爹说念书可以明理，让碧玉读些书也是好的。"自从她六岁时闹着要去前院念书，吕顺立马点头同意了，吴氏一向以夫命是从，自然不会有二话。

"真好，难怪你小小年纪，这么懂事。"季氏羡慕不已，她娘家有几个钱，只不过家里人都说女子无才便是德读书无用，所以没让她念书。如今嫁到吴家，已察觉不识字的不便之处。

"二表嫂，宝宝会动吗？"碧玉转而对她肚中的孩子感兴趣。记得申哥在娘肚子里时，她还曾亲手摸过，在她手掌下动来动去的。

"还早呢！玉姐儿喜欢侄女还是侄儿？"季氏抚着小腹满脸慈母的光辉。

碧玉看了眼她，甜甜笑道，"都喜欢，不过碧玉更喜欢小侄儿，二表嫂给碧玉生个小侄儿，好不好？"

季氏心中大喜，嘴上却口不对心的道，"这真是孩子话，哪有想生什么就生什么的理。"

"没关系，碧玉都喜欢，外祖父和大舅舅他们都会喜欢的。"碧玉抿抿嘴瞥了眼她，哎，难怪娘说大人大多都是口是心非的，明明极想生个儿子，脸上却一副漫不经心的样子。

钱氏的贴身丫环冬雪带着几个老婆子拎着个大漆盒进来，上前请安后道，"这是大太太命奴婢送过来的，请二奶奶带着姐儿一起吃。今日开宴席，时辰有些晚了，多吃些不要饿着了。还说了，想吃什么尽管派人去说，姐儿年纪还小，不要拘着她。"

季氏恭恭敬敬站着，听罢忙应了。

碧玉道，"我娘和我弟弟呢？"好半天了，娘怎么还不来看她？

冬雪福了福道，"姑太太陪着客人，申哥儿在老太爷房内休息，姐儿不要担心。"

钱氏本想让小姑带着两个孩子在迎风院内休息，不过吴氏见二侄媳有孕，怕惊了她。只把乖巧听话的碧玉留在这里。

而申哥儿太过好动，有些不放心，就抱到吴老爷子院中。

"我爹爹来了吗？"

"姑老爷午时到的，现正在前院。"

碧玉点点头，笑道，"冬雪姐姐带了什么好东西给我们吃？"

冬雪揭开盖子，取出几样菜来摆好饭桌，才请两人入座。

季氏和碧玉对坐，桌上有水晶肴肉、猪蹄冻、清炒虾仁、炝腰花、爆炒牛肉、板栗烧鸡、三鲜汤。

碧玉眼睛一亮，都是她喜欢吃的菜，看来是大舅妈特别为她留的。

季氏见她垂涎欲滴地盯着菜，不由笑道，"玉姐儿，这些都是你的，不会有人跟你抢的。"

碧玉不由赧然，忙坐直身体，"二表嫂，碧玉又不是小猪，哪吃得下这么多东西。您怀着小宝宝才应该多吃点。"

季氏见她一本正经的像小大人，又是好笑又是好玩。夹了块牛肉给碧玉，"快吃吧，要不凉了就不好吃了。"

碧玉接过冲她笑道，"谢谢二表嫂。"

碧玉吃了几口，见季氏只稍稍动了几筷子就不吃了。不由抬起头道，"二表嫂，您怎么不吃？"

"我刚刚喝了碗羊奶，并不饿。你吃吧。"

碧玉看了看菜，挟了块猪蹄冻，浅笑盈盈道，"您尝尝这菜，特别好吃又软又糯。入口即化。而且对大人小孩子的皮肤都特别好。"

"还有这种说法？"季氏惊讶地问道。

"嗯，这菜吃了，皮肤会很滑很嫩，而且还可以补血健腰腿哦。"

季氏将信将疑，却抱着宁信其有不信其无的态度，把块猪蹄吃了。还别说，这味道的确很好，不由勾起了食欲。

她让丫环盛了半碗饭，拌了点汤。就着这些菜，丰丰盛盛的吃了一顿。

碧玉抿着嘴笑笑，默不吭声的吃完饭。

吃罢漱了口，洗了把脸。碧玉刚刚贪嘴多吃了几口，现在只觉肚里撑得慌，站起来走了几步。

刚走到院门口，外面哗啦啦地跑进来几人，对着她冲过来，碧玉连忙朝左退了一步。定睛一看，原来是吕登和几位表兄弟。

"表妹好。""表姐。"哗啦啦一帮子人扯开嗓子。除了已成亲的三位表哥，其他几位义、礼、智、信、志、勇表哥表弟都来了。

碧玉笑意盈盈的一一见过各位表哥表弟，他们虽然不常见面，但感情很不错。

三舅舅家的勇哥拉着她的手不肯放，他的年纪最小，比碧玉还小上一岁。平日里大家都让着他，不过他却喜欢粘着这个表姐。

"表姐，你来了怎么还躲起来？"勇哥嘟着嘴道，"都不来见我们！"

碧玉啼笑皆非地摇头道，"没有啊，我一直在这里。你们都去玩了，就扔下我一个孤零零的，没人陪我玩。"

勇哥急了，"我们不知道你在这里，如果早知道早就来找你玩了。"

他们中间最大的义表哥点头道，"是啊，给姑姑请安时，才知道你在迎风院，这不，就急急地来找你了。"

信表哥道，"表妹，你都不出去，害得我们都以为你没来呢。"

"登表哥也没说，真是的。"智表哥嘀咕道。

大家围着碧玉七嘴八舌地说着话，他们这辈只有一个女孩子，别说大人们稀罕，小一辈也稀罕着呢。

"我哥哥也不知道我在这里。"碧玉出言维护，看向一旁始终微笑不语的吕登，"哥哥，你们都吃过饭了吗？"

"我们吃过了。"吕登点头道。

"表妹，陪我们一起去玩吧。"二表舅家的信表哥长得虎头虎脑的，"花园里可好玩了。"

"可娘不让我乱跑，让我乖乖待在这里陪二表嫂。"碧玉为难地看着大家。

"没关系的，到时姑姑骂你的话，我帮你。"义表哥拍拍胸脯道。

"就是就是，表姐，我会帮你的。"勇哥也在一边嚷嚷道。

"不要，你们去玩吧。"碧玉想了想，拒绝诱惑，"我在这里玩。"

几个半大的小伙子愣了愣，道，"那我们都留在这里玩吧。"

"你们不用陪我的，快出去玩吧。"碧玉知道他们都顽皮的紧，哪受得了拘束。

"外面有什么好玩的，哪比得上这里好玩。"勇哥转了转眼珠道。

"就是，我们就在这里玩。""就是，就是。"众人纷纷附议。

"扑哧"旁边的吕登再也忍不住笑出来，引得大家都瞪着他。

碧玉忙转移话题，免得他们吵起来，笑眯眯的道，"那我们小声点，不要吵到二表嫂。"她是来陪季氏的，可不是来吵她的。季氏现在情况特殊，可经不起半点意外。

几个愣小子这才想到季氏，连忙纷纷上前见礼。

季氏站在屋檐下忙笑道，"今日难得几位表弟来我们院中，表嫂可要好好交待你们。"

"二表嫂不用招呼我们，你累了回房休息吧。"义哥许是知道些内情，忙赔笑道。

季氏有些犹豫地看着他们，拿不定主意。

吕登笑道，"二表嫂不用招呼我们，我们自个玩。有什么事会吩咐下人去做的。"

吕登一向稳重，季氏是知道的。见他这么说终于放心下来，告了罪才进了房间。

"表妹听说你要在这里住几天？"

"是啊，怎么了？"

义哥笑了笑，心中暗暗想着该如何劝父母让他在这里多住几日。

小家碧玉
XIAO JIA
BI YU 上

"表姐，这个给你。"勇哥从怀里掏出一把折扇。"我专门从府城里带来的。"

碧玉接过，打开看，是把极精致的有香味的扇子。忙笑道，"这个我喜欢，谢谢表弟。"

勇哥仰起头乐呵呵的傻笑，得意极了。

智哥把他推到一边，也拿出一件玩物，放在手里去推它，怎么也不会倒下，是个不倒翁，样子极为滑稽。

"表妹，这个送给你玩。"他可是淘换了许久，才淘到了这件东西，赶紧拿出来献宝。

碧玉见这个不倒翁是乌纱玉带白帽，活脱脱一个官样子。满心欢喜的道，"谢谢表哥。"

吕登失笑地看着自己的妹妹在几个表兄弟的围绕下，玩着他们送的礼物。他这个妹妹啊，从一生下来就占尽便宜，不仅招的外祖父舅舅们都这么疼爱她，这些表哥表弟时时为了讨好她，挖空心思用尽法宝，还时不时地斗上一斗。真是幼稚。

"哥哥，你笑什么呢？快帮我拿东西。"碧玉两只手拿满东西，没办法只好找哥哥求助，伸着手要让他把礼物取过去。

"怎么让我拿？你自己收着。"吕登没好气地摇头，每次都这样。

"哥哥，帮碧玉拿一下嘛。"碧玉撅着小嘴，不满地看着兄长。她都拿不下了，哥哥就不能帮她一下？

吕登见她可怜分分地盯着他，只好无奈的接过东西。

"哥哥最好了。"碧玉不由眉开眼笑起来。

"下不为例啊。"吕登头痛得很，这句话他好像说过无数次了。

"知道了，哥哥。"碧玉的头点的飞快。再有下次，还让哥哥帮她，嘿嘿。

吴氏对着碧玉千叮嘱万嘱咐的，很是放心不下。这孩子除了上次和她一起住在吴家照顾生病的吴老爷子，还从来没有单独在外面住过。

钱氏笑道，"妹妹，玉姐儿住在这里，你有什么可放心不下的，万事有我呢。"她有些担心小姑是不是打算改变主意啊。"她住的屋子我早就收拾好了，就等着她去住呢。"

吴氏到嘴的话硬是吞了下去，"嫂子，你多费些心，这孩子如果闹得慌，就送她回来。"

"放心吧。"

吕顺有些不舍地摸摸女儿的头，心中直想着，要不就带回家去吧。可转眼想想早就答应好的事情，可不好反悔。

看着吕顺夫妻带着登哥申哥和李四妈夫妻回家去的背影渐渐消失，碧玉鼻子一酸，身体不由自主地朝前跟了几步。

钱氏一把抱住她，哄道，"玉姐儿，大舅舅家有好多好玩的，好吃的。等你玩够了吃够了再让你舅舅送你回家。"

碧玉委屈地睁大泪汪汪的眼睛，"真的？"

"真的。"钱氏心疼地摸摸她的小脸，"玉姐儿来，跟舅妈进去瞧瞧你住的地方。"

碧玉终究还是个孩子，被钱氏一哄，过一会儿就开开心心的有说有笑了。

吴家老宅是七进的大房子，前二进是偌大的前院，后五进是生活起居的内院。平日里就吴老爷子和吴家富一家人住，有些冷清。

如今办喜事，所有出外的人都回家了，将个吴府挤得满满当当。

吴家富夫妻住在后院的第一进，老爷子和吴家长孙忠哥夫妻住在第二进。而次孙孝哥夫妻和新婚的仁哥夫妻住在第三进。后钱氏将她安置在自己住的咏菊院，院中菊花开得正艳，风姿嫣然，姹紫嫣红。

左厢房内早就安排妥当。一明二暗的三间房间。

明间是书房，银红纱窗下放着一张花梨木的书案，书案上墨砚纸笔样样俱全，一边的书架上堆着半架的书籍。

中间用淡黄纱帐幔隔开，放着两把花梨木靠背大椅，桌上放着瓶炉三事，墙壁上挂着斗大的清水芙蓉图，博古架上放着各种小玩意。这是用来平常坐立的地方。

最内间用一架八扇的琉璃屏风隔开，纱窗下放着一张花梨木的雕工精致的拔步床，床上笼着绣着花草的嫩黄色纱帐，枕被都是崭新的。对面有张贵妃榻，又宽又大，让人不由自主地想躺上去。

碧玉站在琉璃屏风面前细看，每扇都是一角风景，连在一起就是全副完整的嬉春图。图中人物的发型、神情、动作、衣服折子都清晰毕露，可见有多么栩栩如生了。

"玉姐儿喜欢吗？"钱氏笑道。

"很喜欢，多谢大舅妈。"

"喜欢就好，有什么缺的就直接跟舅妈要，不要客套。"

碧玉微笑应了，"舅妈不要光顾着我，府里有那么多事，都需要大舅妈照应。"

钱氏的确有许多事情要办，婚宴虽结束了，但收尾事情还得由她这个女主人打点。只是惦念着这个外甥女，怕她离开家不自在，这才抽空亲过来安排。"那大舅妈先去处理事情，等忙过了这些，再来陪你。"临走还把冬雪留下照顾她。

碧玉见冬雪毕恭毕敬的站着，笑道，"冬雪姐姐，有小青陪着我，你去忙你的事吧。"

"那可不行，大太太专门留下奴婢服侍姐儿，这是奴婢的福气，哪能离开。"不愧是钱氏身边最得力的大丫环，把话说得漂亮极了。

碧玉歪着头想了想，"那冬雪姐姐陪碧玉说说话。"

让冬雪坐，她不敢，只敢侧坐在小板凳。

碧玉喝了口小青送上的金橙蜜饯茶，"我那几位表哥都娶亲了，二位表嫂人都很好，不知道新表嫂为人如何？"

毕竟年纪小，心里好奇嘴上就问了出来。

冬雪赔笑道，"那自然没说的，大奶奶挑了许久才选中的。"

吴家在镇上算是数一数二的富富，在县里府里都有产业，许多有待嫁之女的人家都瞄上了吴家。

大儿媳章氏和二儿媳季氏家中都是有些家底的，但不算大富。两个媳妇都是钱氏选的，她挑的人都是温顺听话，极守规矩的，家境不能太差。这个三表嫂自然也不例外，只是听说这金氏家中妻妻妾妾闹得挺欢，不知这人如何。

"当初上门提亲的女方有很多，大舅妈怎么就选中那家的？"对于这点，不止碧玉好奇，吴氏也很好奇，曾在家中嘀咕过几次。毕竟比金家条件好的人家不是没有。

冬雪犹豫了下，见她眨巴着好奇的眼睛，知道这位姐儿虽不姓吴，但在吴家说的话比谁都管用。不敢瞒她，一五一十说给她听。

原来钱氏为了两个儿媳没有生育而忧心忡忡，经常去各家寺庙烧香拜佛。那日一时天热钱氏有些不适，在寺庙的后院休息。事有凑巧，金家这位三姑娘也在后院，她随身带了些消暑的药品。见状就送了份给钱氏。

钱氏心生感激，让下人请来一叙。没想到这姑娘人漂亮性子又极为温柔敦厚。钱氏心中一动，存了想让她做儿媳的念头。

回来后让人打听下来，这姑娘品性好对父母又孝顺，真是百里挑一。极为满意就派了媒婆上门求八字。八字合下来，天作之合好的不行。就这样，将金氏娶进了门。

碧玉听了不住惊叹，心中却觉得怪怪的，可说不出哪里怪。

"这倒真是有缘，难怪了。"碧玉笑道，"明日就能见到三表嫂了，听说长得很漂亮，我定要仔细瞧瞧。"

"人长得漂亮倒是在其次，听说对父母孝顺的不得了。"冬雪吱吱赞叹道。

碧玉睁大眼睛道，"这又是怎么说的？"

"听说金家老爷有一年生了场重病，三奶奶发下宏愿，只要爹爹病好起来，愿一生茹素。就为这个，金老爷对这个女儿视若珍宝。也因这个缘故，金太太没有嫡子，却生生坐稳了正房的位子。"冬雪一脸仰慕。

"那三表嫂到如今还一直吃素吗？"碧玉心里有些不以为然。

"当然，跟菩萨发的愿哪有半途而废的道理。"冬雪跟在钱氏身边，也读了半本书，用词有些文雅。

碧玉不接这茬，转而问道，"金家太太没有嫡子？"

"是啊，只有三奶奶一个嫡女。"

难怪家里不安生，正房没有嫡子，那些生了儿子的姨室哪个不伸长的脖子算计着。还不争得头破血流的想脱颖而出继承家业。

"他们家有几个庶子？"碧玉来了兴趣，眼睛发亮的追问。

冬雪挣扎了下，这样在私下道人长短，不太好。被大太太或者三奶奶知道了……

没等她细想下去，碧玉偏着头道，"冬雪姐姐放心，出了这间屋子所有说过的话我全忘了。"

她料准了这种事情钱氏肯定打听的一清二楚，身为她的贴身大丫环的冬雪自然知道。

平日冬雪虽知道这位姐儿乖巧可爱，没想到会这么聪慧。更不敢得罪她，忙讨好地道，"姐儿的话，奴婢自然信的。虽说这种话不宜乱传，但姐儿不是外人，自然可以听的。"

这话既讨好了碧玉，又表明了自己不会乱传话的态度。又表示了对碧玉的亲近之意。

碧玉心中暗叹，能做个得宠的大丫环也需要些手段。瞧瞧这个冬雪就知道了，最起码这张嘴要会说话。

冬雪将金家的事情仔仔细细的说来，这金家一妻三妾，除了正妻只有嫡女外，其他都有庶子。为了能让自己的儿子继承这份家业，各出计策花招百出。闹的家中鸡犬不宁，被外面的人笑话不已。

而金家太太没有嫡子，反而坦然自若，没有参与这场战斗，只作壁上观。那三房妾室对她母女百般讨好，只求将儿子过到她名下，好得个嫡子名分。只是这些年过去依然毫无反应。

末了，冬雪叹道，"金家太太也真是可怜，没有个儿子傍身。不过从这些庶子中挑个好的也算完了事，也不知为何没个动静。"

"兴许拿不定主意吧。"碧玉淡笑道。

冬雪忙点头道，"姐儿说的是，这种大事自然要郑重些。万一挑个不好的，一世都没好日子过。"

说了些闲话，碧玉捂住肚子道，"冬雪姐姐，我肚子饿了。"

冬雪忙起身请罪，"奴婢一时忘了时辰，请姐儿责罚。"

"哪能怪你，是我拉着冬雪姐姐说个不停，要怪只能怪我自己。"碧玉笑眯眯地道，"劳烦冬雪姐姐了。"

第三章　新表嫂

第二天天色大亮，透过银纱窗照射进来，将一室染红。

小青先醒过来，看了看天色连忙推醒碧玉。

碧玉揉揉眼睛，茫然地看着她。

"姐儿，辰时了。"她推开被子跳下床。

碧玉愣了一会儿，连忙弹了起来，"糟糕，我们起晚了。"

"别急，先把衣裳穿好。"

小青快手快脚地拿起床边的衣裳替碧玉穿上，心中暗自庆幸，这衣裳昨晚就准备好了。否则还得费找衣裳的功夫。

穿妥衣裳，小青才拉开房门。冬雪已经带着两名小丫环捧着脸盆毛巾等在屋檐下。

"姐儿醒了？"冬雪进屋请了安，指挥着小丫环上前服侍。

"冬雪姐姐，我今日起晚了。大家都起了吗？"碧玉有些脸红，第一天就起的这么晚，还是在做客。真是的，早知道昨晚就不说这么多话了。

冬雪笑道，"姐儿别担心，昨日大家都有些累，几位小少爷都还睡着呢。"

那就是说，大人们都起了。碧玉心里大为着急，可转眼一想脸上恢复了镇静自若。

碧玉梳洗好后，坐在梳妆台前，小青正想拿起梳子。

冬雪抢先一步上前替她梳起头发，"姐儿的头发又黑又亮，真是极少见的。"

碧玉笑笑不语，冬雪看样子替钱氏梳惯的，梳的力道轻重正好，柔柔的让人放松。"冬雪姐姐，只要梳两条辫子就行了。"

冬雪应了，照她的意思梳了两条辫子，用两个大红的结子扎好，再拿朵小小的珠花插在辫中。

碧玉将辫子放在前面，拿在手里把玩着。"冬雪姐姐的手真巧。"

冬雪赔笑道，"不当姐儿夸，这种小事不值一提。"

碧玉在冬雪和小青的围绕下去了吴老爷子住的院子。

吴老爷子一身深蓝袍子，坐在正厅里。下首坐着吴家的三子和三个孙子，三个媳妇侍立一边。

碧玉快走一步，笑着上去一一行礼请安。

等一圈行完礼后，才回到吴老爷子跟前。

"玉姐儿，快过来坐。"吴老爷子满脸笑容的将她抱在膝盖上，"昨晚睡得好吗？"

"睡得很好，大舅妈安排的屋子太舒服，害的我今早都起晚了。"碧玉这话说得真是漂亮，把自己起晚原因归到钱氏身上，不动声色的变成了赞扬。

吴老爷子满意的看了眼钱氏，钱氏的心里别提多美了，这孩子真给她涨面子啊。

"这才好，住在外祖父家就要跟住在自个家里一样自在，千万不要拘束。"

碧玉笑眯眯地点头道，"嗯，我想到要吃什么就来跟外祖父要，到时外祖父可不要舍不得啊。"

小家碧玉
XIAO JIA
BI YU 上

“舍得舍得，玉姐儿要什么外祖父都舍得。”吴老爷子笑的眯起眼睛。

“外祖父最疼我了。”

吴老爷子被碧玉哄的老怀大慰，摸着她的头不住开怀大笑。

吴家富见状，心里十分安慰。留下这丫头的确是个好主意，最好能多留几天。

“三表嫂呢？怎么没见？还没起吗？”碧玉扫了眼周围，不由惊讶地问道。

吴家富笑道，“你三表嫂由大表嫂陪着下厨做早点，玉姐儿待会可要尝尝味道。”

原来如此，他们这一带的风俗是，新媳妇第一天都要下厨房做早点给公公婆婆吃。

“那我可要多吃一碗饭。”

话声刚落，章氏和另一名少妇端着托盘进来，下人们忙接过摆起饭桌来。

碧玉忙从外祖父怀里爬起来，冲着章氏问好。

章氏脸上堆笑，“表妹这么早就起了？怎么不多睡会？”

这时辰还早啊？碧玉有些无语。

钱氏忙介绍起那陌生的少妇，“玉姐儿，这是你三表嫂。”

碧玉福了福，乖巧地叫道，“三表嫂好。”

金氏见眼前的女孩子眉儿弯弯，嘴角上翘，十分讨喜。又是坐在吴老爷子怀里，状似得宠之人，不敢怠慢，“这就是姑姑家的玉表妹吧，长的真好看。”

碧玉扬起笑脸，“三表嫂可以叫我表妹，也可叫我玉姐儿，这是我的小名儿，大家都这么叫。”

“玉姐儿又亲切又好听的很，那三表嫂就不客气这么叫了。”

“嗯。”碧玉打量着她，杏脸蛾眉，琼鼻红唇，的确是大美女。

只不过眼中带笑，眉宇间坚毅，应该是个极有主意的人。

下人们来请吃早点，吴老爷子带着儿孙们一桌，只不过把碧玉叫到他的下手坐着。钱氏带着女人们一桌。

桌上六菜二粥一点心，黑米粥和碧粳米粥、小笼包、胡萝卜炒鸡蛋、薄切腊鸡肉片、油炸小鱼、凉拌黄瓜丝、糟鸭腿片、腌菜心。

"玉姐儿要吃什么？"吴老爷子低头问道。

"外祖父，我要吃粳米粥和小笼包。"

吴老爷子挥挥手，侍立在身后的丫头忙布上她要吃的东西。

见吴老爷子动了第一筷子，碧玉才拿起筷子挟了个热气腾腾的小笼包。她小心的咬了个口子，将里面的汤汁倒在调羹里，等凉了才咬下去。

吴家荣见这孩子吃个饭也这么斯文，不由笑道，"玉姐儿，这吃饭的规矩是谁教的？"

"当然是我娘了。"碧玉从百忙中抽出空瞥了眼笑的正欢的吴家荣。"怎么了？"

"太斯文了不好，吃饭就要大口大口地吃。"吴家荣喝了一大口粥道，"这才香。"说完还用瞧不起的眼光看着她。

碧玉转了转眼珠，笑眯眯地道，"原来是这样啊，那三舅舅再大口吃个小笼包吧。"边说着还站起来使劲挟了个递到他碟子里。

吴家荣愣了愣，看了看碧玉，又低头看了看小笼包，为难的皱起了眉。

碧玉扬扬眉道，"怎么了？三舅舅怎么不吃？是不是嫌不够烫？那让下人再取一屉滚烫的出来吧。"嘿嘿，让你捉弄我，没门。

"扑哧"旁边的吴敬仁再也忍不住，喷笑出声。见吴家荣恶狠狠的眼神扫向他，连忙用手捂住嘴。

吴敬忠和吴敬孝拼命忍住，脸憋得通红。

吴老爷子不由拍着桌子放声大笑，"三儿，你又输了。"

见他带头笑了，这桌上的人再也憋不住都笑出来。

吴家荣脸红红的，摇摇头无可奈何极了。

这个外甥女实在太精怪，每次都被她将一局，脸面都丢尽了。可再有下一次，他又犯贱的迎上去。

钱氏那一桌，见这桌笑的人仰马翻，忙让下人过来打听。

听完后，女人们不禁都笑开了，只不过都是捂上嘴笑的，不敢笑出声。

唐氏捂着嘴笑的最起劲，相公也真是的，在外面做生意一向长袖善舞，混的风生水起。可就是被这个外甥女制的死死的，看来真是一物降一物，玉姐儿正是相公的克星。按说吃了一两次暗亏，也就罢手了。他却偏偏还要再捉弄她，惹的她再弹回来，一来二往的不消停，可每次还乐在其中。真是的。

吴家荣在家中是幺子，挺受宠的。从小就养成了说一不二的霸道性子，如今娶妻生子好了许多。但别人都不能落了他的面子，否则他肯定会变本加厉的报复回来。

可这个外甥女每次都落他的面子，可他却半点都不记仇。依旧是他的心尖尖，每次得了什么好东西都会让唐氏送到吕家。

见吴家荣脸涨得通红，碧玉忙挟了筷菜甜甜笑道，"三舅舅，是碧玉不好向您赔不是，这个油炸小鱼是您最喜欢吃的，碧玉给您挟。"

"嗯，还是我们家碧玉最乖了。"吴家荣见碧玉给了他下台阶，心里舒坦了。

吴敬仁脸上的笑意刚刚收回去，听了这话，又忍不住要笑，被吴家荣一个阴恻恻的眼神吓回喉咙里。

三叔，不带您这么偏心的。明明是玉姐儿惹了您，您怎么拿我出气呢？仁哥不敢吭声，心中却在大吼。他也只敢在心里这么吼吼，嘴上是打死他也不敢说的。整个吴家就只有吴老爷子和碧玉不怕吴家荣，其他人都怕。想想任何正常的人都会怕个睚眦必报的人吧，得罪了他，一不留神就会被整的很惨。

安抚住了吴家荣，碧玉慢悠悠地吃着饭菜。还别说，这饭菜的滋味还真不错，粥熬到火候恰到好处，菜咸淡正好，清淡可口。这个三表嫂看来在厨艺方面下过一番苦功的。

等她吃完，漱了口，抬眼见吴老爷子还没吃完，就在一边等着。

吴老爷子眼角瞥到碧玉的举动，心里满意地点点头。真是个好孩子，多有规矩多贴心啊。

吃完早点，吴老爷子携着碧玉去上房坐，其他人也照着刚才的座位坐好。

吴老爷子道，"你们三个儿媳妇也坐吧，让孙媳妇们侍候。"

下人们搬来三把椅子放在左侧，钱氏几个告了罪才依次坐下。

金氏端了茶盘，先在吴老爷子面前跪下，"老太爷请喝茶。"

吴老爷子拿起茶杯，抿了口，就在茶几上。从侍立的下人手中接过一个红包，放在茶盘上，"要恪守妇道，孝顺公婆，体贴夫婿，为我们吴家开枝散叶。"

金氏恭恭敬敬应了，再跪到吴家富面前敬茶，吴家富倒没多说什么，稍微喝了一口，递了个红包过去。

再依次一个个敬过来，所有长辈都敬完了，才站起身。

接下来是吴敬忠，因为是大伯，不用跪着敬茶，只站着敬茶即可。

敬忠、敬孝都敬过了，金氏的视线转了一圈，定在钱氏脸上。

钱氏说道，"给你大嫂也敬杯茶，以后她是长嫂，你要多听听她的话。"

"不用了，婆婆，我就不用了。"章氏怯怯地摇头。

“要的大嫂。您快坐，让我敬大嫂一杯茶，我年纪轻不懂事，您以后可要多多教导我。”金氏满脸笑容的扶着章氏坐好，取过茶杯递给章氏。“大嫂请喝茶。”

章氏有些手足无措，慌乱地接过茶，喝了一大口。早有下人递上红包，章氏接过，满脸通红地递给金氏。

这所有的一幕都落在碧玉眼中，脸上仍旧挂着笑脸，心里早就叹了好几声了。

总算都敬完茶，众人都散开，各做各的事去。

钱氏携着两个儿媳妇下去谈些家务。

碧玉依然陪着吴老爷子，“外祖父，我给您沏茶喝。”

“好，你娘又教给你一样本事了？”

“嗯，娘说您最爱喝她沏的茶。”

碧玉招来下人端来茶具和新茶，站着沏茶。她的手势流畅无比，如同演练过无数次。倒去第一泡的开水，在茶杯里注入第二轮滚烫的热水。洁白的茶杯里绿茶慢慢下沉，汤泽明亮茶香四溢。

小心翼翼地捧给吴老爷子，“您尝尝有没有娘沏的味道？”

吴老爷子轻轻啜了一口，双眉舒展点头微笑，“不错，有你娘的六成功力了。”

碧玉歪着头道，“那碧玉还要多练练才行。”

吴老爷子喝了几口茶，将茶杯放在桌上，“你娘教了你这么多乱七八糟的东西，你不嫌累吗？”

“不累，这些东西都挺有趣的。”碧玉浅笑道。

“小小年纪，你娘也真舍得让你们学那么多东西。”吴老爷子有些心疼地看着外孙女。

吴氏教给儿女的东西，别人不知道然他知道得一清二楚。吴氏从小也是这么过来的。

"娘说艺多不怕压身，多学点总是好的。"碧玉调皮地眨眨眼睛，笑的极为可爱。

"哎，我现在都有些后悔请梅姑来教你娘了。"吴老爷子轻声嘀咕。虽说这些东西都很有用，但很枯燥很辛苦的。

"梅婆婆？"碧玉眼睛一亮，满脸仰慕，"我真想见见她老人家。娘的本事都是她教的，她肯定很厉害。"

她从来没见过这个梅姑，但从吴氏的只言片语中，知道梅姑是极有本事的。

"厉害有什么用？这都是从血泪中得出来的经验。"吴老爷感触颇多，拧着眉心道，"如果可以，我真希望你们都用不上。"

"娘也是这么说的。"碧玉附和道。

吴老爷子不由放开心中的感叹，伸手捏捏碧玉的小鼻子，取笑道"你都八岁了，怎么还老是像个奶娃娃般三句不离娘的，羞不羞？"

碧玉身体一侧，嘟起小嘴道，"那只有怪外祖父了，都是您引我说的呀。"如果不是他老问这些事，她怎么会老提到娘呢？这些都是娘教的啊。

"你这孩子，精怪成这样。"吴老爷宠溺地笑道，"将来不知哪个倒霉的家伙被你遇上？"

"外祖父，您说什么呢？"碧玉红着脸不依的跺着脚。虽然只有八岁，但这种事已经有些懵懵懂懂，知道不好意思了。

"好了，不说这个。"吴老爷子拍拍她的手，安抚地笑道，"说说，你那三表嫂如何？"反正他也没有什么事，就考考这个外孙女打发时间吧。

"不好说。"碧玉眨巴着眼睛，托着下巴。

"怎么？"吴老爷子扬扬眉头，"在这里说说不要紧。"

碧玉想了想，笑道，"光看一面怎么知道她的品性，不过我

瞧着，人聪明的紧嘴巴又会说。大表嫂根本不是她的对手。"她
也知道吴老爷子的用意，就顺着他说些吧。

吴老爷子轻抚着花白胡子，"你大舅妈这次倒选了个厉害角
色。"他倒很满意这个孙媳妇，很适合做当家主母。

"您不担心吗？"碧玉好奇地问道。

"当家的女人总要有些城府的，厉害些也应该。我有什么好
担心的，她再厉害也只是个女人，翻不了天去。"吴老爷子倒并
不担心，女人的心不大生了孩儿，总会为这个家考虑。

他早就对钱氏挑的媳妇人选有看法了，都是那种软趴趴柔顺
没主见的女人，怎么可能当好这个家呢？吴家需要个能干的孙媳
妇，将来也好接手吴家当家主母的位子。只不过他好奇的是，这
次是钱氏看走了眼呢？还是她想到了这个问题，才挑了个厉害
的？

"还是外祖父更厉害。"碧玉听懂了他的话，跷起大拇指夸赞，
吴老爷子才是吴家最厉害最深藏不露的人。

吴老爷子得意地笑道，"你呀，还要跟你娘多学学。"

碧玉这孩子聪明又懂掩饰，但还是年纪小，看的不够远，想
不到深处，还需要多看多学。吴老爷子暗忖道。

"外祖父，您当年为什么要让娘学这些？娘又不嫁到大户人
家去。"碧玉好奇这个，已经很久了，一直没机会问。

就像如今，吴氏就算明白有些东西，他们兄妹用不到，还是
要教给他们。

"你娘她学的时候跟你差不多大小，那时谁知道会嫁到哪家
去。我只是担心她，怕她出嫁后吃亏被人欺负。这才请了梅姑过
来教她些东西，学些总有备无患。"吴老爷子摸着她的头，轻笑
了几声，"再说你娘虽然没嫁到大户人家，如今这些东西也用上
了。她不仅能干的把家收拾的妥妥当当，还把吕家上上下下收得

服服帖帖，你爹爹也只听她的话。这样不是很好吗？"

吴老爷子中年得女，妻子又因产后不调去世。上面三个都是儿子，家中没有人可以教导吴氏。他将女儿视若珍宝，自然想让她平安顺遂。见她日渐长大，忧心益深。就想尽办法请来了刚出宫的梅姑，除教些女红管家礼仪之类，还教些世故人情，各种立足世上的手段。

这倒是，碧玉听说去世的爷爷奶奶开始时挺瞧不起出身商户的娘，可到后来却把娘当成亲闺女般疼的，讨人喜欢这也是一种本事。

"碧玉明白了。"

吃完早饭碧玉刚回到屋子，就被金氏派人请去咏梅院。

院中还是一片喜气的景象，大红色到处可见。

丫环迎着碧玉进了小花厅，厅里金氏、章氏、季氏三人团团围坐，正说的热闹。

"玉姐儿来了。"金氏满脸笑意的起身，上前拉着碧玉的手，"我们就等你了。"

碧玉上前见过礼，笑盈盈地道，"各位表嫂这是……"

一大早的，这些表嫂怎么就聚在一起呢？还把她请来做什么？

"你三表嫂请我们过来一叙，都成了一家人本应联络联络感情。"季氏笑道，"我们想着，可不能把你给忘在一边，就派人来请你过来。"

碧玉在金氏左侧的位子上坐下，"表嫂们刚刚正说些什么？让我也听听。"

"我们正赞三弟妹的手巧。"章氏指着桌上的东西微笑道，"玉姐儿你看，这些都是三弟妹亲手制的。"

碧玉定睛一看，檀香木的圆桌上堆了些手帕、荷包、汗巾、扇络之类的东西。伸手取了个荷包细看，绣活果然鲜亮。

她不由点头赞道，"三表嫂果然心灵手巧，不仅厨艺了得，绣艺也是高明得很，真让碧玉拜服。"

金氏用手帕捂着嘴笑道，"玉姐儿快别取笑我了，姑姑的绣艺才是真正的高明。听说是宫里的嬷嬷教出来的，我这点微末之艺根本无法相比。"

真是了解的够清楚的，连这个都知道。碧玉忙为自家娘亲谦虚了几句。

季氏笑道，"大家都不要这么客套，以后都是一家人了。"

"二嫂的话是正理，亲亲热热的才是长处之道。"金氏指着桌上的绣活道，"我也不客套，你们如果看得上这些小玩意，就挑些吧。"

季氏一脸欢喜笑道，"我倒是很喜欢，那就不客气了。玉姐儿你最小你先挑。"

"二位表嫂先挑吧。"碧玉喝了口茶，摇摇头道，"长者为尊，哪有小辈先挑之理？"

"表妹先挑。"章氏轻声道。她不大插话，只是偶尔说上一两句。

推让了一番，碧玉却不过情面只好先选，扫了眼桌上的绣件，偏着头想了想，随手挑了个雪缎翠竹的荷包，一个大红描金的扇套。并不出众也不算太差。

季氏挑了块云锦丝手帕，上面绣有嫣红的梅花。还有一条碧青色的汗巾。

章氏挑了一条紫红的汗巾，一个压金线的荷包。

金氏嘴角漾起浅笑道，"大嫂的眼光真好，这个荷包可是用云州绮罗制的。"

云州绮罗一匹价值千金，极少有人舍得用来制荷包。

"是吗？那……"章氏犹豫了下，有些不舍地将荷包递给碧玉，"表妹，这个给你吧。"

"多谢大表嫂的好意，我有这个就够了。"碧玉摇头不肯受。她不喜欢夺人所爱，大表嫂这么喜欢这荷包，她怎么可能会要。再说家中吴氏给她做的荷包还有好几个没用过呢！那可是吴氏为她精心做的，碧玉还是比较稀罕那几个。

收拾好桌面的东西，丫环们将点心送上。

四人边吃边聊，金氏极会说话，永远让你感觉亲切温和，说话又轻声细语慢条斯理。很容易让人对她产生好感。

金氏问道，"玉姐儿，你家中还有一兄一弟？"

"对啊。"

她眼中有丝羡慕，"你哥哥名叫登哥？他肯定很疼爱你吧。"

"嗯。"说到家人，碧玉露出甜美的笑容，"我哥哥可好了，等过年时您就能见到他。"

"听说登表弟对父母孝顺读书又好，将来也必是好的。"

"哥哥年岁还小，如今哪能说得上好不好的。"听别人赞自家的兄长，碧玉心中高兴，笑眯眯地道，"三表嫂家中有几位手足？"

金氏脸上的笑意淡了些，"二个哥哥，三个妹妹，一个弟弟。"

"你们家真是人丁兴旺，平日里一定很热闹吧。"这些多的兄弟姐妹，可比他们家热闹多了，不知道平日里会不会吵架？

"还好。"

碧玉见金氏对这个话题不是很感兴趣，也不再多问。转移话题，"三表哥呢？"

昨晚跪了一夜，够他受的。也不知道有没有事？她还没来得及让小青去打听呢！

"你三表哥去铺了帮忙了。"

碧玉张大了嘴，吓了一大跳，"今日还要去铺子？"怎么连休息的时候都不给他呢？是谁这么狠心啊。

"三弟妹，三弟怎么去了铺子？怎么不休息一天？"季氏也很吃惊，昨天的事情吴家上上下下皆知，她就算关在房中静养，也得到了消息。

"是啊，三弟妹，怎么不劝三弟休息一天呢？"章氏也道。

金氏淡笑道，"在家也没什么事，还是去铺子转转。听相公说前些日子接了张大订单，人手不够都忙不过来。所以公公才让他去帮忙的。"

听到是吴家富的意思，章氏她们都闭紧了嘴巴，不再说下去，那不是她们做儿媳妇该说的。

碧玉倒没有这个顾忌，蹙起眉道，"可也得让他休息一下啊。"大舅舅也太狠心了，也不想想三表哥昨晚跪了一晚上，没有休息片刻，就抓他去铺子。啧啧啧。

"相公年轻偶尔熬一夜不会有事的。"金氏依旧淡淡地笑着，看不出其他的内容。"再说婆婆已经让人熬了补汤送来给他喝了。"

"婆婆的汤滋补着呢，喝了就没事了。"季氏摸了摸圆乎乎的脸笑道，"婆婆也总是为我熬各种补汤，我都胖了一大圈，让我怪不好意思的。"

"这有什么呢，二嫂肚子里可怀着吴家的长孙。婆婆多费心也是应该的。"金氏满脸堆笑，让人觉得她非常的真诚。"二嫂身体还好吧，可有不适的地方？"

季氏极力掩饰那丝得意，嘴上说道，"别的还好，就是这孩子老让我犯恶心，吃不下饭。"

"这可不行，饭可一定要吃。"金氏一脸的着急，"这孩子金贵着，二嫂你就算再难受也要吃饭。"

"我会的，再不想吃也得吃下去。"季氏脸上的得意是掩盖不住，摸着有些显怀的肚子，"这孩子可不仅是我一个人的，这可是整个吴家的宝贝。"

章氏的脸色一白，而金氏的眉头不易察觉地一皱，随即就松开。如果碧玉不是一直盯着她的话，还真看不出来。

三个女人你一言我一语的，碧玉也插不上话，只是静静地看着她们。

金氏热情的道，"那嫂子更该为整个吴家保重身体，平平安安的生下吴家的宝贝金孙。"

"我晓得。"

"对了。"金氏想起些什么，朝内室看了一眼，"我这里有些血燕窝，二嫂取些回去每天吃上一盅，比任何补药都强。"

季氏的手始终没离开小腹，摇摇头道，"这个可不敢要，婆婆已经为我备了许多补品，燕窝也是有的。"

金氏抿嘴笑了笑，"血燕窝可不同于一般的燕窝，那可要珍贵上百倍。"

"这血燕窝有这么珍贵吗？"季氏惊讶地睁大眼睛，见金氏郑重地点头，"那……我厚颜收下了，真是怪难为情的，老是收你的东西。"

"二嫂多心了，哪有什么难为情的。这肚子里的孩子可是我嫡亲的侄儿。"金氏转头扬高声音唤道，"梅香，去我房内取些血燕窝送到二奶奶院中。"

"那多谢三弟妹了。"

三个女人一台戏，真是热闹无比。碧玉托着下巴脸上挂着浅笑，不时喝上口茶，吃块点心的。

闲聊了将近一个时辰，章氏和季氏才先后离开，碧玉也起身准备告辞。

金氏忙一把拉住她，"玉姐儿稍坐坐，三表嫂有东西给你。"

“三表嫂的东西我已经收了。”碧玉睁着一双不解的眼睛，“怎么还有？”

金氏让人取来一个盒子，微笑地递给碧玉，“这是给姑姑姑父，还有表弟们的礼物。玉姐儿回去时帮三表嫂捎给他们。”

碧玉忙摇头推让道，“三表嫂，您不用这么客套。”

“要的要的，这是礼数。家中上上下下我都备了礼。”金氏满脸堆笑，硬要塞给她，“姑姑也是一家人，岂能漏了？”

见金氏非常坚决，碧玉也没法只好收下。

“那我替他们谢谢三表嫂了。”碧玉把盒子递给小青，向金氏福了福。

“玉姐儿不用这么多礼。”金氏忙一把扶住她，嘴角含笑道，“顺便替我向两位长辈请安，向两位表弟问好。”

碧玉含笑应了，再说了几句闲话，才转身离开。

回到房中，碧玉洗了洗手从小青手里接过盒子翻开盖，拿出来细瞧。是二匣子文房四宝，一匣子八个各式的绣花荷包，一个小孩子戴的金项圈，一对金手镯。

看了半晌，碧玉勾起嘴角笑笑。

“姐儿，有什么问题吗？”小青见姐儿笑的古怪，不由问道。

“文房四宝是出自府城的八宝斋，绣花荷包都是苏州绣娘的手笔。这些虽不是稀罕之物，但也算是少见了。”碧玉眯起眼睛，拎起金项圈把玩，只见上面刻着长命百岁的吉祥话，“这个三表嫂不简单啊。”

“送礼不是应该送最好的吗？这有什么奇怪的？”小青二丈摸不着头脑，“我瞧着三奶奶极想跟姐儿亲近的，人也是极周全的，连送老爷太太的礼都考虑到了。”

碧玉扔下金项圈又拿起金手镯，漫不经心的解释道，“送的太贵重爹娘不会收，这些嘛，不算太贵重但又都是他们喜欢之物。

爹娘他们自然不会拒绝，还讨了他们的欢心。"送礼也是一门学问，不是最贵最好的就能讨了被送礼人的喜欢。送礼也要投其所好，要让人满心欢喜地收下。

"这个三奶奶的心眼还真多。"小青翻了个白眼，这些人整天心里弯弯绕绕的，也不嫌累。"那这金项圈是送给申哥儿的，那金手镯呢？"

"文房四宝爹和哥哥一人一份，荷包是送给娘的。"碧玉扬扬眉笑得灿烂，"剩下的自然是我的。"

"不是刚才送过了吗？"小青有些诧异，转眼挥了挥手，"算了，想那么多干吗？反正也不关我们的事。过几日我们就走了。"

"是啊，管她那么多。"碧玉将金手镯扔到盒子里，闭上眼睛休息，那些事情她也懒得理。吴家毕竟是她的舅家，不是她该多管闲事的地方。

小青麻利地收拾好东西，静了片刻心里痒痒，肚子里的话憋不住，"姐儿，难道您不想去外面逛逛吗？"

难得出来一次，又没大人盯着，不出去逛逛真是可惜了。

"当然要逛。"碧玉蓦地睁开眼睛，满脸兴奋，"好不容易有机会出来，怎么能错过呢？"谁知道下次什么时候才能出家门，当然要趁此机会玩得开心点。

"那怎么出去？偷溜出去吗？"小青凑上去轻声问。这架势真像是要去做贼的。

"胡说什么呢？什么叫偷溜？"碧玉撇了撇嘴，转了转眼珠，已经想到办法了，"我们当然是光明正大的出去。"

热闹繁华的街上人来人往，店铺一家接着一家，小伙计们在门口热情的吆喝着。小贩手中拿着各式货物走在路上贩卖着。

义哥牵着碧玉的手不时替她挡开人流，信哥和勇哥乐呵呵地跑在前面，窜来窜去开心得像出笼的小鸟。

碧玉满脸新奇不住的东张西望，小青手提着一包刚刚买的东西跟在后边也好奇的张望着。

"玉姐儿累不累？我们找个地方坐坐。"义哥问道，都逛了两个时辰了，这几个孩子还这么有精神，脸上丝毫没有累意。再说出来这么久，不知道家里发现他们不见了没，他还真有些担心。

碧玉原想再逛逛，抬头见他担心焦急的脸，不由得点头道，"义表哥作主吧。"她今日穿着一身男装头发束成一个髻，看上去像个清秀的男娃娃。

义哥四处扫了圈，见左前方有家豆腐铺，"我们去这家坐坐。"

碧玉含笑点头，随着义哥进了铺子。铺子里的三张桌子都坐满了人，只剩下最外面的那张桌上没人。

义哥让她在那桌边坐好，才跑到外面将两个不安分到处蹦跶的宝贝疙瘩拽了进来。

"四哥，这有什么好吃的？"义哥有些不乐意，撅起嘴。

义哥点了五碗豆腐脑，转过头笑道，"别看他们家的豆腐脑不起眼，味道却是最好的，你们都尝尝。"

"四哥，真有这么好吃吗？"智哥疑惑地问道。

另一张桌上吃的不亦乐乎的人抬起头笑道，"你们吃过就知道了。"看来是个老食客。

趁他们说话的间隙，碧玉盯着个十二三岁的女孩子，只见她掀开盖子，麻利地从桶里舀出白花花的豆腐脑，分放在几个碗中，放上点调料洒点榨菜丝最后浇上芝麻油，不一会儿，香喷喷的豆腐脑就端了上来。

碧玉深吸了口气，好香，自家炸的芝麻油那股子独特的香味扑入鼻中，不由让她咽了下口水。

坐在她身边的勇哥早已呼啦啦的挖了块，放下嘴里，"唔唔，好吃好吃。"吃的停不下嘴，全然忘了刚才还嫌弃这摊边小吃呢。

小青用手帕擦了擦调羹，这才递给碧玉。

碧玉接过尝了一口，又滑又香又嫩的豆腐脑让她满足地眯起眼睛，这种美味要是天天能吃就好了。

五人默不吭声的埋头苦吃，难得的静悄悄，不一会儿就吃的碗底朝天。

"四哥，我还要一碗。"智哥叫道。真好吃啊！

"好吃的东西吃多了也没味道。"义哥拍拍他的头笑道，"我们去吃别的东西。"

"不要，四哥，我还没吃过瘾呢。"勇哥将调羹舔得干干净净，抬起头叫道。

"义表哥，我也要。"碧玉也没解馋，一碗怎么够呢？

义哥见这三个小家伙可怜巴巴地盯着他，无奈地又点了几碗。难得陪他们出来一趟，就让他们吃个够吧。

勇哥一声欢呼，嘴上像抹了蜜道，"四哥最好了，你怎么就不是我亲哥呢？那样的话就能天天让你陪我出来玩。"

"你想的美。"义哥一掌拍过去，"要不是玉姐儿想出来逛逛，我才不带你们这几个捣蛋的小子出来。"带着他们几个调皮的小家伙都是累啊，一不留心就跑得不见人影，让他提心吊胆的。

吃过午饭他刚想休息会儿，碧玉就跑来要他带着她出去玩。这小表妹难得有个请求，他也不好拒绝。找了件信哥的衣服让她换上，准备带着她出门。

没想却被两个机灵的小子发现，缠着要一起出来。最后他只能投降答应，这可给自己找了个大麻烦。累身累心，自己根本没敢放心的玩，就怕出点岔子，到时吃不了兜着走。

"那我们就不用领你的情了，只要谢表姐就行了。"勇哥听了朝天翻了个白眼，"表姐，下次再带我出来啊。"他是个墙头草。

豆腐脑送上来，他率先吃了起来，狼吞虎咽的模样真像没给他吃饱饭。天知道，刚刚还吃了一个糖葫芦、一张芝麻甜饼、一个米饼、两块油炸糕、两个果子。

"你不是就要回家了吗？"智哥撇撇嘴道，"怎么还能和我们一起出来玩呢？"让你对我哥哥翻白眼，哼。

说到这个，勇哥一下泄气了，有些委屈地道，"我真不想走。"在这里无拘无束，父母也不会多管他，陪他玩的人又多，还有个最喜欢的表姐陪他玩，他有些乐不思蜀了。

"有什么不想走的，你不是说你们那里好玩好吃的东西多的是吗？如今怎么不想走了？"智哥糗他，前几天还在他面前吹嘘府里有多么好玩多么热闹，让他气得牙痒痒。

"这里虽然比不上府城，不过这里陪我玩的人多啊。"勇哥撇撇嘴，突然瞪了他一眼，"你们不是也要走了吗？"

"嗯。"智哥也有些闷闷不乐了，回到县城的家里，又要被逼着天天念书了，真是没劲。还是这里好，不用念书，还能天天和表兄弟们一起玩。

"义表哥，你们什么时候走？"碧玉从碗里抬起头问道。

"听爹爹说后天就走。"义哥道，取出手帕帮她抹去嘴边的白色豆腐渣。

"怎么这么快？"碧玉感激地笑笑，还是义表哥最好。

"那边的生意不能耽搁。"义哥倒不嫌她是个小孩子，仔细解释给她听，"这些日子住在老宅太久了，爹爹怕会出娄子。"

"义表哥也要天天念书吗？"碧玉想起智哥的话，不由抿嘴笑道。

"嗯，不过爹爹已经答应明年就让我学着做生意。"

"做生意？"碧玉有些奇怪，怎么义哥这句话有解脱的感觉呢？"念书和做生意哪个比较轻松？"

"对我而言，生意更轻松些。我不是念书的料，还是早些学做生意吧。"他们二房就只有两个儿子他又是嫡子，生意总要他来继承的。迟早要学还不如早点学吧。

"那我怎么没觉得我哥哥念书辛苦呢？"碧玉疑惑不已，其实她也没觉得念书辛苦，怎么这几个表哥都对念书避之不及的模样呢？

"表弟不同，他生来就是读书人。自然不会觉得辛苦了。"义哥对吕登这个表弟向来是服气的。别看登哥他年纪小，书不仅念的好行事又大方。

碧玉眨巴着眼睛，还是有些不解，但也不再追问。"咦，那是卖什么的？怎么那么多人排队呢？"

义哥顺着她的视线看去，不由笑道，"这些都是买点心的人。"

"这么多人？是不是特别好吃？"碧玉对吃食最感兴趣。

"他们家的千层酥是镇上的一绝，每天只卖到晌午，过了晌午就没得吃了。"义哥对这小镇上的情况了解得很，这里毕竟是他的老家。

"那我们也去买点。"勇哥听到这么好吃，立马垂涎三尺。

义哥看了看这四个人，有些不放心，"还是算了，要真想吃，下回让家里的下人来买。"

"不嘛，我现在就想吃。"勇哥开始耍赖，要不是怕在表姐面前丢脸，他早就在地上打滚了。

"勇弟，别胡闹。"义哥敲了敲他的头。

"可我想吃。"

"义表哥，我也想吃。"碧玉眼睛不落地盯着队伍，越发觉得那千层酥好吃了。"这样吧，我去排队，你们在这里等着。"

"哎，算了。"义哥见一向乖巧的碧玉都这么说，舍不得拒绝，"你们别乱跑，我去排队。"

"四哥，我们一起去吧。"智哥随着他一起站起来。

"那里人多，会挤到你们的。"义哥就是不放心他们几个，万一有个闪失，那……

"不要紧，我们不和别人挤站在一边看着。"碧玉也站了起来，吃完了赶紧给别人腾地方，别老占着座位。

义哥拿这几个小孩子没法子，只好带着他们一起过去。

瞧着前面还有三十多人的队伍，义哥苦笑道，"你们就在旁边玩会儿，不要跑远。"

"好的。"碧玉乖乖点头，仰起小脸，"义表哥你多买些，也带回去给外祖父他们尝尝。"

"你不怕他们骂我们啊？"

"怕什么，是我要出来玩的，不会怪到你们身上的。"碧玉眯起眼睛，样子可爱得不行。"再说他们可能已经发现我们不见了。"

就算他们刚出来时没发现，这个时辰肯定发现了。所以他们就买些好吃的东西带回去拍拍马屁，也能少挨些骂。

"你呀。"义哥无奈地摇摇头，"在家里时也是这样吗？姑姑姑丈就不说你吗？"明知别人发现他们偷溜出来了，还这么不慌不忙的，还想着多带些点心回去。

"做错了事当然要说了。"不过她的撒娇本事可是无敌，家里人都吃这套。碧玉甜甜的想道。

边说着话边排着队，倒也不觉得枯燥。轮到他们时，正好是最后一屉。干脆都打包了，每个人手里都拎了两个油包。

正要转身离开，一个人满头满脸都是汗匆匆忙忙地跑来，"给我一份。"

店里的小二道，"对不住，今日已经卖完，明日请早。"

"小二哥，求求你卖一份给我吧。"

"真的没有了，明日你早点来自然能买到。"

那人着急了，低声下气地求道，"小二哥，家母生病了，就惦记着这口吃食，你就行行好吧。"

"我们铺子是没办法了。"伙计为难地皱起眉，突然指着碧玉他们，"不过你可以向那几位匀一点，他们买了好些。"

那人听了忙转过身，见他们手里的确提了好多。作了个揖求道，"几位兄弟，你们能不能匀出一份给我？家母实在想吃。"

勇哥头一摆，心里不乐意。"可我们家里也想吃，这些东西还不够我们家里人吃的。"

那人脸上露出一丝苦涩，"求求几位了。"

碧玉刚才在旁边已经听到了缘由，仔细打量了他几眼，这人年纪不大，比自家哥哥大上一二岁左右。容貌俊秀，脸色白皙，自在一番气度，虽然苦苦相求，但并不让人感到卑微。只是衣裳不显眼处补了几个补丁，看得出家境并不好。

"我这两份都给你吧。"碧玉将手中的油包递给他，她最欣赏孝顺的人。如果换成自己的娘病了想吃什么东西，她也会想尽办法给弄来。

"谢谢小兄弟，我只要一份就够了。"那小少年行了个大礼，碧玉淡笑着避开。

他伸手接了一份，碧玉干脆的将手中的油包都塞给他。

碧玉朝他笑了笑，拉着义哥他们转身就走。

后面的那人急叫，"钱，给你钱。"

"不用了，快带回家给你娘吃吧，冷了就不好吃了。"碧玉回头嫣然一笑。

"不行，我不能白拿你的东西。"少年手忙脚乱地在怀里掏钱。

"下次遇到再给我吧。"碧玉不在意地挥挥手，拉着小青小跑步的离开。义哥他们也跟着跑得无影无踪。

少年想追上去，可看了看手中还热乎乎的油包，犹豫半晌，跺跺脚回家。

果然不出所料，他们回家时已经东窗事发了。

刚从后门偷偷进府，就被等着的下人带到正房。

吴老爷子高坐在首位上，绷着张脸。钱氏侍立在一边低眉顺眼的不吭声。

家中的男人都出去了，唐氏和蒋氏被其他府的女眷邀去，只剩下钱氏看家。只不过家中琐事繁重，她忙的脚不沾地。碧玉他们几个溜出去玩都没察觉。直到许久之后才发现人都不见了，家里才焦急起来。上上下下在府里找了个遍都没找到。

还是吴老爷子沉得住气，不慌不忙的命人在所有的门口把守着，一旦他们几个回家就带过去。

吴老爷子扫了他们一眼，威严的拧紧眉心，"你们好大胆，也不带上几个下人就自个出去玩了？也不怕危险吗？"不过碧玉这丫头穿上男装还是蛮像男娃娃的，粉雕玉琢的样子实在太可爱了。

碧玉刚想张嘴说话，义哥抢先一步跪下去请罪，"爷爷是我不对，是我带他们几个出去玩的。"家中最大的就是吴老爷子，所有人都怕他。他也不能例外，还是先求饶为妙。

"不是四哥，是我们硬要出去的。"智哥心里虽然害怕，但还是跟着跪了下去。

勇哥犹豫了下，也跟着跪下。

碧玉本已张开的嘴巴闭上，他们的性子都这么急居然抢了她的话。

"你们倒是不怕责罚，偷溜出去玩得这么久。"吴老爷子冷冷地说道，心里其实并不恼，能撺掇着义哥偷溜出去的人必然是碧玉，不过呢这丫头做什么事都是有分寸的。

　　但是该教训的话还是要说，该吓唬的话也是不可少的，免得他们以后没着没边的尽闯祸。"上次还没得到教训吗？"

　　碧玉听了这话，忙从小青手里取过一个油包，拿出热气腾腾的点心递到吴老爷子面前，"外祖父，请你吃千层酥。"

　　吴老爷子正想好好教训一顿，却被她的话堵住，面色稍霁，"你们出去就为了吃这个？"对这孩子不能太凶了，免得以后不肯亲近他，他就这么一个不怕他的外孙女。

　　"嗯，听说这点心特别好吃。"碧玉笑眯眯地点头，"我们想着搜罗回来给外祖父尝尝。"

　　吴老爷子见她闭着眼睛说瞎话，哭笑不得，这孩子。

　　碧玉拈了块千层酥递到吴老爷子嘴边，"外祖父，您先尝尝，不知道味道还好吗？"吃下去就表示不生气了，嘿嘿。

　　"你还没吃吗？"吴老爷子没有张嘴，在她脸上扫了几眼。

　　"嗯，我们排了好久的队才买到这些。怕凉了不好吃，跑着回来的。"碧玉抬高手中的点心献宝，"您看还热着呢。"的确还有白烟在冒。

　　"那为什么自己不先吃？"吴老爷子心中一软脸上有丝松动。

　　"这是为您买的啊，您还没吃，我们怎么能先吃？"碧玉将点心塞进他嘴里，一脸期盼地问道，"好吃吗？"

　　吴老爷子心里早被这一席话说的开怀不已，这孩子有孝心，脸上再也绷不住，不住地点头笑道，"好吃好吃，玉姐儿也吃吧。"

　　跪在地上的几个人同时舒了口气，没事了。

　　义哥想着，玉姐儿这张嘴比谁都厉害。明明是自己贪玩，却说成了出去为爷爷买点心。更绝的是，爷爷明知道是假话，还是乐的笑眯了眼。这个本事得学起来，有用着呢。

　　吴老爷子吃了块点心，瞧了瞧地上的孙儿，挥挥手道，"都起来吧，不是不让你们出去，而是出去要带上下人。"

他们三个爬了起来，站在一边乖乖应了，下人们送上椅子，他们几个依次坐了，听吴老爷子训话。

碧玉将另一油包送到钱氏面前，睁着双会说话的大眼睛，"大舅妈，您吃。"大舅妈肯定着急了，说不定还被外祖父说了几句，碧玉心里有些歉疚。

钱氏摸着她小小的脑袋，脸上溢满了笑意，"玉姐儿真乖。"出去还想着给她带东西，好孩子。全然忘了刚才心急如焚的心情。

等吴老爷子训够了，再温言安慰了几句，大家才散了。

钱氏携着碧玉回院子，在小花厅坐着。还怕碧玉在外面受了委屈，一把抱进怀里，嘘寒问暖的，哄着她说话。

碧玉口齿伶俐，说话条理清楚，将外面所见所闻说的极有趣，听的钱氏不住捂住嘴笑。她最后还把点心铺发生的事也说了一遍。

钱氏笑道，"玉姐儿怎么想到送点心给那孩子？"

碧玉漫不经心的歪着头，"他家家境应该不是很好，我们又有许多，就分些给他。"

钱氏逗她，瞧这孩子心善的很，"你就不怕他是个坏人吗？"

碧玉眨巴着眼睛，使劲摇头道，"他是个孝子，不会是坏人。"

钱氏摸着她的头夸赞道，"玉姐儿真聪明，居然能想到这个。"

"不是我想的，是娘说的。"碧玉有些不好意思地道。

"不管是不是小姑说的，我们家玉姐儿能自个儿想到这点就是聪明。"瞧瞧这话，太宠孩子了。

"大舅妈，什么时候送我回家？"提到娘，碧玉有些想家了。

钱氏捧着她的小脸，有些担心地问道，"玉姐儿在这里不开心吗？"是不是她太忙疏忽了碧玉，让别人欺负她了？

"开心，不仅外祖父舅舅舅妈们都对我很好，各位表哥表嫂表弟对我也很好。"碧玉点头道，"可是我想爹娘了。"

该吃的该喝的该玩的都试了一遍，如今挺想家里人的。

钱氏松了口气，努力挽留她，"玉姐儿再多住几日，等大舅妈闲下来带你到处去做客好吗？"小孩子都喜欢热闹的，也让别人家瞧瞧自家的外甥女。叶家那婆娘以前使劲显摆她家的女儿，如今可要让她显摆回去。

"不好。"碧玉把头摇的拨浪鼓，"我想回家。"

"那我带你上街买东西，我们家的铺子里有好多新鲜玩意，我们去瞧瞧。"

"可是……"

"玉姐儿乖，多陪大舅妈几日，大舅妈最喜欢我们家玉姐儿了。"

"我也最喜欢大舅妈了。"碧玉软软的道，还在钱氏脸上亲了下。

"真的吗？"钱氏心中大乐，赶紧笑道，"那多住些日子。"

碧玉只好点点头，再住三天好了。不知道爹娘哥哥还有三弟有没有想她？

钱氏满意了，乐呵呵道，"大舅妈忙的时候，你可以去找你几位表嫂玩。"

她这些日子的确太忙了，都顾不上这孩子，可能这孩子觉得孤单才想着要回家。不如让几个儿媳妇多陪陪她，等她闲下来，就能陪她了。

"表嫂们？还是不要了。"碧玉眯了眯眼，扳着手指头，"二表嫂有了孩子，不能太过打扰她。"

"你二表嫂不方便，还有另两位表嫂呢！"钱氏拍拍她的小脸提醒道。

碧玉张了张嘴，却没说出口。章氏人是不错，不过太闷了。跟个一棍子打不出句屁话的人有什么好玩的，难道两人对坐无语吗？金氏瞧着心眼挺多，可不要一不小心被算计去了。跟个心思太深沉的人相处太累。哎，都不是好人选啊。

"如果你不喜欢和表嫂玩，你可以找义哥他们几个玩。"钱氏见她不说话，猜想着可能不太熟碧玉不喜欢找她们几个，转而建议道，"只不过他们过两天就要走了。"

"嗯，我还是跟表哥他们几个玩。"碧玉坐直身体，"下一次还不知道什么时候再能见面呢？"

"也对。"钱氏摸摸她的头发，瞧着发型不顺眼，帮她把髻打散，让冬雪去碧主屋子里取了件衣服过来给她换了。

用梳子将碧玉的头发梳的直直的亮亮的，才替她梳了个漂亮的包包头。端详了半天，从首饰盒里取出个珍珠发饰，尾端小小的珠子散落开来，好看极了。将珍珠发饰插在发间，若隐若现的珍珠光泽极显眼。

碧玉对着镜子看了半天，才依依不舍的道，"大舅妈，这个我不能要。"

钱氏越瞧越欢喜，女孩子就是要打扮的。"怎么不能要？这个是你大舅舅铺子里的货，看着好看，其实不贵。"

碧玉有些不舍地摸着头饰，"可是爹爹会骂的。"

钱氏眼睛一瞪，"骂什么？我做舅妈的送点小玩意给外甥女，这也要说话？"

"大舅妈，我不是这个意思。"碧玉抱着她的脖子笑着解释。

钱氏抱着她亲了亲她的小脸，"别怕，玉姐儿。大舅妈挑的东西不贵重，你爹爹不会骂你的。"

碧玉看了看镜子中的自己，的确很可爱很漂亮。又看了看钱氏，犹豫了半天，才笑道，"谢谢大舅妈。"大不了爹爹发话了再还回来，先戴几天过过瘾。

钱氏满脸笑容地点头道，"这才对。你爹爹也太古板了，我们送的东西怎么就不能收了？还退回来？真是……"

"大舅妈。"碧玉撅起嘴有些不乐意了，那可是她爹爹，最疼爱她的爹爹。

"好好好，不说不说。"钱氏忙止住话题，转而笑道，"过几日大舅妈亲自送你回家。"她也有些事要和吴氏商量一下。

"好啊，我让娘做好吃的饭菜请大舅妈吃。"

"这是个好主意。你娘做的饭菜味道的确比家里的厨子还要好上几分。"钱氏抑制不住笑意，眼睛眯成了一条缝，"真没想到小姑也会有这么一手。"

"大舅妈说些娘以前的事给碧玉听吧。"碧玉听钱氏的语气，怎么这么奇怪呢？不禁好奇起来。

"好。"钱氏捏捏她的小脸，徐徐说起未出阁时的吴氏许多往事。

碧玉听的嘴巴合不拢，娘未出嫁时居然是这样的。家中的小霸王，父亲手掌心上的明珠，兄嫂眼中的宝贝。

"我娘以前真的把花园中的芍药都拔了？"碧玉吃惊的眼珠都快要掉落下来。

"是啊，就因为别人说她长得像芍药，一生气就全拔了。"钱氏如今只要一想起还乐得不行。

这样就生气了？还拔掉了所有的芍药花？别人的话也不算是坏话，好似夸赞她貌美如花吧。碧玉实在无法相信钱氏嘴里的人是她那个温柔贤淑的娘亲，这不可能。

第四章　回家

　　住了几日，还没等吴家富夫妻送碧玉回家，吴氏就带着吕登上门接人。

　　碧玉正陪着吴老爷子喝茶下棋，听到娘和哥哥来了，茶不喝棋也不下了，跳起来就急匆匆地朝门外冲去，吴老爷子看着她的背影无奈地摇摇头。这孩子平时挺稳重，此刻却毛毛躁躁的。

　　碧玉小跑着直往院门口冲，正好和要进院门的吕登撞了个满怀。

　　"哥哥。"碧玉退开一步，眉开眼笑地唤道。

　　吕登小心的扶着她，打量她全身，"没事吧，有没有撞疼？"

　　"没有。"碧玉摇着头，拉着他的手，"娘呢？"

　　吕登见她确实没事，松了口气，"正陪着大舅妈说话，马上过来。"

　　碧玉心情大好的抬起小脸，"哥哥，你想我了吗？"

　　"不想，你不在家里不知道有多清静呢。"吕登故意逗她，小丫头在这里还住上瘾了，也不知道回家。这些天她没在家，家里冷清清的。父母都念叨着她，他也记挂的很，就连小申哥也口口声声地要找姐姐。

碧玉听了不由得撅起嘴，低着头放开登哥的手，手指使劲揪着衣袖，脚在地上无意识的划着。

"妹妹，妹妹。"吕登心中一慌，不会是哭了吧，赶紧拉起她的小手，"哥哥跟你闹着玩呢，我们可想你了，都等不及上门来接你了。"

"真的？"碧玉闷闷的声音响起，心中委屈得想哭。

"真的，那是哄你的玩笑话。"吕登心疼了，摸摸她低垂的脑袋，"你怎么当真了？我们不想你的话，怎么可能来接你呢？"

吕登好话说尽，才哄的碧玉心里欢喜起来。抬起头，扑闪扑闪着明亮的眼睛，"哥哥，你以后不可以再骗我。"

"好好，是哥哥的错。哥哥再也不这样了。"吕登放下心来，这会儿就算要他抽自己两个耳光他都答应。

"嗯。"碧玉嘴角露出几丝笑意。

"乖女儿。"

"娘。"听到熟悉的声音，碧玉突然觉得眼眶热热的，心里发酸，转身冲进吴氏的怀里，小手紧紧抱住她的腰，"娘，我好想娘。"尾声都有了一丝颤音。

吴氏心里一酸，摸着碧玉的头发，"娘接你回家。"

"我以为爹娘不要女儿了，呜呜呜。"碧玉被吴氏这一说，眼泪哗啦啦落下来，心里委屈的不得了。

"傻孩子，爹娘怎么可能不要你，你是爹娘的心肝宝贝。"碧玉的哭声让吴氏的心揪成一团，轻拍着她的后背柔声哄道，"乖，不哭啊不哭。"

碧玉抽抽噎噎，吴氏哄了好半天，才止住泪水。

"好端端的怎么闹这出？"钱氏好笑地看着，这孩子也会有哭的时候？"是不是在大舅妈家受委屈了？"

"不是的大舅妈，我……"碧玉这时才有些羞窘，她也不知道为什么感觉会这么委屈？泪就这么不受控制的掉下来。

"大嫂，你不要多心。"吴氏笑着看了女儿一眼，这孩子眼睛红红的，真让人心疼。"碧玉这孩子是在撒娇呢！"知女莫若母，碧玉的心思她清楚。

"娘，大舅妈，可能是我刚刚说的话有些不妥，让妹妹伤心了。"吕登在旁边看了半天，心中着急万分，可插不上口。

"你说什么了？"吴氏笑道，"怎么让妹妹伤心了？"这两个孩子又闹什么？

吕登刚张口，就被碧玉抢过话来，"没什么事，哥哥跟我闹着玩呢。哎呀，外祖父定是等久了，我们快去请安吧。"

碧玉小手拉着吴氏进了正房，吴氏好笑地摇摇头。

正房内吴老爷子对着一盘棋聚精会神地盯着。他对棋道很是痴迷，经常一坐半天，两耳不闻窗外事。

"爹爹。"吴氏上前请安，吕登也跟在后面行礼。

"女儿来了，快坐吧。"吴老爷子猛然醒过神来，脸上露出愉悦的笑容。"登哥也来了，过来，陪外祖父下棋。"

吕登看了眼吴氏，吴氏点点头，他这才上前在吴老爷子对面坐下。

"外祖父，您是在和谁下棋？"吕登看了眼棋局，不禁在心里摇头，执白的输定了，而且很惨。

"嗐，跟玉姐儿下。"吴老爷子扫了眼倚在吴氏怀里的碧玉，怎么哭了？眼睛这么红。"她的棋不行，还是你来陪我下吧。"

碧玉的棋艺不行，还老悔棋，让他头疼不已。跟她说什么"观棋不语真君子，起手无悔大丈夫"之类的话。她根本不理会，辩说自己是小孩子而且是女孩子，不是什么大丈夫，当然可以悔棋了。听着她这些夹缠不清的歪理，真让他哭笑不得，又反驳不了，郁闷的不行。

不过吕登这孩子的棋艺不错，棋品也很好，最起码不会说那些话。

吕登盯着棋局看了半晌，才抬头笑道，"外祖父，这盘已经输定了，我也没有回天之术。不如重新下一盘吧。"

吴老爷子见他说的有理，点头同意，两人重新摆好棋子。

吕登笑道，"外祖父，您可要让我三个子，我可不是您的对手。"

"好。"吴老爷子一口答应。

看着这一老一小埋头苦战，钱氏拉着吴氏母女去自己院子。

进了碧玉住的屋子，在起居室里坐下，吴氏打量了几眼笑道，"让大嫂费心了，这孩子这些天麻烦你了。"

"麻烦什么？我还巴不得她永远住在这里呢。"钱氏爽朗地笑了几声。

"住在这里还不得翻了天了。"吴氏心知碧玉在这里有多受宠，光看这屋子就知道了。满脸笑意的道，"她这几日有没有给你添乱？"

"没有，玉姐儿乖着呢。"

"那就好，我还担心她在这里让你们头疼，急急地赶过来接她回家。"吴氏看着此时温顺地坐在自己怀里的女儿，心中充满的怜爱。

"你哪是担心？是想女儿才是真话吧。"钱氏一语戳穿她真正的心意，两人感情非常好，说话直来直去，没有藏藏掖掖的客套话。

"大嫂。"吴氏有些不依地唤道，在钱氏面前她半是小姑半是女儿。

"好了。"钱氏笑了几声，也不再取笑她，"小姑，我本想亲自送玉姐儿回去，同时有件事要和你商量。"

"什么事？"

钱氏看了眼碧玉，笑道，"玉姐儿，这里有些你爱吃的桂花香糕，拿点去给你哥哥吃。"

碧玉眨巴了下眼睛点头应了。小青跟在后面，手拎着点心盒去正房。

见碧玉离开，吴氏笑道，"大嫂有什么话就直说吧。"

钱氏开门见山直言说道，"前些天仁哥婚宴上叶家的老爷见了登哥赞不绝口，回到家中就让叶家娘子过来探探口风。"

探探口风？是有联姻的意愿？吴氏脑海里念头翻飞，不住地想着叶家的情况。想了半天也没想出来，不由惊讶地问道，"叶家？哪个叶家？"

"还有哪个叶家？就是朝中有人做官的叶家。"钱氏指指东北方向，"他家有个女儿，跟登哥年纪相当，正好匹配。"

吴氏奇怪地问道，"他们家不是只有二个儿子吗？并没有和登哥年纪相当的女儿啊。怎么从来没听人提起过？"

说起这叶家在镇上算是书香世家，族中不时有子弟进学，在这个小镇上是独一无二的大家族了。刚刚提起的叶家老爷是如今叶家的族长，家中妻妾甚多，不过只有二个儿子。

钱氏一脸神秘的凑过头来，"这个女儿是外室所生的，这些年都养在外面，听说去年外室病死了，才把女儿接进来的。"

"这个……"吴氏拧紧眉心，外室的女儿？

"我也知道名声不好听，可是他家亲侄儿在朝中做了个……我也说不清楚。"钱氏挥了挥手，"反正听说是大官，我琢磨着将来登哥要进学的话，会大有帮助。"

吴氏犹豫了半晌，才道，"这个要问过他爹爹。"

"自然要问过妹夫，我就是先跟你说一声。这个也是个好机会，叶家的底子很不错，朝中又有人。还有二个儿子，将来都会是助力。"钱氏细细的分析给她听。

这事她想了好几天，最后还是决定跟吴氏说说。至于成不成，还要他们做父母的决定。

"别的倒还说，这个出身太……"吴氏摇摇头，"我估计相公不会同意。"

"其实不看这些，那女孩子倒不错的。"钱氏偏着头想了会儿笑道，"人我见过，温温顺顺说话斯斯斯文文的，绣活也不错，我倒是很喜欢。"

"这听上去是大嫂想要的儿媳妇，可惜大嫂只有三个儿子。"吴氏见她这么说，不由心中好笑，"要是再有个儿子，倒可以娶过来。"

可娶媳妇不光娶人家女孩儿，还要看家世背景。他们家娶儿媳妇虽然并不十分研究，但最起码背景要清白，这叶家的女儿……将来会让人在背后嚼舌根的。

"跟你说正经事，你倒是打趣起我来。"钱氏不满地用手指戳着她的脑门，"回去好好跟妹夫商量一下，如果看得上，就给我个回话，也好把这事给定了。"

"知道了，嫂子。"吴氏侧过头躲过嫂子的手指，笑道，"倒是我们家女儿，大嫂帮我留心着。"

"玉姐儿还小呢，这么急做什么？"钱氏不满地看了眼她。

"再怎么小也要嫁出去的，早点留心着，也好细细察看。"吴氏解释道，"不用到时候急急的赶着办，两眼一抹黑什么都不清楚，那不是害了她吗？"碧玉是她唯一的女儿，她巴不得女儿嫁得好，嫁的舒心。

"这话也是。"钱氏心里却不舍的很，"我这三个儿子的年纪跟玉姐儿差得太大，要是正合适，我也不用在外面找了。玉姐儿给我做儿媳妇，我想想就觉得开心。"

“这种美事还是少想吧，先帮我看着。”吴氏恳求道。

钱氏认识的人家多，不像她只在家里活动，顶多就走走娘家，根本不接触外面。

“放心吧，玉姐儿也是我们的心尖尖，哪能让她将来遇人不淑受了委屈？”钱氏满口答应，“这事包在我身上，我定给她挑几家合适的好人家，让你细细的选。”

“那我先在这里谢过大嫂了。”

“谢什么呢，我们都是一家人。见你如今这么规规矩矩的样子，没有半点当年的风采。”钱氏没好气地白了她一眼，“玉姐儿听了我说的那些事，都不敢相信呢。”

想想小姑以前多活泼多会撒娇啊，如今却一板一眼的真无趣。钱氏心里嘀咕几句，虽说嫁人了要端庄些，可变化也太大了。

吴氏愣了愣，不由苦笑道，“大嫂好端端地说起那些事做什么？那么久的事，我都忘了。”

钱氏撇撇嘴，喝了口茶才道，“做女儿的想知道娘亲的事，我能拒绝吗？”

吴氏母子三人在娘家吃过午饭后起身告辞，钱氏本想送她们回家被吴氏硬是拦了下来，来来回回的太折腾人了，还是下次吧。

在吴老爷子他们依依不舍的目送下，由吴家富护送着回家。在马车上坐定，吴氏才发现角落里放了一大堆东西，有穿的吃的玩的。

刚到家，碧玉被吴家富从车上抱下来，就急急地跑进家里。
“爹爹，爹爹……”
清脆明快的声音让学堂里的小学生都侧耳倾听，吕登嘴角微微上翘，脸上仍一本正经地道，"好好做你们的文章，我等会儿要看。"

说完转身朝屋子外走去，刚走到院子里碧玉已冲进他怀里，仰着小脸叫道，"爹爹爹爹。"

吕顺蹲下身体，细细打量碧玉的气色，"女儿，让爹爹好好看看，有没有消瘦？"

碧玉抿嘴笑转了个身，让他看个清楚。吕顺笑道，"我家女儿好像胖了啊，住在外祖父家就这么舒服吗？"

听着吕顺有些酸溜溜的话，碧玉笑眯了眼，"爹爹，家里最舒服了，家里有爹爹娘亲哥哥还有弟弟，外祖父家里都没人陪我玩。"

"没人陪你玩？你那些表兄弟呢？"

碧玉抱着他的脖子软软撒娇，"他们全加起来都没有爹爹一个人重要，碧玉最喜欢爹爹了。"

吕顺被碧玉哄的极开心，左看右看，自家的女儿永远是最好的。

"女儿，你怎么一进门就大喊大叫的，把娘教的东西都给忘了？"吴氏此时走进院子里，吴家富和吕登提着东西跟在后面，"也不看看有外人看着呢？"

碧玉小嘴一嘟，眨巴着眼睛，"哪有外人？大舅舅又不是外人，是碧玉嫡亲的舅舅啊。"

这句话逗笑了所有的人，吴家富更是高兴，一把抱起她，"我们家的玉姐儿说的对极了，大舅舅可不是什么外人。"

吴氏边笑边解释，"大哥，我不是说你，是说那些小学生。那么多孩子都在，她这么喳喳呼呼的，会打搅别人的。"

　　"咦，今日过了晌午了，妹夫怎么还不休息？"吴家富奇怪地问道，吕顺的习惯向来是雷打不动的，就是上他们家参加仁哥的婚宴都是散学后才赶过来的。

　　碧玉这时才想起爹爹是从学堂里走出来的，不由也好奇地等着答案。

　　吕顺一脸的温和淡淡地笑道，"今年乡试的题目已经出来，我拿过来让他们破题，我帮他们改改。"

　　"妹夫，这是不是太早了？这些学生还不是童生呢！"

　　"先试着，我看看他们学得如何？"吕登微笑的解释。

　　吴家富听到这里，也不再多问，"那登哥呢？他做出来了吗？"他最关心的是外甥的学业，那可是吕吴两家的大事。吴家虽然世代经商，可没有做官的子弟。如果有个做官的外甥对吴家可大有进益。

　　"做出来了。"吕顺抚着一小络胡子，脸上笑意加深，"因此才让他陪他娘一起接碧玉回家。"

　　碧玉看到爹爹的这个笑容，就知道哥哥做的肯定很好，爹爹心里得意的很。

　　吴家富还是不放心的劝了一句，"对孩子不要太严格了，免得逼坏了他。"

　　吕顺点头道，"我心里有数。"

　　"都别站在这里叙话，快进后院坐。"吴氏见他们站在院子里说个不停，不由得出声。

　　听了这话吕顺有些为难地看了眼学堂，吴家富忙道，"妹夫去忙自己的事吧，我又不是外人不用招呼，送他们回来我也该走了。"

　　"大哥说哪里话，这么辛苦送他们娘几个回来，哪能就这么急着走。"吕顺忙赔笑道，"大哥先去后院坐坐，我稍后就过来陪您说话。晚上让你妹子做几个好菜，我们好好喝上一盅。"这个大舅子就喜欢这口，他虽然酒量不行，但还是要陪着。他知道吴家富是真心待他们全家的人。

"我铺子里还有事，今天就不了，下次再过来好好喝个够。"吴家富摇头拒绝。

吴氏百般挽留，无奈吴家富就是要走。碧玉倒是知道这些日子铺子的确很忙，不是推脱话。忙笑道，"娘，大舅舅铺子里接了一笔大生意，忙得很。就是仁表哥都被拉出去帮忙。"

吴氏一听心中感动，"大哥这么忙还来送我们，真是的，我们娘儿几个还怕走失了不成。还要让你亲自送回来？"

"你们几个可要比生意重要多了。"吴家富宽厚地笑笑，跟他们几个告别离开。

吴氏看着哥哥远去的背影，眼中湿湿的。

"娘，娘。"碧玉拉着她的手，唤回了她的心神，看着眼前的家人，她挥去心中那份泪意，心胸开阔起来。

吕顺父子继续上课，吴氏带着碧玉回后院。坐在厅里，吴氏慈爱地看着女儿。"累不累？"

碧玉刚想回答，就听到小申哥的声音，"姐姐呢？姐姐。"他摆脱李四妈的手扑了上来，抱着碧玉的双腿，眨着热切的黑亮眼睛，"姐姐，姐姐。"

"三弟，姐姐回来了。"碧玉把申哥抱在怀里，笑眯眯地问道，"想不想姐姐？"

"想想想。"申哥一个劲地点头，生怕她不相信。

碧玉不由露出笑容，摸摸他的头，"三弟在家里乖吗？"

"我乖的。"申哥奶声奶气地道。

碧玉大乐，抱着他一顿啃。申哥也不躲开"咯咯"的发出清脆笑声。

"小申哥这么乖，姐姐有奖励哦。"碧玉从桌上的小包袱里取出几件孩童的小玩意，有面人、拨浪鼓、小木偶、猴子面具，都是她在市集上买的。

申哥乐得合不拢嘴，摸摸这个抓抓那个，突然想起什么，取过猴子面具，"这个好，姐姐，我要戴。"他如今说话能几个字几个字的说，但还不能利落的说完整句话。

"好，姐姐帮你戴。"碧玉小心地将面具给他带上，他不时发出笑声，摇头晃脑的。半晌转过头，指着脸上的面具显摆，"娘，看。"

"嗯，像个小猴子。"吴氏一脸的笑意。

申哥来了劲，硬是要下来。碧玉只好将他放在地上，他就开始学起猴子抓耳挠腮的样子，生动有趣的小模样逗的吴氏和碧玉笑的东倒西歪。

"这是跟谁学的啊？"碧玉笑岔了气，拍着胸口顺气。

吴氏擦去眼角笑出来的泪花，捂住嘴止不住笑意，"还不是在你外祖父家看的戏，没想他居然还记得。"她也没想到这孩子只看了一遍，又隔了好几天，不但还记得，还似模似样学了一遍，太乐了。

晚上吴氏大展身手，做了一顿丰盛的晚餐，全是碧玉喜欢的菜式，吃的碧玉眉开眼笑，嘴上流油，足足吃了两小碗饭才放下筷子。

"女儿，外祖父家没给你吃饭吗？"吴氏见碧玉摸着吃的凸起来的小腹，不由啼笑皆非。

碧玉扬起眉点头道，"吃啊，好多好多菜，有些还是我没见过的。"

在吴家，给碧玉吃的食物都是最好的，说是山珍海味不为过。

"那你怎么还吃的这么……这么香？"吴氏不知该如何形容这丫头的吃相。

"外祖父家的饭菜怎么能和娘做的菜相比呢？"碧玉夸张的指指下面又指指上面，"那是一个地下一个天上，娘做的菜是全天下最好吃的。"

这话也不算假，吴氏做的饭菜的确味道很不错，还有股娘亲的味道。非常的亲切非常的舒服，是独一无二的滋味。

吴氏听了这话，比吃了蜜还高兴，脸上的笑容怎么也掩不住。

"小马屁精。"吕登小声地嘀咕。

"娘，哥哥说你做的饭菜不好吃。"碧玉耳尖听见了，立马不干了，居然说是马屁精？有没有搞错？哼哼。

"没有啦，娘，您别听妹妹胡说。"吕登急了，脸都涨红了。

"人家哪有胡说，你刚刚说什么话啦？"碧玉瞪了他一眼振振有词道，"明明是说这饭菜不好吃嘛。"

"我没有。"吕登急的细密的汗从额头渗出，"娘，我没有。"

"明明就有。"碧玉这下高兴了，抿着嘴偷笑。

"我哪有？"

"你说我是马屁精，那就是说我刚才说的话都是假的，换个意思就是说娘做的饭菜不好吃啊。"碧玉伶牙俐齿摆事实说道理，将吕登说得哑口无言。

"你……你……"吕登指着碧玉说不出话来，他真的不是这个意思。

"哈哈哈。"吕顺在旁边实在憋不住，发出一阵朗笑，"登儿，以后说话想想再说，免得又被你妹妹抓住小辫子不放。"

吴氏捂住嘴笑了半天，这兄妹俩时时嘴上交锋，各有胜负。登哥难得有这种说漏嘴的时候，碧玉自然要抓住不放。他们做父母的乐的在旁边观战，就当是给这俩孩子练练嘴皮子功夫，他们也不希望子女是嘴上把锁的太过内秀了。

吕顺更担心登哥是个不善言辞的孩子，那样的话即便是进学了，将来如何为官呢？他经常鼓励学堂里的那些小学生要大胆要勇于开口，不懂的地方要问。不过好像收效并不大，每当他提问时，他们都低着头拘谨的要命。那样很不好，他要想个法子解决这个问题才好。

碧玉难得这么大获全胜，得意之情溢于言表。

吕登也镇定下来，给了妹妹一个等着瞧的表情。碧玉毫不示弱地冲他吐舌头，谁怕谁？

吃好饭一家人坐到小花厅，喝着茶水。

碧玉乐呵呵的将拿回来的包裹摊在桌上，取出一份份礼物分发。

吕顺的是一刀白纸，不贵但用来写字特别实用。吴氏的是几块花布，吕登的是五枝好笔，吕申就是刚刚送的面具之类的东西，李四妈一家三口是每人一双秋鞋。有些东西是她在街上买的，有些是揩油来的。

"爹爹，这是用我的压岁钱给您买的，您喜欢吗？"碧玉的压岁钱大钱上交，小钱自己保管。不过老实说她平日里不出这个浣花村，哪需要用钱的地方？要不是去吴家住，这些钱还花不掉呢。

"喜欢喜欢。"吕顺笑眯了眼，这孩子就是贴心。难得出去住几天还想着给他们带礼物回来，虽不值几个钱但这是孩子的一番心意。

"女儿，这是哪来的布？"吴氏拿着花布仔细看，图案简单料子倒厚实，做冬衣很不错，"看着不像是你舅舅铺子里的东西。"

"当然不是，我买的。"碧玉说起原委，她在街上逛时，正好看到有个乡下女人拿了几匹自家织的布出来卖。那女人家中似乎有事，急着变卖要换些钱回家去。碧玉就让仁哥买下，分了些给几个舅妈。管她们稀罕不稀罕，反正她的礼数到了。不过瞧着她们都挺高兴的，话说收礼物的人都是欢喜的，最起码说明别人在乎她呀。

剩下的就全拿回来给吴氏了，吴氏听了摸摸她的头发，"女儿好乖，做得很好。"

吕顺笑道，"是不是把钱都花光了？不打紧，爹爹让你娘给你些。"

碧玉摇摇头，笑眯眯的从身边的荷包里拿出好几个银锞子，递给吴氏，"这是几个舅妈的回礼。"

吴氏愣了一下，不由捂嘴笑起来。这丫头，送了人家几块不值钱的布居然得了这么些银锞子。

"娘，给您。"见吴氏光笑不接，将银锞子放到桌子上。忽然想起什么，转过头道，"爹爹，这可以收吗？"

吕顺点点头道，"既然舅妈们给你的，你就收着吧。"

"不要，钱太多了，还是由娘保管吧。"碧玉记得娘说过家里缺钱，将来哥哥要考试的钱还没着落呢。

吴氏不知她心里的想法，以为女儿不放心自个儿收着这些钱，真让她保管呢。"好，就放在娘这里，等你要用时再来取。"

碧玉漫不经心地点点头，扫到吕登身上，他正炯炯有神地盯着那支紫管笔，爱不释手地来回摸着。

"哥哥，怎么样？"她跑到吕登身边，小声问道。

"不愧是薛大先生的手笔，好好好。"吕登满脸笑意，早已把刚才的事忘到九霄云外，"谢谢妹妹。"他们兄妹俩闹归闹，但都不记仇，一会儿就合好了。

"谢倒不必了，你不是有好东西给我吗？快拿出来吧。"碧玉对这个念念不忘，立马问道。

吕登的手顿了顿，恋恋不舍地放下笔。出去半晌，才拿了件东西进来。

碧玉好奇的张大眼睛，凑上去一看，是个小小的笔筒。上面用工笔画着一副仕女图，长袖宽衣，衣袂飘飘，宛如仙子。不由眼睛一亮笑道，"真好看，是谁画的？"

"难道不能是我画的吗？"吕登敲了敲她的头。

"哥哥的画没有这个好。"碧玉的话真直接，让吕登不由得朝天翻了个白眼。"究竟是谁画的？"

"是周彬画的，他送给我。"吕登递给她，"我瞧着好看，就留给你了。"

"谢谢哥哥。"碧玉越瞧越欢喜，画的真精致。看了半天才问道，"是周彬画的？他年纪这么小，怎么会画得这么好？"

如果她没记错的话，周彬和她同岁。很腼腆很斯文的男孩子，没想还有这手绝活，真是人不可貌相啊。

吕登笑着解释，"他是跟他娘学的，听说他娘是才女，画的一手好画。"

原来如此，他继承了他娘的天赋，怪不得会画得这么好。

当夜，所有的人都睡下了，吴氏躺在床上跟吕顺说起儿子的婚事。

吕顺听了立马拒绝，"我们家是不能娶这种儿媳妇的，传出去我们还怎么做人？"

"我也是这么想的。"吴氏有些迟疑的顿了顿，"不过嫂子说的话也有几分道理。"

"什么道理？难道为了将来有助力，就不顾流言蜚语了。"吕顺极为恼火，脸拉长了，"绝对不行，这种丢脸的事绝对不能做。"

"可是……"

"没有可是，快回绝了这门亲事，你大嫂是怎么想的，居然介绍这种人家。"吕顺有些迁怒了。

"大嫂是一番好意，你可不能冤枉了人家。"吴氏拉着他的衣袖，柔声劝道，"我想着要拒绝也要婉转点，不可得罪了叶家。毕竟叶家朝中有人，我们不能跟他们硬碰硬。"

吕顺听了妻子这番轻声细语的解释，火气嗖的消了下去。"娘子这话说得极是，瞧我一生气就什么顾不得了。大嫂也是好心，我……"有些不好意思，怎么能怀疑大嫂的用心呢？

"我知道相公的为人，这事我会让大嫂回绝的。"吴氏见相公不生气了，心中松了口气，"她有的是办法，自然会处理的妥妥当当。"

"那就好。"

静默片刻吴氏道，"不过我们家登哥今年十岁，也该挑户人家定门亲事了。"

吕顺心里自有打算，不慌不忙地道，"这有什么好急的，儿子将来会有出息的，不用急着帮他定亲。"

"话是这么说，可我做娘的怎么能不急？别人家的孩子到了这个年纪差不多都定了亲，我怕耽搁了我们家登哥。"

"放宽心吧，我打算让儿子过三年下场试试，如果能通过府

小家碧玉
XIAO JIA
BI YU 上

试考取了生员，到那时再给他定亲。"吕顺见她实在着急，将打算和盘托出。

这倒也是，到了那时挑选的余地大了许多，不用只在附近挑。这周围也没有出色的女孩子，可是……"如果考不上呢？"

"要相信我们家的登哥。"

"我是说万一……"事无绝对啊，总得做二手准备。

"万一？那就在庄上挑一家吧。"吕顺想了想道，既然没有合适的人家，那庄上总会有好的女孩子，不看家世只看人品，这就简单了许多。

吴氏闷闷地应了，心中却不乐意极了，她出色的儿子怎么能屈就毫无见识的女孩子呢？不行，她要让大嫂帮她留心些。

第二天清早碧玉不用小青叫，就自动起床了。不过才几天工夫不见，她坐在学堂里觉得这些熟悉的脸庞亲切无比，就是坐的桌椅也亲切的很。

晌午吃过中饭，吴氏将碧玉叫到跟前。

"娘，什么事？"

"这几件都是你三表嫂让你带给我们的？"吴氏朝桌上的东西抬了抬下巴。

昨天没工夫细问，直到早上翻看时才想到。

"嗯，都是三表嫂给的。"碧玉点点头，视线随着落在桌上。

"你这三表嫂不简单啊。"吴氏无意识地翻着，心中暗忖：看来吴家的主母之位要落在这个三侄媳身上。不过会不会引起一场争端呢？毕竟她排行第三，前面还有两位嫂嫂。

碧玉眯了眯眼，"的确不简单，外祖父也这么说。"

"哦。"吴氏听到爹爹都这么说了，就放下心来。她爹爹可是老狐狸，有他坐镇，无论是谁都掀不起风浪来。

第五章　父亲的得意门生

这些天午后，碧玉也随着兄长一直待在前院大书房内练字。她看上了吕登的一本字帖，不过吕登正在用不能给她，她只好跟着待在书房内。

周彬一直被吕顺留下补课，他根基太薄，要好好打好基础。

以前就两个男孩子一起读书，如今加上碧玉，整个感觉热闹了许多。碧玉又是很喜欢叽叽喳喳说话的孩子，一来二去和周彬熟稔起来。

这天吕家父子有事出去一会儿，碧玉练了会字，眼睛有些发酸。站起来朝窗外看了会，突然转头对着另一张书案笑道，"周哥哥，你的画画得好极了。"

周彬抬起头，眼睛眨了眨，脸上泛起笑意，"真的吗？"

"真的。"碧玉使劲点点头，生怕他不相信。"笔筒上的画真是好。"这些天她拿着笔筒走动，片刻不离身。

"吕妹妹喜欢，以后我帮你再做几个。"见她真心实意地夸赞，周彬有些不好意思地摸摸头。别人对画画不以为然，认为是不登大堂之技。就连爹爹也让他少拿画笔，男孩子画画得再好也没用。

可他就是喜欢画画。

"那先谢谢周哥哥了。"碧玉笑眯眯地道。

"不用客气。"周彬没接触过同年纪的女孩子，一时有些无措，脸颊微微发烫。

这碧玉活泼可爱，又不娇气，让人看着就不由得心里欢喜。一声声清脆的周哥哥让他心里舒坦。

碧玉看出他的不自在，嘴角上勾，露出浅浅的梨涡。周哥哥可比自家的兄长腼腆多了，她可不好多开玩笑。

"妹妹，周彬，你们在说些什么？"吕登从门外走进来。

"哥哥，你回来了？爹爹呢？"刚刚邻居家过来让他们帮着写对联，每当过年时基本上家家户户都会上门求对联，谁让吕顺是村上唯一的秀才呢！

而吕顺通常都会带着儿子一起过去写，吕登的字已经大有长进，不会拿出去丢人了，吕顺自然要带着他出去多写写见见世面，顺便考一下他写对联的本事。

"爹爹也回来了，正和李叔说话。"吕登在书案前坐下，低头看碧玉的字，越发的娟秀。"妹妹，你们在说些什么？"

"我正在夸周家哥哥呢。"碧玉指指桌上的笔筒。

吕登不由得摇头笑道，"周彬，我妹妹很喜欢你做的笔筒，抱着都不肯撒手。"

碧玉立巴显摆起来，"哥哥，周哥哥答应再帮我做几个笔筒。"

"你要那么多干吗？"吕登点点她的脑门，贪心的小丫头。

"我可以慢慢用啊，还可以拿来送人。"

后面一句才是真话，吕登早对妹妹的小心思了如指掌，她这是省的花钱再买礼物。虽说平日里各位表哥表弟总送她小玩意，她也不好总收不送吧。快过年了，她先准备着。前些天就让吕登帮她在扇子上写字。

"你呀。"吕登无可奈何的劝道，"人家周彬忙着念书，哪有那么多功夫帮你做这做那的。"碧玉使唤他不够，还捎带上别人了。

"吕大哥，我有空的。"一直在旁边看着他们兄妹互动的周彬开口了，他们兄妹感情真好，好羡慕。

"周彬，不要那么老实。"吕登拍拍他的肩膀，"我家妹妹就是个麻烦精，不要任她予取予求。"

吕登是这么劝别人的，可他却毫无怨言的被碧玉使唤着做事。谁让这丫头嘴甜呢，把他的字夸的天下无双，愣是哄的他写的起劲。

"哥哥，乱说什么呢，我什么时候对周哥哥予取予求了？周哥哥你自己说，我有没有逼你？"碧玉不满地撅起嘴，说的她好像强迫别人似的，她是那种人吗？

"吕大哥，是我主动提出来的。"周彬忙点着头，为她作证。"难得吕妹妹这么喜欢我的画，我自然要送她些。"

吕登翻了个白眼，一个愿打一个愿挨，算他多事。

"好好，我错了。妹妹原谅哥哥这一回吧。"

"好吧，就这一次，再有下次还这么乱说话，哼。"碧玉冷哼了声并没有往下说，不过威胁之意昭然若揭。

"行，如有下次，任你处罚。"吕登干脆得很。

碧玉转了转眼珠笑了，转过头，"周哥哥，我想要花鸟图，可以吗？"

周彬老实地点头，"当然可以，你想要什么样的，先跟我说，到时我给你做。"

"好。"碧玉打心眼里高兴，周家哥哥真是好人，脾气好又不会乱说话。"周哥哥最好了。"

吕登见状，心里酸溜溜的，"如今变成周哥哥最好了？那我呢？"哄他写字时也是这么说的。

碧玉抿着嘴偷笑，摇着他的手道，"哥哥也是最好的。"

"你这丫头，有几个最好的？我跟你说，最好的只能有一个。"吕登不乐意地瞥了眼周彬。

"嗯，都是最好的啊。"碧玉嬉皮笑脸的歪着头，见哥哥脸色还是不好看。连忙满脸讨好地道，"好吧，哥哥是最好的。"

"周彬呢？"吕登扬扬眉毛为难妹妹，看你怎么说？

碧玉在心里掂量了下，"周家哥哥……排第二啦。"

吕登这才满意地点点头，心想算你识相，我这个亲哥哥怎么能比不上外人呢？

"好好的不念书，都说些什么？"吕顺一进门，就见这三个孩子说的热闹非凡，不禁摇摇头。

"爹爹。""爹爹。""先生。"三人都站起来。

"女儿啊，不如你去后院看书吧。"吕顺头疼地看着她，以前碧玉在后院时，吕登和周彬都很用功，如今却被她缠着说话。"你在这里尽捣蛋。"

"爹爹，您嫌我？"碧玉绞着手指，眼中泪花闪闪，小模样委屈的不行。

"没有啊，爹爹怎么会嫌我们家的宝贝女儿呢？"吕顺顿时慌了手脚，抱起女儿轻哄。"你想待多久就待多久。"

"那您还说我捣蛋？"

"女儿怎么可能捣蛋呢？是在监督两位哥哥，查看他们有没有定力呢？"吕顺为了哄女儿笑，真是费尽心思，连这种不靠谱的话都搬了出来。

"真的？那好吧，我看他们都没有什么定力，都喜欢说话。"

碧玉脸上绽开笑颜，眼角还有丝湿意，在吕顺脸上亲了下，"监督完了，我要回后院了。"

看着女儿蹦蹦跳跳进后院的背影，吕顺再一次无语。这孩子怎么会这一套，撒娇就撒娇呗，居然还用假哭这招。可偏偏每次他都中招，只要看到她哭丧着脸，他就心疼得分不清真假。

无奈地摇摇头，转过身却见吕登正和周彬挤眉弄眼的，似乎在嘲笑他。"怎么了？这么有空，那就抄论语十遍。"

吕登不可置信地张大嘴，他居然被迁怒了！他什么也没做啊，只不过和周彬交换了几个眼色罢了，这也不算是错吧。心里虽然这么狂叫，嘴上却不敢吭声，乖乖地坐到书案前抄论语。

四个月后吴老爷子在睡梦里安然逝去，嘴角还有一丝笑意。

吴氏接到报丧的下人带来的消息后就昏了过去，吓得吕顺抱着她不住叫唤。

碧玉早已忍不住哭得稀里哗啦，泪如泉涌。吕登满脸泪水呆呆地站着，怎么会这么突然？让所有人都措手不及。

过了一炷香的功夫，吴氏才幽幽醒来，抓着吕顺的手急切地问道，"相公，我是不是在做梦？"

"娘子。"吕顺讷讷地不知该如何开口，实在不忍心刺激她

在吕顺这里没得到答案，吴氏转过头就见到一双儿女泪流满面的样子，心不住的朝下沉。"相公，是不是真的？爹爹真的……真的……"实在说不下去。

"是真的，娘子，你想哭就哭吧。"吕顺难得温情的道。

吴氏悲从心来一把抱住他，第一次毫无顾忌地像个孩子般号啕大哭，最疼爱她的爹爹就这么去世了？她再也见不到他了？光这么想，她的心就疼得像被刺了一刀。

人世间最悲哀的是子欲养而亲不待，她还没来得及好好孝顺

他老人家，他怎么就这么走了？

"哭吧，哭够了还要为他老人家守灵去。"吕顺轻轻拍着她的后背，心中想起那个严肃的老人。对这个丈人，他一直有种很复杂的情绪。既感激他对吕家上下处处照拂，又惶恐他老是送东送西的，让他心里有负担。可如今故去，心中却只记着他的好。

吴老爷子的丧事办得很隆重，所有的亲戚朋友都来了，四邻八方有头有脸的人物也都来治丧。吴府白茫茫的一片，让人见了就心头发冷。震天地哭声让人不由的心生悲哀。

灵堂上楠木棺材摆在堂前，所有子孙都身穿孝服跪在一边，向着前来吊丧的人群磕头行礼。

碧玉跪在最后面哭的声力气竭，后来不知怎么的晕了过去。把所有人吓了一大跳，吕顺焦急地抱起女儿在钱氏的引领下去了碧玉以前住的屋子，下人们急着去找大夫。

吴氏一脸的惨白，身体摇摇欲坠，心里摇摆不定。既想跟去又想留在这里多陪陪老父亲。

吕登不放心的扶着她，"娘，不要担心，妹妹不会有事的。"

"如果你妹妹再有事，我也不活了。"吴氏脸色益发的白嘴唇哆嗦，她实在承受不住太多的打击。

"娘，您说什么呢？妹妹怎么可能有事？"吕登虽然忧心似焚，但还是安慰着吴氏。"她可能昨晚一夜都没睡，精神不支罢了。"

听了这话，吴氏稍稍放下心。是啊，昨晚没有一个人睡得着的，除了还不懂世事的小申哥外。

碧玉醒来时见小青和冬雪守在一边，声音嘶哑地问道，"他们人呢？"

"都在灵堂守着，老爷说了不让你出去。"冬雪恭恭敬敬地道。

"我要过去。"碧玉挣扎着起来，可浑身无力，头疼欲裂。

冬雪一把按住她，"姐儿您生病了，不能乱跑。"

"我没事。"碧玉咬着牙硬是要爬起来，"我想多陪陪外祖父。"以后再也没有机会了。

"姐儿，您得了风寒。"冬雪急得满头大汗，按着她的手不敢用力，"大夫来瞧过了，让您不要随意走动。"

"是啊，姐儿，您要多休息。"小青也劝道，却也了解碧玉此刻的心情。碧玉昨晚在被窝里哭了一夜，她都不敢劝。

碧玉推开冬雪的手，气喘吁吁道，"我好得很，我要去陪外祖父。"

冬雪急的直跺脚，就让她一个人守在这里有什么用？这位姐儿又不听她的话。

"玉姐儿。"一身白色孝服的唐氏走了进来，见此情景连忙上前抱住她，"大夫说你受了刺激，情绪太过激动才会身体虚弱，导致得了风寒。你还不能出去。"

"三舅妈，我没事。"碧玉摇摇头，还是乱动着身体。

"玉姐儿，让外祖父放心地离开吧，不要让他为你担心。"唐氏紧抱着她不肯放手，温柔地劝道。

"外祖父还能知道吗？"碧玉停下挣扎，眼睛里又蓄满了泪水。

"会的，一定会知道的。"唐氏摸摸她的头发，"你外祖父最疼爱玉姐儿，肯定不希望看到你为他这么伤心的病倒。"

"可是……我心里好难过。"碧玉哽咽难言。

"生老病死是每个人必须经历的事，谁也避免不了。"话虽这么说，唐氏的眼睛有些红，"人长大了就会经常遇上这种事。"

"如果是这样，那我宁愿永远不长大。"碧玉难得稚气的道。这种失去至亲之人锥心刺骨的日子她再也不想经历。

"傻孩子，世间之事哪能尽如人意？"唐氏摸着她细软的头发，轻声哄道，"外祖父虽然故去了，你还有我们这些疼爱你的亲人。"

"三舅妈。"碧玉无助地倚在她怀里。

"不要太难过，不要再让你娘为你担心了。"刚刚那场混乱让唐氏也不放心的很，吴氏的脸色太难看了，真怕她就这么倒下来。

"我娘怎么了？"碧玉心里一慌，坐直身体抓住唐氏的手神情不安。

"别急，你娘有你爹爹照顾着。不会有事的。"唐氏握住碧玉的小手轻拍，"你娘刚刚很担心你，可又没精神照顾你，才让我来照顾你。"

吴氏更不希望错过送父亲最后一程的机会，这些日子忙乱异常，家中也要有人照顾，钱氏是长媳根本脱不开身，蒋氏没有掌家的能力，只能一切都拜托给唐氏料理杂事。

"我知道了，三舅妈，我不会再让娘担心了。"碧玉心想，不能再让娘亲分神担心她，娘才是受打击最大的人。

"好孩子，三舅妈相信你是个勇敢的孩子，一定能坚强起来。"唐氏心里有丝安慰，这孩子是个很有孝心的。

"嗯。"碧玉的眼角湿润，可是只要一想到再也见不到疼爱她的外祖父，就想流泪。

唐氏将她抱进怀里，轻拍她的后背。"哭吧，痛痛快快哭一次，哭了这次以后再也不要哭了。"

碧玉被她拥在温暖的怀里，豆大的泪珠哗啦啦的流，不一会儿，就将她的前襟浸透。

唐氏的眼睛里也溢满了泪水，不可讳言，吴老爷子是个面冷心热的人，对她们这些儿媳妇从不苛求。只要她们守本分，吴老爷子根本不会管她们。别人家里媳妇被上头公婆压的死死的事情从来没在吴家发生过，还会不时叮嘱儿子们好好疼惜儿媳妇。

出完殡，吴氏就病倒了，躺在床上无法动弹。

大夫开了方子可吃了几天还是不见效，大夫再一次被请过来时叹了声，心病需要心药医。

可这心药实在太为难了，吕家父子百般在吴氏跟前劝解，但收效甚微。

吕顺急的鬓间的头发白了几根，妻子一病不起，女儿也还在吴家病着，这让他如何是好？只能整日陪在妻子身边束手无策。

吕顺的衣食、孩子们的管教、家中的琐事一向都由妻子照顾，如今妻子一倒下就感觉处处不顺手。

幸好有个登哥极聪明又孝顺，把家里的事情安排的妥妥当当。学堂由他作主放了几天假，李四妈就专心照顾小申哥和负责家中的三餐。李叔则去请大夫煎药，他里里外外的张罗着比个成年人还有条理。

这一切看在吕顺眼里，心里舒了口气，也得到了极大的安慰。儿子终于能为家里分担责任了。

正当吕家父子守在吴氏身边劝解时，一阵响亮的呼唤声打破了宁静，"吕大哥，吕大哥……"居然是孙周氏的声音。

吕家父子不约而同地皱起了眉头，吕登站了起来，"爹爹，您在这里陪着娘，我去处理。"

吕顺点点头，对这个长子的处事能力放心的很，"注意点分寸。"乡里乡亲的总不好撕破脸皮。

"是。"吕登应了，转身出去。

他总算赶在孙周氏进内室之前拦住了她，"孙家婶婶，您怎么有空过来？有什么事吗？"早知她今日会来，就不该让李四妈夫妻带着申哥去吴家看望碧玉。否则也好挡她一挡啊，就这么横冲直撞地进了别人家的后院，这算什么事呢？懂不懂礼数啊。

孙周氏面上沉痛，"是登哥儿啊，听我们家彬儿说，你娘生了病，我过来瞧瞧。"

吕登瞧了眼她，她嘴角有丝笑意，真是太可恶了，就这么幸灾乐祸看他们家倒霉吗？面色却不变依然温文尔雅地道，"多谢婶婶惦记着，不过我娘正病着不好让您进去，免得您过了病气。"

孙周氏听了眉梢有丝快意，"这话说得太见外了，你娘可是我的好姐妹，我可不怕过了病气。"

谁是你好姐妹了？平日里只见你处处跟我娘为难，如今却说什么好姐妹，真当他是好骗的孩子吗？吕登的肚子里腹诽着，嘴上却有礼至极的下着逐客令，"孙家婶婶，家母不大方便见客，您请回吧。"

"来都来了，总得见见。"孙周氏说完就要朝里闯。

吕登大怒，这么没眼色的人究竟想干吗？伸手拦住她，"婶婶请回，等家母的病康复后再让她上您家里亲自道谢。"

"康复？她还能康复吗？"孙周氏眼睛直勾勾地盯着里面。

吕登额头青筋直跳，这死女人，居然盼着我娘死啊，真是太恶毒了。哼，等过了这段日子，看我如何回礼。

吕登怒极反笑，"孙家婶婶说的哪里话，我娘只是小恙，过几天就能好起来。"

"这样啊。"孙周氏一副很失望的样子，"那我进去瞧她一眼。"

妈的，你还想证实一下吗？吕登再也忍不住在心里爆起粗口，牙齿咬的咯咯响。"孙家婶婶，您快回家吧，您家里不是没人吗？更需要人照顾。"

她相公跟着周彬的父亲出去做生意了，就留下两个女儿让她一个人照顾着。家中公婆去世的早，没人管她。所以才会这么没脸没皮的一而再再而三的来吕家，她也料定吕家的人不会说出去的。可她怎么就不想想村上这么多人那么多双眼睛，怎么可能都没看见呢？等她相公过年时回来就有的她好看。

孙周氏真的不会看人眼色，"不碍的，两个女儿都放在我爹爹家里呢。"

吕登发现跟这女人再说下去，他就要大骂出口了，眼睛转了转，"那正好，您回去时跟周彬说一声，这些日子不开馆，让他在家里把论语抄个十遍。到时我爹爹会看的。"

孙周氏的脖子伸的长长的，听了这话，才百般不舍地道，"那我先回去了，有什么事尽管来叫我，我好歹是个女人，能帮上忙的。"

"那先谢过婶婶了，您慢走。"吕登对着她的背影，笑的特别寒碜吓人。

自从孙周氏来后，吴氏的病反而一天天好起来，几天工夫就能坐起来走动。这让吕家父子大为欣喜。

吕登私下里认为，孙周氏的那些话给了娘很大的刺激，反而把心病解开，纠结的情绪一下子理顺了。算那女人误打误撞歪打正着，帮了娘一把，不过那女人心术不正，人品太差了，该整回来的还是要整的。绝不能让她有好日子过，最起码要让她来不了吕家添乱。以前他是看在周村长和周彬的面上，没多加理会，如今却不能再听之任之了。

接下来的日子，吕家的生活看似平静，可实际上每个人都有些闷闷的。吴氏的情绪最不好，时不时地还会掉泪。吕顺只能多陪陪她，每天下午的补课也中断了，都由吕登带着周彬一起读书。

碧玉嫌后院太闷，也经常陪着兄长在前院写写字，看看书。

邻居狗娃家今日杀了一头猪，分了些猪肉给四周的邻居，吕家也分到一块后腿肉，吕登正陪着狗娃在门口说话。

自从吴氏病后，吕登成熟了许多，家中的人情应酬都由他来处理。没办法，谁让他的父母一个不通世务一个没心情打理呢。

碧玉练了几个字，实在进不了状态，扔下笔无精打采地趴在书案上。

周彬担心地看了几眼，低头想了想，"吕妹妹，这个送给你。"他从袋子里拿出几个笔筒，"你看看喜欢吗？"

"很喜欢，多谢周哥哥。"碧玉随手拿起来瞧上一眼，上面有她要的花鸟图，还有骏马图、风景图。幅幅生动逼真。

见她依旧没精神，周彬皱皱眉，"吕妹妹，你还喜欢什么？我给你画。"

"不用了，这些够了。"碧玉侧趴着，有气无力地朝他笑笑，这些日子做什么事都没兴趣。

周彬轻叹了口气，这样下去可怎么行？"你不要这样，先生看了会难过的。"

以前总是笑眯眯的碧玉看上去是那么可爱，如今整个人抑郁寡欢黯淡无神，让人心疼得很。

"我知道。"她也不想总这样，可就是不受控制啊。

周彬朝窗外看了眼，"吕妹妹，不如我送你个风筝好吗？"这种时节放起风筝来是个很不错的选择，也能让人心情愉快。

"不用了。"碧玉摇摇头拒绝。

周彬使劲鼓吹，"我亲手做一个，做个很大很好看的蝴蝶风筝送给你。"

碧玉蹙起眉，"周哥哥，你不用哄我，过几天我就会好的。"

周彬有些无力，看着她悲伤的表情，他的心情也受到影响浑身不舒服起来。看了她半晌，拿出一张纸，用笔随意勾勒了几笔，递给碧玉。

碧玉懒洋洋地接过瞧了眼，不由扑噗一笑，这个周彬居然在纸上画了一个笑得很开怀的女孩子用手指着一个默默流眼泪的女孩子，似乎在嘲笑。手指的下面写着三个字，好难看。

"这才对嘛，你愁眉苦脸的样子让人见了很不舒服。"见她终于笑了，周彬的心松快了些。

吕登打发了狗娃回家，走近书房就听到碧玉的笑声，"妹妹，什么事这么高兴？"心里很是安慰，这丫头总算笑了。

"哥哥，你看。"碧玉微笑着朝他挥手。

吕登凑过头，不由也笑开了。摸摸碧玉的头，"周彬画的人是你。"这小子的画技大有长进，把妹妹的神态画出了八成。

"哪里像？我才没有这么丑。"碧玉不依地嘟起嘴，一点都不像她，特别是这个哭泣的女孩子难看得要命，怎么可能是她？

"好好好，我妹妹最好看。"吕登顺着她，他可舍不得她再像以前那般不开心。

"这话我爱听。"碧玉娇俏地抽抽小鼻子，整个人鲜活起来。

见到碧玉难得的开怀，吕登心情也好了些。"周彬，你不好好读书，画这些做什么？"

周彬理直气壮道，"我想哄吕妹妹笑啊。"

"这个我会做，你好好读书就行了。"吕登瞪了他一眼，不务正业的家伙。

周彬睁大眼睛，"吕大哥，你为何存心欺负我？"

"欺负你？什么时候？"吕登漫不经心的拿起笔，迟钝的小子，这会子才发现啊！

周彬脸上有丝气恼，"前些天你为何假传先生的话，让我抄十遍论语呢？"无缘无故地突然整他，这是为甚？吕登不是那种喜欢为难别人的人啊。

"什么假传？我爹爹是这么交待的。"吕登低着头写字脸不红心不跳的掰着慌。

周彬不可置信地叫道，"可我拿着抄好的论语给先生，先生莫名其妙地问我为何抄了那么多遍？"

吕登神色自若地笑笑，头也不抬，"那可能他忘了，前些天太忙，这种小事很容易忘记的。"

周彬心中半信半疑，动了动嘴唇，却没再说什么，低头看起书来。

等他回家后，碧玉终于忍不住问道，"怎么回事？哥哥。"刚才吕登的那番解释，她压根就不信。可又不能当着周彬的面询问，憋到他离开才开口。

知道这种事骗不过碧玉，吕登扔下手里的笔撇撇嘴，"我就是有些烦他。"错的不是他,他只不过受了牵连遭了城池之灾罢了。

"他做错什么事了？居然让哥哥下黑手。"碧玉对自家的兄长还是非常了解的，他不主动招惹别人，但敢来招惹他的人肯定会下场很惨。

"他倒没错，只是他那个姑姑太让人讨厌了。"吕登想起那件事，脸沉了下来。

碧玉收起笑意，"她又做了什么？"这人就不能消停些，人家正在伤心，她又跳出来干吗？就不能好好地待在家里吗？

他们兄妹之间没有秘密，吕登就把几天前发生的事说了一遍。

碧玉听了大怒，一掌拍在桌上，却疼得她龇牙咧嘴，小脸涨得通红，"她还知不知道廉耻二字怎么写？"

"她不懂。"吕登轻飘飘地丢下三个字。

"哥哥。"碧玉又气又恼，哥哥怎么还有心思开玩笑？这女人的岁数都白长，都长到狗身上去了？居然做出这么丢人现眼的事来。

"用不着气成这样，我会报了这一箭之仇的。"吕登阴阴一笑，居然欺到他家里来，他会让她知道后悔两个字怎么写的！

碧玉光看着哥哥这么笑，心里哆嗦了下，这些年下来，她早就清楚哥哥可是个有仇必报的人。不过她支持哥哥的任何决定，是该让那女人长长记性，"你打算怎么做？"

"这事你不用管，我自有主张。"吕登拍拍她的小脑袋，这种小事他一个人就能搞定。

"那好吧，不过不要让她察觉是你下的手。"碧玉不放心地叮嘱道。

吕登咧嘴一笑，瞧，他妹妹也不是善茬。只喜欢表面装无辜，不过也对，娘教出来的两个学生会相差到哪里去呢？

"对了，妹妹，以后不要跟周彬走得太近。"吕登想起周彬的眼神，心里不舒服。

"怎么了？"碧玉好奇地睁大眼睛，"不过我也没和他走的很近啊。"

"他们家太麻烦了，沾上就倒霉。"吕登淡淡地说了一句，最重要的是他不喜欢将来碧玉和周彬有任何瓜葛，一丝丝都不行。

碧玉乖乖点头，"知道了，哥哥。"自家的兄长总是为她好，听他的话总没错。

"走吧，我们进去吃饭。"吕登满意地点点头，拉起碧玉的手进了后院。

第六章　去府城

吃过晚饭，全家依然坐在花厅里闲话，只是话明显比以前少了些。

吕登低头沉思了好久道，"爹娘，不如你们去府里住段日子吧。"有时换换环境会转换下心情，这样消沉下去对谁都不好。

"府里？去哪里干吗？"吕顺莫名的看着自己的儿子。

"前些天三舅舅和三舅妈不是邀请我们去吗？听说那边很热闹，正好可以去见见世面。"吕登极力劝说道，"再说爹爹可以帮我看看那里的府学。"

本来没打算去府里的吕顺听了这话，立马眼睛一亮，"你这么想也对，我们先去看看情况。"

吴氏听到对儿子有帮助，也强打起精神，想了半晌，"那一起去瞧瞧吧，除了相公外我们全家都没去过府里。"

"不过学堂怎么办呢？"本来心动的吕顺有些迟疑了，"前些日子已经关了好几天，人家父母将孩子交到我手里，我可不能误人子弟。"

"爹爹，学堂就交给我吧，我肚子里的这些东西暂时可以撑几天。"吕登拍着胸脯保证。

"不行，一起去。你正好可以去府里转转，熟悉下环境。"吴氏不同意，儿子才是最重要的。

"那我留下，你们去吧。"吕顺道。

"那可不行，不如这样吧，大舅舅家不是有个教书先生吗？让他暂代几天吧。"碧玉提出建议，一家人去府里游玩的构想让她有些兴奋。

吴家有个专门给吴家子弟启蒙的先生，是个屡次落第的老秀才，如今吴家子弟要么在外面要么成了亲不需要再学。吴家念着这些年的苦劳，就养着他让他领份月钱。

"这是个好主意。"吴氏赞许地看着女儿，心情轻快了些，"正好让大哥派车送我们去三哥家。"

坐吕家的那辆骡车，那是个大考验，就算走到天黑还没走到一半的路。

"这样也好。"吕顺想了想点头同意，"不过娘子，我们要住到你三哥家去吗？我觉得不大妥当。"他最不喜欢住在别人家里，太不自在了。

"就暂住几天而已，没事的。"吴氏对自家相公的脾气了如指掌，劝道，"我们在府里又没有什么产业，总不能住客栈吧，那不是打他们脸吗？"

"那只能这样了。"吕顺也没办法。算了，住几天应该没问题。忍一忍就过去了。

第二天一大早吴家富就送了教书先生过来，同时还派了两部马车送他们去府城。

吕顺见那教书先生老成本分，放心地将学堂交给他。

将李四妈夫妻留下看家，吴氏收拾好行李，带着孩子们上了车。

一日的奔波，终于赶在日落之前到达吴家荣的家门口，吴家荣夫妻得到消息忙迎了出来，"妹妹妹夫，你们总算肯来了，真是稀客，快请进。"

吴氏抱着申哥浅笑道，"三哥三嫂可不要怪我们不告而来，我们……"

唐氏满脸笑容道，"妹妹这话太见外，我们平日里请都请不到，难得肯赏脸，我们求之不得呢。"

碧玉兄妹等他们寒暄完后，才上前请安。吴家荣拉着吕登说长说短，很是亲热。吕登向来尊敬这个舅舅，能在府城混的风生水起的人岂是泛泛之辈，还听说连府里的那些官员跟他都有所来往。

唐氏牵着碧玉的手，笑的极为开怀，"哎哟，请了我们家玉姐儿这么多次，这次总算让我心想事成了。"

"三舅妈，您可不要嫌我烦哦。"碧玉软着声音撒娇。

看着外甥女这么可爱的样子，唐氏笑得合不拢嘴，"不嫌不嫌，怎么会嫌，这次我定要带着你们好好逛逛这府城。"

吴家荣突然转过身道，"别光站在这里，妹夫妹妹一定又累又渴，快进去吃饱喝足了再聊。"

"瞧我高兴坏了，竟然没注意到这些。"唐氏拍拍额头笑道。

大人们在前面走着，碧玉兄妹东张西望的，不时地凑到一起交换几句看法。

碧玉四处环视，这宅子虽只有三进，可小巧精致，布置的极有格调。假山小桥流水花园样样俱全。

漱洗了下，唐氏已让下人摆上了饭桌，虽时间仓促但还是挺丰盛的，吕家众人中午时只吃了点干粮，这会子早就饿了，都低着头闷声吃饭。

用过晚饭，在花厅闲坐，下人们送上香茗。

碧玉实在憋不住道，"怎么没见几位表哥表弟？"依勇哥的脾气，听到他们来了不会等到这时辰还不见人影。

唐氏轻笑几声，"他们啊，被罚抄书呢。"勇哥兄弟几个都不喜欢写字，罚他们抄书的确够狠。

"这是为何？"吴氏明显吃了一惊，勇哥是唐氏的心肝宝贝，怎么会被罚呢？

"这几个小子皮的不行，将一个丫环推到池里，把他们父亲气坏了。"唐氏朝面无表情的吴家荣看去，他正极为淡定的品着茶。

吕家几口吃惊地张大嘴，这几个孩子够大胆的。吴氏微微蹙眉，"这又是为了什么？"

"太调皮了呗。"唐氏轻描淡写地道。

吴氏不再多问，转开话题。碧玉心里有丝古怪滑过，但仍笑眯眯地听着大人们说话。

"我们这次过来主要想带登哥看看府学，让他长长见识。"吴氏脸上有些赧然，"三哥，你认不认识里面的人？"

吴家荣手里握着茶杯，点头笑道，"你这可问着了，我正好认识专管府学的官员，改天带登哥去请个安。"

吕家人眼睛一亮，太好了。吴氏忙笑道，"多谢三哥了。"

"自家兄妹说什么谢不谢的。"吴家荣摆摆手，面色有丝犹豫，"对了，这个大人以前做过我们县的知县。"

"知县？是哪位？"吕顺有丝惊讶。

吴家荣别有深意地看了眼吴氏，"姓胡，他的妻子姓刘，妹妹，你还记得吗？"

"姓刘？难道是……"吴氏心里一跳，有个模糊的身影浮上心头。

"就是以前常上我们家玩的刘家姐儿，你们以前很熟的。"

"真的是刘姐姐？"吴氏的声音轻颤。

"正是，开始时我还以为认错人了呢！"吴家荣淡淡地看了她一眼，眼底一片深沉。

吴氏定了定神，恢复镇定，"他们家不是去京城了吗？"

"做了几年京官又回老家丁忧了三年，没想又转到这里来做官了，真是人生何处不相逢啊。"吴家荣有些感慨。人生的际遇真的很难说。

吴氏喃喃自语，"真是没想到。"

吴家荣笑道，"改天你跟着你三嫂上门去拜访，见见旧时的朋友。"

"这……这不大好吧，我们……"吴氏心里像打翻了五味调料，酸甜苦辣麻俱有。

当年刘氏和吴氏还有杜氏都是闺中密友，三人性格各异，但感情很不错，走动的也挺频繁。可如今都已散落各地，多年未走动了。

吴家荣知道她的顾虑，笑道，"安人见到你嫂子，极是亲热，还提起过你，说道好是想念呢。"

"安人？他家相公升到六品了？"吴氏迟疑了下，看来是避不了。"既然如此，那就见见吧。他们什么时候过来的？"

"才三个月，本想跟你说的，没想遇上……就忘了提起。"说到后面，吴家荣的声音有丝伤感。吴氏也红着眼低下了头。

唐氏见状忙转开话题，"是啊，安人听说你是我小姑，待我特别亲热，还让我直接叫她姐姐呢。"

"是吗？那真的要见见了。"

吴家荣手指扣着桌子，犹豫半晌，"对了，妹妹。刘家的那个孩子也在胡府。"这个消息也得事先说清楚，免得到时太过吃惊而失了仪态。

"孩子？"吴氏愣了下，才想到一人，"是刘姐姐的内侄，刘大哥和杜姐姐生的那个孩子吗？"

"是。"吴家荣对当年那三人间的纠葛也知道些。"那孩子我见过，长得很像他父亲。"

吴刘杜三家当年是世交，三家的孩子们也彼此熟悉得很。只不过后来出了些事情，刘家败落，杜家远离故土迁到别处，只剩下吴家还留在这里。

"怎么会在胡家？"吴氏心情复杂得很，话说刘家遭变故时，刘氏已经随相公去了京城。

"听说这些年安人都在私下打听刘家人的下落，只不过鞭长莫及没办法打听清楚。这次回来，终于找到了他们。"

"刘家人这些年在哪里？"

"就借住在香山寺里。"

"香山寺？"吴氏惊讶极了，这些年她不曾打听过，但一直以为他们家离开了家乡。"他们居然住的这么近。"

香山寺就在平安镇和邻县之间的山上，离平安镇只有几十里的地。

"谁说不是呢？当初我们都以为刘家母子随着杜家走了。"

是夜，吕家众人歇在客院里，吕顺夫妻占了正房。

"娘子，你们刚刚说的那些人怎么都没听你说起过？"吕顺有些好奇。

吴氏平淡的解释道，"那些都是我未出阁时的故人，后来一直没来往，这才没提起。"

"原来是这样。"吕顺漫不经心地点头，他对这种事并不特别关心，只是随口问问罢了，"对了，那个刘家，是不是当年镇上的首富刘家？"

"是啊。"吴氏波澜不惊地道。

"可惜了。"吕顺发出一声叹息。

是可惜得很，家大势大的刘家在家主死后一年内迅速土崩瓦解，留下孤儿寡母惨淡度日让人唏嘘不已。

身边的吕顺已经熟睡，发出沉沉的鼻息，吴氏睁着眼睛怎么也睡不着，尘封多年的往事一下子涌上心头，心潮澎湃难以入眠。

去胡家下帖子的第二天，众人就被胡家的人接去做客，只有吕顺不愿去留下照顾小申哥。勇哥几个还在禁闭中，也不能出去。

进了胡家，吴家荣带着吕登去前院见胡大人，唐氏带着吴氏母女去后院见刘氏。

刘氏已在院门口迎接，见到吴氏情绪激动，半天都说不出来。她容貌美丽，肌肤雪白，人虽至中年，却保养得当，看得出年轻时肯定是个大美人。

多年未见的两人克制着激荡的情绪力持镇定的见过礼分宾客落座，寒暄了几句。

碧玉上前请安，胡夫人满脸堆笑道，"妹妹，这是令爱？"

"是，年纪小不懂事得很。"

"我瞧着就好，长得好又有礼。"刘氏含笑打量着碧玉，身后侍立的婆子连忙送上见面礼。

碧玉朝吴氏看了眼，吴氏微微点头，她谢过胡夫人才退到吴氏身后，低眉顺眼地站着。

"妹妹，这孩子我瞧着容貌像你，只不过性子好像不随你啊。"刘氏想起吴氏少女时飞扬骄矜的性子，不由笑道。

"随她爹爹吧。"吴氏不愿多提往事，转移话题，"我记得姐姐膝下也有一位令爱，怎么不请出来见见？"

刘氏失声大笑道，"妹妹，我的大女儿早已经嫁了人生了孩子。"

吴氏张大嘴，"那孩子……已经嫁人生子了？"印象中还在襁褓的孩子中居然……

"是啊，我的大女儿今年已经十六岁了。"刘氏笑得很挺得意，她比吴氏大了三岁，如今已做了外祖母了。

"这么仔细算来，的确是到了年纪。"吴氏自嘲地笑笑，她的长子吕登也已经十二岁了，何况刘氏比她早成婚早生孩子。"那姐姐膝下还有几位令郎？"

刘氏嘴角上翘，"我还生了一子一女，如今都在上学，等散学了让他们过来。"

她家老爷偏房虽多，但所有的子女都是出自她的肚子，在这个家里谁也威胁不到她的地位。

"姐姐真是好福气。"吴氏客气的夸道，"养了这些多好孩子。"心里却不以为然，她自己也生了三个孩子，而且个个都是顶好的。

胡夫人眉梢边有丝得意，但面上不露，谦虚了几句。

聊着这些年的近况，两人不胜感叹，世事无常，悲欢离合半点不由人。初见面时的隔阂也在闲谈中消失得无影无踪，恢复了几分以前亲密无间的感觉。

"夫人，少爷表少爷吕少爷和姑娘来了。"门口的丫环禀道。

被丫环簇拥着进来几人，除了一身深蓝衣裳的吕登外还有三人，一名七八岁的眉清目秀的小公子、一名十岁左右清丽秀雅的少女、一名十二三岁儒雅的公子，四人齐齐走到面前，下拜行礼请安。

看着四个出色的男女，大家的眼前一亮，不由心里暗赞了声好。

吴氏特别注意了眼那名十二三岁的孩子，果然长得很像故人。"姐姐，你家的孩子个个都这般出众。"

"妹妹何必自谦，你家登哥更是一表人才。"刘氏多看了吕登几眼，一表人才，极为清俊。

"他一个乡下孩子怎么能与令郎令爱相比。"

……

听着两人互吹互捧，碧玉不由抿嘴一笑，突觉有道视线盯着她，她顺着视线看过去，咦，这不是刘氏的内侄刘公子吗？不过瞧着好生面熟，难道是在哪里看过吗？可一时也想不起来，神情坦然的冲他笑了笑，那公子愣了下但随即也回了个笑脸。

大人们还说个不停，这几个孩子就放他们出去玩。孩子们本来就很容易熟络起来，何况有吕登这个能说会道的人在，不一会儿工夫气氛就热闹融洽。

胡雪儿温柔稳重，胡耀祖调皮活泼，那冲着碧玉笑的男孩子是胡家的内侄刘仁杰，沉默寡言不多话。

碧玉盯着他看了好几眼，直截了当地问道，"刘哥哥，你好生面善，我们是不是见过？"

刘仁杰没想到她这么直接，顿了顿点头道，"我们的确见过一面，在平安镇。"

"平安镇？"碧玉绞尽脑汁想着，半晌郁闷地皱皱鼻子，还是想不起来。

"千层酥。"见她这么困惑，刘仁杰简单的提醒道。

"啊，你就是那个……那个……"一说起千层酥，碧玉顿时想起来，那个为了母亲吃上一口千层酥而向她们恳求的男孩子，原来是他呀。

他的记性真好，眼力也不错。当时她穿的是男装，几乎毫无破绽，可他居然还能认出她来。

"我还欠姑娘糕点钱。"刘仁杰从怀里取出一个荷包。

"不用了，就当是我请你母亲吃的。"碧玉摆摆手，这么点小事，真亏他还记得。不过好像太斤斤计较了吧。

"不行，既然欠了就应该还清。"刘仁杰固执的摇头。

"呃，那个真的不用了。"

其他三人莫名其妙地看着他们，大眼瞪小眼。

"这是怎么回事？"胡雪儿终于忍不住问道，这个表哥自从来到她家后，就极少开口说话，今日居然跟个比她还小的女孩子说了好几句话，她的心里隐隐不舒服。

"没什么。"碧玉摇摇头懒地说，芝麻绿豆点的小事没必要到处说。

刘仁杰也不解释，就是硬要将钱给碧玉。碧玉无奈地看着他，只好收下，心中暗想这人怎么这么介意这种微不足道的小事呢？

碧玉不知道的是刘仁杰从小就命运坎坷，性子非常敏感，对这种欠人钱的事时该记在心里，总想着遇上就把钱还给她。就因记的太牢，这才一眼就把碧玉认了出来。

"表哥，你和碧玉妹妹有什么秘密是我们不能听的吗？"胡雪儿等了半天都没等到解释，心里更加不快。

刘仁杰只是淡淡地扫了她一眼，并不吭声。碧玉也不好乱说，低着头喝茶。

胡雪儿的脸涨得通红，眼睛有些红了。毕竟是受宠的娇女，脸皮太薄。

吕登见势不妙，赶紧出来解围，"胡姑娘，刘兄曾和我们兄妹有过一面之缘，当日他要买糕点，可身边没有零钱，我妹妹就帮他垫付了，这种小事也没有什么可说道的。"

吕登这话倒是猜着了一半，可见他的脑袋有多么灵活，光听这两人的对话就猜出事情的大概。

胡雪儿听了这话，脸色好多了，冲他笑了笑道，"原来是这样，这种事有什么不好说的？"

"我们都快忘了这件小事，冷不丁的还想不起来。"吕登漫无边际地扯着谎，惹的碧玉低着头不住的偷笑。

胡雪儿听说表哥以前生活过得很苦，也有可能是无钱付账，如果是这样，的确不好到处说。她在心里这么认定，就不再生气了，看向表哥的眼神充满了同情。

刘仁杰看到她的眼神，心中一阵厌恶，他最讨厌别人用这种眼神看他了，可他如今寄人篱下只能忍下这口气。就当是为了家中望子成龙的老母亲吧。

吕登想起一事转过头来，"对了，刘兄，你会参加一年半后的那场童试吗？"

刚刚在胡大人的书房，胡大人考校了他的功课，也考校了刘仁杰和胡耀祖的功课，他知道刘仁杰的学问很不错。

"会的。"刘仁杰点头道，姑父已经跟他说过，他的功课不错，让他也下场试试。

"那我们是一起下场喽。"吕登眼睛一亮，热切地望着他，"你以后是住在这里吗？还是回平安镇？"

"我暂时会住在这里。"刘仁杰也很想回去，可难得他姑父愿意提携他，他娘自然不肯放过这个千载难逢的机会。他娘已经叮嘱过让他不要经常回去看她，要好好读书，考个功名出来，为她争口气。他自己也想考个秀才出来，好添补些家用，让她不要那么辛苦。

"这样啊。"吕登明显有些失望，"我本想还有人能一起谈诗论文呢。"

"听说令尊就是位先生，吕兄弟定然能应付自如。"刘仁杰对吕登倒很有好感，难得多说了几句。别说这人虽然不多话，但说出来的话还是很有分寸很有礼貌的。

"刘大哥不要笑话我了，我实在没什么把握。"吕登这次没说假话，别人都夸他学问好，可他心里还是有些忐忑的。

刘仁杰看了眼他，并没吱声。

碧玉在旁边看的有趣，嘴角跷的老高。哥哥难得有这么吃鳖的时候，他向来能和任何人都能打成一片的。

吕登见妹妹笑话他，伸手要捏她的小脸，碧玉边笑边朝后躲，一个不留神就栽在身边的刘仁杰身上。

"哎哟，不好。"胡耀祖在旁边尖叫，完了，他闭上眼睛不敢看。胡雪儿也紧张地捂着嘴不敢大喘气。

不过他们预料中的一幕并没有出现，刘仁杰只是轻轻扶住碧玉，让她坐好。

碧玉和吕登被他们过激的反应吓了一跳，一头雾水的相视无言，这两人怎么了？出什么事了？

胡耀祖等了半晌都没听到惨叫声响起，睁开眼睛不由愣住了，"表哥，你怎么……"

刘仁杰面无表情地看了眼，举着茶杯喝茶。

小家碧玉
XIAO JIA
BI YU 上

"呃，耀祖弟弟，怎么了？"吕登感觉很怪异不由开口问道。

胡耀祖刚想张口，就被胡雪儿一个狠狠的眼风扫过，不敢说话。

胡雪儿的心里又酸涩又难过，这位表哥不喜欢女子近身，上次母亲派了几名丫环过去照顾他的起居，都被拍飞了出去。自此以后照顾他起居的人都换成了小厮。可为何唯独对这个女孩子例外呢？难道她有什么特别的地方？她反复打量都没瞧出一点来。

"胡姐姐，我哪里有不对劲的地方吗？"碧玉被她直直的目光盯视了许久，终于忍不住问道。

"没，没。"胡雪儿这才发觉自己失礼，不由羞红了脸。

吴氏和金氏坐了一个时辰才起身告辞，刘氏挽留不果，只能依依不舍的送到二门口。"得闲了多来我家玩，我家老爷很喜欢你家登哥，说他聪明伶俐，功课又好，将来必是个有大造化的。"

吴氏乐得合不拢嘴，"那是胡大人不嫌弃，有空我会让他多过来请安。"

"那就好，我家老爷肯定会很高兴。"

等客人走后，胡老爷才回后院，刘氏上前接着，换了家居的衣服夫妻俩对坐着喝茶。

刘氏疑惑地问道，"老爷，您是不是看上吕家的登哥了？"否则为何干巴巴的让小厮过来传话，让她请吴氏母子多过来坐坐呢？还打发女儿和他们三个男孩子一起过来，这不是要给他们创造机会吗？

胡老爷心情很愉快，满脸笑意道，"是，我瞧着他将来必定不凡，我想把女儿许配给他。"

他在书房里对这几个孩子考校了一番，对吕登最为满意，不仅学问好而且会说话会做人。他当即就决定要选登哥为婿，如今好女婿难找啊。

"可……可仁杰也不错啊。"刘氏更偏心自己的亲侄儿。刘家早已败落，她想着将女儿嫁给他，好帮衬着一把。

"他虽然好，但在官场上的成就有限。"胡老爷含蓄地道，不好实说这个内侄性子太闷，又不会说话，在官场上根本玩不转。但吕登就不同了，他考校过他的功课，不仅扎实而且能举一反三，最让他看好的是吕登长袖善舞的性格，这种人才能在官场混的风生水起。将女儿许配给他，将来说不定还要靠他拉拔一把。

"我觉得能亲上加亲，将来更能亲近。"刘氏不肯放弃这个念头，"那孩子还是很孝顺的。"

胡老爷浇了盆冷水下来，"别傻了，仁杰的性子太冷淡，根本不会是疼惜妻子的人。"毕竟是自家女儿，他也心疼的。

一语直中重心，刘氏无声地叹了口气，弟媳究竟给这孩子灌输了什么东西？居然对女子那般不假辞色，有任何女子靠近，就会下意识的甩手将人挥出去。哎，好好的一个孩子，居然成了这样。可一想起弟弟的死因，又有些理解弟媳的想法。前车之鉴啊，不得不引起重视，可惜有些矫枉过正了。

"那吕家登哥定能疼惜女儿吗？"刘氏不放心地追问。内侄再怎么亲也亲不过自己的女儿啊。

"他是个聪明人，只要我们家势不败，他自然会好好对待我们的女儿。"胡老爷不以为然地道，男人嘛，都是这样的。

"这倒也是，何况我们大女婿家也是有权势的，他如果敢对女儿不好，自然有人收拾他。"刘氏不由笑道。

哎，这两人还没经过吕家父母的同意，就把吕登当成自个儿的女婿，开始谈论起来。

"那我们是等他考上秀才后再把女儿许配给他，还是趁如今他没有任何功名时？"刘氏问道，这也是个大问题，必须先想好。

胡老爷沉吟许久，有些举棋不定，这两种情况各有各的好处，但只能选择其一，"先和他们家做口头约定，等吕登考上秀才再把女儿许给他。"总算让他想出个两全其美的办法。

他今日已经摸过底，吕登还没定亲，如果趁这时定亲，后面童试就会多了许多忌讳，到时有什么流言出来就不好了。但等吕登考上秀才，那还要有段时日，万一吕家父母给他在别处定了亲，那就竹篮子打水一场空喽。果然是深谙官场之道的老油子，算盘打的震天响。

刘氏也不是糊涂人，自然听懂了相公的言下之意。心里有些忧心，"不过我瞧着女儿好像对仁杰有些……"

原先她乐见其成，就算看出了点苗头，并不阻止。如今事情有变却有些头疼。

"胡说什么，儿女婚事自有父母作主。"听了这话，胡老爷勃然大怒，脸色铁青鼻孔喷火，"她敢有这种心思，看我……"好人家的女儿岂能有这种见不得人的心思？

"相公息怒，我只是揣测，并不是真的。"刘氏连忙安抚道，"女儿从小就受老爷的教诲，自然懂得女孩子的本分，绝不敢有这种糊涂念头。"

胡老爷还是很相信妻子的，脸色好了些，"不是最好，你好好派人看着，不要让他们表兄妹太亲近，闹出什么事就不好了。"

"放心吧，你也知道仁杰的怪僻，能出什么事呢。"刘氏放下心中大石，语气轻松起来。

"小心驶得万年船，我是极看好登哥这个孩子的。"

"相公的眼光自然不差，那孩子我也瞧着好，斯文有礼笑脸迎人，让人瞧着就舒服。"刘氏既然想通了，自然对吕登越想越觉得满意。"相公，要不要让那孩子也上我们家念书？"

既然是未来的女婿，她开始为吕登打算了。

"不好不好。"胡老爷子摇着头，"将来别人知道了，就很难说得清。"

这倒是，她想得太简单了。"那这事我就去办了，老爷还有什么吩咐吗？"

"只有一点，不要显得盛气凌人。"胡老爷深通世故人情，提点着妻子。

"这个我自然省得。"刘氏眯起眼笑道，"没想会和吴家妹子还有这种缘分。"当年做不成一家人，如今却要成亲家了。

话说吴家荣回到家中，心里就有些猜度，他毕竟在商场打滚这么多年，触觉敏锐的很，好端端的怎么问起登哥有没有定亲？难道是……

不过胡老爷没多说什么，他只在心里想想并不好乱嚷嚷。

不过第二天胡家请唐氏单独过府一叙，过了半天，唐氏喜气洋洋轻飘飘的回家，把吴家荣和吴氏请到小花厅说话。吕顺出去访友，并不在府中。

唐氏把事情一说，吴家荣心里早有准备，并不吃惊，神情淡淡地喝着茶。

但吴氏明显惊讶不已，"他们家怎么突然提起这事？"

唐氏脸上笑成一朵花，"还不是瞧着外甥是个拔尖的，先下手为强。"

"三嫂，这时候你还开玩笑？"吴氏皱着眉有些彷徨，"这事我为难的很，自古嫁女高攀，娶媳低就，可这……"这些年看下来的人家都没胡家条件好的，但门第太高也麻烦啊。

"妹妹，并不是和你开玩笑，我觉得是个极好的机会。"唐氏收起笑脸，慢慢说道，"他们家有些根基，听说他们大女婿是在吏部任职，家中极有势力。如果攀了这门亲，登哥的仕途就不用愁了。最难得这次他们家不拿大，说话极谦虚的。"

其实刘氏邀她过府一叙时，乍闻这事，她心里也直打鼓，但刘氏说话显的亲热，又不骄傲，又诚恳无比的请她玉成亲事。她心里盘算许久，才答应下来。如果吕登想在仕途上有所长进，必须有些助力。而吕吴两家根基浅薄，并没有什么靠山背景，钱倒是没问题，吴家可以全力投入，但势力就没办法了。如果娶个娘家有势力的妻子，对吕登是个很好的选择。

"这事我要先问过你妹夫。"吴氏心里翻腾不已，努力回想胡家姑娘的模样，人长得挺好，脾气似乎也很温和，只不知品行如何？低头想了半天，突然转过头道，"三哥，你觉得如何？"

吴家荣放下手中一直端着的茶杯，严肃地点点头道，"自然是好事，难得有这种机缘。"他的确认为是个好机会。

"可我怕官家女儿娇贵，难以……"吴氏蹙着眉顾虑重重，虽说是件好事，但也很麻烦。既怕胡家的女儿恃着身份高贵不孝顺公婆，又怕娇生惯养的不会打理家务。

"妹妹你多虑了，既然做了人家媳妇，自然要把以前的身份都放下，规规矩矩做人家媳妇，侍奉公婆料理家务。"吴家荣看穿妹妹的心思，突然挑挑眉古怪一笑，"如果她端着架子不服管教，给她一张休书即可。任她家里权势再大，也不会护着个不顺公婆的女儿。"

胡家再疼女儿，想为她撑腰。那也得有站得住脚的理由，即女儿没有任何过错的立场上，如果犯了七出之条，胡家是丢不起这个脸，绝不会为她撑腰的。

吴氏一经点拨立马想通，"三哥果然见多识广。"

"这也不值什么，在外面走动的多，自然眼界宽了。"吴家荣摆摆手笑道，"再说妹妹啊，依登哥的性子他绝对会处置的妥妥当当。"

如果说吴老爷子是老狐狸，那吕登就是小狐狸，那孩子心思沉着呢，区区一个闺阁女子岂是他的对手？

吴氏转眼一想，也是，她对儿子有信心的很。"可我怕她不会理家。"吕家住在乡下，凡事都要自己来。再则将来吕登要考举人考进士，他需要个贤内助让他无后顾之忧，把家里打理好。如果做不到这点，娶这个儿媳妇恐怕……

"妹妹啊，你当年也是什么都不会的，可如今呢？"吴家荣笑道，"不会可以教她，总能学会的。"

话虽如此，但她心里还是有些犹豫。唐氏在旁边坐了半天都不吭声，这时凑到吴氏耳边悄悄说了些话，不由让吴氏边听边点头。

等吕顺外出回来后，跟他说了这事。

吕顺正沉浸在故交相逢的喜悦中，听了这些话挺惊讶。问了些胡家的情况，沉吟半天。未了道，"让人打听下女孩子的品行和名声，如果都不错的话，你再考查下那位姑娘，看着好就定了这门亲事吧。"

娶儿媳妇他最看中的还是这两点，其他的只要过得去就行了。

吴氏笑道，"好的，不过相公你不再坚持等到儿子通过童试后再给他定亲了？"

吕顺摸着胡须微笑道，"只要有好的机会就定下来，当初那般想也不过是想有更大的余地。"

"知道了，相公。我这就让人去打听，我自己也考察一番。"吴氏心情很好，脸上露出舒心的笑容，"等儿子的婚事定下后我就能松口气，接下来只要考虑女儿的婚事就行了。"

吕顺一听，忙认真严肃地道，"女儿的婚事你可要郑重些，挑个品行好的，不必求男方家有钱有势。"碧玉是他的掌上明珠，她的终身大事绝对不能马虎。

吴氏微微点头，"我也是这么想的，只要家世清白长辈慈爱，男孩子品行好的，可是这种人家难找的很。"

这两年钱氏帮她找了好几家，可挑着都不顺意，不是男方父母苛刻的，就是男方品行不端的，要不就男方看中吕家这百亩地的陪嫁。她不止一次暗叹要挑个合心合意的女婿实在太难了。

"不着急，慢慢找吧。"吕顺安慰道，这种事急不来的。

"可女儿的年纪也不小了，我有些担心。"吴氏心烦意乱，碧玉也有十岁了，已到了定亲的年纪。她真怕耽搁了女儿的婚事。

"担心什么，我们家女儿乖巧孝顺又懂事，无论嫁到哪家都不会委屈了他们。"吕顺话中疼爱呵护之意流露无疑。"他们如果识货，定然抢着上门提亲。"

"有这么夸自家女儿的吗？"吴氏不由好笑，这也太偏心了吧。把自家的女儿夸的天下无双，世间独一。

吕顺理直气壮地问道，"那你说，我们家女儿哪里不好？"

吴氏想了半晌，怎么想都觉得碧玉样样都好，不由展颜笑道，"好像没有。"两人相视一眼，静默片刻哈哈大笑起来，随着开怀的笑声将满室的温馨安宁渐渐弥漫开来。

世上父母都觉得自己的孩子是最好，是最完美无缺的，就算是缺点看在他们眼里都成了优点。这也是人之常情罢了。

第七章　登哥定亲

派出去打听的人回来了，说是这位姑娘温柔端庄，并没什么不好的流言传出来。

饶是如此，吴氏还是将吕登叫到屋子里。

"娘，您找我有什么事？"吴家荣正想带他们兄妹一起出去玩，他却被母亲叫了进来，只有眼睁睁地看着碧玉兴高采烈的跟着吴家荣出了门，心里郁闷的不行。

"登儿，你是见过胡家姑娘的，你觉得她如何？"吴氏轻悠悠地问道。

"她？"吕登心中惊讶，但还是老实地回道，"瞧着像个大家闺秀。"虽然有几句话说得有些过，但还算是个淑女。

其实他对她并没有多大的注意，毕竟男女授受不亲他不好总盯着个女孩子看吧。

"如果她做你的妻子，你喜欢吗？"吴氏问道，她对待这个儿子极尊重，就像对待大人般会听听他的意见。

"什么？"这下吕登脸上真的露出惊讶之色，"娘，你怎么想到这个？我们家算是高攀了吧。"

"是他们家提起的。"吴氏淡淡地笑道，脸上有丝骄傲，她的儿子真的很出色呢。

吕登看了她一眼，恭谨道，"既是如此，这种事由父母做主吧，我没意见。"

吴氏静静看了会儿，还是想听儿子说上一句，他向来极有主见。"如果你不喜欢的话，娘可以拒绝的。"

"娘，自古婚姻大事有父母做主，你们决定就好。"吕登笑道，他对自己的婚事并没有想法和考量，毕竟这种事不是由他拿主意的。

"这是要和你共度一辈子的女人，也要你满意才行。"吴氏摇摇头，这是吕登的终身，必须郑重其事，将来如果合不来弄到休妻的地步，对谁来说都不是好事。这种事毕竟不光彩，对吕登也有莫大的影响。

吕登了解娘的心意，笑着说出他择妻的要求，"我的妻子只要能孝顺父母相夫教子管好家即可。"

听着儿子的话，吴氏喜忧参半，孩子这么懂事是好事还是坏事呢？"既然你没意见，我们就帮你订下这门婚事。等你过了童试就正式下婚书。"

吕登闻言不禁开玩笑道，"如果儿子这次没考上，那怎么办呢？"

"婚姻之事不是儿戏，就算口头约定也要守诺。你这次就算考不上，这门亲事也是要敲定的。"吴氏难得脸色严肃地看着儿子，"除非他们家反悔，但那是不可能的。当他们家提出这个题议时，就已经考虑到了这种后果。"

吕登收起戏谑之色，"娘说的极是。"他是不该拿这种事来开玩笑。

吴氏疼爱地看了他一眼，"就算这次考不上，还有下一次，登儿，不要紧张。娘相信自己的儿子是有真才实学的。"她的儿子毕竟是个十几岁的孩子，对考试感到紧张也是正常的，她要做的就是让他宽心。

吕登心中感动不已，"娘，你放心吧，将来我定能让你风风光光，儿子会为你求个诰命回来的。"娘这些年为了他为了这个家辛苦的很，他定要让她过上舒心的好日子。

吴氏脸上浮现幸福的笑容，"儿啊，有你这番话，娘已经很欣慰了，至于成不成娘并不强求。"

"是。"吕登应着，心里却暗下决心。

吴氏的念头转到别处，"对了，那个刘公子也要下场吗？"

"是的，我已经问过他了。"他对爹娘他们以前的事情并不清楚，只知道刘仁杰的父母跟吴家有些瓜葛。

吴氏这几天已经将刘家的事打听的很清楚，心中感叹了无数次，"听说那孩子这些年过得不大好，以后你遇上能帮衬的地方就帮一把吧。"

"儿子记住了。"吕登恭敬地应了随口问道，"他的父母也是娘以前的朋友？"

吴氏轻描淡写的解释道，"嗯，我和他的父母还有刘姐姐都是从小一起长大的朋友。"

"既是如此，也算是世交了，我会照应他的。"吕登想了想眯眼笑道，"不过我瞧着他的性子不是能受恩惠的。"

"怎么？那孩子性子很固执吗？"

"有点，他对他的表妹表弟都没有很熟络的样子，按说他那种情况，自然要气弱三分，可我觉得反而平静如常。"吕登暗忖：

常理来说，寄人篱下总会低声下气些、对主人家讨好奉承几句，他却半点没有，依然淡定得很。

"是吗？那孩子我就前些天见过一面，也没说上几句话。"吴氏微微蹙眉，努力回想他父母的性子，好似都不是固执的人啊，不过经过磨难的人性子很难说。"如果能帮就帮，不能帮就算了。"

吕登应了，忽然笑道，"刘兄的脾气虽然扭，但他对妹妹倒好。"

刘仁杰面上虽都淡淡的，但对碧玉说话明显温和了几分。

"哦，这是怎么回事？"吴氏关心的竖起耳朵，凡是牵涉到自己子女的事，她都会异常关心。

吕登将碧玉他们两人相识的经过说了，吴氏听了不由笑道，"他们倒是有缘，话说回来，如果他家没有遇到变故，你们应该早就认识了。"

"如今认识也不晚。"

过了两天，胡家请唐氏和吴氏上门做客，刘氏这次明显热情许多，话里话外透着亲热。

胡雪儿始终随在母亲身边，低眉顺眼的不说话，除了请安外都静静侍立在一边。

吴氏打量了好几眼，心里暗暗点头。不愧是官家小姐，这礼仪无懈可击，站姿也端正的很。

"女儿，你前几天不是说要送给吕家玉姐儿荷包吗？"刘氏偏过头，笑道，"快拿出你新制的荷包给你婶婶，让她捎给玉姐儿。"

胡雪儿虽然感到莫名，但在这种场合，自然不能让刘氏丢了脸面，连忙从身上取下一个宫缎荷包，双手递到吴氏面前。

吴氏含笑接过，"我替玉姐儿谢过胡姑娘。"顺眼一瞥，胡雪儿十指纤纤，雪白如玉，是双娇小姐的手。

胡雪儿忙福了福，"婶婶客气，这是雪儿亲手制的，吕妹妹不要嫌弃才好。"

"怎么会？这么好的手艺她爱的爱不过来呢。"吴氏见这荷包绣活鲜亮，不由满意地笑道。刘氏和唐氏相视一笑，心中都暗喜。

胡雪儿被刘氏命着去厨房做道点心上来，她心里虽些许不快，但还是听话的下去。过了半晌，热气腾腾的点心就被端了上来。

刘氏指着那碟栗子果仁糕笑道，"妹妹，你尝尝，这是小女亲手做的，不知合不合你的脾胃？"这也是胡雪儿唯一拿手的点心。

"既是令爱亲手所做，我定要好好品尝。"吴氏拈起块尝了口，栗子的香甜和果仁的脆酥完美融合在一起，不由赞不绝口。

唐氏也在旁边凑趣夸着胡雪儿，这让刘氏心中暗暗得意。

胡雪儿心里怪怪的，托词回了房间休息。

吴氏看着她的背影，若无所思。

吴氏吃了几块点心，用水漱口后才道，"刘姐姐，我有几句话跟你说。"

刘氏会意的挥退所有的丫环，唐氏也借口登东避了出去。

"妹妹，这里只有我们两个人，你有什么话就直说吧。"

"姐姐，我就不兜圈子直说了。"吴氏抿了口茶清了清嗓子，"姐姐，令爱柔顺端庄，我极是欢喜。但我们家是庄户人家，令爱娇贵恐怕过不惯庄上日子。"

"到时我们自然会陪送嫁妆和贴身丫环，不会不习惯的。"刘氏以为是她客套，忙笑道。

"姐姐，你没听明白我的话。"吴氏在心里无奈地叹了口气，正色道，"我的意思是说我家的儿媳妇要亲手打理家务，将来我家登哥如果有能力让她过上驱奴使婢的日子，那时我们自然不会说什么。"言下之意就是你们就算送了奴婢过来，也派不上用场。

刘氏愣了愣，"妹妹，你如今在家里也没有人帮忙吗？"

"只有个李四妈做帮手，家中琐事基本上是我做的。"吴氏神色如常，并不觉得羞愧，李四妈是吴氏以前的贴身大丫环，刘氏也认识的。

"你……你居然能过这种日子？"刘氏不敢置信地看着她，从小一起长大，吴氏以前有多娇贵，她比谁都清楚。吴家所有人都让着宠着吴氏，锦衣玉食地娇养着，光身边贴身丫环就有四个。可如今……

吴氏浅笑着道，"是啊，嫁鸡随鸡，我家相公不喜欢家中太多外人。"眉间却有丝淡淡的幸福，彼之砒霜吾之蜜糖。

"可……可……"刘氏犹豫了，说句实话吴氏的要求合情合理，但她怎么舍得让自己娇滴滴的女儿去受这份罪呢？可如果嫁过去，婆婆都没有用下人，做儿媳的怎么能用？更不可能做婆婆的服侍媳妇的道理。这可如何是好……？

"姐姐，我家的情况不知您了解多少？我家并不富裕，凡事都是自己动手。"吴氏轻轻晃着手里的茶杯笑道，"您可以和您家老爷商量下，到时让我家三嫂递个话就行。"

胡家的女儿嫁过来既不可能另屋别居，吕家人又不可能去住胡家的陪嫁房子。嫁到乡下自然要照着吕家以前的起居习惯。

该说的她都说了，至于接下来的事态变化就不是她能掌控的。这是唐氏教她的办法，把她的想法摊出来，胡家接不接受就是他们家的事了。

"好，好。"刘氏失魂落魄地应道。

当晚刘氏跟胡老爷提起这番话，胡老爷考虑许久，点头道，"你马上请人来教女儿，要从头学起，必务让女儿在出嫁前学会打理家务。"

"老爷，您……您还是决定……"刘氏不忍心的皱紧眉头，这不是让女儿去受苦吗？

"对，我已经决定结这门亲。"胡老爷不改初衷，依然要选吕登做他女婿，"他们家并没有提过分的要求，这些事你要抓紧了，不能让别人取笑我们家女儿。"

"可是会很辛苦的。"刘氏苍白着脸摇着头，光想想就替女儿心疼。

"你不是说吴家那位姑奶奶以前也是娇娇女，如今却整理家务照顾家中老小，处理的妥妥当当吗？"胡老爷指出前例，别人能做到的他家女儿自然也能做到。

"可是我舍不得啊！"刘氏泪眼蒙眬，不肯松口。

"有什么舍不得，做人家媳妇，这些都是本分。"胡老爷有些不悦，看她爱女情深，他才好话多说了几句，她怎么还听不进去？难道要他发火才肯听话？

"老爷，不如换一家吧。"刘氏明知扭不过胡老爷，还是做着最后的努力。

"换一家？换哪家？"胡老爷不怒反笑，心中暗骂一声，无知妇人眼光太短浅。"你看看我们周围，有很合适的人家吗？"

刘氏低头想了半天咬了咬牙，"就听老爷的。"

门当户对的人家也有，但要么是家里太过复杂，要么是男方品行不端的。吕家虽然是庄户人家，但胜在人口简单，家世清白，吕家父母又不是刻薄的人，吕登学问品行都是极好的，将来必是个有出息的，只要熬上几年，自然会有好日子过。这样两相比较，吕家还是算好的。

胡老爷挥挥手吩咐道，"既然如此，你就让女儿多学些实用的东西，至于琴棋书画就免了。"

"老爷说得极是。"刘氏道。心里盘算开了，女儿女红还过得去，不用再学。厨房的事最要紧，女儿只会做一道点心，这可不行啊。最起码要做出一桌色香味俱全的饭菜来，还要学如何管家，早知如此，就应该早点教她。哎，如今说什么都晚了，只有尽量补救。要请什么人来教呢？如何才能收效最快？

一事不烦二主，刘氏托唐氏将这消息捎去。

吴氏听了满意一笑送上支金钗做定物，刘氏取了块玉佩作定物。这事算是定下来，就等着吕登考完试再正式换婚书。

只不过胡雪儿知道后，嘴上没说话，心里很难过很伤心，晚上躲在床上狠狠哭了一场，之后就柔顺的听母亲的吩咐学习各种事宜。

这事只有吕胡吴三家有限的几个人知道，连碧玉也不知道。她欢欢喜喜地带着小青跟着吴家荣天天出去逛，吴家荣极为纵容这个外甥女，只要她喜欢的东西都朝家里搬。幸好碧玉不是贪心的孩子，给家里人挑了几样就不肯要了。

勇哥几个总算结束了惩罚，每天陪着表兄表姐玩，只不过对他们被罚的原因三缄其口，无论碧玉如何问都不肯说。

小申哥也每天乐呵呵的，这里有表哥们陪着他玩，在家时吕登兄妹年纪比他长了一截，又有自己事要做，不可能时时陪着他玩，到了这里反而多了许多玩伴。

而吕顺带着儿子进府学看了看，又带着他拜访了几位同年，每天应酬交际忙得很，他最讨厌应酬这次为了儿子勉为其难了。

吴氏和钱氏在家里说说笑笑，偶尔还会结伴逛逛府城。

吕家人在府城过的都心情愉快开怀不已，来之时的抑郁沉闷之气早已一扫而空。以至到了要走的时候，心里都不舍极了。

只不过家总是要回的，依依不舍地告别了吴家荣全家，带着一车子礼物的吕家人终于回到浣花村，李四妈夫妻忙迎了上来嘘寒问暖，准备热水让他们漱洗。

吃完热气腾腾的饭菜，吕家众人散坐在花厅里，李四妈侧坐在小机上汇报着这些日子发生的事情。

听到从吴家请来的那位教书先生很认真负责，吕顺大为满意，让吴氏备份土仪明日送给那位先生，吴氏笑着应了。

其他都很平静，村上也没有大事发生，只有一件小事。李四妈犹豫了半晌，不知该不该说。

"说吧。"吴氏看出了她的为难。

李四妈低着头道，"那位村长的女儿带着两个孩子去找她家相公了。"

吴氏手中的茶杯一顿，"哦，怎么会这么突然？"孙周氏的相公出去做生意都有两年了，也没听说她要去找相公。

正在陪申哥玩的碧玉听到这消息，不由的竖起耳朵细听。吕顺父子平静无波地喝着茶，像听闲事般无动于衷。

李四妈并不抬头继续说下去，"听说是她家相公在外地娶了房妾室，那妾室身怀六甲，如果这胎是男孩子，就要休了她。"

吴氏点点头不再多问，这毕竟是人家的家务事。但心头还是浮起一丝窃喜，这麻烦人物总算离开村子，不会再来纠缠她家相公。

而碧玉听了这件事，若有所思地看向吕登，吕登若无其事的喝着茶，偶尔抬头冲她笑一下。碧玉避开父母的视线动了动唇，无声地问，"是你干的？"

吕登只是朝她眨了下左眼，并没回答。

碧玉见这情景，心中已有答案，不由在心里对兄长暗赞一声，厉害。人在府城，可照样能把事情办的漂亮，还不露丝毫破绽。看来平日里能和哥哥打成平手，那是哥哥让着她，她要学的东西还多着呢。

次日吴氏就将礼物分成好几份，让李叔送到镇上吴家去，教书先生那份自然也不能免的。

课间休息时，吕登也带了几份小玩意分送给各位同窗，每个人都有份。大家都围着听他讲府城的趣闻，他捡些能讲的生动有趣的说给同窗们听，众人听得津津有味，羡慕不已。这些人都没有离开过家门口这块地方，更不要说去府城了。

碧玉双手撑着下巴微笑地听着兄长说话，不时附和一声。

一直注视着她的周彬，见她终于恢复了精神心中极是安慰。

散学时等小学生们都离开后，碧玉从袋子里取出一本教人画画的书给周彬，"周哥哥，这是送给你的。"

周彬眉开眼笑地接过翻了几页，心中大喜，"这是你挑的？"

碧玉笑眯眯的点头，"是啊，我想周哥哥喜欢画画，应该会喜欢这件礼物的。"

周彬乐得合不拢嘴，"喜欢极了，谢谢吕妹妹。"

"周哥哥喜欢就好。"碧玉暗忖，她不好老白拿别人的东西，总得礼尚往来一番。

"妹妹，你怎么还在说话？快回去吃饭。"吕登收拾好书本，见状有些不悦。

"知道了，哥哥，我在等你和爹爹。"碧玉侧着头笑道，"你好慢啊。"吕顺去大书房整理从府城带回来的书本。

"你呀。"吕登没好气地揉揉她的头发，这丫头总有那么多理由。"对了，周彬，你怎么没随你姑姑一起去找你爹娘？"

"不想去。"周彬直接得很。

"这是为什么？"碧玉好奇地问道，话说周彬也有好久没见到父母了，他难道不想他们吗？

"他们过年时会回来，何必千里迢迢地赶去呢！"周彬更担心爷爷，姑姑一走，身边都没一个亲人，谁来照顾年老的爷爷？就算有个老仆有什么用？这些年他和爷爷的感情变得很深厚，反而对父母想的少了些。

"这倒也是，你快回去吃饭吧。"吕登牵起妹妹的手，"我们也要进去了。"

周彬有些依依不舍地看着他们兄妹，笑道，"我下午再来。"

吕登胡乱点个头，拿起书就走。

穿到过道时，吕登正色道，"妹妹，以后不要送东西给别的男孩子。"

"这是为何？"碧玉眨着黑亮的眼睛，不解地看着严肃的兄长。

"私相授受。"吕登淡淡地吐出一句话。

"扑哧"碧玉笑的东倒西歪，良久才喘着气道，"哥哥，你想的太多了。周哥哥就像我的另一个哥哥，我收了他的礼自然要回礼的。"像那些表哥表弟一样，收了他们的礼物不时要回上一两次礼。哥哥居然说出这么好笑的话来，太逗了。

吕登没笑始终严肃地看着她，"我或许想多了，但不能保证别人是不是也想多了？"心中暗想，你把别人当成亲哥哥，别人

可并不这么想。自己的妹妹冰雪聪明，唯独对这种事挺迟钝的，
不过这样很好。

　　"什么意思？"碧玉歪着头问道。

　　"你不用懂，答应哥哥，以后不要再这么做。"这次是他疏忽了，
该在之前就阻止的。"除了爹爹和我之外，不要随便收别的男孩
子东西，也不要随便送别的男孩子东西。"

　　"那表哥他们呢？"这些年吴家众人送碧玉礼物，都养成习
惯了。

　　"他们送你的东西，要爹娘和我同意才能收。"

　　碧玉看了他半晌，点点头，"知道了，哥哥。"

　　"别怪哥哥管的太宽，哥哥总盼着你好的。"这是他唯一的
妹妹，他不愿她受到任何伤害。

　　"我知道哥哥最疼我的。"碧玉虽内心不解，但还是很清楚
登哥是为她好。

　　"你明白就好，妹妹啊，其实爹爹教的那些书你都学过，不
用天天再上学堂了。"吕登拍拍她的头笑道，"每天早晨也能多
睡一会儿，我盼着这种好事盼了多年，可都没捞着一次，你就不
想吗？"

　　"习惯了，每到这时辰都会醒来，睡不着的。醒来又没什么
事当然要去前院读书。"碧玉转着眼珠笑的极甜，"就算学过了
也可以再学，圣人不是说，学而时习之，不亦乐乎吗？"

　　吕登被碧玉说得哑口无言，又不愿点醒迟钝的她，只好投降，
"随你吧。"

　　"对了，哥哥，那件事你是怎么办到的？"碧玉神秘兮兮地
靠近兄长小声问道。

吕登会意的眨眼道，"就散了些流言。"

原来是这样，好简单实用的办法。"那就是没有那种事喽？"

"不一定，谁知道。"吕登漫不经心地道，"反正目的已经达到，至于其他的就不关我们的事了。"反正人都离开了，他也能松口气，同时也出了口心中恶气。

"可他们母女三人千里迢迢的，路上……"碧玉有些担心，要是出了什么事，那就心里难安了。

"你别替别人多操心，她请了村上周大有夫妻送她们母女三人过去的。"

"那就好。"碧玉舒了口气。"哥哥最聪明了。"

周大有家跟她们是本家，又年富力强挺精明的。自是最合适的人选，孙周氏还算有脑子。

吕登拍拍她的头，"你呀，有时心肠太软。"

"我是女孩子嘛。"碧玉理直气壮地道。

吕登无奈地摇摇头，眼中全是宠溺，算了，以后诸事自有他做兄长的护着她。

吴氏手拿着绣活坐立难安，眼睛不时看向前院。

碧玉开始时还平静，可被吴氏这般举动影响，也有些忐忑不安，嘴上依然安慰吴氏，"娘，您不用这么紧张，哥哥定能考上的。"今日是发榜日，每个人都在默默等待着消息。

想起吕登参加院试回来后神情自若的样子，碧玉就对他充满信心。

"就是考不中也不打紧。"吴氏嘴上虽这么说，眼却一直朝外瞄，手中的活计早就被拧成块麻花。"你哥还在前院没回来？"

"还没到晌午呢！"碧玉对吴氏一上午这般前言不搭后语的话，早已应对自如。

"他倒镇定。"吴氏不知该不该夸自家儿子，放榜的日子他居然还能定下心看书。她做母亲的快急死了，只觉得时辰过的太慢太慢。

突听前院一阵喧闹，吴氏母女不约而同地侧耳细听，好像是什么大喜，喜事？难道是……吴氏蓦然起身，急着朝前院走，碧玉忙跟在后面。

刚走到夹道，就听到喧闹声，伴着一句句"恭喜恭喜"声。

吴氏脸上激动莫名，碧玉心里振奋，抢先跑了出去，见前院一大群人黑压压的一片。她四周环顾，吕顺父子似乎被围在中间，根本看不到脸。心急的跺跺脚，一转头眼尖瞧见大舅舅吴家富在人群外面。

"大舅舅。"碧玉朝他使劲招手，"大舅舅，我哥哥是不是考上了？"

"妹妹，玉姐儿，登哥考上了，他考上禀生了。"吴家富挤过人群过来，兴奋的满脸发光。

吴氏如释重负，整个人放松下来，身体一晃，碧玉忙伸手扶住她，"娘，您怎么了？"

"没事，娘高兴啊。"吴氏站直身体，心想事成的兴奋差点让她晕过去。

吴家富笑呵呵地道，"妹妹，你是个有福的，生了个好儿子。"

吴氏脸上堆笑，"大哥，这些年也要多谢你一直帮衬着，我们家才……"

"妹妹，这是说哪家话……"

没等他们兄妹说上几句话，旁边的人瞧见吴氏出来，分出部分人围了过来，向吴氏七嘴八舌的贺喜，吴氏见都是村上的邻居，忙含笑应酬。

闹了半天，才把这些贺喜的人送走，只剩下吕家几口人和吴家富坐在后院休息。

吕顺脸上依然笑得无比开怀，都不知道说什么好了。儿子真争气，比他当年考上秀才还早了几年。

吕登倒是不骄不躁的，面色如常只是嘴角含笑。

"哥哥，恭喜。"碧玉眉开眼笑地道，真心为哥哥感到高兴。

吕登拉拉她的小辫子，"光说一声有什么用，把你前些日子制的荷包送给我。"

这些年碧玉的女红突飞猛进，制的荷包、手帕这些小东西精致美观，让人看了就想占为己有。

"好吧。"碧玉这次大方得很，她绣活虽好，但随身之物数量不多，仅够自用的。自从上次被吕登说过后，她亲手制的小东西都不再送人。平日里基本上是制衣裳制鞋子，帮着吴氏分担家务。

虽然当年吴老爷子留下了些东西给碧玉兄妹，但吴氏依然勤快的很，忙里忙外的不肯假手于人，只是忧心没了，人轻松了许多，也不再老是日赶夜赶地干活了。

"姐姐，我也要。"长了几岁，小申哥口齿已经俐伶清楚，他眼馋碧玉做的那个蝴蝶图案的荷包很久，但一直没要到。

"行。"碧玉心情好得很，对小申哥的要求也一口答应。"让你挑一个。"

"姐姐真好。"申哥笑的眼睛眯成一条缝。

吴氏做了一大桌的菜，请了吴家富上座，吕顺父子作陪。酒过三巡，吕顺高兴多喝了两杯早已趴下，被扶回房间休息。只留下吴氏母子三人陪着他。

"登哥，你这孩子果然是个读书的好料子，大舅舅没看错你。"吴家富喝着桃花酒，有些醉意眼睛泛红，"可惜你外祖父没看到这一天，否则的话他肯定高兴得不得了。"

提起吴老爷子，每个人脸色有丝难过，是啊，他一生最大的心愿就是希望看到子孙辈能出个读书人。

吕登振作精神，给吴家富斟酒，"大舅舅，过几天我给外祖父上坟，把这好消息告诉他老人家，他泉下有知，必然是欢喜的。"

"好，到时我们一起去，你是个不忘本的好孩子。"吴家富重重地拍着他的肩膀，收起那丝伤怀，"不提这些伤心的事，登哥，你要好好孝顺你的父母，他们为了你可操碎了心。"

"知道了，大舅舅。"吕登应道。

碧玉悄悄起身去厨房烧了锅开水，放到大碗里散热，拿下橱柜里密封的罐子，舀出些许蜂蜜，用温水兑开。

分成三小碗，放在茶盘上端了出去，碧玉亲手捧了碗劝道，"大舅舅，少喝些酒，喝点蜂蜜水解酒吧。"

吴家富抬起喝的红通通的脸，"玉姐儿，大舅舅还没喝够呢，今日高兴，多饮几杯无妨。"

"大舅舅，您都喝了一坛子酒，少饮怡情，多饮伤身。"碧玉撅起嘴，将碗塞到他手里，"大舅舅，您快喝了这蜂蜜水。"将其下的两碗递给吴氏和吕登，吴氏今日高兴也陪着喝了几杯，她酒量尚可，并没有醉意。

吴家富无可奈何地看着碧玉，只好将水喝下，"妹妹，玉姐儿越发厉害了。"

吴氏将蜂蜜水也喝了心中甜丝丝的，满脸笑容道，"哥哥，我家女儿可没说错，她是为了您好。"

"你们呀，将女儿惯成这样，将来到了婆家可如何是好？"

吴家富取笑道。

碧玉脸一红，不依的跺跺脚回了自己房间。

听了这话吴氏不乐意了，"大哥，您平日里也没少惯她，她屋子里的笔洗是哪里来的？"

"呵呵。"吴家富傻笑几声脸越发的红，"这……这是铺子里的，白放着还沾层灰，不如送给玉姐儿玩。"

碧玉上次去他铺子里玩，对那只青花瓷极感兴趣看了好久。他当场送她她又不肯要，只好趁着她生辰当礼物送给了她。

"笔洗这种东西，送她个最普通的就好，何必送个这么名贵的呢？"

"这又不值什么……"吴家富一时语塞，一梗脖子，"我乐意。"

"大哥，您呀，还说我们呢，瞧瞧您自己。"吴氏摇着头笑道。

"呵呵……"吴家富一个劲地笑，并不说话。

吕胡两家按照事先的约定郑重其事的行完纳采、问名之礼，合八字占卜，结果是大吉。随后即行了纳吉之礼互换了聘书，自从两家的婚事正式订下。

吴氏收拾了好几天，才准备好了聘礼。

吕登一脚踏进来，看到地上这么多东西不由说道，"娘，不用准备这么多，只要能过得去就行了。"

"胡说，你是我们家的长子，聘礼绝不能薄了，让人瞧不起。"这是吕家第一桩喜事，每个环节都要郑重。再说吕登将来还要依仗胡家，定要给胡家这份体面，给胡家的女儿这份尊重。

吕登有些不以为然，"娘，何必为了虚礼而让我们家以后的生活艰难呢？"

吴氏心里很安慰，她儿子没有光顾着自己颜面好看而忽略了自己家的情况。"傻孩子，这些东西就算当成聘礼送到胡家，那时他们胡家自会让女儿带过来的。"

吕登睁大眼睛道，"这怎么相同？我们家的钱和她的嫁妆是两码事。"

吴氏拍拍儿子的手，"这事你就不用管了，你快去准备到府城念书需要的东西。"

吕登不肯放弃，依然故我，"娘，何必为了我的婚事掏空家底呢？下面还有妹妹和弟弟，将来妹妹的嫁妆要多备些，不可让人小看了她。还有弟弟，将来考试娶妻这些都要好多钱的。"

"你不用担心这些，娘只有打算。"吴氏有些头疼她儿子的固执。

"娘，哥哥。"碧玉捧着一盘热气腾腾的点心进来。

吴氏笑道，"女儿，你的点心做好了？"

碧玉这段日子尽琢磨厨艺，变着花样做出各种新奇的点心。

"娘，您和哥哥尝尝，我做的桃花糕好吃吗？"碧玉将桃花形状的糕点递给吴氏和吕登，让他们试吃。

吴氏取过一块细瞧，粉红的颜色让人看着就食欲大好。尝了下觉得糕点细腻香甜，不由笑道，"女儿的这道点心可与李四妈最拿手的赤豆糕媲美。"

"真的吗？娘您没哄我吧？"碧玉开心地问道。这道点心她花了好几天研究的，平日里见她娘酝桃花酒，她心中一动想着用桃花汁渗在面粉里，做出桃花糕来。试了几天终于让她捣鼓出成品来，这才乐滋滋的拿来让家人品尝。

"真的。"吴氏又取了块桃花糕慢慢细品，"最难得是你能想到别人没想到的点子，新奇特别。别人只想着用桃花酿酒或者插瓶，却从没想过做点心。"

吕登也夸道，"的确如此，妹妹，你做点心另辟蹊径，光这一点就比四妈妈高出一筹了。"

"哥哥，我哪有这么好。"碧玉嘴上虽这么说，脸上却喜动颜色。

"你嫂子进门后你倒是可以和她切磋厨艺，听说这一年多来她的厨艺突飞猛涨。"吴氏突然想起前些日子唐氏捎来的消息。

"那可好，只要嫂嫂不嫌弃，我自然要奉陪的。"碧玉对胡雪儿的印象并不大好，主要是她敏感地感觉到胡雪儿对她有丝莫名的敌意。但既然定下了亲事，就是一家人。她自然会和胡雪儿好好相处，不让她父母和吕登担心。"娘，你们刚刚在说些什么？"

吴氏好笑道，"你哥哥嫌这些聘礼太多，让我少准备些呢！"

碧玉撇撇嘴道，"哥哥不懂女孩子的心思，这一生一次的风光当然要给嫂子的。"

"就是这个理，你哥哥是男孩子不懂的这个。"吴氏疼爱地看着这双儿女，这都是她的骄傲。"对了，刘家那孩子是不是也考上了？"

吕登早已打听明白，"是的，娘，我和他是平安镇仅有的二名考上廪生的。"

"看来那孩子的学问也是不错的，以后有空就请他来家里玩，你们将来既是同窗又是亲戚，实在难得的缘分。"

吕登点头道，"我也是这么想的。"

"哥哥，刘哥哥是好人，你可不要捉弄他啊。"碧玉不放心地道，从第一眼看到刘仁杰，就知道他是个极好的人，他属于那种面冷内热的人，跟吕登的面热心冷正好相反。

"妹妹，什么叫捉弄他？我是坏人吗？"听了这话，吕登气坏了，真是个偏心眼的丫头，他才是她的亲哥哥！

"哥哥不是坏人，但也不是迂腐的烂好人。"碧玉半点都不

小家碧玉
XIAO JIA
BI YU 上

怕用手捂住嘴偷笑，不过这样的哥哥她更喜欢。

将聘礼送到胡家，订下了婚期，就在胡老爷任职期满回乡之前，也就是说一年以后。虽说男女双方年纪还小，但这也是没办法的事情。两家隔得太远，到时音讯不通日日悬心，还不如把婚事早些办了。暂时不圆房，等胡雪儿到了及笄之年后再挑个好日子圆房。

对此结果，两家都很满意，毕竟这是对两家都有利的。也亏得吴家荣夫妻在里面周旋，在吕胡两家之间不知跑了多少趟，胡老爷甚是感激，不仅送了份厚厚的谢礼，还替他引见了好几个官场中人。

吕登就要去府学读书，吴氏早已把行李给他收拾好了，银子也给了他些。毕竟离家有些远，虽说有个舅家在那里，可万一不便时自个儿有些闲钱最为妥当。

吴家荣亲自过来接外甥去府学安顿，还在家里挑了个小院子准备让吕登放假时住下专心读书。

吴氏对着兄长千拜托万拜托，吴家荣知她心里不放心，也不嫌她烦，她说一句他应一句。

吕登抱着小申哥恋恋不舍道，"妹妹，弟弟，你们在家里不可淘气，要好好孝顺爹娘。"

"哥哥放心吧，你就安心读书，我会照顾好家里人的。"碧玉眼睛红红的，泪水在眼里团团转却硬撑着不肯滚落下来。

吕登心疼不已摸摸她的头，"妹妹，多劝劝娘亲，让她不要再这么辛苦。平日里也要多做些爹爹爱吃的点心。"

吕顺不喝酒不出去应酬对吃食要求也不高，却嗜甜就喜欢吃些甜点心。以前吴氏隔个几天就让李四妈做些点心给吕顺吃，如今碧玉的厨艺越来越高明，又喜欢翻花样。每次做了点心都会先送份给爹爹享用，这让吕顺满意极了。

"知道了，哥哥。"碧玉从怀里取出一个鼓鼓囊囊的荷包，"这是我的压岁钱，给你。"

"爹娘已经给我钱了，你留着。"吕登看着那个荷包，知道是她这些年省下的零花钱，心中很是感动。

"我在家里用不着钱，哥哥在外面一切都需要钱，凡事都不可太省。"碧玉硬要塞给他，"身边多带些钱总是好的。"

吕登见她这么坚持实在没办法只好收下，心想着等以后再还给她。转头对着怀里的小申哥不放心的一再叮嘱。"弟弟，不可太调皮，多听爹娘的话。"

申哥年纪虽长了几岁，可性子依然很活泼，没有半点稳重的模样。有时会惹的吕顺夫妻火冒三丈，可又舍不得教训他。

"嗯，哥哥。"申哥抱着他的脖子不肯放手，眼泪汪汪的委屈的不行。

再依依不舍，也到了分离的时候。吕登在吕顺夫妻面前跪下，结结实实磕了三个响头，"爹娘多保重。"

吕顺一把扶起儿子拍拍他的肩膀，"登儿，不可学小儿女惺惺作态，好好读书，不用惦记家里。"

"儿啊，我们在家里等着你。"吴氏眼角泪光闪烁万般不舍，这是吕登第一次离家，还不知什么时候能回来，她怎么能放心得下？

吕登一一应了，跟家人告别后坐上了马车。吴家荣郑重保证道，"妹夫妹妹，你们放心吧，我会好好照顾外甥的。"

看着越行越远的马车，碧玉扑进吴氏怀里隐忍多时的泪水终于落了下来，她刚刚一直忍住不哭，怕吕登不放心她，如今人走了，她可以痛痛快快地哭一场了。她好舍不得哥哥。

"傻孩子，这有什么好哭的，这是好事啊。"吴氏抱着女儿安慰道，脸上却已湿漉漉。

吕顺抱着申儿，呆呆地看着马车消失在远方，心中既酸楚又自豪。

而吕登坐在马车上，心中既有对离开家独自生活的忧心同时又对未来有着无限的憧憬，进府学将是他考取功名踏上仕途的第一步，他将一步一步实现自己的抱负。

第八章　故人来

日子慢慢流过，这日吕家来了个意外之客。

吴氏正教着碧玉针线活，碧玉虽已经大有长进，但还逊她娘一筹，需要时日磨炼。

"姑娘，姑娘。"李四妈急促的声音在很远处响起。

吴氏听到不由皱了皱眉，"这人也真是的，跟她说过好多遍，在家里不要这么大呼小叫，她怎么……"更何况申哥正在她屋子里睡午觉。

碧玉笑道，"娘，四妈妈可能有什么急事，您别怪她。"

吴氏无可奈何道，"有什么好怪的，她就这副脾气。"李四妈的脾气一直风风火火的，这些年虽有些收敛，但时不时地会冒出来。吴氏早已把李四妈当成自家人，对她知错不改的脾气也没办法只能睁一只眼闭一只眼。

吴氏母女说话间，李四妈的声音越来越近，"姑娘，有客人来了。"

吴氏奇怪的放下手中的活计，是什么客人让她这么激动？站起身朝外走去。刚走出屋子，整个人就呆住了。眼前的妇人又眼熟又陌生，一身蓝布衣服，脸色苍白，眼角已有明显的皱纹，头发梳的整整齐齐，没有半点饰物，打扮得像个普通至极的村妇。这……这就是昔日爱浓妆艳抹非华服不穿的闺中好友？

"姑娘，杜家姑娘来了。"李四妈满脸激动，依然不改旧日称呼。

此人就是刘仁杰的娘亲，胡氏的闺中好友，刘氏的小姑。

"杜姐姐，快里面请。"吴氏终于醒过神来，连忙接着杜氏进花厅安坐。

杜氏细看昔日好友，一身深紫的衣裳衬的她白皙的肌肤越发年轻，克制着想摸自己脸的念头，"吴妹妹，难为你还认得我。"

吴氏忙笑道，"杜姐姐说哪里话，我们是从小一起长大的，怎么可能不认得？"

杜氏语气有丝酸涩，"吴妹妹的模样并没有大变，可我却变了旧模样。"

话说杜氏和吴氏当年都是平安镇上有名的美人，从小一起长大感情不错。但后来却为了刘家大少爷闹的不开心，后来再没了来往。

这个刘家大少爷就是刘仁杰的父亲，他是家中的独子父母宠爱，性子很是任性风流。当年他姐姐嫁给了县老爷，刘家又家财万贯，他又生的模样俊俏，风头一时无两，是所有平安镇少女心中的佳婿人选。

当年刘家大少爷很喜欢吴氏，曾请媒婆去吴府提过亲，可吴氏咬紧牙关怎么也不肯答应。吴老爷子心疼女儿也瞧不大上刘家的行事做派，送了份厚礼托词回绝了。

后来刘大少爷娶了杜氏为妻，杜家也是有钱人家，但比起刘家还是差了几截，当时杜氏还特意在吴氏面前炫耀过，还奚落了她一通。惹的当时很心高气傲的吴氏大怒，再也不登刘杜两家的门，三家就此断了联系。

杜氏出嫁时风光无比，场面之大让整个小镇都沸腾起来，至今有人想起当年的盛况还会发出阵阵感叹。可惜好景不长，等杜氏进门有妊后，刘大少爷就纳了几个通房。

等杜氏生下长子，那几个通房也有了身孕，后来生了几个庶子女，也就顺理成章地抬了偏房。从此家里妻妾相斗，家无宁日。刘大少为求清静干脆躲到青楼依红偎绿，结果有次酒醉后和别人争风吃醋，被打死一命呜呼了，当时胡家早已回乡。刘家没了靠山，只剩下孤儿寡母家业就此败落。

见杜氏如今这般落魄，吴氏虽然没有幸灾乐祸，但心中暗暗庆幸当年没有嫁入刘家，否则今日落得如此下场的就是自己了。

"杜姐姐，你也没怎么变，我一眼就认出来了。"吴氏嘴上说的极客气，这些年都过去了，再多的不快也冲得无影无踪。何必再纠缠着过去的那段往事呢？

碧玉端了茶盘进来，先将金橙蜜饯茶奉给杜氏，再将福仁泡菜奉给吴氏。

"吴妹妹，这是……"杜氏惊讶道，瞧着容貌酷似当年的吴氏，不过却多了几分温婉。

"这是我家女儿碧玉。"吴氏忙唤道，"女儿快去拜见伯母，她是娘的朋友。"

碧玉浅笑盈盈地上前行礼请安，杜氏扶起她不住地打量，"妹妹，你好福气，不仅有个才学出众的儿子，还有这么端庄的女儿。"

"都是平凡之资，当不得你的夸。"吴氏心里乐开了花，当年的故友终于羡慕起她来了，当年杜氏可是个争强好胜处处喜欢炫耀的人啊！嘴上却礼尚往来一番，"令郎我曾在刘姐姐家见过，人才也很是出众，听说也考上秀才。"

杜氏脸上露出一丝骄傲笑容，"那孩子也算争气，我这些年的辛苦也算没白费。"

吴氏看了她一眼笑道，"杜姐姐这些年过得可好？"

"勉强凑合吧，你呢？"

"我这些年挺辛苦的，要照顾三个孩子。"

"那是你的福气，我膝下只有杰儿这么一个嫡亲骨肉。"

吴氏的嘴无声的张了张又闭上，静默片刻道，"我一直以为你跟着娘家的人离开平安镇了。"

只不过那几个刘家的庶子女呢？难道不是生活在一起吗？虽然吴氏心里很想知道，却怕触动了杜氏敏感的心。

杜氏淡淡地道，"离井背乡的我可不愿意。"

听出这句话的古怪，吴氏不再问下去，"杜姐姐，难为你能找到这里，我们家你还没来过吧。"

"是啊，不过你家并不难找，只要问下村里的人都知道你家。"杜氏神情复杂地看着她，"听说你和姐姐成了儿女亲家，你们还真的有缘。"心中既羡慕又嫉妒。

吴氏听了这话怎么感觉不对味呢，嘴上却客气道，"这是刘姐姐他们夫妻不嫌弃我们家贫寒。"虽说两人过去是好友，如今却感觉生疏的如同陌生人。说话都需要掂量着说，生怕不知不觉中得罪了人。

吴氏哪里知道，杜氏原本是希望儿子能做胡家的女婿的，既能仕途顺畅，又能过好日子。没想到半路会杀出个吕登，让她的盘算全都落空。她刚听到这个消息时，气的一病不起。可既成事实，只能无可奈何地放下。

又琢磨着吕家登哥将来仕途必不可限量，心中打算着要和吕家拉好关系，将来儿子也好有个助力。这才压下心头的万般滋味厚颜上门见旧日的闺中好友，可见到吴氏，心中就翻腾不已。未出阁时她就爱和吴氏处处比较，当日吴氏嫁到村上，她还曾笑话过她。

可如今却夫妻恩爱，儿女齐全，生活的不知比自己好上多少倍。而自己却夫死家道中落娘家又靠不上，她的心里是说不出的滋味，又酸又涩又苦百味掺杂。

"杜姐姐，你一个人来的吗？"吴氏朝外面看去，她不会是一个人走过来的吧？

"是啊。"杜氏一脸的习以为常，她家可雇不起马车，"就这么点路不需要人陪我过来。"

吴氏顿了顿，转开话题道，"你们家这些年住的这么近，也不上我们家来玩玩。"

杜氏笑了笑，笑容中有丝苦涩，刘家落到这种田地，她有何脸面见以前的亲戚朋友。这次要不是为了儿子，根本不会主动上门的。"你家登哥是极出色的，和我们杰儿是同窗，如今又是亲戚，将来我们两家可要多多走动才好。"

"正是这个道理，我正说着这话，姐姐就来了。"吴氏对这话挺感兴趣满脸堆笑道，"你们如今住在哪里？我改日过来拜访。"

杜氏淡淡道，"就在平安镇上，花枝巷第三家。"

吴氏心中有些讶异面色却如常，"那好极了，等过些时日我就上门做客，你可不要避而不见啊。"

"妹妹说哪里话，我是求之不得呢！"

两人客客气气说着闲话，心中都觉别扭的很。

天边霞光绚丽斑斓，李四妈进来禀道，"可以开饭了。"

吴氏不由松了口气，吕家平日里没有这么早吃晚饭，只是有客人在，就将饭点提前。

"那我先走了。"杜氏站起身笑道。

吴氏忙拦住她，"这是做什么，都到饭点了，怎么能走？"

杜氏摇头道，"不不不，我家里还有些事。先走了，下次还有机会的。"

"姐姐，你怎么……"不管吴氏怎么劝，杜氏执意要走。吴氏无奈极了，这人如今怎么变成这样了？只好让李四妈的相公送她回去，杜氏推辞了半天见天色不早了才接受这份好意。

吴氏母女和李四妈呆立了半晌，才折身回去。经过大书房时，吕顺正好出来，"你朋友走了？怎么没留下吃饭？"

"家中有事有所不便。"吴氏蹙着眉，心里隐隐有些不舒服。

"那等下次再请客人吃饭吧，今日我就不用避出去了。"吕顺倒挺乐，一个人吃饭没啥意思。

"说的正是，我们回后院吃饭吧，饭菜快放凉了。"吴氏放下心事，不再多想。一家人围着吃着晚饭。

"登儿过几日是不是要放假了？"吴氏心里算着时间，吕登离开家也有一段时日。

"是啊，不过可能不回来，那样也好，免得他来回奔波太过劳累。"吕顺挟了筷子菜送到她碗里，"他住在他三舅舅家必定是好的。"

"话虽如此，可我有些想他了。"吴氏怅然若失道。

"有什么好想的，他都这么大了。"吕顺见她依旧愁眉不展的，故意道，"你还是多照顾下申儿，那孩子越发的顽皮，该让他进学堂收收心了。"

"申儿？不行，他太小了。"吴氏果然被引开注意力，着急地看向小儿子。

"小什么？他哥哥像他这般大，都能完整的背出千字文了。"吕顺越说越生气，"可他呢？整天就想到玩。"

"可他这么小，怎么定下心来读书？"吴氏想了想，求情道，"这样吧，我先教他千字文，等他会了再去前院，那样也不会干扰到其他的学生。"

"慈母多败儿。"吕顺心知申哥去学堂里念书是早了些，只能把孩子交给吴氏教育。"严格些，不要一味地纵容他。"

"相公，您不是也舍不得骂他吗？"吴氏笑道，对小儿子的确没有太严格，也不知为何，就是硬不起心肠管这孩子。吕顺也是光说不练的，没有一次是管到底的，不过申哥却很听吕登的话。

吕顺被她戳穿，脸一红起身道，"我去村长家看看。"

"你先等等，我去拿盆菜，你顺便带过去。"吴氏也跟着起身去厨房。

孙周氏自从离开浣花村后，再也没回来过。只让周大有家捎信回来，说暂时不回家等着她相公一起回来，果然这一年多来都不见人影。周大有夫妻回到浣花村时，几乎被村上所有的人都拉着问过那边的情况。

事实是孙家男人并没有像外边传的那样想休孙周氏，毕竟他要靠周家大舅子吃饭。但的确纳了几房小的，其中一个还大着肚子。孙周氏这才急了，不知如何是好。她兄长给她出了个主意，等孩子生下后抱到她身边养着，这样总好过放在生母身边。孙周氏照着做了，同时又怕再出这种事于是决定守在自家相公身边，自然不能回来了。

这样村里只剩下村长爷孙两人伴着个老仆人相依为命，老的老少的少遇上些事就头疼。前些日子老村长生了场病，要不是周彬在身边细心照顾，恐怕就……

小家碧玉
XIAO JIA
BI YU 上

吕顺心肠好又自觉欠了村长的人情，时不时去看看。吴氏倒也不反对，有时还会捎上些东西让他带去。

碧玉和小青陪着申哥在屋子里玩，吴氏和李四妈在小花厅做鞋子。

"姑娘，这杜家姑娘是什么意思？连饭都不吃就走了。"李四妈为这事耿耿于怀，说不出的不痛快。

"或许家中真有事吧。"吴氏头也不抬，淡淡地道。

"真有事，就不会上别人家做客。"李四妈不以为然地撇撇嘴。

吴氏停下手语重心长地劝道，"你又何必太较真，她如今日子不容易啊。"

"这倒是真的，杜家姑娘那么爱打扮的人，如今却一件首饰都没有，看来真的过得不如意。"李四妈这下倒气平了，不再郁闷在心。"不过怎么搬回平安镇了，先前不是说在香山寺吗？"

"香山寺岂是能长住过日子的地方？"吴氏笑了笑，"她家杰哥又考上秀才，将来同窗同年的走动，总不能去香山寺吧。"

"原来如此，不过她们有钱吗？"李四妈心下好奇，再怎么说，连房子都租不起的人家怎么住到镇上去了？镇上可是处处要用钱的，开销大得很。靠刘仁杰考上秀才的那一点点银子是顶不了事的。

吴氏板起脸道，"这轮不到我们操心，你嘴紧点，不要到处乱说。"

"是，姑娘。"李四妈忙低声应了。

过了些日子，吴氏带着碧玉姐弟和李四妈去刘家拜访。

李叔去过刘家，路熟悉得很，一路送他们进了花枝巷。他下车去敲门，不一会儿就有人过来开门。

"你们找谁？"一个三十多岁穿着很朴素的妇人问道。

"我们找……"李叔正想开口，就被人打断。

"碧娘，不要挡在门口，她们是我的客人。"杜氏正想出去买些东西，就见到吴氏几人站在门口。"妹妹，你们来了，快进来。"

吴氏赔笑道，"唐突得很，不要介意。"

"妹妹太客气。"杜氏迎着她们进院子。

这是个四合院，三间正房，左右都是三间厢房。院子半旧不新，院子一角养了十几只鸡鸭，左厢房前一小块地种了些青菜，边上搭了几株丝瓜藤，此时已开了几朵娇嫩的小黄花。

将她们迎进右厢房里，屋子里布置得很简单一张八仙桌还有几张椅子，却都是崭新的。请她们坐了后，让家里的人都过来见过客人。

碧玉行了半天礼，才知道刘家除了杜氏母子外，还有刘大少爷以前的偏房江氏和岑氏以及刚刚给她们开门的通房碧娘，这三人都给刘家生下了子女，除了江氏生的是个女儿外，岑氏和碧娘生的都是儿子。

江氏的女儿刘水莲今年十三岁，人生的很瘦小，见人总低着头怯弱弱的像受气的小丫环，容貌倒挺漂亮，只是被这气质一衬，八分的容貌就成了五分。

岑氏的儿子刘仁康亦是十三岁，跟刘仁杰有三分相像，只不过眼珠子乱转，瞧着就是个灵活的。

碧娘的儿子刘仁浩是十二岁，模样很清秀肖母，样子挺斯文的。

杜氏只留下刘水莲作陪，其他人都退了出去。"莲儿，你陪

小家碧玉
XIAO JIA
BI YU 上

陪吕家妹妹。"看得出家里全是杜氏做主的。

刘水莲低声应了，坐在碧玉下首。静了半天碧玉见她不说话，便小声地问她有没有学女红？有没有喜欢的东西吗？

只惜她费了半天劲，刘水莲却不是聊天的好对象，只是点点头摇摇头，连话都不说。碧玉在心里暗叹了好几声，这算什么事啊！柔柔弱弱小心翼翼的样子，弄得不好，会不会有人误会她在欺负她呢？没办法，她只好喝着茶默默无语地坐着。

不同于她们，吴氏她们正说的正起劲。碧玉侧耳细听，怪不得呢，都在说自家儿子，难怪眼睛发亮，满脸兴奋的。

碧玉低下头偷笑，夸就夸吧，为何老一副口是心非的模样。嘴上谦虚得很，可脸上的表情明显又是另一个意思。真是的，虚伪的大人。

"咚咚"外面传来敲门声，杜氏奇怪地看了眼外面，今日怎么这么热闹？待听到熟悉的声音传来，她脸上又惊又喜，猛地站起来。"是杰儿回来了。"

"你家杰哥回来了？那……"吴氏心中一喜，也跟着站了起来。想着自家儿子是不是已经回到家了？

两位风度翩翩俊朗儒雅的少年不急不缓的并肩走进屋子，碧玉定睛一看，除了刘仁杰外，居然还有自家兄长吕登。她不禁跳了起来，哥哥怎么也来刘家了？

这几天放假，吕登原本没打算回来，可听刘仁杰说要回平安镇看他娘。他登时坐不住，跟着一起回了。又想着既然一路结伴而行，那先上刘家问候声刘母，再回家里看望家人。反正是顺道认认门，没想他进了刘家，居然看到娘她们都在这。

没等他看清楚，申哥已经挣脱李四妈的手扑了上来，仰起小脸欣喜地叫道，"哥哥，哥哥。"

吕登一把抱住他，摸摸他的小脸道，"三弟有没有听爹娘的话？"

"有有有。"申哥的头点的像小鸡吃米。

"这才乖。"吕登抱着他夸了几句才放下他，牵着他的小手上前给吴氏请安。

吴氏心花怒放，揽着吕登不住地问道，"登儿，你怎么回来了？你不是说这次不回来了吗？有没有跟你三舅舅说过？……"

"娘，您让哥哥歇歇，他肯定累了。"碧玉笑眯眯的歪着头。

吴氏这才恍然大悟，忙要拉着他坐下。

吕登摇摇头，"等一下。"走到杜氏身前，行礼拜倒，"侄儿给伯母请安。"

"是登哥吧，果然是好人品，怪不得我家姐夫姐姐会另眼相看。"杜氏忙扶住他，见他温文尔雅气度不凡，暗忖，这般出众的人才难怪胡家抢着要定下这门亲事，如果她家当年没败落膝下有女儿的话，也会想要这种女婿。

那边刘仁杰也给吴氏行礼请安，两人有过一面之缘，吴氏对他印象不错，忙扶住客气了几句。

"刘哥哥。"

刘仁杰转头看，就见碧玉笑吟吟地看着他。不知为何，他的心一跳，有丝怪异的感觉从心里升起，一时言词无措不知该说些什么，猛的冒出句，"吕妹妹，你也来了？"刚说完就懊恼得不行，怎么说了句傻话？

碧玉心中好笑不由道，"是啊，刘哥哥，你不欢迎我吗？"

"不不，我不是这个意思。"刘仁杰急了，脸涨得通红。

吴氏瞪了碧玉一眼伪怒道，"女儿，别这么没礼貌。他是你哥哥的朋友，你怎么能这么说话呢？"

碧玉平日跟吕登开惯了玩笑，见到刘仁杰感觉很亲切，就不知不觉开起玩笑。被吴氏这么一说，确实感到有些失礼，忙朝他福了福正色道，"刘哥哥，是碧玉太过失礼，请您见谅。"语气极为尊重客气，还用上了敬语。

刘仁杰的心里隐隐有些失落，讷讷道，"吕妹妹不用这么客气。"

"什么客气？"吕登已经走了过来，正好听到这句话。

"没什么，哥哥，你路上辛苦吗？"碧玉笑道。

"不辛苦，一想到能见到爹娘和你们，就归心似箭，一点都不觉辛苦。"

碧玉道，"等会儿我们一起回家，让娘做些好菜犒劳你……"话说到一半就觉得衣袖被扯了扯，她低下头一看，是刘水莲在拉她，碧玉不解地看向她。

刘水莲脸红红害羞的小声问道，"这是吕妹妹的兄长？"自从吕登进来，她的眼睛就粘在他身上。除了家里的几个兄弟，她没接触过外面男子。如今见到温文尔雅的吕登一下子触动了心怀。

碧玉忙引见道，"是啊，哥哥，这是刘家姐姐。"

吕登落落大方的作了个揖，刘水莲羞红了脸勉强福了福。碧玉在旁边看着真怕她身体再抖下去会晕倒，心中暗忖：应对大方的刘哥哥怎么会有这么胆小怕生的妹妹呢？

杜氏让刘仁杰带着碧玉兄妹出去玩，等他们走后拉着吴氏的手，对吕登赞了又赞。吴氏见她此刻言词比刚才明显真心的多，心中也极为高兴，也礼尚往来夸了夸刘仁杰。这样一来，两人倒觉得亲近了些。女人家在一起喜欢谈些儿女的事情，也容易接近关系。

"我家杰儿一向不喜欢跟人亲近，但和你家登哥极为合得来，这样我也就放心多了。”

“那是他们有缘，要不怎么能一起上府学呢？”

“正是，我就盼着这俩孩子将来能互相扶持着。”杜氏套着近乎。

“我也是这个意思。”吴氏自然会意，她也盼着两人能相互帮衬着，将来一起做官，在官场上有份助力。

……

申哥走到鸡窝边看见那几只小鸡便走不动路，吕登便让李四妈跟在他身边照顾。

碧玉边走边拉着吕登的手笑道，“哥哥，你总算回来了，我好想你的。”没了长辈在身边，她便脱了端庄的外表，有说有笑起来。

“真的？”吕登的嘴角不由上翘，“我也很想你们。”三舅舅家再舒服，也比不上自个儿家里自在。

“哥哥，你带什么礼物给我们？”

“我是去读书又不是去玩。”吕登没好气地瞅了一眼。其实他倒是准备了几件放在三舅舅家。但此次匆匆忙忙赶回家根本没空去取。

碧玉忙傻傻的冲他笑，“嘿嘿嘿，我是说着玩的。”

吕登又好笑又无奈，摸摸她的头，“怎么还像个孩子？”

刘仁杰在旁边看了羡慕不已，他们兄弟姐妹间从没有这么亲密的。而刘水莲不时偷看她们兄妹，心中乱哄哄的。

刘仁杰带着他们进自己的书房，这里是他一个人专用的。除了杜氏进来整理外，谁也不能进来。

吕登环视一圈，楠木的书案上整齐摆放着文房四宝，看得出经常有人打扫。墙壁上挂着一副极大的字，上面龙飞凤舞地写着李白的将进酒。上前细看不由笑道，"这字是刘兄写的吧，好字好字。"

"过奖，过奖。"

正在看书架上摆放着书的碧玉摇头笑道，"你们真酸啊。"兄长才去府学几天啊，就学的这般咬文嚼字的。

"你懂什么？这是礼貌。"

碧玉白了眼，撇撇嘴转过头不理他。

吕登拍拍她的头，转头笑道，"刘兄，我妹妹说的话也有道理，我们以后就不要这么客套，不如叫彼此的字吧，那样更亲近些。"在府学里都是这般说话的，回了这里也把这习惯带回来了，怪不得他妹妹要笑他。

"甚好，浩然。"

浩然是吕登进府学前吕顺为儿子取的字，意为浩然正气。

吕登笑道，"思成，他日你上我们家来，我请你喝我娘亲手酿的桃花酒。"这可是他最喜欢向别人炫耀的地方。

"桃花酒？我恐怕没有这个口福。"刘仁杰微微蹙眉，"家母有庭训，不许沾酒。"

"哪有这种理，以后你总要喝的。不如先学着喝，免得到时量浅出丑。"吕登不由大笑，官场中人哪个不会喝酒？不会喝可怎么混官场？

刘仁杰呆了半晌，才道，"浩然的话很有道理，只不过……到时再说吧。"

"思成你……"吕登还想再劝。

碧玉截断话语，"哥哥，何必勉强别人呢？刘哥哥这样也挺好的。"她曾经听吴氏说过刘父的死因，心中明白他的顾虑。

吕登有些愤愤不平道，"我是为了他好。"碧玉怎么老是帮着他说话？

碧玉冲他使了个眼色笑道，"这个大家都知道，不过刘伯母既有庭训，不该由你来劝说。"

吕登脸一肃，的确是他太过热心。这种事总不能越过他娘去。再看碧玉扔的眼色，心中有些了悟，这中间可能有他不知道的内情。

他一直在府里，所以反而没有听吴氏说起过以前的往事。

"浩然一片好意，我定当记在心里。"刘仁杰只是不善言辞，并不是不知好歹的人。

碧玉岔开话题，"刘哥哥，你以后来我们家玩，不用陪哥哥喝桃花酒，我请你吃桃花糕。"

"桃花糕？"刘仁杰奇怪的重复道，没听说过。

吕登得意洋洋地抬起头，"那是我妹妹最拿手的点心，我们家里人都喜欢吃，下次让你开开眼界。"

"那定要尝尝。"

三人一搭一和地说着笑，只有刘水莲不吭一声，竖起耳朵聆听着。

"刘姐姐，也欢迎你来我家做客。"碧玉细心的发现这个情况，怕她多心忙笑着邀请。虽说这个刘水莲不合她的脾性，但也不会冷落了她。

没想刘水莲头一低，声音微弱，"我娘不会让我出门的。"

碧玉兄妹莫名其妙地互视一眼，不会吧，这也触到了别人家的隐私？

刘仁杰看了看自家妹妹，"我会跟娘说的，到时让你一起去。"同样是女孩子，为何会相差的这么大？一个灿若春花浑身和煦如暖风，一个却怯弱如柳娇若白兔。

刘水莲猛地抬起头，颤抖着声音道，"真的吗？"眼中泪光闪烁，楚楚可怜极了。她心知家中说话最管用的是这个长兄，只要他说的话，嫡母绝对会首肯的。

刘仁杰微微点头，"真的，你去倒几杯茶上来。"

"不用了。"吕登阻止道。

得到许诺的刘水莲已经喜孜孜地离开，去厨房泡茶了。

"我娘没有苛刻她。"刘仁杰心奇异的堵得慌，心道大妹说话也太含糊，这实在容易被人误会，也不知吕家兄妹会如何看待他们刘家？

吕登忙打了个哈哈，"这是自然，令堂看上去就是个极慈爱的，怎么会苛刻自家的女儿呢？"

碧玉嘴上虽没说什么，心里却对刘家的状况感到好笑。就这几个人，家里又不是大富居然弄得这么复杂，真不知这些人是怎么想的？难道这样过日子不累吗？不过这是别人家的事她懒得理，转移话题道，"哥哥，刘哥哥，你们跟我说说府学里的事吧。"

吕登对自家妹妹还是很了解的，听了这话已知她心意，忙顺着她的话说起府学里的教授同窗，还有发生的各种趣事。时不时地引着刘仁杰也插进来补充几句。听的碧玉无比神往，恨不得也去见识一番，可惜她是个女孩子。

当刘水莲泡了茶进来，屋子里的气氛已经极为融洽。她满脸通红的先走到吕登身边将茶奉给他，兴许是激动手抖的不成样子。吕登倒好，不动声气有礼的谢过接了茶杯放在桌上，继续兴致勃勃的说话。

当奉给碧玉时，她的心绪上下翻滚杂乱无章，心不在焉手一抖没端牢茶杯，滚烫的茶水就朝碧玉身上泼来。

碧玉猝不及防一时反应不过来傻乎乎地坐着，吕登急的跳起扑了过来，想一把拉过碧玉避开。这一切虽快，但没快过刘仁杰，只见他闪电般伸出手挡在碧玉面前,滚烫的茶水全倒在他双手上。

这不过是一瞬间的事,刘水莲已经被这意外的事件吓呆了,脸变得煞白整个人如泥塑般动弹不得。

碧玉愣了愣醒过神来忙朝外冲,吕登冲上去撩起他的衣袖,一双手已经又红又肿,让人看了心惊肉跳。

碧玉打了盆凉水气喘吁吁地跑进来,放在刘仁杰面前,吕登反应灵敏地捧着他的手浸在凉水中。

这时的刘水莲总算惊醒过来,发出一声尖锐无比的惨叫声,紧接着"咚"的一声昏倒在地上。

吕登冷冷地看了她一眼,转过头不理会。心中暗恼,要不是看在刘仁杰的面上,他恨不得上去踢上几脚。差一点点碧玉就要在他面前遭殃,而他却来不及救她。这让他怒气横生,同时庆幸这种丢人现眼的女人不是他妹妹。

碧玉始终盯着刘仁杰的双手,眼里含泪,怎么办?会不会烫坏了?这手对刘哥哥来说特别特别重要,可千万不能毁了。

"莫哭,我没事,不疼的。"刘仁杰的双手已经麻木没有感觉,但碧玉含泪的样子却让他心疼不已。那么明媚爱笑的女孩子不应该有这种表情。

闻言碧玉低下头,两颗晶莹的泪水滚落下来。再抬起头时已不见踪迹,她努力扯起嘴角,"刘哥哥,你不会有事的。"

刘仁杰嘴动了动正想说些什么,门口传来急促的脚步声,不仅杜氏和吴氏闻声赶了过来,刘家的其他人也出现在门口,就连李四妈也抱着小申哥一脸焦急的出现。

"怎么了?出什么事了?"杜氏问道,走近见此情景身体一晃,"杰儿,这……这是怎么了?"顾不得头晕眼花冲过来扶住儿子眼泪直流,心乱如麻。

江氏见倒在地上的刘水莲,扑了上去拍打她的脸连声哭叫道,"女儿,女儿,这是怎么了?"旁边的岑氏上前帮着把人扶在椅子上。

"娘,你快让人找个大夫过来。"吕登一直按着他的手放在水里,心焦莫名。刘仁杰是为了救碧玉才受的伤,要是他的手烫坏了,这可如何是好?双手对于想考取功名的人来说比性命还要重要,决不能有半点闪失。

吴氏见杜氏此刻六神无主只知落泪也不多问,吩咐李叔去请大夫,这才走近他们问道,"怎么会这样?"

碧玉嘴刚张开,就听吕登道,"不小心烫到的。"

"怎么会烫到的?"杜氏惊急攻心眼神散乱,这万一有个什么,让她怎么活?

刘仁杰抢道,"是我自己不小心,没拿稳茶杯。"声音沉稳的很,仿若无事般。

杜氏又急又怒道,"你这死孩子,多大的人了,还拿不稳茶杯,你……你的手……万一……"

"娘,我没事,吕兄弟替我救治及时,应该不会有大碍。"刘仁杰道。

吕登深深地看了他一眼,"是啊,伯母,我刚刚已经让刘兄把烫伤的手泡在凉水里,再让大夫瞧瞧,应该没事的。"

这两人第一次如此默契心灵相通的说辞一致,把碧玉完全撇在一边,整件事情仿佛真的跟她一点点关系都没有。碧玉几次张嘴,都被吕登瞪了回去。

大夫气喘吁吁地赶过来,诊治一番后拿出一盒子专治烫伤的清凉药膏涂在受伤的地方,再用纱布包得严严实实的。这才转身对旁边等待的人道，"幸亏救治及时，并无大碍，不过这几日还是要休息，不能拿笔也不能碰到水。"

杜氏纠结紧张的心这才松了些，她刚刚被吓坏了连话都说不了，此时才缓过神细细询问些事宜。

"姐姐，让大夫也给莲儿看看。"江氏满脸泪水的恳求道。

杜氏看了眼微微点头，大夫搭过脉安慰道，只是受了些惊吓，不用吃药，过会自然醒来。杜氏谢了又谢取了一吊钱作为诊金让碧娘送大夫出去。

杜氏心中有些生气，遇到这种事别人家的孩子都能想到为儿子急救，她这个亲妹妹却这么没用，居然晕了过去？真是丢脸，原本就不喜欢这个庶女，这下更不喜欢了。看着她就心烦挥挥手让她娘带她下去。

吴氏见状起身告辞，杜氏一再挽留，让他们母子几人多坐片刻。

"杜姐姐不用招呼我们，先顾着你家杰哥吧，那才是第一桩大事。"同是母亲，吴氏理解她此时的心情。

杜氏不再多说，起身郑重的朝吕登行礼，"亏的有登哥在，要不我家……"

吕登受之有愧，侧身避开，"不敢当，无论是谁，都会有救助之心的。"这话说得模棱两可。

杜氏早已信以为真，见他又是这般谦虚不肯居功，对吕登实在是感恩在心，也不再多谢，只在心里牢记。别的事她或许不会放在心上，唯独关系到她唯一的儿子，再小的事都记在心里，何况这种大事。"改日等小儿全好了，让他亲自上门道谢。"

"不用的，等他好了过来找登儿耍耍。"吴氏笑道。

出去时碧玉一再回头，视线直直落在刘仁杰重重包裹的双手，心中既感激又难过。

刘仁杰冲她点了点头，就转过头不再看她。

吕登牵着她的手，小声道，"别再回头了，别人见了又不知会乱想些什么。"

"可是……"碧玉不放心的又想回头。

"我们回家再说。"吕登用力拉着她，不许她回头。

回到家中，吴氏让李四妈带着申哥出去玩，房中只有吴氏和一双儿女，她眯起眼开始追问道，"怎么了？究竟怎么回事？"

吴氏早已察觉到不对，先别说这一回吕登热心的有些反常，光说碧玉坐在车里抑郁不乐的模样就引起了她的怀疑。

吕登看了看吴氏，想了想才把刚才发生的事情说了一遍。

吴氏听了大惊，一把揽过碧玉仔细打量，"女儿，你没事吧？热水有没有溅到你身上？"她还担心碧玉吓着，一个劲地安慰她。

"没有，可是刘哥哥他……"碧玉扁了扁嘴，快要哭了。要不是刘哥哥挡在她前面，那受伤的人就是她，那疼痛难忍的人也是她了。

吴氏摸摸她的头，"你不用自责，大夫不是说杰哥并无大碍吗？别难过了。"

碧玉扑进吴氏的怀里，声音有丝哽咽，"可我只要一想到他是替我受了这苦，我的心里就好难受。"同时她也很困惑在那一刻刘仁杰为何挡在她面前？是他的心肠太好不忍她受伤吗？

"傻孩子，这又不关你的事。要不是刘家那个小妮子，他哥哥也不会受伤。要怪就该怪她。"吴氏拍着她的后背低声安慰，心有余悸的庆幸受伤的不是自家的女儿。

吴氏原来对刘水莲有些怜惜，她很了解杜氏的性子，知道刘家姐儿在嫡母手里日子难过。看她怯生生的模样实在可怜。可听了这事后，吴氏对刘水莲很不喜欢。连个杯子都拿不稳，都不知家里人怎么管教的。她的心里充满了对刘水莲的不满，万一今日伤到的是碧玉，她都不敢想象，她娇滴滴的女儿细皮嫩肉，被烫的浑身是伤的模样，只要一想到这个，她就浑身发抖。

过了半晌碧玉的情绪平静下来抬起头道，"娘，上次三舅舅送的那盒子雪莲膏，我想给刘哥哥送去。您觉得呢？"

这盒子药膏听说很贵重，得来不易。这药用来治伤口最管用，连疤都不会留下。吴家荣只分送了各家一盒，吕家的这盒在碧玉手里，只因她下厨时容易被烫伤划伤。

"送吧，再值钱的东西也不及他救你的一片心意。"吴氏不在意这盒子药膏，重要的是让刘家哥儿早日康复，让女儿早日心安。"不过不能由你出面，让你哥哥送去。"

碧玉惊讶地看了她一眼，低头寻思了片刻，"女儿明白了。"

"明白就好。"吴氏满意地笑了笑，"今日登儿做得很对，懂得护着你妹妹处事也极妥帖。"

"谢谢娘。"吕登难得听到吴氏的夸赞不由喜上眉梢，话就多了起来，"孩子懂得如何保护妹妹。"沾沾自喜的像个孩子。

"登儿没让娘失望，娘很高兴。"吴氏含笑点头，心中很是欣慰，"这事就我们几个知道，不要跟任何人提起。"

"知道了娘。"吕登心里跟明镜似的，嘴角露出一丝冷笑，"我想那位刘姑娘也不会说出来的。"虽然知道刘水莲是无心，但他还是很恼怒。看在刘仁杰为他妹妹挡了一劫的面上，他也就放过她这一次。以后可不能让碧玉跟她再来往，谁知道会出什么事。

"除非她想自找倒霉，否则她决不会说的。"吴氏对此很有把握，虽在刘家没待多久，但刘家的情况她已看得清清楚楚。

小家碧玉
XIAO JIA
BI YU 上

第九章　登哥儿成亲

　　时光飞逝，很快到了两家约定的婚期六月初六。吕家里里外外张灯结彩披红挂绿，新房摆在吕登所住的东厢房，把三间都打通，重新请人粉刷上漆。

　　好几天前吕家上下忙碌起来，不仅要安排成亲所需的东西，还做了许多点心用来招待客人。

　　幸好酒席是由吴家名下的酒楼包办的，碗碟筷盘都是由酒楼供应。酒水菜肴之类都由吴家富帮着料理，吴氏省了不少心。

　　吕家没什么近亲，就把村上的所有人都邀请来喝喜酒。乡下人都喜欢凑热闹，何况吕家人和气没架子更是乐的锦上添花。吴家亲戚倒挺多，不过都是远亲。外院由吕顺和吴家富三兄弟招待男客，请了四名小唱咿咿呀呀唱着，内院则由吴氏和吴家几位舅妈招呼女客。

　　村里的小孩子们跑来跑去，热闹的不行。勇哥他们几个小点的表兄弟陪着小申哥玩，让他乐坏了。

　　晌午时，吕家就安排了四对灯笼、六对敲锣打鼓的人、一对抬轿的人，一座喜轿由媒婆领着一路吹吹打打的去迎亲，一身大红喜服的吕登容光焕发地骑着马走在最前面，引得路人都驻足观看。

胡家在平安镇上买了间二进的小宅子，作为胡雪儿的嫁妆。这些天他们住在那里，当作发嫁的场所。毕竟府城实在是太远了，不太方便。

门口披了红挂着两只红灯笼，见迎亲的人走近就放起鞭炮，众人在噼里啪啦声中进了胡家。胡家亲戚笑嘻嘻闹着要红包，吕登忙让人送上，嘴角噙着温和的笑意一一行礼。那些人调侃了几句才放他进去。

送亲的人被请到厅里喝喜酒，吕登和媒婆先去新房请嫁妆，等吉时到了先发嫁妆，足足四十抬的嫁妆引得镇上所有人闻讯出来观看。过了一个多时辰，才请的新娘出了房门上了轿子。

刘家全家人都来喝喜酒，刘仁杰今日也穿得很整齐，话依然不多，和吕登打过招呼问候了几句就不愿打扰他退到清静的地方去。

刘水莲远远地躲在角落里望着吕登满面春风的样子，心中酸涩无比，眼角的泪水不知不觉落了下来。

江氏不经意见到，惊道，"这是怎么了？大好的日子让人瞧见就糟糕了。"

她们刘家还要靠胡吕两家帮衬着，要让人看见还以为有什么事呢？这不是触他们楣头吗？

刘水莲低下头默默掉泪不肯说话，心想着自从那次后，吕家人即便见到她都淡淡的。至于原先说好的上吕家做客也没她的份。她还从嫡母嘴里听到吕登已经和胡家姑娘定亲，择日就要成亲。这如同晴天霹雳般的消息让她伤心欲绝，夜夜的伤怀使她益发消瘦。

　　江氏看了半晌顿悟，心中盘算着也该把女儿的婚事办了，姑娘大了已经存了心事，这样下去可不是个事。只是刘家长子的婚事一日没定下来，就轮不到下面的弟妹。应该劝着大姐把杰哥的婚事定下来。再拖下去就都耽搁了。

　　杜氏则若有所思地望向远方，心中思绪翻飞。

　　吕家让嫁妆摆在院子里照着清单一一清点，见没有差错。拿了铺盖请了钱氏蒋氏唐氏三位长辈去新房铺床。而众人围着这些嫁妆议论纷纷，羡慕不已。立柜桌椅案几拔步床都是花梨木的，款式典雅大方。十几口箱子一字排开，里面都是各种精美衣料瓷器梳头家什，两匣子各式的金银首饰，这些让所有人都大开眼界。最惹人注意的是一架黑枝木屏风，花鸟栩栩如生，让人惊叹不已。

　　碧玉今日的任务是陪着几位表嫂，除了大房的三位表嫂，二房的义哥也娶了新妇沈氏，她今日是第一次来吕家。碧玉自当尽主人之职，好好招待她们。

　　章氏的肚子尖尖，已有六个月的身孕，这是她盼了多年的第一胎。她特别小心生怕有个闪失。碧玉让她斜靠在美人榻上，另几位散坐在四周。面前的小几上摆放着十几碟点心茶果，几人一边吃，一边说笑，气氛极是融洽

　　"玉姐儿，你嫂子的嫁妆很丰盛，听说镇上还有座宅子？"金氏好奇地问道，其他人都竖起耳朵。女人们都喜欢攀比嫁妆，不想被别人比下去。

　　碧玉浅笑道，"并不大，只有两进。"吕家人都喜欢低调，当初嫁妆单子送过来时，吕顺就让胡家不用准备太多的嫁妆，减了几样显眼的。据碧玉估计，除了明面上的，胡家应该把那几样暗地里也给了胡雪儿。

听到这话，众人不由扫了兴。才二进啊，这也不算什么。吴家家大业大，各房的媳妇娘家条件都不错，自然看不上这些。虽说院子里的嫁妆挺多，但四十抬的数量对她们来说并不算多。

金氏突然笑道，"不过瞧着那些首饰都是京城时兴的款式，件件都是珍品。"

"对，那件银蝶步摇我只在府城的聚宝斋见过一次，听说要好几百两银子。"沈氏眼睛一亮，她是府城第一首富沈家的嫡女，也是由吴家荣夫妻做的媒。她对首饰挺有研究，都能说个头头是道。

众人面面相觑，一件首饰就值这么多钱，这胡家不仅家底甚厚，而且还舍得给女儿备这么好的嫁妆。刚刚只留意抬数没留心里面的东西。此刻想来那些东西都是精挑细选的珍品。

"姑姑姑父真是好福气。"金氏笑道，"将来就等着享儿子儿媳的福了。"

"谁说不是呢？以后登哥中了举，给姑姑她们请个诰命回来，到时可风光了。"季氏眼露羡慕道。其他人都凑趣的奉承了好几句。

碧玉微笑不语，默默听着。

"姐姐。"申哥跑了进来，拉着碧玉的衣袖。

"三弟慢点，小心摔着。"碧玉拿出手帕替他拭去额头的汗珠。

"姐姐，给我芝麻糖，我请他们吃。"申哥指着在院子里疯跑的村里孩子。

"好。"碧玉摸摸他的头，起身从小几的点心中翻出一盒子芝麻糖，分出些在碟子里。其下的都给了申哥。"去分吧，不许淘气。"

申哥胡乱点着头，急着要走。

"三弟，表哥他们呢？"刚刚还见他们一起玩，怎么一会儿

"他们去前院玩了，也不带上我。"申哥生气的嘟起嘴，原来玩得好好的，勇哥闹着要去前院听戏。大家都同意，只是不肯带上小申哥，嫌他年纪小出去添乱。再则吴氏早已吩咐过不许申哥去前院。前院人多杂乱，又是碗碟筷的，生怕他磕着碰着。

碧玉拍拍他的头安抚道，"没事，他们不带你玩，你也不缺人陪你玩的。"

申哥终于展颜笑了，拿着盒子出去分糖。

"申哥儿说话越发利落了，听说姑父给他启蒙了？"金氏去年就开始理家，人越发的精明能干。

钱氏最为看重这个儿媳妇，把家务都扔给她也放心。如今整天就抱着孙儿逗乐，什么都不管。金氏处事极为圆滑，手腕又高，嘴又甜。把吴家上上下下各式人等都收服了，就连章氏和季氏也被安抚得妥妥帖帖，没闹出什么矛盾来。唯有一点不如意，她膝下只有一女，没有儿子。心中焦急但也没办法，只有学婆婆烧香拜佛。

"是啊，开春时爹爹让他去学堂了。"碧玉笑眯眯地说道。心中颇为得意，申哥的千字文都是跟她学的。吴氏虽有心教，但家中这么忙，分身乏术。碧玉就主动请缨将教申哥的任务揽下。申哥也争气，别看他调皮的很，人其实很聪明，只要教过一次的字就能马上记住。

"将来又是个读书出色的。"季氏笑着夸道。

"如今不好说，等他大些再看。"碧玉谦虚道。申哥那孩子聪明是聪明，就是没定性。

外面噼里啪啦的鞭炮声响起，后院的人都朝前面跑去。

屋子里的女人们也站了起来，碧玉笑道，"大表嫂就不要来回走动了，您就在这里歇着。"

"这不好吧。"章氏身体沉重并不想动弹，但又怕失礼。

"没什么不好的，大表嫂放心在这里坐着。"碧玉按着她的肩膀，转头吩咐小丫头们好好服侍章氏。

几人出去迎接新娘子，只见新娘子盖着大红的盖头下了轿，媒婆一路扶着她进了礼堂，一对新人跪在香案前拜天地，礼成后牵进洞房。

吕登用秤挑开盖头来，在场的女客都围着看新娘子。不由发出一声声惊叹，真漂亮啊。

新娘子含羞垂下头，媒婆送上各种吉利的食物让新人吃下去。等一系列仪式完了，吕登被拉出去敬酒。

沈氏她们围着问长问短，胡雪儿温声细语的回答，看着是个好脾气的。大家都满意地点点头，虽说是官家女儿，不过没什么骄纵之气，应该是个好相处的。

吴氏心中极为得意，当年那番话说的甚有效果。儿媳妇比起初见面时明显稳重多了，温柔大方，没给她丢脸。

碧玉笑眯眯地听着她们说话，也不多话。她如今听从吴氏的教诲，在外人面前极少说话。免得让人觉得她太过显眼张扬，人还是低调些比较好。

吴氏娶了媳妇，放下一层心事，她如今最忧心的是碧玉的婚事。碧玉已经十三岁了，周围同年纪的女孩子都已定下亲事。可她们家挑了这么久还是挑到合意的，这让她忧心似焚。

这天午后，钱氏登门拜访，吴氏迎了她进内室安坐。

钱氏眼角梢里瞄了眼侍立在吴氏身后的胡雪儿，"妹妹，我有件要紧的事和你说。"

吴氏会意地点点头，"媳妇，你去厨房煮些小汤圆过来。"

胡雪儿乖乖应了退出去，钱氏笑道，"你这媳妇不错嘛，人听话温顺又会厨艺。"

吴氏不想多说媳妇的不是，问道，"大嫂，究竟什么事？"

钱氏忘了刚才的话题连忙正色道，"当然是玉姐儿的亲事。"

"怎么？"吴氏精神一振笑道，"有合适的人家了？"

钱氏喝了口茶润润喉，"昨儿个你那个好姐妹来我们家了。"

好端端地说着碧玉的亲事，怎么扯到这个上来了？吴氏满腹狐疑道，"谁？杜姐姐？她有什么事吗？"

钱氏爽笑道，"她是想请我做个中人，给她家杰哥和玉姐儿牵线。"

"什么？不行。"吴氏一口拒绝，这刘家已败落，家里又太复杂，再加上杜氏不是好相与的，她可舍不得女儿嫁过去受苦。

钱氏劝道，"我也知道你的顾虑，不过杜妹妹说她会待玉姐儿视如己出，当亲生闺女待的。你也知道她只有杰哥一个亲生儿子，必不会苛待儿媳妇的。"

吴氏心里不以为然，这可说不好，杜氏的性子原来就骄纵何况守了这些年的寡。嘴上却不好说出来只能道，"大嫂，她们家如今可不比以前了，我倒不是看重家财之类的，他们刘家太复杂了，下面还有几个庶弟妹呢。"

刘家虽然有座小院子，但她估计着是刘氏拿出体己置办的，到最后还不知道是谁的产业呢？还有那三个庶子女，以后他们都要成亲娶妻嫁人的，那也需要好大一笔钱，谁知道会如何？即便庶子们的媳妇进了门，那也是极难难处的。

钱氏撇撇嘴，"庶的有什么好担心的，你还怕玉姐儿的性子会被欺负吗？"

"我不放心。"吴氏摇着头。

"妹妹,这刘家别的纵有千般的不好,可这杰哥却是个极好的,人长得好学问也好,如今是秀才了又孝顺母亲,实在是难得的人才。"钱氏劝说着,这头亲事她也是考虑了半天才决定过来说说的。

世上哪有十全十美的事,总有不尽如人意的地方。样样都取是不可能的事,只能取几样最重要的。

吴氏静默下来,杰哥这孩子她挺喜欢,斯斯文文的对碧玉又有援手之恩,可他摊上那样一个家庭,实在是……

钱氏心里极无奈的,"妹妹啊,这周围实在没有合适的人家,像上次那个康家的二儿子,家中条件是不错,可经常上青楼……这种人又怎么能配合我们家玉姐儿呢?"

自从吕登考中秀才后,有好几家人家上门提亲,无奈吕登的婚事早已定下。无可奈何之下想到他的妹子碧玉,有适当年纪的儿子人家来过几家提亲的,这康家也是其中一家。可一打听这家儿子的品行太差,不仅是青楼的常客,还把家中的丫环侍女都淫了个遍。这也太过离谱了。还有几家也有这样那样的不如意,吕家都没舍得让女儿许配于人。

"杰哥那孩子品行是没得说了,行事自有方寸,对女孩子从来都是目不斜视,这品行才是最重要的,不是吗?"

吴氏被说的渐渐有些心动,但一想到杜氏就犹豫不决,"大嫂,这事我还要好好掂量,不可操之过急。"

钱氏点点头,"说的也是,你好好想想吧,这是玉姐儿的终身,你做娘的要替她把好关。"

吴氏叹道,"是啊,我就这么一个女儿,自然盼着她平安和乐。"这已经是她心头的一块巨石,让她辗转难眠。

钱氏笑道,"谁说不是呢!我看着玉姐儿长大,把她当成亲生女儿般疼爱，我也盼着她好。"这些年她也帮着挑来捡去，看了这些多家也不中意。不过她没嫌过麻烦，谁让碧玉是她的心尖尖呢。

吴氏由衷的感激，亏的钱氏时时留意。"大嫂，这些年辛苦您了，让您费了不少心。"

钱氏爽朗的摆摆手笑道，"我们都是一家人，说这个干吗。玉姐儿的亲事你还是和妹夫商量一下。"

吴氏应了，陪着钱氏说了些闲话，吃了胡雪儿送上来的小汤圆，这才送了钱氏出门。

目送着钱氏的马车背影消失，吴氏默立许久正想转身回家，就看到隔壁的狗娃他娘穿着一身桃红色的衣裳颤悠悠地走过来，忙打了招呼，"周家嫂子你没出去呢？"

"秀才娘子，我正想找你说说话。"周大娘满脸堆笑道。

吴氏有些诧异，话说这周大娘是个媒婆兼做人牙子，走街串巷天天忙的脚不沾地，哪来的功夫找她说话。心中虽如此想但还是有礼地请她进屋子坐。

吴氏将钱氏送过来的点心匣子翻出来，捡了几样装在碟子中，"周家嫂子，你吃点心。"

周大娘眼睛一亮，"哟，这点心可是镇上五味斋的，味道可好着呢。"她这双眼睛尖的很，不仅认出了是五味斋的点心，而且是口味最好价钱最贵的几种。

吴氏夸道，"周家嫂子好眼力。"钱氏每次过来总会带些点心茶果，这些碧玉和申哥都爱吃。

"我虽是乡下人，但这些年还算有些见识。"周大娘用手绢捂住嘴笑，心中有些自得，"这点心还是吃了不少的。"做这种行业免不了要东家西家的跑动，各家也会用最好的点心茶水招待她们。

吴氏对人情应酬极为精通，深知这种人绝不能得罪，"那是，谁不知周家嫂子有能耐，无论哪家大户，你都是座上宾。"这一番话说的周大娘心花怒放，心里得意。这话如果是村里其他人说，她还不会如此开心。但由她眼中高贵大方的吴氏说来，心里别提多美了。

周大娘乐呵呵地笑了半天，才想起正事，"秀才娘子，我这次是有事找你。"不过心里却有些犹豫。

吴氏笑道，"什么事，周家嫂子尽管说。"

周大娘满脸堆笑，"大喜事。"

"喜从何来？"吴氏心里一震，是为女儿的亲事而来的吗？

周大娘笑吟吟道，"秀才娘子你知道村长是我的亲堂叔，他特地托我向你家提亲来的。"

"提亲？"虽说吴氏心中已有所准备但还是愣了愣，今日怎么都是为了这事而来？太凑巧了。

"是啊，我家彬儿也到了定亲年纪。"周大娘解释着缘由，"可他父母常年在外地，也没顾得上为他考虑这婚事，做爷爷的自然要多考虑些。"

吴氏顺着她的话点头道，"这是自然，你家堂兄只顾着做生意，都有些疏忽了儿子。"只是疏忽成这样，恐怕有什么隐情吧。

"谁说不是呢，家中再有钱也不能疏忽了孩子的终身大事。实话说照彬儿的年纪本来早应该订了亲，可……"周大娘欲言又止轻叹了声，"不提这些，秀才娘子，你家玉姐儿越长越让人爱，连我瞧着都满心疼爱。彬儿这孩子你也见过，长的是好人又聪明，书也读的不错将来说不定也能考个秀才举人的，家里又有几个钱。这俩孩子我看是极般配的，我家堂叔心里是极欢喜的。这不专门让我上门提亲来了。"

"这……这事我还要问问我家相公。"吴氏一脸的为难道，"我一个妇道人家可做不了这主。"听了半天她心思转开了。

周彬一直跟着吕顺读书，这些年已满腹才华，人长得越发的俊俏。吴氏即便在内院也经常听到吕顺对他满口夸耀，说是此子将来必能有一番成就。

"也对，你先问问，如果成我再来。"周大娘心里并不是很想做成这门亲事，但碍于堂叔的情面才不得不走上一趟。都是一个村的，有些事是瞒不了人的。

"真是麻烦周家嫂子了。"吴氏客气不已。

"说什么话，你们两家都是和我沾亲带故的，都不是外人。"周大娘站起身笑道，"我还有事先走了。"

"本当多留你坐坐，不过你也是大忙人，不敢耽搁你的正事。"吴氏知道她忙不便多留。

"什么正事，都是瞎忙。"周大娘再怎么托大，也不敢在吴氏面前显摆。人家不仅有个好相公，还有个好儿子，将来说不定还是个老太君。"有信了就跟我说一声，我晚上总在家的。"

"好的，麻烦你了。"吴氏将点心装了一份，塞给周大娘。她推辞了一番在吴氏的一再坚持下乐呵呵地收下。

周大娘走后，吴氏呆坐在房间内，心事重重。说实话，这周家她也没考虑过，村长人虽好，但村长的儿子一家有些不靠谱，长年不在家，只留下个儿子与老父作伴，也不知他们是怎么放心得下的？

吕顺回到后院，见吴氏坐着发呆。不由走上前去，"娘子，怎么了？出什么事了？"很少见到她魂不守舍的样子。

吴氏回过神来，忙站起来端茶奉水。

吕顺拉着她的手满脸关心道，"不用这么麻烦，跟我说说，遇到什么事了，也好让我替你开解。"

吴氏感觉肩上的重担被别人分担了些，把刚才的事一五一十跟吕顺说了，吕顺听了不由皱起眉。

"相公，女儿的亲事我日夜忧心，可就是没有好对象啊。"吴氏心烦意乱，这可如何是好。"相公，您觉得这两家如何？"

"刘家哥儿和彬儿这两个孩子都不错，品行好学问也不错。只是……"吕顺的眉头反而皱的更紧。

"只是什么……"吴氏的心提了起来忙追问道。

吕顺道，"刘家有些复杂，我担心女儿啊。"他原本挺看好刘仁杰这个孩子的，曾有过将碧玉许配给他的想法，但自从听吴氏说过刘家的情况后就打消了此念。

"那周家呢？"

吕顺苦笑道，"周家更麻烦。"

"这是怎么说的？"吴氏有些惊讶，难道是顾忌孙周氏？不过如果两家真的成了亲家，那孙周氏的确是个大麻烦。每次看到她，吴氏总觉得恶心的像吞了只苍蝇。

吕顺犹豫了半天，才说出周家的内情。他原本是不想说的，要不是关系到碧玉的终身他也不想道人家是非。但既然牵扯到女儿的亲事他自然要把内情说给吴氏听，也让她心里有个底。说起来是一桩丑闻，周家瞒的再紧，总会有风言风语流出来。

原来村长的儿子去外地一家大户人家做小厮，后来不知怎么的拐了那家的姑娘带了细软私奔。后来他靠着妻子的金珠银子做本钱才做起了生意。发了财后就有些看不上自己的妻子，又纳了几房偏房通房。其中有个小妾特别厉害，打听到主母的往事后，当成把柄大肆攻击正房，揪出往事让家里所有人都知道。这正房犯了淫奔之失，被人揭了老底抬不起头，更不要说压住那些妾室。那小妾生了个儿子后有了依仗处处暗算正房所生之子就是周彬，周父受了蒙蔽根本不相信那小妾是个恶人，正房无力保护自己的儿子就把他送回老家，让他远离战场。

"我说呢，这周家人怎么会舍得让嫡子回老家陪老父？"吴氏恍然大悟，想起周彬之母不仅绝代风华更是琴棋书画皆通，根本不像是个商人之妻。原来是出身大家，可惜了竟被人所诱，做出这种伤风败俗的事来以致终身有玷甚至连累到亲生骨肉。

"相公，我家女儿可不能嫁到这种人家。"

这周家比刘家更复杂，碧玉再聪明也难挡这么多人的暗算，上面还有这种公婆压着，她下半世可出不了头。这种人家家风不好，长辈又不是什么厚道人，难保会有什么意外。

"我也是这么想的，所以虽瞧着周彬这孩子好，可我从没考虑这个事。"吕顺为难地揉揉眉心，"不过他们家怎么好端端的上门提这事？"

"我也不知道，这两家还碰到了一起。"吴氏苦笑不已，这两家她都不满意，背景一家比一家复杂。怎么就没有家世清白长辈慈爱男方品行好的人家呢？

"没有别的人家吗？"吕顺看来也是不满意。

"以前那些人家你都看不上，如今别人都嫌我们太骄傲，不肯将女儿轻易许人，谁还上我们家来提亲。"吴氏有些气馁，碧玉的亲事一直不顺成了她最头疼的事。

"胡说，我们家哪里骄傲了？"吕顺生气地瞪大眼睛，"以前那些人家的确不好，我怎么舍得让女儿错配了人而一世不幸呢。"

"谁说不是，可别人并不这么想。"吴氏愁眉苦脸的轻叹了声，

"哎，我家女儿这么好，可怎么就找不到一家好人家呢？"

吕顺也很心烦，"可女儿的亲事不能再拖，再这样下去就要耽搁了。"

"再看看吧，说不准过几天就会有合适的人家。"吴氏虽然心急如焚，但这种事再急也没用的。

"不管如何定要在过年之前把亲事定了。"吕顺心里算了算，过了年碧玉就满十四岁，这年纪再不定亲就会被人笑话了。

吴氏应了，心中暗下决心定要在过年前有个结论。

第二天吕顺见到自己的得意学生心里怪怪的，视线总飘到他身上，心中奇怪怎么就会想到提亲的？

周彬被看得浑身毛毛的，不自在极了。他心知肚明先生失常的举止是何原因。他原想等通过童试后再上吕家提亲，可却听到吴氏在考虑碧玉的亲事。他心急担心不已生怕碧玉的亲事无声无息地订了下来，这才求爷爷上门提亲的。可他心里实在没底，先生会不会把碧玉许给他呢？他真的很喜欢碧玉想把她娶回家。可他家里却又是那个状况，他真的很无奈。

在他的胡思乱想中散学了，小学生都鱼贯而出，只剩下他一个人傻呆呆地坐在位子上。

"周彬。"吕顺正想收拾东西回后院吃饭，不经意地发现他失魂的模样。

"先生。"周彬心里一慌，忙站起身。

"晌午了回去吃饭吧，你爷爷正等着你。"

"是，先生。"周彬必恭必敬地道，心中却如百鼠抓心般难受。

"爹爹。"吕登的声音在门口响起。

"登儿，你今日怎么回来了？"吕顺又惊又喜的转过身，见吕登一身的风尘仆仆，身边伴着个长身玉立的刘仁杰，"杰哥也来了。"

"伯父。"刘仁杰上前一步斯斯文文的行礼。"请恕小侄唐突……"

"怎么会，你是难得的稀客，我高兴还来不及。"吕顺扶着他微笑道，"快跟我进去，这时辰都还没吃饭吧？"这孩子这时候登门，不知他是否已经知道提亲的事？

吕登正和周彬说着话，两人有段日子不见了，很是亲热。听到这话忙笑道，"没有呢，爹爹，思成被我硬拉回来，连他家都还没回去呢，我们忙着赶路哪顾得上吃饭？"

吕顺有些心疼道，"你这孩子，在路上也要随便填巴两口，万一饿坏了怎么办？"

吕登的眼睛眯成一条缝，"爹爹，我只要想到马上能吃到娘做的好菜，哪会想吃那种硬硬的干粮。"

吕顺摇摇头，颇能理解这种心情，"快进去吧，里面已经备好了饭菜。"转头扫到眼巴巴看着他们的周彬，心中犹豫了下，"周彬也一起进来吃顿便饭吧。"

周彬眼睛一亮，"多谢先生。"心喜的跟上他们。

吴氏正等得心焦，怎么过了时辰还没见吕顺进来，难道出了什么事吗？即便有事他也会进来说一声的。

"娘，我去前院找找爹爹。"碧玉自告奋勇地站起来。

"也好。"吴氏点头同意。

碧玉刚好走到屋子外面，一行四人走了进来，她眼尖第一眼就见到好久没回家的兄长，心中一喜扑了上去，"哥哥，你回来了？"

"妹妹。"吕登扶住她的身体，"过得好吗？家里都好吗？"

"都好。"碧玉笑眯眯地打量着兄长，又长高了些，都高出她一个半头了。

吕登摸摸她的头，"妹妹，你哥我的肚子快饿扁了，有什么好东西吃吗？"

碧玉白了他一眼，"路上为何不吃干粮？"

"那种东西怎么吃啊！"吕登一脸的嫌弃。

"活该。"碧玉嘴上虽这么说，还是心疼的，"家里做好了饭菜，不过……"她的视线转了一圈，咦，怎么多出了两个人？惊觉自己有些失礼光顾着跟吕登说话疏忽了客人，忙上前福了福和这两人问好。

周彬有些日子没见她了，问寒问暖的问个不停，碧玉始终含笑作答。刘仁杰默默无语的在旁边盯着碧玉的笑脸，心中柔柔的。

这说话间，吴氏已出了屋子，见到这一幕，整个人呆住了，这是怎么回事？

"娘子。"吕顺其实心中已经后悔，干吗嘴一快就把人都请进来了呢？这场面实在有些尴尬。幸亏女儿对这些事一无所知，此时还能坦坦荡荡的陪着他们说话。

"相公，这两个人怎么进来了？"吴氏小声地问道，心中暗暗叫苦。

"刘家哥儿是你儿子带来的。"吕顺有些不好意思，"周彬嘛我想着反正是吃饭，多一个人二个人都是一样的，就让他进来了。"其实是他见周彬可怜巴巴的样子有些心软。

吴氏苦笑了下，这事弄得乱糟糟的。

吕登刘仁杰周彬三人上前见过吴氏，吴氏连忙扶住，此时可没心情打量儿子的面色，光顾着打量另两个少年，一个俊俏无双一个风度翩翩，光看这两人还真是佳婿的人选，可……哎，这世间的事情没有两全的。压下心头的思绪笑着招呼他们进屋子吃饭。

胡雪儿正站在饭桌边，见有人进来，忙迎了上去。走到一半，整个人愣住。

吴氏皱了皱眉，随即就松开，"媳妇，你表兄来了，怎么光傻站着，也不上前问个好。"

胡雪儿回过神，胆战心惊的偷看了眼吕登，见他脸上并无异样，忐忑不安地上前问好。

刘仁杰依旧淡淡的回礼，没有丝毫见到亲人的激动。不过他们表兄妹只有近几年才见过，他就算寄住在胡家，也是谨守男女之防并不多接触，感情并不深，这也不奇怪。

吴氏介绍了周彬给胡雪儿认识，两人见过礼后就分站两旁没有多余的话。

因有男客，吴氏带着媳妇女儿摆着饭桌并不一起上桌吃饭。

"娘，饭菜可能不够啊。"碧玉扫了眼桌上的菜，平日里的四菜一汤够他们全家五口人吃了，可今天突然多出三个人来，就不够吃了。

吴氏点点头，不动声色的请客人们上座，可刘仁杰他们都是晚辈，可不好意思大刺刺地坐下来开吃。她心里也明白，笑道，"我再去做两个菜过来，李四妈，你留心他们是否要添饭添菜的。"

李四妈应了，吴氏这才带着碧玉她们去厨房。

"娘，我来吧，你和嫂子忙了半天歇歇吧。"碧玉笑道，这些日子的饭菜都是吴氏和胡雪儿准备的。更何况今日吴氏等了大半天肚子可能也饿了，气色不大好。她哪里知道吴氏是为那两个不速之客在心烦呢。

吴氏本想拒绝，可转眼一想又应允，"你来做吧，娘考查下你的厨艺有没有退步。"

"娘。"碧玉有些无语，这怎么想起考查来了？她自然不知道吴氏心里已经转了无数个念头。

"快点，别撒娇了。做坏了菜，可会让客人取笑的。"

碧玉虽觉吴氏有些古怪，但还是乖乖洗了手，翻了下剩下的食材。低头想了一会，取出面筋豆腐蘑菇，熟练的洗洗切切，不一会儿就整理好。

胡雪儿经过这些日子的调教，精乖了不少，早就在旁边烧火热锅了。

碧玉手脚麻利地勺出一些猪油，在锅里热开，将菜放入翻炒，没过多久，屋子里就香味四溢，奇怪的居然全是肉香味道。

碧玉端着托盘，还没走到饭厅，吕登已经迎了出来，"好香啊，我在里面都闻到了。"手朝碗里伸去。

碧玉一手拍开他，瞪了他一眼，冲饭厅挤了挤眼，示意有客人在呢。

吕登若无其事地缩回手，顺手接了过去。碧玉将三盘菜放到桌上摆好。

"这是什么菜？"周彬见那几盘菜好像从没见过，不由好奇心起。刘仁杰虽没说话，眼睛却一直盯着菜。

吕登得意的卖起关子，"你们尝尝，猜猜看是什么菜？"

碧玉原本就想走的，听了这话不由站住，睁大眼睛兴致盎然地看着。

吕登先给吕顺挟了菜，然后才给周彬和刘仁杰挟了一筷子。

周彬尝了口，顿了顿，又尝了一口。

"猜得出来吗？"

周彬犹豫了半晌才道，"这是红烧肉吧。"又香又滑，很像是红烧肉啊。

"噗"吕登笑得很欢，碧玉抿着嘴笑，连吕顺的脸上也露出了笑意。

周彬的脸涨得通红，"不对吗？那是什么菜？"

碧玉不忍他受窘，笑着解围，"周哥哥，这是豆腐。"

"啊。"周彬不敢置信地看着那盘菜，又挟了筷子放入嘴里细嚼，"可我怎么吃不出豆腐的味道？"

碧玉不由笑开，"先将豆腐切成薄片，锅内放油放入调料，再将豆腐煎两面金黄，锅内放少许油，得油热加各种料，翻炒几下，待汤汁黏稠即可出锅。经过这番料理自然吃不出来。"

周彬一脸的赞叹，"师母好手艺，居然做出这么可口的菜。"居然比前几道菜更好吃，难怪吕登总是把他娘的手艺挂在嘴边。

吕登忍不住脱口而出，"不是我娘做的，是我妹妹做的。"样子骄傲的不行。

"啊……"周彬这下更惊奇了，连刘仁杰也停下筷子朝碧玉看来。

碧玉笑眯眯道，"这也不算什么，我娘做的菜还要好吃呢。"她总觉得吴氏亲手做的饭菜是天下第一。

周彬笑道，"能吃到这些菜我已经很满足了，可不敢多劳动师母。"话虽这么说，脸上却有些许的遗憾。

"那也不是难事，有空可以跟我爹爹进来吃饭。"碧玉大方得很，近两年她虽然很少去前院，但对周彬并没有生疏之感。"我家饭菜还是请得起的。"

周彬心中大喜，忙不迭地点头。这样的话是不是也能多见到她了呢？

刘仁杰见状不知为何心中酸酸的涩涩的。

碧玉对他们的心思毫无察觉，转头道，"刘哥哥，你以后多跟着哥哥来我家玩，自然也能经常吃上我娘做的菜。"说毕抿嘴笑了笑，转身出去。

只留下两个若有所失的人盯着她的背影发呆，这一切被一直留意他们的吕顺收入眼中，神情古怪起来。

饭后吕登笑道，"爹爹，这次我和思成放假回来是想让爹爹帮我们看看文章圈点批评。"

"麻烦吕伯父了。"刘仁杰恭敬道。

吕顺呆了呆，有些疑惑问道，"怎么不让府学里的教授看？"

吕登神采飞扬一脸的骄傲，"都看过了，只是张教授是您的同窗，他说您的才华出众，能给我们许多帮助。"听教授这么说时，他心里美滋滋的，他有一个值得他骄傲的父亲。

这张教授就是当日吕顺携子登门拜访的好友，如今在府学里做教授，同窗多年对彼此的情况都挺了解的。

吕顺心中既自得又伤感，同窗这么推崇，可自己却屡次落第，纵有满腹才华又有什么用？可见这几个孩子眼巴巴的样子，强行振作收起不必要的惆怅，"好吧，你们跟我去大书房。"

几人一路进了大书房，周彬也跟随在一边，想见识一番。

大家坐定，吕顺随手翻到的是吕登的功课，一页页地翻下去，翻罢若有所思的冥想。

吕登心急问道，"爹爹，如何？"怎么没反应？是好是坏也得说出来让人心里有数。

"登儿，别急。先让为父看过思成的文章再说。"吕顺又翻看刘仁杰的功课，看了半天喜动颜色抬头笑道，"思成的文章做得很不错。"

刘仁杰心里有些高兴，但谦虚道，"伯父，您太夸奖了，我的文章平平而已。"最起码没有吕登的文章受教授喜欢。

"不不。"吕顺摆摆手笑道，"你的破题点在点上，文章中

小家碧玉
XIAO JIA
BI YU 上

规中矩，很好。"

吕登百鼠抓心似的难受，等了半天还是忍不住，"爹爹，那我呢？"

吕顺神情复杂地看着儿子，这孩子的文章立意别具一格，言之有物，比以前高明了好几倍，看来在府学里学了不少东西大有长进，只是太过老成。"登儿，你……还算可以，以后还要更加用功，切不可自满。"对儿子的要求自然高些，可内心很为儿子感到骄傲。

吕登点头应了，知道爹爹这是含蓄的夸他，心里松了口气。

吕顺给他们细细圈点每一篇文章，听的他们不住地点头。周彬旁听也得益匪浅。

直到夕阳快落山，刘仁杰才起身告辞。

吕顺微笑道，"思成，以后多来家里坐坐。"

刘仁杰极为恭敬，"是，伯父，我还想让您为我圈点文章。"听了吕顺这半天的见解，他心里极为信服。

吕顺抚着胡须含笑道，"只要不嫌我学识低微，我倒是很乐意的。"他是个极惜才的人，有学生来讨教，他向来是来者不拒。

"伯父客气了。"刘仁杰客套了几句才由吕登陪着出了吕家。

吕顺扫到另一人身上，"周彬，你怎么还不走？"

周彬欲言又止，脸色通红，"先生，我……"他有心想试探吕顺对碧玉亲事的态度，可话到嘴边就是开不了口。

吕顺皱了皱眉，最见不得别人说话扭捏不爽快，"什么事？吞吞吐吐做什么？"

"我……先生，"周彬支吾了半天改变了主意，"您觉得依我如今的学识能参加这次的童试吗？"

"想考就去试试吧，能不能考上除了真才实学外也要看运气的。"吕顺以为他看了其他两人的文章对自己不自信起来，安慰了几句。

"谢谢先生，我明白了。"周彬暗下决心要参加这次的童试。原本对应试抱着可有可无的态度，可如今却不能了。先生绝不会把女儿嫁给一无是处的人。

吕顺回房后心事重重，吴氏见了不由惊讶，"相公，您怎么了？"

"娘子，我刚刚看了思成的文章，实在好。"吕顺爱才之心渐起，"真是可惜啊。"要是他家的家世简单清白就好了，光看刘仁杰的人品和学识倒是个佳婿的人选。

吴氏静默片刻道，"这有什么法子呢？谁让他家背景那么复杂呢！我可舍不得女儿去受那份罪。"

"是啊，我也舍不得。周彬那孩子也不错，可……"吕顺摇摇头苦笑。

"这两个孩子今天怎么就遇上了？"吴氏心里的感觉也挺复杂，"我瞧着刘家那孩子好像并不知道提亲的事情。"要是知道应该会避开，不会这么大大方方的上门做客。

"好像是，听说直接被登儿拉过来的。"吕顺想起吃饭时的情景，心中既得意又有些失落，"不过他们好似对女儿都……"他凡事都不避爱妻，有事都会跟她商量。

十多年的夫妻，吴氏对丈夫的心思很明白，听懂了他未竟之言。会意的一笑，"谁让我们的女儿招人稀罕呢。"

吕顺笑道，"这倒是，不过亲事却……"

"亲事？"吕登在门口待了半盏茶的工夫，父母光顾着说都没注意到他。"谁的亲事？"

"登儿，进来坐。"吴氏朝他招招手。

吕登进来坐下追问道，"是妹妹的亲事吗？"除了碧玉外，申儿还太小没到适婚的年纪。

吴氏也不瞒他，"是啊，不过还没订下来。"

吕登笑眯眯问道，"哪家来提亲了？"他可要睁大眼睛替碧玉把把关。

"好几家。"吴氏顿了顿古怪地看了他一眼笑道，"你那两个同窗好友家里也来上门提亲了。"

"是周刘两家？"吕登张大嘴半晌才闭上，斟酌了半天，"他们两家恐怕不妥当吧，爹娘还是郑重些。"他怎么想都觉得这两家不大合适。

"谁说不是呢，我和你爹爹正头疼呢。"吴氏微微蹙额，"你妹妹的年纪渐长，再不定亲就要成笑话了。"

吕登问道，"没有合适的人家吗？"他觉得碧玉还小呢，不用这么着急亲事。

吴氏苦笑地摇摇头，这事拖久了不好，可立即解决又办不到。

吕登着急起来，"爹娘，这亲事可急不得，不能为了别人的闲言闲语而急急的挑一家订下，那是妹妹的终身可不能随意。"

吴氏何尝不明白这理，"可挑了好多年了，还是没合意的，我们担心啊。"

吕登皱着眉想了半天笑道，"反正等了好多年，也不在乎再等等。我明年就要考乡试，到时如果能考上，妹妹的婚事能有更大的选择余地，再说到时我也能为她撑腰。"

毕竟秀才的妹妹和举人的妹妹，那是有着天壤之别，完全不可同日而语。女孩子有个好娘家比什么都强，要是她的兄长是个举人，别说这四乡八村的，就是这整个县的好人家都能任他家选。毕竟哪家不想攀上举人家？

吴氏心中一喜，"这……这想法倒不错，相公您觉得呢？"她被吕登一语点醒，不再纠结于定要在今年内把亲事定下来。

吕顺皱紧眉，"万一你考不上呢？"这孩子是不是太托大了？

"考不上再说，反正目前没有合适的人家，再拖拖吧。"吕登心里早就打好小算盘，万一不成，他从那么多同窗里物色个好的出来，决不能让碧玉随便挑户人家嫁了。

吴氏转过头一脸的恳求，"相公，登儿都这么说了，您看还是等等吧。"

吕顺心里算了算碧玉的年纪，明年十四岁，虽说晚了点，不过如果找到了好人家，可以马上成亲，不用拖上几年。"好吧，登儿，这次就依你。你可要好好地用功。"

"放心吧，我决不会让妹妹受委屈。"吕登神情极为坚定。就算是为了碧玉他也要竭尽全力。

"那就好。"吴氏满意地点点头，儿子对妹妹的疼爱绝不会比他们少的。有这份心，将来无论如何，碧玉都不会让别人欺负。就算碧玉将来的婆家也要看在吕登的份上不敢轻易欺负她。

一家三口在这件事上达成共识，心中都安定了些。

吴氏有了闲心开玩笑，"登儿，你怎么也不看好周刘两家？他们俩可都是你的好友。"

"就算好友又如何？怎么比得上自己的亲妹妹？周彬那人有些与世无争，更喜欢些杂务，他没有能力保护妹妹，将妹妹交到他手上我可不放心。"吕登在父母面前言谈毫无顾忌，侃侃而谈，"思成他有这么一家子亲人我也放心不下，再则他的性格有些书生气不知变通。"想起刘家的女儿他不由皱紧眉头。

吕顺听了不由大笑，"登儿的想法倒是一针见血，不过这些话不要在别人面前提起，你妹妹你媳妇那里也不要说。"虽说这评点说得很对，不过传出去不大好。

"我知道。"吕登点头笑道，"不过以后妹妹的亲事也让我帮着参谋参谋。"那样他才能放心。

吴氏有些啼笑皆非，他自己的亲事都没有花这份心思，什么事都交给她来办。可在碧玉的亲事上，他却考虑了许多问题，爱妹之心可见一斑。见此她也能放心了，即便将来他们做父母的都不在了，吕登也能护着弟弟妹妹。

吕家对碧玉亲事的态度顿时传到了周刘两家耳朵里，周家没什么动静，周彬依旧每天过来上课，面上丝毫没泄露出蛛丝马迹。

刘家倒是有了番动静，刘家的女儿定了亲择日就草草嫁了出去，听说是嫁到一家富商做继室。刘家的二子也定了亲，过了年就要迎娶。只有刘仁杰的亲事没有下落。

当吴氏听到这消息，愣了半晌，"大嫂，这是什么意思？"这杜氏动作也太快了吧，才几个月啊就安排了这么多事情。

钱氏微叹了声，"你怎么会看不明白呢？"

吴氏心情复杂顿了半天道，"她这是想解决些问题，她对杰哥的婚事……"

钱氏点点头道，"我上次回了这门亲事，她当场没说什么。回家就有了这番动作，这般不顾长幼次序的做法，看来她没有放弃和你们家攀亲的想法。"

"哎，她这人也真是……"吴氏对她实在有些无语，"幸好那是嫡庶不同，就算不分长幼次序别人也不会多说话。"

"是啊，这还说得过去。"钱氏话声一转笑道，"你可知道刘家女儿嫁到哪家吗？"

吴氏不由奇怪地问道，"哪家？"大嫂笑得这么古怪，肯定有隐情。

钱氏笑得更欢，清晰无误说道，"是金家。"

吴氏哑然失声，"什么？是三侄媳的娘家吗？"

钱氏点头笑道，"是啊，她嫁给了三儿媳的长兄。"

这门亲事她刚得知时，也惊讶了半天。这事太巧了，居然兜来兜去全是熟悉的人家。

吴氏有些想不明白，"这两家怎么攀上关系的？"这两家条件差太多了，怎么就成亲家了？

钱氏倒是打听了一番，"听说这金家太太跟杜妹妹当年也是认识的。"话点到即止，大家都是聪明人，不需要说太多。

"原来是这样，那金家长子为人如何？那一房还有什么人？"吴氏是见过刘家女儿的，免不了多问了一句。

钱氏摇摇头，"我不大清楚，不过听说他资质平平，去年嫡妻难产而死，有三房姜室膝下还有一对儿女。刘家女儿我没见过，品行容貌如何？"女人们凑在一起，难免东家长西家短的评头论足一番。

吴氏不知该如何形容刘水莲，她对那女孩子并没有什么好感，但也不喜欢背后说别人的坏话。想了想才开口，"那孩子不是个做主母的料。"

刘水莲性子既内向又胆小，做当家主母是不可能的。能不能做稳正室的位子还是个未知数。

钱氏笑道，"即便是这样对她来说这门亲事也是件天大的好事，再怎么样也好过在家里过着清贫的日子，还要受嫡母的白眼。"她打听了不少刘家的事情，没办法谁让刘家想娶她的心尖尖碧玉呢！她总得把刘家的里里外外上上下下都打听个一清二楚。

吴氏对这点极为赞同，当日杜氏对庶女的态度她都看在眼里，"这话也是。"

钱氏突然想到些什么，笑吟吟道，"妹妹，你还不知道吧，我听说那两个庶子娶妻后就要分出去单过了。"

"啊……"这下吴氏真的太惊讶了。分出去单过？这是不是有些过了？不过这事也算说得通。

钱氏笑的极为开怀，对她来说是个好消息，"生母也跟过去，都说好了。"

吴氏愣了半天才挤出句话，"他们都肯吗？"

"有什么不肯的？这些年刘家早就一贫如洗了，一起住不过是省些嚼用另外也好有个照应。这些年都是靠着杜妹妹些许的嫁妆和几个人做些绣活补贴家用。"钱氏刚听闻这些时，为刘家人也叹了好几声，毕竟都是世交大家从小都认识，"她对那几个姜和庶子女心里恐怕并不待见，要不是她们，她相公说不定没事，刘家也不会败落了。"

"的确难说。"吴氏心里感触不已，刘大少的为人她是了解的，虽说为人有些风流但还不至于流连花街流巷，弄到后来这种结局也不知是谁造成的。"她这次是下定决心要踢掉拦在面前的障碍了。"

钱氏点头笑道，"她是看出了你家的顾虑先解决了这些难题，她一心想要玉姐儿做她儿媳妇呢！"

"这些虽然解决了，可她那性子……"吴氏摇摇头并不赞同，毕竟婆婆好性子做儿媳的才能舒服些。

"你以为她还是当年的杜家姐儿吗？"钱氏喝了口茶，漫不经心道，"这些年的困苦早已磨掉了所有的棱角，她再也不是那个任性骄傲的女子。"

碧玉拿了一大包整理好的行李刚走到前院，迎面就遇上周彬。他这些天很有功，每天都要在吕家待到天黑才回家。吕顺对此很欣喜，难得见这孩子这么用心。

周彬惊讶道，"吕妹妹，你这是要上哪？"她一副要出远门的模样，都换了套外出的衣服。

碧玉笑道，"周哥哥，我要去舅舅家住几天。"

原来是这样，他知道吕家和吴家的关系极其密切，不足为怪。"我来帮你拿。"周彬伸手接过东西，"要住多久？"只是心中有些难舍，平日里就算见不到她的面，只要一想到她就在离他不远处的后院，他的心就很踏实。

碧玉不确定的想了想，"多则十天，少则三四天吧。"这个要钱氏定，不是她能作主的。

周彬默默地跟在碧玉身边，走出大门口突然站住，"吕妹妹，你觉得我去考童试好吗？"

碧玉也随之站住，听了这话直点头，"好啊，像我哥哥那样以后进府学，那样的话周爷爷肯定很开心。"

周彬脸上露出一丝笑意，"那你呢？"

"我？当然会替你开心。"碧玉真心地道，"考上秀才以后你的路会顺利许多。"她大致听说过周家的情况，一直替他担心，见他永远一副漫不经心的样子暗暗为他着急，但有些话却不好直说。难得他开口说起以后的事，她自然要好好说说。

"真的？"周彬眼睛发亮，嘴角上扬，"吕妹妹，你……你说……"

碧玉不由笑道，"周哥哥，你有话就直说嘛。"同窗几年，都有所了解对方的性子，周彬虽内向但不至于懦弱，这般吞吞吐吐的情况倒很少见。

周彬咬咬牙，脸憋得通红，"我可能不会像你哥哥那样出色。一次就通过乡试。"

"那有什么要紧，一次不行再考一次嘛，爹爹常说考试通不过这种事要看运气的。"原来是担心这个，碧玉笑着鼓励他，

"周哥哥不要担心,我相信你一定能行的。"

"谢谢你,吕妹妹。"周彬的心热热的,碧玉对他真的很好,比他父母还要好。

"周哥哥,不用客气啦。"碧玉漾起一脸灿烂的笑,"你就像我的另一个哥哥,这些年你这么疼我,有什么好玩的好吃的都不忘送我一份,我心里感激的很。"她心里是这么想的,周家父母捎来的东西最后总能到她手里,东西虽小,这份心意却难得。

周彬的心突然被桶凉水浇下,哥哥?他可不想做她哥哥。感激?他不需要啊!"吕妹妹,我……"

钱氏在吴氏婆媳的陪同下走了出来,"玉姐儿,你还没把东西拿到马车里?"

吴氏见此情景,眉头轻轻皱了下,这周家孩子怎么不懂的避忌呢?年纪渐长可不能再像小时候那样随意,何况他家还有意于碧玉……

"大舅妈,我跟周哥哥说几句话。"碧玉露出笑脸,"这是村长爷爷家的哥哥。"碧玉对亲事并不知晓,反而很坦然。

周彬见状上前行礼,钱氏对他只闻其名未见其面,不由睁大眼睛细看,这孩子长的还是不错的。随意和他聊了几句,谈吐斯文,有些可惜了。

"天色不早了,快走吧。"吴氏打断他们的谈话,"等会天黑了路就不好走了,女儿你扶着你大舅妈,小心台阶。"

"知道了。"碧玉转身冲周彬挥挥手,"周哥哥,我先走了,你要好好读书。"

周彬点点头,目送着她们离开,胸口有股苦涩的滋味升起。

吴氏等马车走远,转身看着周彬,微微蹙眉,"媳妇,你先进去。"

胡雪儿不解地看了眼他们，却不敢多说温顺地应了声进了家门。

吴氏直直的看着他，心里有些不痛快，"周彬，我有几句话跟你说。"

周彬有些心慌，"师母有话尽管说。"

吴氏不愿多绕圈子，直截了当道，"不管你心里是怎么想的，我都不希望你和碧玉走得太近。"

周彬猛地抬头，"师母，我……"

吴氏摆摆手制止道，"周彬，你听我把话说完，碧玉是个女孩子，她还不解世事天真烂漫不懂得避讳。如果你们走得太近，万一落在有心人眼里，那话就难听了，别人说三道四的，到时受伤害的是碧玉，你难道想看到这种结果吗？"

以情动人是她想到的最好办法，刚才的那一幕让她想到了许多问题。乡下的三姑六婆对这种事最感兴趣，总会把谣言传的满天飞。万一……碧玉情窦未开还不知男女之情，她不愿去提醒碧玉，反而让她对这事有了好奇之心就得不偿失。如今唯一能做的就是点醒周彬，让他注意些影响。

周彬被吓到了，有这么严重吗？"不，我不想让她受伤害。"他身边只有个上了年纪的爷爷，没人教他，所以对这些事并不懂。

"这就对了，周彬我对你没什么看法，相反我觉得你是个很懂事的孩子。"吴氏语重深长道，"可我是个母亲，我要保护我的女儿不受伤害，我不能让风言风语传开，毁了她的名声，你明白吗？"

"明白了，师母，我以后会注意分寸的。"他最不想伤害的人就是碧玉。

见说服了他，吴氏松了口气，"那就好，我谢谢你了。"

周彬惶恐不已，"师母您不要这么说，周彬担待不起。"他能明白她的用心，但凡做母亲的都是为了孩子好。

见他脸色惨白，吴氏有些心疼，"好孩子，你……"

周彬握紧双拳深吸口气，直视吴氏，"师母，吕妹妹她……我……"

"周彬，你是个聪明的孩子，将来会有好女孩陪着你的。"吴氏婉转地表达着她的意思，尽量不伤害这个孩子。

"可是……"他急了，这是在拒绝他啊！

"你见的女孩子少，所以觉得碧玉好。"吴氏有些为难，"其实那孩子被我们宠娇惯坏了，根本不是贤妻的料。"

周彬心中一疼，这般贬低碧玉是为何？是让他死心吗？"师母不要这么说，吕妹妹很好。"

吴氏轻轻叹了声，"好孩子，你最重要的是自己的前途，好好用功，将来有个好的前程为你爷爷为你母亲争口气。"她能做的只能这些，周家实在是太复杂了，她舍不得让碧玉去蹚这场浑水。

"是，师母。"周彬无法再说，只能低声应了。

吴氏安慰地拍拍他的肩膀，才进了家门。

夕烟早已落山四下一片昏暗，周彬久久伫立在门口，不知在想些什么。

唐华英
作品

下

团结出版社
UNITY PRESS

图书在版编目（CIP）数据

小家碧玉：全二册 / 唐华英著. -- 北京：团结出
版社，2017.9

ISBN 978-7-5126-5577-5

Ⅰ．①小… Ⅱ．①唐… Ⅲ．①长篇小说－中国－当代
Ⅳ．①I247.5

中国版本图书馆CIP数据核字(2017)第224025号

出　　版	团结出版社	
	（北京市东城区东皇城根南街84号　邮编：100006）	
电　　话	（010）65228880　65244790	
网　　址	http://www.tjpress.com	
E－mail	65244790@163.com	
经　　销	全国新华书店	
印　　刷	二河市京兰印务有限公司	
装帧设计	成都天恒仁文化传播有限责任公司	
开　　本	160mm×225mm　　1/16	
印　　张	30	
字　　数	348千字	
版　　次	2017年9月第1版	
印　　次	2020年1月第2次印刷	
书　　号	ISBN 978-7-5126-5577-5	
定　　价	105.00元（全二册）	

目录

001　第十章　　初谈婚事

039　第十一章　成婚

080　第十二章　怀孕

103　第十三章　生女

120　第十四章　考上了

131　第十五章　进京

146　第十六章　又怀上了

160　第十七章　上官送妾

183　第十八章　产子

197　第十九章　下狱

第十章　初谈婚事

碧玉在吴家过得如鱼得水，所有人都宠着她让着她。钱氏无事就带着碧玉去街上逛逛，去自家的杂货铺转转淘换些好东西，日子过得逍遥自得。

钱氏带着碧玉刚从马车下来，就听到有个熟悉的声音，"钱姐姐。"

她转眼一看居然是杜氏，不由惊讶道，"怎么是你？杜妹妹，你怎么在这里？"怎么在自家的铺子旁边呢？

"我买些东西。"杜氏满脸堆笑道，"玉姐儿，你也在啊。"

碧玉上前行了礼，还没说上几句，旁边的绣庄出来一个拎着大包小包的人，正是刘仁杰。

杜氏笑着挥手，"杰儿，快过来见过吴家大太太，玉姐儿也在这里。"

刘仁杰走上前给钱氏请了安，又和碧玉见过礼。

碧玉只觉今日的刘仁杰有些怪怪的，好似拘谨又似窘迫，不由感到奇怪，这是怎么了？

刘仁杰陪杜氏出来买东西，没想会遇上碧玉，心中有几分欣喜又有几分难受。那日回家后就从杜氏嘴里听到给他上吕家提亲的事。嘴上虽没说什么，他的心里却莫名地喜悦。可过几天就被拒了亲事，他失落不已，心中烦闷焦躁不安。从那起时，他突然发现那个爱笑的女孩子在他心中有了一席之地。

他活到十几岁，只有两个女子在他心中留有深刻的印象，除了杜氏就是碧玉。杜氏是他的母亲，碧玉却是个毫无血缘关系的陌生人。以他冷淡的性子这也算是个异数。

钱氏笑着邀请他们母子去铺子里坐坐，杜氏欣然应允，跟着进了铺子。这铺子前店后院，地方挺大的。里面隔了间小小的静室出来，专门招待客人用。

小伙计送上了香茶，杜氏抿了一口，赞道，"好香。"

钱氏笑道，"这是今年的新茶，妹妹喜欢的话等会带些回去。"

"那先谢过钱姐姐。"

"今日买了些什么，怎么一下子买了这么多东西？"钱氏很是奇怪，以刘家的条件怎么会有这个财力？

"没办法，这是成亲要用的东西。"杜氏解释道，"我一个人不好拿，就让杰儿帮我拿东西。"

"原来如此。"钱氏点点头，看来她对庶子们也不是很苛刻，最起码这成亲大事没有随便糊弄过去。"杰哥真是个孝顺的孩子。"

杜氏脸上全是笑意，"这孩子性子虽不多话，对我却甚有孝心。"这是最值得她骄傲的事情。

钱氏听了心中暗暗替她欣慰，"东西买齐了吗？"

话说刘周两家她更偏向刘家，时不时地推上一把。

"还没有，还差些。"杜氏心情很不错，眼睛不时瞄向站在钱氏身后的碧玉。

"还差什么？"钱氏笑道，"我们铺子里什么都有，你可以挑挑。"

"那敢情好，我听说你们的东西又好又新鲜。"

"那是自然，我们家铺子都是进些最好的货。"钱氏满脸自得，"杜妹妹还缺什么？我让伙计拿过来让你看。"

"好啊。"杜氏满口答应，想了想道，"不过这些恐怕太闷了，不如让两个孩子出去逛逛吧。"她是有意给他们创造条件。

"这……这不好吧。"钱氏可有些为难地皱起眉，"对了，我们后院有株梅花开得正艳，不如让他们去赏花。"她虽然明白杜氏的意思，但碧玉的名声她可要维护好。

"这个主意好。"杜氏心领神会地点头，嘴角的笑意更深。

碧玉正低着头漫不经心的玩着手指头，突然听到提起她，不由抬头看去。

钱氏吩咐道，"玉姐儿，你带杰哥进去看看那梅花吧。"

碧玉愣了愣，这有些不合常理。不过也没多想，大舅妈总不会害她吧。低声应了，福了福有礼地请刘仁杰进了后院。

两人并肩走着，碧玉笑道，"刘哥哥，你怎么在这里？我哥哥呢？"话说他们一向是同来同往的，所以看到刘仁杰出现在这里让她有些奇怪。

刘仁杰神色平淡道，"放假了，不过浩然他不回来，就住在令舅家读书。"

"这样啊，天气这么冷跑来跑去的确有些辛苦。"碧玉明白地点点头道，"刘哥哥来回跑不累吗？"

"不累，家中要办喜事了有许多东西要准备，我有空就回去帮衬一把。"不管如何，他们都是他的亲手足，这种成亲大事他能帮就帮一把。

"刘哥哥要成亲了吗？恭喜。"碧玉笑眯眯道，"是哪家的好姑娘？"她是真心祝福他的。

"不……不是我……"刘仁杰急的不住摇手，怕她有所误会，

"是我那两个弟弟。"

碧玉是第一次听到这个消息，这些事吴氏没跟她提起过她自然不知。愣了半晌道，"他们成亲……好早啊。"她本想说比他这个长兄早，话临到嘴边硬是咽下。这也不能怪她，刘家他最为年长，说起亲事第一个反应就是他要成亲了。

刘仁杰有些尴尬地点头道，"他们的年纪也不小了，成亲正合适。二妹前些日子已成亲了。"

"什么？刘姐姐已经成亲了？"碧玉张大嘴，这消息一个比一个让人震惊，"我都不知道，如果早知道还可以送份礼物。"

"不打紧，也没有大办。"刘仁杰的脸微红，这事娘处理的有些草率。

碧玉心中奇怪的很，这刘家怎么下面的弟妹都先成亲呢？反而兄长是排在后面还不成亲？不过这是人家的家务事，她就不要多管闲事了，免得不小心触到别人的隐私。

她硬是压下满腹的疑问，问道，"最近怎么没见你上我们家了？"

"家里忙抽不开身。"他其实是不好意思登门了。

就这样，碧玉问刘仁杰答，两人说了一会儿话。

"刘哥哥，我的话是不是太多了？"碧玉见他只是被动的答话，心中不好意思起来，"是不是让你烦了？"

"没有没有，我不会说话听你说觉得很好。"刘仁杰一向不喜欢和女孩子多搭话，可听碧玉叽叽喳喳的说话就觉得很动听很舒服，跟碧玉在一起就全身放松非常自在。

"那就好。"碧玉嘟了嘟嘴有些孩子气，"哥哥有时就会嫌我啰唆。"

刘仁杰有些心疼忙道，"浩然开玩笑而已，他是最疼你的。"

"那当然，他是我哥哥嘛，兄弟姐妹就应该相亲相爱的。"碧玉有些得意却无意瞥见他脸色有些不好，突然想起刘家的情况连忙解释，"刘哥哥，我……"

"没关系，我家的确没有你和浩然那般手足情深。"刘仁杰对她极有包容心，深信她没有恶意。要是换个人跟他说这些，他早就拂袖而去了。

碧玉急的脸有些红，"刘哥哥，我无心的，我……"她自己说话不防戳到别人的伤口，心中歉然。

"不用急，我没怪你的意思。"刘仁杰说的真心实意，一脸的温和，"老实说我很羡慕你们兄妹，感情那么好。"

碧玉呐呐无言，想了半天勉强说道，"呃，你们也可以的。"

"我们这辈子恐怕很难。"刘仁杰突然很想把压在心里的话说出来，"从一出生，我们就注定不会像平常手足般感情深厚。"

"刘哥哥，你……你不要难过。"吕家人感情都很好，特别是碧玉兄妹感情更是深厚，她无法想象手足间冷冷淡淡的那种感觉。

"难过？不会，我已经习惯了。"刘仁杰面色平淡，从某种程度上来说，他比较冷情。

"可你有个好母亲啊，你们感情很好，杜伯母很疼你的。"

刘仁杰见她急急地安慰他，心中有丝温暖，"是啊，我有个好母亲。"比起有些人他还算幸运的。

"就是嘛，母亲是天底下最好的人。"因为歉疚，她极力开解他，"就像我娘亲嘴上每每说我哪里不好，其实她心里是极疼我的。"

刘仁杰不由笑开，"吕妹妹这么懂事听话，伯母怎么会说你不好呢？"

"有时我也不是什么都听话的。"碧玉不好意思的抿嘴笑。

"吕妹妹也会调皮？"刘仁杰大为惊奇，吕登嘴里说出来的都是碧玉如何乖巧如何懂事如何聪明……

"当然了，我小时候皮着呢。"碧玉笑嘻嘻地说出自己小时候的趣事，听的刘仁杰眼睛发亮，嘴角含笑。幻想着碧玉小时候的模样，肯定可爱极了。

听到他们兄妹吵架，他忍不住插嘴道，"吕妹妹，你小时候还跟浩然吵架？赢了吗？"

"没有，不过爹爹帮我教训哥哥了。"碧玉眉开眼笑，小时候不懂事吵吵闹闹是常有的事，"说他不知道爱护妹妹，让他罚抄书。"那时吕登才六岁吧，写到后来笔都拿不稳了，也把碧玉心疼坏了。至此之后，吕登再也没有跟她吵过架。

刘仁杰只觉有趣，兄妹吵嘴父母维护这种生活对他来说是不可想象的。"吕妹妹，听你说话真的很开心。"

碧玉没听出他话里的深意，以为他羡慕，"刘哥哥，你的性子太闷了，应该找人多说说话。"

"我的性子是不是不好？"刘仁杰小心翼翼地问道。

"我不是这个意思。"碧玉转动眼珠笑道，"就是……和别人多交流对你只有好处没有坏处。以前周哥哥也不爱说话，如今好了许多人也开朗了不少。"其中一部分原因是她经常找他说话。碧玉那开朗爱笑的性子很容易感染身边的人，也是最吸引人的地方，只不过她往往是不自知的。

刘仁杰心里一酸，"周哥哥？是周彬吗？"

碧玉笑眯眯地点头，"对，你们上次见过的。"

刘仁杰心情复杂，"你们……感情很好啊……"

"那当然，我们是一起长大的。"碧玉根本没察觉到他心中的想法，漫不经心的伸手摘下一朵梅花放到鼻下轻嗅，"感情当然好啦。"

刘仁杰的心突上突下的，酸的难受。见她又是一脸的坦然无伪，心中更是捉摸不定。

碧玉见他没说话，转过头来看他，"刘哥哥，你没事吧？脸色怎么这么差？"

"我没事。"见她一脸的担心，刘仁杰收起烦乱的思绪淡笑道，"可能昨晚看书看的太晚了吧。"他根本没察觉他的情绪波动已随着碧玉走。

碧玉听了不由劝道，"其实这读书也不急在一时，何必累坏身体呢。"那可是得不偿失的事情。

他微微蹙起眉，"乡试的考期越来越近，可我心里还没谱，自然要抓紧些。"

"刘哥哥，尽力就好，不要把自己逼得太紧，身体最要紧。"碧玉开解道，"你年纪还轻，机会多的是。"

"我只有一次机会。"刘仁杰盯着她日渐娇美的容颜，克制住想轻抚那脸的冲动。"我等不了。"以前是要争一口气让那些小瞧他的人好好看看，如今却多了一个目标。

碧玉眨着那双黑亮盛满疑惑的眼睛，"什么？刘哥哥，我不明白。"这有什么等不了的，乡试每三年考一次，这次不行下次再考呗。

刘仁杰深深地看着她，"你以后自会明白。"

碧玉不爱钻牛角尖，遇到想不通的事就会扔在一边。"不管如何，当心身体。"

"我会注意的。"不知为何，碧玉的话他总能听进去。

回到吴家，钱氏久久地注视着碧玉，盯的她心里毛毛的。

碧玉忍不住问道，"怎么了？我做错什么事了吗？"想想好像没做什么啊！

钱氏犹豫了半晌，"玉姐儿，你……你觉得刘家哥儿如何？"

"刘哥哥？"碧玉心里诧异，但还是老实说道，"很好啊，是个好人。"

"我不是指这个。"钱氏不知该如何启齿，这话还不能问得太直接，可太隐讳了别人听不懂，"我是指他……"

见钱氏异乎寻常的支支吾吾，碧玉好奇心大起，"大舅妈，你究竟想说什么？"

钱氏斟酌了许久，才慢慢道，"依你看，他会不会是个好夫婿？"

"啊……大舅妈你要给刘哥哥保媒吗？"碧玉明显想歪了，不由笑道，"他的确到了成亲的年纪，底下的弟妹们都已经定了亲事。"

钱氏点头道，"算是吧，你说说看。"她想听听碧玉心里的想法才好决定下一步。

"嗯……"碧玉想了想，实是求是道，"应该还可以，刘哥哥人品不错，对母亲孝顺，将来也许会考上举人。不过他家里挺麻烦的，杜伯母不是好相与的。婆媳如果相处得不好是个大麻烦。"她没说出口的话是成亲牵扯的问题太多，不是光看那男人是不是个好夫婿。还要看男方的家庭条件和背景，缺一不可。不过这种事不是她能说的，在心里想想就够了。

钱氏盯了半晌，才叹道，"玉姐儿，你很聪明，一眼就能看到这些问题。"

碧玉笑道，"哪是我聪明，这些不是明摆着嘛。"

钱氏静默片刻突然问道，"那周家那孩子呢？你觉得呢？"

碧玉随口道，"周哥哥他人很好，随和好相处。"不过怎么突然又扯到周彬呢？

钱氏听了半天，只觉得碧玉好像更偏向周彬这边，或许她不碧玉有些好笑道，"大舅妈，你干吗又提起周哥哥，总不会也想给他保媒吗？"听说成婚后的妇人都喜欢帮人做媒，不知道是不是真的？不过她娘好像没有这个癖好。

钱氏试探道，"如果是的话，你会不开心吗？"

"不开心？为什么？"碧玉睁大眼睛迷惑不已，"这是好事啊，我开心还来不及。"

得了，这丫头还不解风情，问了半天也白搭。她本想拐弯抹角察探碧玉心中的看法，如今看来没用。不过那两个男孩子看碧玉的眼神都有些情意，可惜碧玉还没开窍，真是流水有情落花无意。

钱氏本想不再管这事，但还是放心不下，她真的很希望这孩子的终身有托遇上一个良人。"玉姐儿，你知道你娘亲的婚事是她自己选的吗？"

"不大清楚。"吴氏没有把所有的往事说给他们听，只挑些可以说的。

钱氏细细跟她说起当年的事情，当说到吴氏在众多人家中挑出吕家时，她一脸的震惊。

愣了一会儿，碧玉反而引以为豪，"我娘好厉害，不过外祖父也很开通啊。"

钱氏想考考她，虽然自己也不是很清楚原因。"你能猜到你娘为何挑中你爹爹吗？"

碧玉偏着头细想，半天才抬起头道，"娘是看中吕家的门第和家风吧？"

钱氏见她半遮半掩的回答，忍不住好笑地弹弹她的鼻子，"就这些吗？"

"嗯。"即使是想到其他原因，她也不方便评论父母。

钱氏也不为难，半隐半现的指点道，"你娘的选择如今看来，还是不错的。玉姐儿你也可以学学你娘亲。"

碧玉漫不在乎地笑道，"大舅妈，你不会是在建议我自己挑选亲事吧？我不用这样，有爹娘把关，我不用担心。"

钱氏不禁摇头，怎么会对自己的亲事这么不经心呢？"你就不怕你爹娘挑的人家不合你的心意。"

"不会的，他们自然会挑最好的给我。决不会胡乱定门亲事的。"对这点她极有信心，他们那么疼爱她，不会让她受苦。

钱氏真不知道吴氏是怎么教孩子的，这吕家两兄妹都有着超乎年纪的成熟。"万一他们看走了眼，你……你怎么办？"

碧玉静默片刻笑的很有深意，"只要能过得下去，我自然会努力争取最好的生活，如果真过不下去，那也是有办法的。"

这世间没有一帆风顺的，无论什么家庭总有不尽如人意的地方，只要有一线机会她就会坚持，努力让自己过得好些。但如果走不下去，她就全然放手。

钱氏见她笑的古古怪怪，不由追问道，"什么办法？"

碧玉淡笑不语，心中暗想：最下策还有和离一条路走的，依她哥哥疼爱她的程度，绝不会不管她的。不要怀疑她为何会这么想，只因她的长辈里有个这么干过的人，还是她最仰慕的人，那人如今还过的滋润无比。

钱氏如果知道她心中想的，肯定要吐血了。"你这孩子，对大舅妈还藏着掖着。"

碧玉撇撇嘴不肯吐实，"哪有啊，我只是还没想到具体方法嘛。"这些话绝对不能说出来否则就惨了。

"你呀，不过依我看，你这孩子像你娘，将来决不会吃亏的。"钱氏半信半疑地笑道，"只有别人吃亏的份。"

碧玉不好接这话，只是抿嘴笑。"奶奶。"一个胖乎乎的孩子跑了进来。

钱氏马上被引开注意力，满脸慈爱笑的眼睛眯了起来，"文儿，让奶奶抱抱。"在他脸上亲了又亲。这是她的长孙吴学文，是她最心爱的孙儿。

……

放榜日，吕登很紧张，也不去书房了，傻呆呆地坐在小花厅里。

吴氏手里虽拿着针线，却不时地看着儿子，心不知飘到哪里去了。

吕顺端了杯茶半天了，愣是没喝下半口。

碧玉做了一盘水晶龙凤饼端出来，"哥哥，吃点东西吧。"他连中饭都没吃几口，挑了几筷子白饭就不吃了。

"有劳妹妹了，哥哥不饿。"吕登回过神来露出一丝强笑，他再装的坦然心里还是紧张的。

"吃吧。"碧玉心疼不已挑了一块送到他嘴边。吕登不便违了碧玉的好意，勉强咬了一口。

"老爷太太，中了中了。"李叔一脸喜色的冲进来，顾不得礼仪大声嚷嚷。

所有人蹭的起身，吕顺的嘴哆嗦了半天说不出话来，吴氏已经冲口而出，"中了？真的中了？"

李叔猛点头，"真的，外面的报子来了，说登哥儿中举了。"

吕登的脸上这才露出狂喜之色，他本来也不指望一次就能中，没想到居然会……

"恭喜爹娘恭喜哥哥。"碧玉笑吟吟地道。

吴氏的脚有些软，吕顺连忙扶住她，"快让报喜的人进来。"他一生都没实现的愿望在儿子身上实现了，他心里极为高兴同时也有一丝酸楚。

"对对，要准备喜钱。"吴氏听了手忙脚乱地要回房准备。她顾忌着儿子的想法生怕给他造成了压力，什么都没准备。

"娘，我备好了。"碧玉原本没打算要准备喜钱，可为防万一还是备下了。这不派上用场了。

"还是女儿想得周到。"吴氏容光焕发地接过喜钱。

碧玉看了一圈没见到胡雪儿，悄悄转到厨房，见胡雪儿还忙着准备点心，忙道，"嫂子快别忙了，哥哥中举了。"

胡雪儿正在包小馄饨的手僵住了，不可置信地抬起头，"中了？"

"是啊，恭喜嫂子。"碧玉由衷的欢喜，"快去看看吧，报喜的人都快到正房了。"

胡雪儿喜极而泣，泪水夺眶而出。

"嫂子去照应些，娘今日恐怕没心情招呼。"碧玉知道爹娘此时心中喜悦无比，难免有疏漏的地方。这种场面胡雪儿应该能应付。

胡雪儿擦去泪水，了然地点头道，"好，不过这里？"这里怎么办呢？

"有我呢。"碧玉主动接过馄饨皮。把热闹光耀的场合让给她，除了让她高兴高兴，也让别人都认识吕家的媳妇。胡雪儿自从嫁进吕家后还没在众人面前出现过。是时候出去交际一番了。

胡雪儿转过身顿了顿，"妹妹，谢谢你。"经过这几年的相处，她心中早已服软，只不过面子下不来。今天是个好日子，把一切都解开吧。

碧玉愣了下露出欢喜的笑容，"我们都是一家人，何必这么客气。"这算是和解了？这样就好，一家人亲亲热热和和气气的过日子。

胡雪儿离开了，碧玉看着这一个个馄饨，想了想把这些都放在一边。等一会儿肯定会有好多人上门祝贺，得准备些点心和茶水才是。这小馄饨可不点饥，又不够分的。要另外做些耐饥又不费功夫的点心才好。

果然没过多久，小青就进来道，"姐儿，太太让我来看看，有什么点心吗？来了好多人，把前院后院都挤满了，要招呼客人吃茶点。您快想想办法吧。"这么忽然让她家姐儿有什么办法可想啊！

碧玉点点头道，"等一下，马上就好。"

枣仁糕和白切糕刚刚蒸好，碧玉从蒸笼拿出来切成一小块一小块，装了几盘子。再将煮好的桂圆红枣茶装进小桶内。洗好的茶壶和茶杯放在托盘里，"端出去吧。"

小青一直目瞪口呆地看着碧玉，这也太快了吧。太太刚刚还担心没准备什么点心，心里正急呢。没想姐儿已经准备妥当了。

"愣着做什么？娘还等着。"碧玉将吃食递给小青，她还要再做几锅，光这些是不够吃的。

小青端了出去，碧玉在厨房里听了听，外面人声鼎沸，热闹非凡。估计整个浣花村的人都来了。

她不由得勾起嘴角。

这一忙就忙到天黑，即便有小青和阿蓝帮忙，碧玉也累的全身僵硬双手发麻。

客人都散尽了，只剩下一家几口人围坐在花厅里。

"女儿，快休息会。"吴氏脸上的笑容还没退下，"今日辛苦你了。"自家的女儿真是能干又想的这般妥帖。

"辛苦也是值得的。"碧玉笑道，"哥哥明年春榜之时联捷，到时人会更多的。"

"女儿，你也想的太美了。"吕顺笑得合不拢嘴。最好能如女儿所说这般，那他一生的心血就没白费，能跟地下的先人有所交待了。

吴氏不住地点头，"如能再联捷，定要好好热闹一番，摆上几桌酒请村里的人和亲戚朋友都好好吃一顿。"

吕登一直微笑不语，胡雪儿捂住嘴不住的笑。

"这次不摆酒吗？"申儿眨巴着眼睛问道。

"摆啊，怎么不摆？"吴氏原本是不想再闹了，可转眼想起一件大事。"除了给登儿贺喜外也给你们小夫妻挑个好日子圆房，要好生热闹一天。"

"对，这事是正事。幸好有娘子提醒我。"吕顺此时是心满意足，再有个孙子抱就完美了。

吕登夫妻早已面红耳赤，低着头不语。

申儿挤眉弄眼的做鬼脸，碧玉好笑的伸手捏他的小脸。

吕登去赴过鹿鸣宴，见过老师同窗后回来，祭拜祖宗去吴老爷子坟上磕了头。

吕家定下十月初八请了亲戚朋友村里人，喝酒看戏。吴家所有人都来了，帮着招待客人。

后院内吴氏穿得整整齐齐春风拂面的招待着女客，客人们围着吴氏恭维声不断。

唐氏也帮着应酬，招呼客人，忙得团团转。

"三舅妈。"碧玉笑嘻嘻地抱着唐氏的胳膊，"辛苦您了。"唐氏今日忙着招呼客人，累得够呛。

"辛苦倒还好。"唐氏拍拍她的手，"不过肚子有些饿了，快让人送些你做的点心过来。"

到处都是人，碧玉请两位舅妈去自己屋子里坐，"三舅妈何必定要吃我做的点心，五味斋的点心这里有的是。"她翻着小儿上的点心盒子，这次吕家在镇上最好的点心铺子定了几十盒点心，散给客人吃。

"这些都是吃惯的，没什么稀奇的。"唐氏笑道，"你大舅妈说你做的点心越发的好，难不成我就吃不得？"说话的语气跟个吃醋的孩子。

碧玉好笑地点头道，"既然三舅妈赏脸，我让人送些炸春卷和糖饼过来。"这些都是昨晚她带着小青她们连夜做好的。

小青送上炸春卷糖饼和香茶，碧玉亲自捧了递到钱氏和唐氏跟前。

钱氏平日里没少吃碧玉做的点心，低着头默不作声地吃着。

唐氏却是难得吃上一回，筷子夹着春卷细尝，嘴里不住的夸赞，把个碧玉夸的有些脸红。

看着碧玉红红的脸，唐氏心中暗叹了口气，玉姐儿要是她家儿媳妇就好了，可惜自家是配不上吕家啊。她原先有这个打算，想等碧玉满了十二岁就上门提亲。可被吴家荣劝住，吕家是书香门第断不会将掌上明珠许配给商户之家。嫁女只会嫁高门，怎会低就呢？更何况吕登将来还会更上一层楼，他们家更是不可能的。

可她实在喜欢这孩子，总想着或许能有机会。如今看来是没有任何指望了。

小青领着一个人进来，钱氏定睛一看，居然是杜氏。忙起身迎接，"刘太太来了。"

"钱姐姐怎么突然改口了？还是像从前那般称呼显的亲热些。"杜氏一身酱红的衣裳，头上戴着金头面，整个人得体大方。

"那可不行。"钱氏笑道，"你家杰哥儿此次也中了举，您就是举人家老太太了。"

"这话说得让人脸红，那孩子也算争气。"杜氏眉梢间极为得意，这是她一生中最风光的时候。她的儿子居然成了举人。

几人相互见过礼，各自落座。

碧玉这才知道刘仁杰也中举了，吕登没说过她也忙得没空问。忙上前请安说着恭喜的吉祥话。

"玉姐儿，听你娘说，这段日子家里的事你都帮着打理，是不是太辛苦了？"杜氏亲热地拉着碧玉的手，仔细打量她。

"怎么会？我也没做什么事，家中之事都是娘和嫂子打理的。"碧玉谦虚道。

杜氏满意地点点头，这孩子越发的稳重乖巧了，越看越欢喜。这段日子上门提亲的人家快要踏破她的门槛了，可她看了半天都不中意，就觉得吕家那孩子好。人长得好品行好绣活也好。

碧玉请杜氏吃点心，杜氏尝了尝，"这味道很是不错，你家的点心就是与众不同。这是哪里买的？"她想着家里也备些点心，请那些上门贺喜的人吃。

"这是我家玉姐儿做的。"唐氏一脸的骄傲。

"是吗？"杜氏眼睛一亮，没想这孩子厨艺也不错。真是意外之喜，心中越发坚定要碧玉做她的儿媳妇。"真是个能干的孩子。"

"刘伯母谬赞了。"碧玉笑道。

"玉姐儿，有空去伯母家玩玩，杰儿经常在外读书，我一个人在家有些冷清。"杜氏一脸慈爱的看着她，"有你陪着说说话，我也能开心些。"

"好的。"碧玉心中虽觉奇怪，但还是虚应着。她一个人出去是不可能的事，顶多是吴氏带着她去拜访。

杜氏满意地点点头。

唐氏不可思议地看着杜氏，她印象中的杜氏是那般的张扬跋扈，跟如今温和慈祥的妇人判若两人。这变化也太大了，她不会是有所求吧？难道是想……

吴氏让小青来叫碧玉去胡雪儿房中照应，碧玉为难地看着眼前三人，总不能把客人都丢下吧。

钱氏知道她的为难之处，"玉姐儿尽管去，有大舅妈在这里帮你招呼客人。"她是至亲，和吕家关系更亲近，由她暂充主人也可。

碧玉福了福告了罪这才出门，叮嘱钱氏的丫头在门外随时听候差遣。

杜氏听着碧玉有条有理的处事，心中更为满意。

唐氏见杜氏似乎有话说，托词也退了出来。

见屋子里只剩下她们俩人，杜氏开口求道，"大太太，我家杰儿的亲事还请您玉成。"

钱氏早知她是为了这事，有些为难地道，"刘太太，不是我不肯帮忙，而是上次已经……"已经回过一次了，再上门提亲恐怕不大好。

"此时不同于彼时，我知道吕家的顾虑，也做了些努力。"杜氏顿了顿，才开口，"实话跟你说吧，这些日子上我们家提亲的人家很多很多，条件好的也不在少数。可我就是喜欢玉姐儿。"

"这事我也听说了，邻县曾家也替她家三姑娘上门提过亲，她家的情况很不错的，家里父兄都在朝为官，听说姑娘人长得标致人品也好。"钱氏弄不懂，吕家的情况是比不上曾家的。如果杰哥想要助力，挑曾家姑娘才是最好的选择。

"曾家姑娘是好，可玉姐儿是我从小见惯的，瞧着样样顺眼。"杜氏虽然盼着儿子有助力，可怕高门人家姑娘性子蛮横难伺候。

儿子性子孤傲，恐怕……再说这些年看下来，她还真对碧玉有些喜爱。知礼仪懂进退，最难得的是碧玉的性子极温和的，处事又有分寸，是个贤内助。这才是她最看中的，所以她才一心想求碧玉作媳妇。

钱氏听了有些明白，她是担心耳听为虚，眼见为实。不知人家姑娘性子如何？还不如挑比较了解的女孩子。"我再帮你说说，可我不能保证。"

"你能帮我再去说，我已经很感激。"杜氏担心被别人先抢走了，毕竟此时不同以往，上门提亲的人家可不会少。"对了，您可以把我捎句话，如果真能成，我家杰儿是不会纳妾的。"

钱氏眼睛一亮，"此话当真？"这可是个好消息，吕家之前犹豫不决没给碧玉定下亲事，很大一个原因就是怕这点。毕竟吕家不愿女儿嫁到一个有妻妻妾妾的人家。

可如今风气都是如此，这妾如同物件，许多人家都会备几个妾用。家境好一些的人家更是如此。吕家要挑出一家不纳妾的好人家，难啊！

"自然当真，我是吃过这种苦的，我自然不会再让媳妇受这种苦的。"杜氏叹了一声，"再说多妻妾绝不是好事。"刘家家破人亡就是败在这一点上，这些年她深引以为戒。更教育儿子不要近女色就是这个原因。

"就冲着这一点，我也会极力帮您的。"钱氏本来就看好刘仁杰，这下更加用心了。依她看来，碧玉的性子开朗爱笑，必能感染身边的人。刘仁杰性子虽孤傲，也抵挡不住碧玉的。至于杜氏，虽是寡母心眼也有些多，但以碧玉的心智定能迎刃而解，不会受苦的。何况碧玉是她三番两次求来的，必会珍惜不会多为难她的。

钱氏做了吴家二十多年的当家主母，这双眼睛见惯各式人，不会看走眼的。她向来最讨厌妻妻妾妾的事，听到杜氏主动提出不纳妾的条件，心里自然高兴不已。

"那我就盼着好消息了。"杜氏松了口气，她知钱氏对吕家的影响力。虽不能做一半的主，但还是有一两成的机会。

碧玉刚想走到东厢房，小青道，"姐儿，太太请您先去正房一趟。"

"娘不是让我去嫂子那边照应吗？"碧玉奇怪的停住脚步，"怎么又让我去正房？"

"小青不清楚，这是太太交待的，小青只是照做罢了。"

碧玉见问不出话来，转了方向朝正房走去。

正房内吴氏陪着一个陌生的贵妇人说着话，见碧玉进来，忙招手道，"女儿，来见过曾家二太太。"

碧玉虽不知这是何人，但还是上前一步恭恭敬敬地行礼请安。

曾二太太虚扶一把，一双眼睛细细打量，"这是令爱？好模样，吴太太真是好福气，三个儿女个个出众。"

吴氏观察着她的脸色，笑道，"曾二太太客气，您那对儿女也是极出色的。"

"哪里，我家珪儿是比不上你家登哥的，你家登哥小小年纪已经中了举人，我家珪儿却没有……"她的语气有些黯然。

"来日方长，令郎还年少。"吴氏赞道，"听我家登儿提起过令郎才华横溢，他自愧不如呢。假以时日，必能高中。"

这话虽不实，不过曾二太太听的高兴。"承您吉言，望他三年后能一举得魁，也不枉我们多年的期盼。"

她的长子和吕登是府学里的同窗，平时感情不错。可此次乡试，吕登一举高中，而她家儿子却名落孙山。这其中的滋味难向人述。

两人相互恭维着，寒暄着，虚虚实实的刺探着。碧玉始终侍立在吴氏身后，低眉顺眼地听着。

曾氏的目光时不时地落在她身上，若有所思地点头。

碧玉有些不自在，心中猜想，这人从来没见过，听娘话里的意思应该是哥哥同窗之母，这次过来庆贺也在情理之中。可为何视线老在自己身上打转呢？

"女儿，你去你嫂子房内照应吧。"吴氏瞧出了碧玉的不自在，开口解围。

碧玉心中一松，行了礼才慢慢退出。

一直盯着碧玉的身影消失，曾氏心中暗忖：此女的礼仪丝毫不差，规矩举止还算不错，吕家虽没有什么根基，但有个新贵的兄长，勉强还算配得上自家儿子。不过还是先看看别家女儿，说不定有更好的。反正也不急在一时，最好待到明年春榜之时再说，如吕家登哥能联捷，她马上让人来提亲。如不能，那到时再说。

这样一想，原先想开口求亲的话咽了下去。曾氏笑道，"两家孩子是同窗，将来可要多多走动。"即便做不成亲家也不能成仇家，这官场上的事谁也说不准。说不准哪天吕家突然大贵了？

"那是自然。"吴氏的心里说不出的滋味，脸上却丝毫不露。这究竟是什么意思？刚刚口口声声想见碧玉，听着有联姻之意，可这时却没什么动静。

陪着说笑了几句，开宴席的时辰到了。吴氏忙请了曾氏一起去席上，陪着一众亲朋喝酒看戏足足热闹了一天。

夕阳西下，客人们一一离开。杜氏临走时，一再拉着碧玉的手让她有空过去玩。碧玉微笑地应了，她这才满意的跟着儿子一起回家。

刘仁杰脸上面无表情的跟吕家人告辞，眼神落在碧玉身上也同其他人般淡淡的，言辞举止丝毫没什么特别之处。

碧玉是许久未见他，感觉他冷淡了不少，只是猜想可能人岁数大了，不能再像小时候那般言谈无忌了。这也是人之常情，并没往心里去。

夜深人静之时，吴氏辗转难眠无法入睡。

"娘子，你怎么了？"吕顺听着身边的动静忍不住问道。

"相公，吵醒您了。"吴氏不安地转过身，"今日来的人多应酬的很累，您早点休息吧。"

吕顺想了想问道，"是不是有些舍不得儿子？觉得娶了媳妇丢了儿子？"

"相公说哪里话，我岂是这种人？"吴氏虽然心里烦闷，但还是笑道，"我只是心里有些不舒坦。"

吕顺担心地问道，"出什么事了？"白天时见她一脸的喜气，很正常啊。可为何到了晚上却翻来覆去的睡不着？

吴氏将白天的事说了一遍，未了道，"瞧着曾二太太有意相看女儿，可又没有什么反应。也不知什么意思？"难道是没看上眼？不至于吧？

吕顺对此事一无所知，闻言惊讶道，"曾家？是邻县那个曾家？"

"对，是出过英华殿大学士的曾家。"吴氏刚听到曾家来人时，心里一动。当听出曾二太太有求亲之意，她真的心动了。

这曾家可是这地界排的上号的人家，是赫赫有名的名门望族书香世家。每一代都会出几名子弟入朝为官，到了这一代就出了二名。每一任知府上任时都要上他们家拜访。

"他家有这个意愿？不过娘子，他家虽然世代书香门第，还有几名子弟在朝为官。可这门第太高了，恐怕也不是好事啊。"吕顺想了半天才含蓄地说出这番话。

这曾家固然是大家，曾家子弟众多，光年纪最轻的一代就有十几名子弟。这将来都成家了，那么多妯娌就有得头疼了。更不要说里面复杂的妻妾之争了。吕家又不是什么大家，碧玉恐怕很难在里面立足。毕竟这女人在夫家的地位主要靠娘家。即便吕登将来入官场，可在高门大房的曾家看来并不值得一提啊。上面的媳妇娘家都是什么侍郎、尚书之类的，吕家根本没得比。

"我也有这个顾虑。"吴氏心里掂量了又掂量，想起曾二太太的神情，又百般纠结。"可听登儿说起这曾家哥儿学识不错，人品也好，家世又好，我有些舍不得。"

"登儿说的？既然他说的，那人应该不错。"吕顺也为女儿的亲事担心，对儿子的眼光有些相信，"要不让登儿请人来家里玩吧，让我们看看也好。"

"这是个好主意。"吴氏终于点头，心中犹豫，"可我瞧着曾二太太的神情好似没看中我们家女儿。"

吕顺皱了皱眉，"世家之人天生懂的趋利避害，他们恐怕想着……"多比较一下多掂量一下罢。

虽然他话没说下去，吴氏已经明白他未竟之言，她本是个极聪明的人，不过是关心太切一时蒙蔽。

"既然如此，人照请我们照看。"吴氏转眼一想，计从心来。"不过只当成登儿平常的同窗对待，不露出半点意思来。"这一招棋既能退又能进，不至于首尾顾此失彼。即便将来曾家真的上门提亲，他们心里也好有个底。毕竟挑女婿除了门第外还要看人品为人。

"这些都由娘子安排吧。"吕登没意见，后院之事都是由吴氏掌管的。

也不知吴氏是如何跟儿子说的，过了几日吕登带着一名眉清目秀身着蓝色锦衣的少年回家，身后还跟着一个小书童。

吕登给双方做了介绍，请了安见过礼，进了花厅安坐。曾珪让书童奉上礼物，吴氏谦谢了几声让李四妈收下。

吕顺热情的招待客人，"曾五公子，请喝茶。"看着他容貌俊朗，举止大方，说话清雅，吕顺心里不住点头。

"我和浩然情同手足，伯父伯母不要这么见外。"曾珪温文有礼，一派世家公子的风范。他家族排行第五，是曾家二房的长子。

"那我托大叫你一声贤侄，早听我们家登儿说，你们感情很好。"吴氏准备先从家常聊起，了解下曾家的情况。

"浩然帮过我不少忙，我心里极感念的。"曾珪笑的如沐春风，"早就想来拜访，可一直抽不出空来，今日才来，还请伯父伯母恕罪。"

吕顺见他说话有礼又谦虚，不由大生好感。细细问起他家中的情况。

曾家四房三十几口人，加上下人将近百人。整一个大家族，都住在一起的。三老爷是户部侍郎，大房的长子和次子都已出仕。上面几位兄长都已娶妻生子。

听了家里这么多人，吴氏心里已经嘀咕起来，这么多人相处起来可是件麻烦事啊。

"听说你家几位姐妹都是拔尖的，都许人了吗？"吴氏笑着装作不经意地问道。

"上面大伯家的堂姐都已经嫁人。"曾珪神色如常，嘴角总是带着微笑，"我们二房的两个妹妹都未许人，三叔四叔家的堂妹年纪都还小。"

"你有二个妹妹？"吴氏有些奇怪的脱口而出，上次曾二太太只提起过一子一女。

曾珪解说道，"是啊，七妹和我是同母，六妹是姨娘生的。"

吴氏恍然，曾二太太说的是嫡子嫡女，并没有提到庶子庶女。弄明白了这点，心中却开始打鼓，这不提说明了什么？里面可能有内情，或许是家中妻妾不宁？才对庶子庶女大加忽视？

这种大家族听着风光，可里面却不一定。做世族的媳妇会很辛苦，不仅要侍奉上面好几层的长辈，交际应酬家务管家样样都要精通。

想到这里，不禁犹豫，难怪许多疼爱女儿的人家都不愿将女儿嫁到这种世族，这种辛苦实在让人难以言述。

吕登陪着曾珪说话，曾珪提出见见吕家其他人。吕登向吴氏请示，吴氏想了想让人去叫碧玉姐弟和胡雪儿过来见客人。

胡雪儿和碧玉正在屋子里做针线活，听到后有些惊讶，"让我们都去前院？"

"太太是这么交待的。"小青回道，"我还要去请申哥儿。"申哥在书房写字。

"妹妹，这是怎么回事？"胡雪儿不由奇怪，一般有男客很少请女眷出去的。

"估计这家以后会跟我们家成通家之好，相互见见以后也好来往吧。"碧玉猜测着，毕竟自从吕登中举后，就冒出许多故交好友来。不过家里也多了些进益。

胡雪儿想想这话也是情理之中，整理下衣服，转头看一身家居衣裳的碧玉，"妹妹，你去换件见客的衣裳，戴几支新鲜的钗。"

碧玉点点头，收好手中的绣件，回房换衣服另行漱洗。等再回起居室，申哥已经到了。小青已经给他换好了新鲜的衣裳。

胡雪儿见碧玉一身淡紫的衣裳，头上环着彩凤钗，清淡宜人，不由心中暗暗点头。

申儿仰起小脸道，"姐姐，我们要去见什么人？"

碧玉帮他理理衣领，"是哥哥的朋友，你可不要失礼于人，让哥哥丢脸哦。"

"我已经是大人了，自有分寸。"申儿人小鬼大的肃着脸。

这话说得碧玉姑嫂两人"扑哧"笑出声来，碧玉捏捏他肉乎乎的小脸，"你是大人？谁说的？"

申儿气恼地拍开碧玉的手，"姐姐，你总欺负我。哥哥说我是家中的男人，要照顾女人。"

碧玉满头冷汗，这话听上去怎么怪怪的？正想跟他好好辩辩。

胡雪儿不由劝道，"妹妹，弟弟别闹了，我们快走吧，免得客人等久不大好。"

碧玉听了牵起申儿的手跟在胡雪儿身后，申儿觉得被人牵着像个小孩子，有些不悦地扭动着身体，手使劲要挣脱。

"三弟啊，你乖乖的，别乱动。"碧玉真怕这小子等会被人笑话，要充大人就在私底下充吧，台面上还是符合他年纪的举止，才是最好的。"你忘了，爹娘和哥哥叫你让着我，听我的话吗？"

申儿这才不再乱动，只是有些不服地撅起嘴。他明明是年纪最小的，却要让着姐姐。爹娘还说姐姐是家里娇客，哥哥弟弟要让着些。他就不懂，为什么要处处让着姐姐？还有什么是娇客呢？问哥哥也不给他解释。

他只敢私下跟碧玉斗斗嘴，当着爹娘和兄长的面乖着呢。碧玉也不跟他一个小毛孩计较，自家的弟弟爱护还来不及。不过嘴上却决不会这么承认，免得他更加得意。

曾珪见他们三人进来，忙起身迎接。

吕登给他们引见，相互见过礼。

曾珪出身世家，风度翩翩，举止温文，让人眼前一亮。

胡雪儿和碧玉的礼仪也丝毫不差，只是碧玉不放心申儿，偷眼看去，这小子行礼似模似样的。还行，没丢吕家的脸面。

　　曾珪听说过吕登之妻是官家之女，举止言行自有方圆并不奇怪。让他意外的是吕登的妹妹是村里姑娘一言一行却十分从容，透着大方。不由多看了两眼，容貌很是秀丽，目不斜视端庄斯文。可转眼想想，吕登如此出色的人物，他的同胞手足自不会差到哪里去。他有些小瞧人了。

　　他对申儿很喜爱，将他招到面前，问了几句关于读书写字的事，从怀里掏出一个精致荷包做见面礼。

　　申儿双手情不自禁地动了动，突然想到什么，一脸恳求地转头看向吴氏。吴氏啼笑皆非的暗暗点头，申儿这才笑眯眯的谢过接了过来。

　　碧玉心中偷笑，三弟这个小财迷，看到别人的礼物哪能忍得住，不过还好，还懂的分寸要请示娘才收礼物。

　　"吕姑娘，区区贱物还请收下。"曾珪的声音惊醒了她。

　　碧玉抬起头，书童将一个荷包双手奉上。她转向吴氏，吴氏犹豫了下，还是点头同意。碧玉收下荷包，上前朝他落落大方地行了一礼。让曾珪不由暗叹吕家的家教不错，每个子女都很出色。

　　既然都已经见过，吴氏挥手让她们都退下。

　　碧玉回到自己屋子，申儿跟着进来拉着她的手，脸上堆满讨好的笑容，"姐姐，你那个荷包给我吧。"

　　"三弟，你要那么多钱做什么？"碧玉把玩着荷包，荷包硬硬的，取出来看居然是一锭银子，嘴角含笑拿在手里丢来丢去玩。

　　"姐姐，好姐姐，荷包我不要了，把银子送给我吧。"申儿盯着那一上一下的银子目不转睛。

　　"送给你也行，你倒是跟我好好交待，你要钱做什么？家里少你吃喝了？"碧玉一直弄不明白，这孩子怎么会这么爱钱？

申儿咬着下唇犹豫不决，碧玉作势拉开抽屉要收入荷包和银子。

"哎，姐姐，我跟你说实话吧。"申儿急了，一把抱住碧玉的手臂，"不过，你不能跟别人说。"

"好，我答应。你说吧。"碧玉倒想听听他有何想法。

申儿扭捏了半天，才吞吞吐吐道，"我想存些钱，以后……以后用来做生意的本钱。"

碧玉目瞪口呆地看着他，无法相信这是吕家人说的话。不管吕顺还是吕登，都以读书为念，一心认为读书才能有出路。可申儿怎么会有这种想法？经商？这……这是不是太异想天开了？书香门第的吕家世代都没出过一个经商之人。何况在这种商家地位不高的环境下，除了无钱生活不下去的人，鲜少有人主动提出经商的。

碧玉一把将他拉到身边，严肃地问道，"三弟，你跟我说句实话，你怎么会这么想？"

"我一直这么想的，以前去大舅舅家的铺子里觉得大舅舅好厉害，能赚到好多银子，我也想做生意。"申儿的眼睛闪闪发亮。

"三弟啊，这是不大可能的事。"碧玉绝不是看不起商人，吴家就是世代经商之人。但在万般皆下品，唯有读书高的环境下，吕顺是绝不会允许他弃文从商的。只要一想到申儿将这话说给家里人听，吕家人气得吐血的情景就头疼。

"我也知道。"申儿低着头有些委屈道，"可我真的很想学做生意。"他虽然只有八岁，但有些事情也懂了不少。

"三弟，你还小，见识不广才会有这种想法，以后自会改变。"碧玉摸摸他的头，"你不喜欢念书吗？"

申儿一脸为难的样子，"也喜欢的，可我更喜欢开铺子，数银子。"

碧玉微微蹙眉，这可如何是好？她可不希望爹爹被气得吐血。"那你想过吗？如果爹娘不许，你怎么可能开铺子？"

　　申儿抿着嘴，"我去求，一直求，爹娘总会松口的。再说我从小就存钱啊。"

　　"别的事爹娘或许会松口，这事恐怕难啊。"碧玉轻哄道，"像哥哥那样读书中举，以后做官不是很好吗？你可以跟哥哥学。"这小子从小就很有计划啊，可惜走这条路太难了。

　　"可我不想做官。"小小年纪的申儿抿着嘴，显得异常固执。

　　碧玉不明白这固执是来自何方，难道是他继承了吴家骨子里商人的血液？"不想做官也要读书，你不怕爹娘伤心吗？"

　　申儿眨巴着眼睛，"为什么要伤心？我没做坏事啊！开铺子又不是坏事，几位舅舅做得都很好。"他就是弄不明白，为何做生意就比读书没出息呢？

　　做生意的确不是坏事，可这……碧玉头疼的不知如何跟他解释，"商人的地位很低的，不能穿绸缎衣裳，不能住好房子，不能坐好马车，你受得了吗？"

　　申儿听呆了，"这是为什么吗？"这是他所不知道的事情。他看到的吴家虽然开铺子，但挺受别人尊重的。他却没想到这吴家经营了数代，几代人平日里修桥修路的做好事才换得的这点尊重。

　　她哪知道是为什么？这世间就是这么规定的。

　　申儿愣了半天，才捧着头道，"我要好好想想。"拖着小小身体慢慢走出去。

　　碧玉真想扑上去将他拎起来，将那些不切实际的东西从他脑子里摇出来。她真的不想让爹娘伤心。

　　"女儿，怎么了？"吴氏进来就看到碧玉一脸呆滞的样子，好像受了刺激。

碧玉回过神来，动了动嘴皮子，话到嘴边还是把话吞回去，申儿说要好好考虑，还是等他想通吧。他还小许多想法会随着长大而改变。还是先不要跟父母说，免得他们生气。"没事，娘，您怎么进来了？"

吴氏拉起女儿，"要留曾五公子吃饭，女儿帮我打下手。"

"是。"碧玉收起心绪跟在吴氏身后去厨房。

胡雪儿在厨房里张罗着中饭，也不知该备些什么给客人吃，正想派阿蓝出去问吴氏一声。

"婆婆，您怎么来了？"见吴氏母女进来，胡雪儿忙放下手中的菜迎上来。

"今日的中饭我来做，你们打下手。"吴氏卷起衣袖露出一双白皙的手。

听闻这话，胡雪儿松了口气，不过也有些奇怪吴氏的郑重其事。过去无论来什么客人，她都没有下厨做过饭菜。今日怎么会破例呢？

吴氏顾不得她们的想法，指挥她们做事，手脚利落的亲自动手。一个多时辰就整出一桌饭菜。

吕顺父子陪着曾珪在饭厅吃饭，桌上四个冷菜白斩鸡、酱鸭、清炒大虾、桂花糖藕，四个热菜煸炒牛肉丝、香菇面筋菜心、小炒豆腐、东坡肉，火腿鲜笋汤。

吕登开了壶酒，给曾珪斟上殷勤劝酒。

曾珪喝了一口，眼睛一亮，"好香，这是什么酒？"这酒他从来没喝过，异香扑鼻清冽甘甜。

"这是舍妹亲手酝的桃花酒。"吕登一脸的笑意，自从吴氏将厨房里的事都交给胡雪儿后，这酿酒之事就全交了碧玉，碧玉本是极聪明的女子，平时就在旁边学了七七八八，再由吴氏手把手地教。自然上手极快，酿出来的酒跟吴氏的相差无几。

曾珪不由赞道，"令妹实在是雅人，居然酿出这般清香特别的桃花酒来。"这乡野之处也能出色人物啊。

"这也不算什么。"可吕登脸上却得意非凡，今日本就是要显摆的。

曾珪吃了筷牛肉丝，"这菜味道极好，不知是谁做的？"不会也是吕家姑娘做的吧？

"是家母。"吕登笑道，娘做的菜他也很少尝到了。

曾珪受宠若惊，"还要劳动伯母，真是我的罪过。"

他们曾家下人众多，这些事都是下人做的，他娘可从来没下过厨房。

"我们家里的饭菜都是家母所做的，我们三兄妹都是吃着她的饭菜长大的。"吕登并不以为耻，反而很骄傲。

这样骄傲的表情让曾珪隐隐羡慕，他从没吃过娘亲手做的饭菜。他娘永远衣鲜亮丽高不可攀的样子，下厨房是绝不可能的事。"那我可要多吃些。"怪不得这饭菜特别好吃，有种家人关爱的味道在里面。

"吃吧，难得有这种机会。"吕登一脸的得瑟。

吕顺好笑地看着儿子，朝他摇头。

吕登忙收起表情，热情的劝酒劝菜，喝的曾珪满脸发红，心满意足。

送走曾珪后，吕顺将儿子叫到书房。

"登儿，你是怎么看的？"

吕登知道是问他对这件事的看法，笑吟吟道，"我觉得这人不错，学识人品都是上上之选。不过门第高了些。爹爹您觉得呢？"

岂止是高了些？是高很多。吕顺道，"人看着不错，可他家里……"

"前段日子曾二太太不是上门相看吗？"那日的情况吕登并不清楚，只模糊听到曾家有提亲之意。所以吴氏让他带曾五上门做客，他马上照办了。难道出了什么问题吗？

"他家可能嫌我们家门第太低，并没有什么反应。"吕顺心里忐忑难安，碧玉的婚事让他头疼不已。

吕登收起脸上的笑意，声音沉下来，"什么意思？"难道曾家瞧不起他们吕家？又不是他们吕家主动上门高攀，当初下帖时也没送到曾家，是曾家主动提出要来吕家贺喜的，也是曾二太太在他跟前隐隐约约露出这层意思的，他才会这么上心的。

"曾家二太太只是坐了坐，并没有开口。"吕顺淡淡地道。两家条件相差的太大，这也是人之常情，可作父母的心里还是不舒服。

"既然如此，我在同窗里再留心些。"吕登是觉得曾五人不错，家世又好，堪为良配，这才努力牵线。可如果曾家一开始就瞧不上碧玉，这事就……

男方家要是看不上女方家，即使将来嫁进去，也是得不到尊重的，那样在夫家的日子就难过了。他只有碧玉一个妹妹，自然希望她能活得开心自在，受夫家喜爱和尊重。

"也罢，这事就搁着，你再多访访。"吕顺拍拍他的肩膀，"不用为了这些事就疏远得罪了曾家。"

"儿子明白。"吕登忙应了。曾家是他得罪不起的，不过婚事却……

送吕登去了京城会试，吕家人依旧平静的生活。只是心中时时算着他的行程。到了哪里，路上好不好走，每天晚饭时都会讨论半天。

午后，吕顺静静坐在大书房里，手中拿着一本书，思绪早已飞的好远，牵挂着出门在外的儿子。虽然很期待儿子能联捷，可能中举人已是意外之喜，中进士不敢太过指望。此次一起同行的还是刘仁杰，临行之前过来拜见过。那孩子越发的稳重了。他心里很是欢喜这个孩子。

李叔进来禀道，"老爷太太，周家下帖子来了。"

"周家？"吕顺接过梅红的帖子，这浣花村姓周的人家可不少，也不知是哪家？翻开一看，"原来是村长家。"

"相公，什么事？"吴氏在旁边瞄了几眼，不由心中奇怪，周村长一向直来直往的，下帖子不是他的套路。

吕顺语气平淡，"周大哥和周大嫂回来了，请我们上门做客。"

"是他们回来啊，都有两年没回来了吧。"吴氏心中不喜，常年在外只把个老父亲和儿子孤零零地留在这乡下，只顾着做生意，半点没尽到孝道。

"是有两年没回了。"吕顺看着帖子，"他家怎么突然搞起这套？"以前可从没下过帖子邀请他们做客。

李叔抬起头欲言又止，吴氏眼尖瞧见，"你知道些什么？尽管说吧。"

"周家老爷是回来给周彬办婚事的。"李叔主要工作是看大门，这村里人有时会过来唠唠牙，他对这些小道消息还是知道些的。

吕顺夫妻齐齐一惊，不约而同地问道，"婚事？怎么这么突然？哪家的女儿？"

周彬自从考上秀才后，有不少人家主动上门提亲，不过都被婉拒了。

　　李叔把自己知道的都说出来，"听说是周太太的侄女，早已定下的，这次是回来为他们举办婚礼的。"

　　吕顺夫妻后背出了一身冷汗，幸亏没答应村长的求亲，否则今日就难看了。这边在求亲，那边也已经定了亲，这事……这周家做事太不靠谱了。不过周太太的侄女？难道是亲的？不是说跟娘家没联系了吗？

　　"相公，这要不要推掉？"吴氏心中不悦，不想过多接触这家人。

　　"你看着办吧。"吕顺也很不满。周家自家人也不相互先通个气，万一这里也订了门亲事，到了今日可如何是好？这不是害了人家姑娘吗？

　　吴氏不想上周家的门，不过过了几日周太太就带了不少下人捧着礼物登门，上门即是客，哪有赶人离开的道理？

　　即便心中再不乐意，还是将周太太请进内院安坐，周太太一身名贵衣裳头上戴满簪钗，腰间佩环叮当。带来的几名花枝招展的姜室围着她服侍，端茶送水的献殷勤。此时的她一副雍容华贵的贵妇打扮，全然没有以前的畏缩和怯弱，引得旁边的吴氏不由心中暗叹。看来她在周家的斗争中安然胜出，将所有姜室压在脚底下。

　　"吕太太不要嫌我不请自来，我实在是很想过来谢谢这些年你们对我家彬儿的照顾。要不是吕先生，我们家彬儿哪能考上秀才？"周太太这话说得真心实意没半点掺假。当年被逼着将年方八岁的儿子送离膝下时，绝没想到还有这么风光的时候。

　　周彬考上秀才改变了她在周家的地位，以前她被那些姜室压得喘不过气来，如今有个让她扬眉吐气的儿子，谁还敢小看她？这不连断绝关系的娘家也主动找上门，将兄长的庶女许配给周彬。

这可是做梦都想不到的好事。这让周家夫妻乐的找不着北。这娘家认回了她，还有她的侄女虽然是庶出，可也是名门之女，将来也是个强而有力的帮手。

如今家中周老爷对她处处礼让，家中那些妾都对她恭恭敬敬，以前那个跟她做对的妾室也被她想办法除去了，家中再无人是她的对手。她辛苦争斗了半世却胜在养了个好儿子，她下半生是不愁了。

周太太对这一切突然发生的事感觉如同做梦般，格外喜出望外。被娘家嫌弃、被夫家看不起，亲生儿子被送离身边那般难熬的日子一夜间全部改变。这一切都是因为周彬考上秀才有了功名，当然周彬如今的成就要感激栽培他的先生吕顺。而且她从公公和儿子嘴里听到吕家上下对他的帮助关心，她心中感恩这才带着重礼登门拜谢。

吴氏见她一片真心，收起些许防范之心笑道，"哪里，你客气了。这一切都是周彬那孩子的努力。"

"没有吕先生的谆谆教诲，他哪能有这个能耐？"周太太抬抬眉，侍立她身后的二个美妾送上几个锦盒。"这是小小礼物不成敬意。"

"不用了，我们也没做什么。"吴氏摇头拒绝，这当不得什么。

"吕太太不要嫌弃，也没什么好东西。这些年也没送什么束修给吕先生，心中不胜惶恐。"周太太笑道，"这只是表表我的谢意，请务必收下。"

吴氏客气再三推托不掉，才让李四妈收下。

周太太见状心中欢喜，"你家媳妇和女儿请出来一见，说起来你家媳妇我还没见过。"听说是官家小姐，可以一交。

吴氏让人去请她们出来，不一会儿，胡雪儿和碧玉袅袅而来。

两人上前请安问好，周太太拉着她们的手，不住夸赞，把她们夸得有些不好意思。

周太太备了两匹锦缎两盒香粉两盒胭脂一对白玉镯子给胡雪儿当见面礼，嘴里还连连说，"礼太薄了，不要嫌弃。"

送碧玉的是一套极精致的金头面，让碧玉接不好不接也不好。心里直怀疑，这次怎么会这么大方？以前都没有这么大手笔啊。碧玉不知道的是，以前周太太只是挂个虚名，什么都插不上手，如今已经手握周家管家大权。

别说碧玉心里嘀咕，吴氏也心里暗想，这礼物太厚了，不像周家一向的作风。

"几年没见，玉姐儿长的是越发的好了。"周太太拉着碧玉的手亲热不已，要不是已经聘了她娘家侄女为媳，碧玉倒是个理想的媳妇人选。

碧玉只是抿着嘴笑，她过去对周太太很是同情，每次见她都是一脸憔悴担心强颜欢笑，如今这些全没了，反而有了几分贵气。只不过她瞧着周太太嘴角的线条有些凌厉呢？感觉整个人都不同了。

"听说你家登哥上京赶考了？这时应该到京城了吧？"周太太的视线移到胡雪儿身上，这做派的确是官家小姐的，那范儿，那举止，不过她未来的媳妇应该也不会比她差。

这话一说，吴氏心里雪亮，原来是想多拉关系想让他们多照应提携周彬，怪不得这么示好。"应该到了，不过也要看路上好不好走。"

"这路上应该挺好走的，我们这一路走来风平浪静。"周太太一脸的羡慕，"吕太太好福气，儿子这么出色，连媳妇女儿也这么出众。”

“你家周彬也是有出息的。”吴氏只是笑笑，“听说他也要成亲了？女方是哪家姑娘？”

一直侍立在吴氏身后的碧玉猛地抬头，周家哥哥要成亲了？她怎么不知道？

周太太笑得一脸舒畅，“是我娘家益州楚家的女儿。”

益州楚家？那可是个大世族，没想到周太太居然是楚家的女儿，更没想到她居然还跟了个乡下小子私奔，被娘家唾弃这些多年，这世间的事真是弄不明白。

不管心里怎么想，吴氏还是夸道，“楚家的女儿自是好的，周太太好福气。”不过心里有些奇怪，这楚家女儿再怎么说也出自名门，怎么下嫁普通人家呢？

周太太满脸骄傲的笑容，她终于能再一次光明正大的提起楚家，不用再隐姓瞒名的过日子。“过几日就给他们办婚礼，吕太太可要赏脸带着孩子们上门喝杯喜酒。”

“那是自然。”吴氏满口答应。周彬娶妻她们吕家于情于理都要上门贺喜。

送走周太太，碧玉笑道，“我到今日才知道周哥哥他娘的姓氏。”

“我认识周太太多年，也是第一次知道这事。”吴氏盯着她，见她脸色正常心里舒了口气。语含深意道，“女儿家一定要自尊自爱，这样别人才会尊重你。”

“是，娘。”碧玉心知肚知吴氏说这些话的含义。

“女儿你下去做绣活吧，我和你嫂子商量些家务事。”吴氏知道女儿听懂了她的话，心中欣慰。她教养出来的孩子绝不是那种作贱自己的傻子。

碧玉应了声退出门去。

"婆婆，这周家……要娶媳妇？"胡雪儿隐忍多时的话终于忍不住，这周家曾经向吕家提亲的事她曾经听吕登提起。"这事……太突然了。"

"这有什么好突然的。"吴氏脸色平淡，"男大当婚，女大当嫁，周彬到了娶妻的年纪。"

"可是……"胡雪儿张了张嘴。

"这事就到此为止，不要再提。"吴氏想了想笑道，"你小姑的事你以后要留心些，她过了年也该出门子了。"

胡雪儿满脸惊讶，"小姑的亲事定了？"她怎么一点消息都不知道？

吴氏笑道，"还没定，到了明年应该有了眉目，成亲要用的东西你帮衬着料理些。"

"是，婆婆。"胡雪儿明知有些事不该问，可还是没忍住，"不过是哪家的公子？"没正式告诉家里人，应该有他们的考量。

"你也不是外人，告诉你也没事，只要不说出去就行。"吴氏喝了口茶才缓缓道，"是你的表兄刘仁杰。"

"表兄？是刘家表兄？"胡雪儿张大嘴，这消息让她有些措手不及。

"是他，怎么？有何不妥吗？"见她这么惊讶，吴氏不由问道。

"没有不妥。"胡雪儿连忙收起讶色掩饰道，"只是媳妇太惊讶了，一直没听说过。"

"刘太太提过两次亲，不过我们家一直没同意搁着，这次你公公终于下了决定。"吴氏突然想起一事，提醒道，"不过要等刘家哥儿赶考回来再正式下定，这事你小姑子也不知道，你先不用跟她说。"一日没下定，事情就有反复，还是先缓缓再说。

"是，婆婆。"胡雪儿心情有些复杂，"既是公公看中的，自然是好的。"

吴氏满意地点点头，"如此算来是亲上加亲了，登儿也是极为赞成的。"

"相公也赞成？"想到吕登，她的心一暖。自从圆房后，吕登对她极好，在房内温言软语，处处顺着她。

"是啊，他主动跟你公公提的。"要不是吕登的那些话，吕顺也不会下最后的决定。

既然吕登都同意了，她就放开心中的思绪笑道，"那就好，婆婆尽管把事情交给我料理，我会好好打理的。"吕登临走之前，将家人都托付给她。她心知吕登对家人极为重视，她要讨相公的欢喜，自然要投其所好，爱屋及乌。

"不要累着自己，有些事就让下人去做。"吴氏拍拍她的手，"吕家能娶到你这么懂事的媳妇，是吕家的福气。"

"婆婆。"胡雪儿眼睛一红，这是吴氏第一次这么正面肯定她，她辛苦了这么久，总算有了收获。

吴氏用手帕替她擦拭眼角的泪水，"如今我就盼着你能为我们吕家添个孩子，我就心满意足了。"

胡雪儿一脸的羞红，手偷偷摸上腹部。她也盼着能为相公生个白白胖胖可爱的儿子，为吕家延续血脉。

第十一章　成婚

周彬成亲之日，吕家全家人都应邀出席。

周家的老宅已经翻新，三进的屋子处处张灯结彩，客人盈门热闹非凡，连县老爷也被请来作主婚人，这周家的面子不小啊。

周彬一身常服坐在偏远的书房里盯着那本画册发呆，眼中隐隐有泪。

"彬儿。"周爷爷推开房门进来，手里抱着一套大红的吉服。下人们提心吊胆找了他许久都没找到人，这才求到他那边。他猜测孙儿能去的地方一路找来，果然被他猜中了。

周彬飞快地用衣袖擦去泪水，抬起头已经面色如常，"爷爷。"手将那本画册小心地收进抽屉里。

周爷爷见他眼睛有些红，只做不知，"彬儿，吉时快到了，把吉服换上吧。"

周彬瞪着那套衣服，久久不动，表情复杂。

"孩子，事已至此，多想无益。"周爷爷心里一疼，上前将他的头抱在怀里安慰道，"你跟吕家那女孩儿无缘，不要再做无用的挣扎。"

"爷爷，我没有。"周彬连忙否认。他早已经死心了，只要真心疼爱女儿的人家都不会将女儿嫁到周家，何况是吕家。

"傻孩子，你的心事我明白。"周爷爷是最明白他心事的人，见他这么自苦，不由长叹一声，"可你要知道，你今日必定要迎娶楚家的姑娘。"有了楚家这门亲，周彬坐实了周家继承人的位置。

"爷爷，我觉得好难过。"周彬忍不住红了眼，"这一世我只能娶个自己不喜欢的女人吗？永远过着无趣的日子吗？"只要想到要过父母那种钩心斗角的日子，他心里就发寒。因为成亲后他就要随着父母一起生活，他爹娘要让他学着掌管周家。他真的不想，可是为了柔弱的母亲他必须这么做。他不能让母亲的下半生依旧那么悲惨。

"不要再想那些无用的事。"周爷爷顿了顿，极力开解道，"你爹娘给你订的这门亲事还是不错的，听说楚家的女儿知书达礼，温柔贤淑，必是个好妻子。"自从知道儿子定了这门亲事后，这话翻来覆去说了好几遍了。

"是吗？"周彬无力的再问一次，心里暗想，再怎么好也不是他喜欢的那个。可是他不能只为自己活着，他有爷爷有爹娘，他也要为他们考虑。他已经躲的太久，该是走上原本属于他的人生道路。

"当然。"周爷爷帮他整理头发，"你爹娘已经为你作主，你不要再胡思乱想。快换上吉服去迎亲。"幸亏吕家没答应亲事，否则今日就难见他人。

周彬愣愣地站了许久，"爷爷，吕妹妹也来了？"

"你这孩子……"周爷爷气急攻心，这孩子怎么回事？把话说得这么清楚了，他怎么还没想通？"到了这一步不要再想些无用的，免得到时害人害己后悔不及。"

周彬求道，"我想和她说一句话，爷爷，您想办法让她过来吧。"

周爷爷知道这事非同小可，不由斥道，"别胡闹，众目睽睽之下怎么让她过来？你这么做是害她。"

"害她？"周彬失魂落魄地愣在当场，是啊，如果让人看到他们单独相处，到时倒霉的不仅是他，还有她。

在吕家第二次拒绝亲事之时，他已看清事实，吕家是绝不会把女儿嫁到周家的。他一直以为他是他，周家是周家。可在别人眼前，这两者永远连在一起。是他太天真了。不过也好，她不会被他拖进泥潭过日子。

"死了这条心，跟你媳妇好好过日子，将过去的事都忘了。想想你的爹娘，他们对你的期盼……"周爷爷说到最后，见他一脸的惨白，终是闭口不言。

"我知道了，爷爷。"周彬勉强接过衣服，慢慢换上。就算是为了他娘，他也要结这门亲。为了爷爷，他也要装出满脸欢喜的去迎接新娘。

周爷爷看着孙儿面无表情的样子，鼻子一酸眼眶发烫。这孩子是个苦命的，摊上这么个家庭，娶不到自己喜欢的人，但愿他能早日想开。

周彬是他最在意的孙子，从小相依为命，他也舍不得这孩子受伤。可周彬是周家的嫡长孙，周家将来都要交到他手里。容不得他儿女情长，优柔寡断。

正房内人头攒动，碧玉头疼地看着围在她身边的三大姑八大婆言不由衷的奉承，脸上一直堆满笑应酬着。

胡雪儿是第一次出来交际，吴氏在旁指点她，说着这些人的性情背景，该注意的事，林林总总烦琐无比。

坐在她左侧的李太太笑道，"吕太太，你家女儿长得好标致，有婆家了吗？"她夫家是商人，跟周家有生意往来。

"她还小呢。"吴氏含蓄地笑笑。

"这样啊。"李太太赔笑道，"不知吕太太想找个什么样的女婿？我也好帮着介绍。"

"吕家姐儿条件高着呢，等闲之辈吕家可瞧不上。"说这话的孙周氏脸色憔悴，比几年前老了十几岁。可说起话来依然这么不饶人。

"这……这是怎么说的？"李太太和她们走的不近，并不清楚这两人的心结，"姑太太这话说得有些过了。"听说孙家太太没有嫡子，在家里的日子不好过。可也不能糟蹋别人家女儿。

"我哪里说错，都十五岁的老姑娘还没有婆家，谁知道哪里有问题？"她满脸的妒恨，这些年跟那些妾室斗来斗去，累的心力交瘁。可吴氏却单夫独妻的安安稳稳的过日子，人越发显得年轻滋润。因吕登考上举人，吴氏心情舒畅，脸色格外红润好看。这些落在她眼里愤恨难平，这种好日子本来是她的，都是这女人把她的福气抢走了。

吴氏气得脸色发青，平日里刻薄成性针对她也就算了，如今拉扯上她的女儿，这让她咽不下这口恶气非得狠狠反击，长吸口气装作不知，"不知两位侄女有人家了吗？"

吴氏早听说孙周氏的大女儿被人休了回来，小女儿待在闺中无人上门求亲。这些都跟孙周氏这张处处得罪人的嘴有些关系。

孙周氏被刺到痛处，涨红了脸道，"你有空好好管管你女儿，别人家的事要你多管什么？"

"我怎么是多管？不过听你关心我家女儿，我也多问候你家的女儿，我是懂规矩的，这礼尚往来才是处事之道。"吴氏言语虽然含蓄，但却诸多敲打，要不是当着众人的面，她的话还要难听些。

孙周氏心中暗恨，却不敢再开口说碧玉，生怕吴氏把她家的丑事都嚷出来，气氛一下子凝滞起来。

周围的几位太太忙跳出来做和事佬，打着圆场把刚刚这节抹去。

"吕太太，我家侄儿今年十六，去年考了个秀才。"郭太太极为热情的凑过来，"我不是夸自家的侄儿，人才是极出众，对长辈又孝顺。如不嫌弃我愿帮你们两家牵线。"

"你那个被人家上门要债的侄子吧。"李太太冷哼一声，"这种人也敢介绍给吕家，真不知是怎么想的？"

事情被揭穿，郭太太羞的面红耳赤，勉强嘴硬道，"你胡说什么，我家侄子绝没有这种事。"原以为这事瞒的极紧，怎么会被人知道？糟糕，要是不想些办法，她侄子的婚事就难有着落了。谁家愿意将女儿嫁给这种人？

"有没有不用我说。"李太太鄙视地看着她，要装神弄鬼也不要当着她的面啊。找上吕家真是找死，吕家今非昔比，不是一般人家惹得起的。"知道这事的人可不少，只要留心打听，自然能打听到。"

"你什么意思？处处抹黑我家侄子。"郭太太恼羞成怒，指着她的鼻子道，"对了，你家有个年方十五的儿子，难不成也想跟吕家提亲，不要痴心妄想了，吕家才不会看上你们家那没功名的儿子。"

早在她们争吵之时，胡雪儿和碧玉已经退出去。

吴氏听的不断皱眉，等她们吵个段落，淡淡地道，"多谢你们看重我家女儿，不过都不用费心了，我家女儿已经定了亲，明年还要请各位喝喜酒，各位可要赏脸。"

原本不想公布这事，可再闹下去对碧玉的闺誉有污，还是早些撇清为妙。

"不知是哪家公子？"郭太太愣了愣忙追问道。

吴氏笑得一脸神秘，"发帖子时就清楚了，容我先卖个关子。"

"这是为何？"李太太也忍不住问道。

"这是我家相公的意思。"吴氏笑道，"想等我家登儿赶考回来再宣布此事，这样也能添些喜气。"

大家会意地点头，李太太道，"你家登儿必能中的，到时二喜临门喜上加喜。"

"哪能这般简单，我倒不指望。"吴氏谦虚道，"我只盼着登儿平平安安回来，给妹妹备嫁。"

两人说着话，迎面走来一身大红喜服的周彬。

周彬眼睛一亮顿住脚步，犹豫片刻上前问好，"吕嫂子好，吕妹妹好。"

"周哥哥，恭喜。"碧玉福了福。

"多谢吕妹妹。"他的声音低沉，整个人背光而立看不清楚面部表情，"祝……吕妹妹以后生活一帆风顺，多福多寿。"

"周哥哥。"碧玉心中划过一丝古怪。

周彬冲她们点点头，不再停留，擦身而过。不知怎么的，这时碧玉突然感到他身上流露出一丝悲哀和绝望，随即又暗想自己的胡思乱想，这种大喜之日，他怎么可能会出现这种情绪？

胡雪儿心中有丝怪异，默默地看着周彬离去，感觉那背影说不出的寂寥孤单。

当吕登还在京城时，联捷的喜讯已经生了脚般传遍整个村庄，整个浣花村的人都陷入了无尽的喜悦之中，这是百年来村里出的第一个进士。连县里大大小小的官员都上门道贺，轿子将整个浣花村挤得满满当当。

吕家的人从开始的愣住到后来的欣喜若狂，每个人脸上都挂着开心的笑容，走路都轻飘飘的。每天忙着应酬那些贺喜的人，同时盼着吕登早日归来。

不过吕顺打听到刘仁杰落榜了，心中暗自叹了几声。

等吕登风尘仆仆满脸喜悦的回来后，才知道他考上翰林院庶吉士，回老家奠祖后就要在京城待上三年。这下子有人喜有人忧。

吕顺夫妻两人想了许久决定让胡雪儿跟着吕登一起去京城。

刘家请了官媒上门提亲。按照规矩下聘过礼，定下五月初八为成婚的好日子。

正忙着找媒婆上门提亲的曾二太太听说后颇为懊恼，早知如此就应该先下手为强，事已如此无可奈何，急急看了几家姑娘，就定了一家姑娘为媳。

这些吕家人自然不知，下聘之日，吴家三房都送了不少好东西。

等客人走后，钱氏另外送了一匣子东西给碧玉添妆，碧玉接过来才知是三套头面，一套玛瑙的一套翡翠的一套宝石的，不禁摇头道，"大舅妈，这太贵重了，我可不能要。"再说已经送了许多被面、蚊帐之类的东西。

"收着，这是我当年嫁妆里取出来的。"钱氏看着打扮的如花似玉的碧玉，心中既欣慰又舍不得，"大舅妈一直把你当成我亲闺女，这些东西并不值什么。"

"大舅妈，这些首饰你留给几位表嫂吧。"碧玉更不敢收，钱氏没有女儿，她的嫁妆本应该分给媳妇。

"我将来留给她们的东西还有，玉姐儿收着。"钱氏拍拍她的头，"将来出去应酬也要几件体面的首饰，可不能让人笑话。

妹妹，你倒是说说，玉姐儿能不能收这些东西？"

"女儿收下吧，你大舅妈不比其他人。"吴氏心里很感激，她为碧玉考虑的极周到，"只要你心里记着她的好，以后多孝顺些。"

见吴氏这么说，碧玉这才郑重谢了，收进首饰盒里。这首饰盒里已经有了蒋氏上次送的那套珍珠头面，还有周太太送的金头面，吴氏给她备的二套金银头面，这样算下来就有七套头面，还有零散的金银项圈、金镯子、珍珠串、金镯子金耳环金戒指各种凤钗珠钗玉簪子等等，都是亲戚们送的礼。东西太多，都分成了几盒子。

光这些首饰就够体面了，还有吴家荣从府城送来的各式衣料，还有吴家贵从县里送来的胭脂水粉、汗巾手帕之类的绣件。

吕家让人做好的全套花梨木的家私，碧玉亲手绣的双面绣屏风，还有那一百亩地，全是极显眼的东西。

吴氏还私下给了碧玉一千两的银票，这可不算在嫁妆，算是私房钱。还教了碧玉许多做媳妇的规矩和道理以及如何应对婆婆的刁难。甚至还把驯夫之术都倾囊而授。

碧玉开始起脸红疑惑不解，但听了吴氏细心的教诲，她才懂了许多事情。

等吴氏和钱氏出了门，碧玉呆呆地坐在梳妆台前对着这些嫁妆茫然出神。就这样要嫁给一个男人，从此相濡以沫携手到老吗？刘哥哥，不对，娘说要改口叫相公。他真的能疼她爱她怜她吗？真的能和她一心一意过日子吗？未来婆婆真的能疼她如女吗？她真的惶恐不安，离开熟悉的家人到一个陌生的地方生活，她真的很害怕。

当着别人的面，她装作很平静的样子，可背地里紧张却只能一个人承受。家里的每个人都很忙，忙着给她办嫁妆。她不想说出这些话让家人担心。

"妹妹。"吕登的声音在门口响起。

"哥哥，你怎么来了？"碧玉转过身体，脸上早没有刚才的茫然。

"我找娘和大舅妈。"吕登一边说一边看着碧玉的脸色，他进门时在镜子里看到她害怕的神情，"听说她们在这里，我就找过来。"

"她们走了，可能去娘的屋子里。"碧玉一脸的笑意，"你过去瞧瞧。"

"这样啊，那我走了。"吕登走了几步，突然转头走回来，在她身边坐下，"我回来后，还没有和妹妹说说话，今日有空就陪妹妹说话。"他实在不放心这么惶恐害怕的碧玉。

"你不是急着找娘吗？"碧玉心中有些欢喜。

"这事晚些也不要紧。"吕登摸摸她的头，"怎么了？是不是心里害怕？"他们兄妹之间没有什么秘密，说话也没有什么顾忌。

"哥哥。"碧玉惊讶不已，他居然能看出她的心思。

"别怕，一切有哥哥。"吕登柔声劝道，"不管谁欺负你，你跟我说，凡事都有哥哥帮你撑腰。"

"哥哥，这话说的。"碧玉被他哄得笑了，"难道我做错事你也帮着我吗？"

"当然，你是我的妹妹，哥哥是帮亲不帮理。"吕登说的是理所当然，好像这才是正理。

"哥哥。"听了这话，碧玉心中一暖眼角的泪水流了下来，伸手抱住吕登。

"乖，别怕。"吕登轻拍她的后背，心中有丝感伤，他那个天底下最可爱的妹妹就要嫁人了，不再是那个拉着他的手软语撒娇的女孩儿。

哭了许久，碧玉才收住泪水，有些不好意思地用手背擦擦脸。

"你呀，有时真的像个孩子。"吕登拿出手帕替她擦干净眼泪，"我还真有些担心思成那家伙。"

"他？他有什么好担心的？"

吕登笑眯眯的打趣，"怕你水淹刘家啊。"

碧玉脸一红，"哥哥讨厌。"

"妹妹，思成答应过我，定会好好对待你的。"吕登极力为她开解，"如果他敢对你不好，我去揍他。"

"嗯，打的他不敢欺负我。"碧玉笑着点点头。

"以后跟他好好过日子，他那个娘……或许有些麻烦，不过只要你尽到做媳妇的孝道就行，如果她有不合理的要求，你也不要太顺着她。如果不好对付就找我，我来帮你解决。"吕登唠叨起来，说个没完。

"知道了，哥哥。"碧玉心里暖烘烘的，有这么好的哥哥她有什么可害怕的。"不用为我担心。我会好好处理的。"

"那就好。"吕登放心了些，叮嘱道，"我走后，你有空就过来看看，多照应些爹娘。三弟年纪太小，还不能支撑门户。"

碧玉一一应了，突然想起些什么，忙急急道，"哥哥，有一件事我一直没跟家里人说，我告诉你你可不要跟爹爹提起。"

"好，什么事？"见她神色焦急，吕登忙一口答应。

碧玉不安的小声道，"三弟说将来要做商人。"

吕登的反应像被雷砸了，脸色青白相交，"那小子胡说八道些什么。"

"先别气，你还是想想办法让他打消这个念头。"她没有什么可商量的人，又要瞒着爹娘，只有兄长可说说。

"他怎么会有这种破念头？"吕登大为恼怒，他要经商开什么玩笑？他还盼着将来能和三弟同朝为官，共同振兴吕家。可如今却……

碧玉将申儿说的话再提了一遍，"后来我又问他一次，他依然坚持原来的想法。"她对此头疼不已，本想说给吕登听，让他想个办法。可那时他专心备考，她不敢拿这事让他分心。如今考完试，也该把这事告诉他听，让他想个办法出来。

"我会抽空跟他好好谈一次，这事就交给我。"吕登摸着下巴想了想，"你不用多管，只要安心做新娘子。"

"哥哥，你就会笑话我。"见他面色轻松，碧玉放心了，估计他对这事有了解决的对策。

吕登请来了知府大人作主婚人，府学的长官为媒人，县里府里所有的官员都过来喝喜酒，刘吕两家的婚事办的隆重热闹，亲戚朋友见了这份体面都不由咋舌。

吕登为了碧玉可是下足了血本，谁还敢小看他妹妹。就连杜氏脸上也觉得增光生辉。这样一来，杜氏必定要好好待碧玉，要给足她面子，不能轻易欺负她，休妻什么的更是想的不要想。毕竟这桩婚事连知府等人都出面了，万一传出些不好的风声，这不是落了几位大人的面子吗？为了这种效果吕登可是想了好几天才想到的法子。

吴氏不舍地看着女儿，一身大红的嫁衣梳成妇人的发髻头上戴着宝石头面，整个人显得喜气洋洋。她刚出生时的粉嫩模样仿佛还在眼前，可如今却要为人妻为人母。

能叮嘱交待的话都已说尽，可心里总觉得还有什么话还未说。最后只说了句话，"女儿，凡事不要委屈自己。"她不想说什么孝顺婆婆，恪守妇道之类的话，这些平日里早已说过。

"娘。"碧玉眼中饱含热泪，心中万般不舍。

"别哭，这是大喜之日，可不能掉泪。"钱氏忙劝道，可自己眼中却满是水光。

外面催妆的鞭炮震天响，吴氏亲自盖上盖头。喜娘扶着碧玉一起去了正堂。

刘仁杰今日大红喜服，精神焕发，满脸喜气。见众人出来，忙迎了上去。

吕顺夫妻在堂内坐好，一对新人磕头行礼，拜别爹娘。

吴氏心里一阵阵的难受，吕顺心里酸楚，但强忍住叮嘱了几句。

吉时将到，吕登一把背起碧玉，众人簇拥着一步步走出大门，走到大喜花轿，小心将她放入轿内。

刘仁杰冲他恭恭敬敬行了个礼，这才骑马离开。

吕登看着迎亲的队伍吹吹打打的渐渐远去，心中失落无比。申儿傻乎乎地看着这一切，不由抬头问道，"哥哥，姐姐什么时候回家？"

吕登摸摸他的头，"她三天后回门。"只是以后不能说回家了，只能说是回娘家。

而堂内的吴氏倚在相公身上，仰着头不想让眼中的泪落下。吕顺无言的轻拍她的后背安慰着，心中万分的惆怅。

刘家依然住在花枝巷里，不过重新刷墙粉漆装饰一新，小小的院子里挤满了人，杜氏穿戴一新，眉开眼笑地招呼着客人。

今日是刘家最风光的一天，有这么多官场中人来庆贺，瞧瞧这官级一个比一个高，这让刘家的客人开了回眼界。不敢去惊扰这些贵人，但围着杜氏好一顿恭维。杜氏是满心欢喜，她儿子虽然没有考上进士让她失望了一阵，可今天见到这些多官员，让她喜出望外，毕竟这也有天大的好处。

轿子进了门，在知府大人的主婚下，新人拜了堂入了洞房。刘仁杰上前揭了盖，眼中闪过一丝惊艳。

碧玉粉脸低垂，一脸的羞涩。

周围的人不住的起哄，让新娘子抬起头让他们好好看看。碧玉没办法只好微微抬头，杏眼水眸、粉颊琼鼻，众人不住地夸新娘子美貌，新郎有福气等等。

直到杜氏过来请他们喝喜酒坐席，这些人才拥着刘仁杰出去，只留下几名女眷陪着碧玉。

"大嫂，要不要吃些东西垫垫饥？"今日刘水莲浓妆艳抹，头上戴了好几支名贵的钗，手上绞丝镯子，耳朵上一对青玉耳环，显得挺贵气。

"不了，谢谢小姑。"碧玉浅笑道。

刘水莲笑了笑，将身边另两名妇人介绍给她，曹氏是刘仁康的妻子，娘家是开杂货铺的，她脸上挂着笑意，只是嘴角感觉有些刻薄。董氏是刘仁浩的妻子，是个穷秀才的女儿，人比较瘦弱，感觉比较严肃。这两人穿戴都一般，远远及不上刘水莲那一身。

相互见过礼，寒暄几句。碧玉道，"小姑在金家过得可好？"她曾经跟金氏打听过她的近况，只是详细情况不清楚，只听到公婆对她还行，相公就很一般。过门几年只生了个女儿。

"好，公婆相公对我都很好。"刘水莲依然笑着，只是眼神中有些说不明道不清的东西。

碧玉察觉到刘水莲变了许多，脸上挂着僵硬的笑，人好像深沉了许多，更没了未出阁时的懦弱胆小。这才出嫁几年啊，居然变化这么大。

"大嫂真有福气，居然能嫁给大伯，如今大伯可是举人了。"曹氏一开口就让碧玉吃了一惊，这话里的酸味太重了。至于这样吗？

"二弟媳可不要说这种话。"刘水莲连忙开口阻止，"大嫂家里可不比我们家差，她家的长兄可是进士。"想到吕登，她的心繁乱无章。

曹氏只听说这新进门的刘家长媳的父亲是秀才，心中并不在意。又因听说难缠的杜氏为了求娶这门亲可跑了好几趟，心中不舒服着呢。可听了这话，心中一惊，"还有这事，我怎么没听说？"

其实这曹家原先看中的是刘家长子，可没料到求亲的却是庶次子。当时刘家没钱没势，不过见刘家的女儿攀上了门好亲，这才将女儿许给了刘家。可进门几年，刘仁杰一路考秀才考举人考进士的，一路攀升，比起自己那个油嘴滑舌只图外面好看的丈夫，简直不能比。心中不止一次想，如果当初嫁的是刘仁杰就好了。这心里有股酸意，就借机发泄出来。

刘水莲笑道，"可能是你不出门，没听人说起过。"心里却暗想，这尖酸的性子别人都躲她都来不及，谁会主动凑到她跟前说这些闲话。

"我倒是听说了。"董氏一脸的笑意，"吕家还请了知府大人来做主婚人，你这点也不知道？"

知府大人做主婚人这点她倒知道，不过以为人家是看在刘仁杰的面子上，糟糕，她是不是又得罪人了？那进士可是个很大很大的官，那可是见过天子的官员，连忙改变态度赔笑道，"大嫂，你别见怪，我只是嘴快，没恶意的。"

碧玉神色丝毫没变，淡笑道，"那是当然，都是一家子。"

"怪不得大嫂举止这么大方动作这么高贵，这家具打得真好啊……"曹氏噼里啪啦奉承半天，把另两人都看得有些脸红。

碧玉始终低着头微笑，也不说话。心中却暗忖，这人嘴上谄媚，有话直说，心眼也不算深，容易看穿，不足为患。只不知这董氏心性如何？好不好相处？虽说都分开住，不过逢年逢节都一起过，难免要打交道。

吃饱喝足的客人都散去，几个爱热闹的同窗留下来闹洞房。碧玉和刘仁杰被整惨了，累得满头大汗。

杜氏拿出喜糖和糕点分发给他们，他们这才放过新人尽兴而归。

房间里红烛高照，所有的闲人都被打发走了，只剩下一对新人静静坐着，碧玉不安得揪着衣摆，怎么不说话呢？

"吕妹妹……娘子，这一天下来没吃什么东西，肯定饿了吧？吃些点心。"刘仁杰端来一盘杏仁酥，递到她面前。

碧玉抬头看看他，又看看点心。伸手拿了一块，"你不吃吗？"

"我在席上吃了些东西，快吃吧。"

碧玉这才吃起来，今天早上起来只吃了碗果茶，其他什么都没吃。早就饿得前胸贴后背了，足足吃了四块才觉得好受些。

这才抬起头，见他傻傻的盯着她，她不由脸上一红，是不是刚才吃得太狼狈了？让他笑话去了？

刘仁杰见她嘴角还有残渣，将手帕递给她，指指嘴角。

碧玉的脸轰的一声红了，手足无措的乱擦，擦了半天也没擦干净，这脸真是丢尽了。

刘仁杰见她这么慌乱，有些心疼，"我来帮你。"接过手帕细细的帮她擦干净。温热的气息相触，他手一抖，脸也悄悄红了。

两人红通通的脸你看我我看你，碧玉"扑哧"一声笑了，刘哥哥这样子挺可爱的。

刘仁杰的心不由一松，"娘子，夜深了，该歇了。"

碧玉偷偷看了眼床上的白布，有些羞涩的轻轻点头。坐在梳妆台前拆下钗环，用梳子慢慢地梳顺头发。

刘仁杰眯着眼睛看着这一切，心中只觉欣喜满足。他朝思暮想的人儿就在他眼前，就在他伸手可触的地方。她是他的妻子，从此以后会永远陪在他身边。

碧玉只感到背后一阵灼热，心中却有些欢喜。他不讨厌她，他是喜欢她的，对吗？这丫头到此时还以为是杜氏一心求娶，刘仁杰是奉了母命才娶她的。不过这也难怪，别人都这么看的。

见她磨磨蹭蹭的东摸西摸，刘仁杰上前一把抱住她。

"刘哥哥。"碧玉被吓了一跳，旧时的称呼出来了。

刘仁杰听了这声，觉得异常的亲切，"再叫几声。"

"你……"碧玉忍不住伸手捏他的脸皮，这人怎么变成这样了？以前不是温文尔雅，斯斯文文的？怎么今晚却像变了个人，居然会调笑？

在她不注意的时候，刘仁杰已经把她放到床上，开始脱她的衣裳，细碎的吻落在她脸上。

"刘哥哥，相公，你……"碧玉僵着身体不敢乱动。

刘仁杰急得满头大汗，这衣裳好难脱，男子和女子的衣服还是有很大的区别。碧玉见他快将她的衣服扯破了，只好强忍羞意自己动手。这要是衣服破了明天就难看了。

一对新人折腾了半夜才完成了洞房这一艰难的任务。

碧玉清晨醒来，茫然地睁开眼睛，只觉腰间一阵沉重，浑身酸疼。有股湿热的气息在她颈窝拂动。她身体一僵，转过头见新婚夫婿睡得正香，他嘴角上翘，眉间有丝笑意。猛地想起昨晚上的事情，脸颊发烫。

"娘子醒了？"刘仁杰不知什么时候醒了，一脸的温柔笑意，将她拥得更紧，"天色还早，再睡一会儿吧。"

"不行。"碧玉不自在地涨红了脸，"今天要做早点给婆婆吃，可不能起晚了。"她还真不适应他笑得这么温柔的样子。

刘仁杰知道这是规矩，可有些舍不得她那么辛苦。"晚些再起不要紧的，娘不会怪你的。"

"婆婆不怪我，我心里也不好意思。"碧玉顿了顿，偷偷看他，小心翼翼地道，"相公，我昨晚说的话你还记得吗？"

"昨晚？"刘仁杰想到那些火热的肢体纠缠，心中一热，想了半天才道，"那些话啊，我看不用了，娘不是那种人。"

"我说婆婆什么坏话了吗？"碧玉撅着嘴，转过头，"我不过让你在外面对我冷淡些。"

见她不高兴，他紧张地赔不是，忙连连答应，"依你依你，你要我怎么做都行。"

碧玉被他哄转过来，露出灿烂的笑脸，"谢谢相公。"

她这么可爱的笑脸，让他心中大动，手有些不规矩起来。

"相公别闹。"碧玉朝后缩了缩身体，"天都亮了，我们起晚了会闹笑话的。"杜氏也会不高兴的。

刘仁杰扫兴的顿住动作，又舍不得她被人取笑，在她脸上亲了亲，这才放开她。

碧玉心里又喜又羞，她相公是真的有些喜欢她，所以才会在意她的想法吧。自从知道自己要嫁到刘家，她就担心不已。杜氏的性子不好相与她清楚，但刘仁杰那次对她太过冷淡的态度，她后来想想就怀疑是不是杜氏逼着他娶她，他心里不乐意，所以才对她冷冷的。

不过依昨天他的态度来看，好像不是这么一回事。那她就放心了些，毕竟每个女人都想得到相公的疼爱和怜惜。

她挑了件大红的绸袍，大红色拖泥金绸裙。头发盘起来，双头弯钗，耳朵上戴了副白玉坠，腕间套了副金镯子。

打扮妥当，才想起要帮刘仁杰更衣，转过头去见他已经穿得整整齐齐满脸笑意地盯着她，"相公，我……"她讷讷不成言，她太疏忽了。

"这种小事我自己来。"刘仁杰并不在意，这些事都是他做惯的。走到门口打开门，小夏和小青已经等在门口，端了清水毛巾进来。刘仁杰不喜欢女子近身服侍，让她们退下了。碧玉忙递水递毛巾，刘仁杰摇摇头，示意他自己来。

这次随碧玉陪嫁到刘家的除了小青夫妻还有个十岁的小丫头小夏，这都是她用惯的，吴氏定要让她带来。

杜氏身边服侍的范大娘进来请安，随后走到床边拿起那块染红的白布交差去了。

碧玉羞得满脸通红，刘仁杰也不自在地轻咳几声，"该去给娘请安了。"

两人走去正房，杜氏满脸喜气地坐着和范大娘说话，两人也不知在说些什么。

见儿子儿媳来了，她招招手让他们过去，刘仁杰和碧玉在杜氏面前双双跪下请安，奉茶。

杜氏乐得眯起眼，她本担心了一夜，生怕儿子被她管束太严不近女色，不懂房中之事，又怕他性子太冷，冷落了媳妇。这一大早的就让范大娘去查看一番。幸好儿子没在这事上犯傻。

递了个红包给他们，让他们起身，这才仔细打量这两人。她儿子脸色依旧平淡，媳妇一脸的羞怯，这一身打扮极符合身份又大方又见涵养。她满意的点头，这儿媳果然选的好。

"婆婆请少候，媳妇这就上厨房做早饭。"碧玉福了福，细声细语的道。

"好，不急，慢慢做吧。"杜氏正满心欢喜。

"是。"碧玉应了慢慢退出来。范大娘在杜氏的示意下跟了上去。

杜氏见刘仁杰眼神丝毫未变，没有多看媳妇一眼，心神大定，"你这孩子，你媳妇刚进门，你要多照顾她些，不可冷落她。"

刘仁杰点头应了，表情却依旧淡淡的。

杜氏不由怀疑他是不是不喜欢碧玉？虽说这桩婚事是她一手操办的，可他也没说过什么。但凡做婆婆的，都不希望儿子儿媳感情太好，但也不希望太差。最好是相敬如宾，相安无事。

吴氏是深知其中的奥秘，早已传授给碧玉。碧玉这才昨晚对着丈夫吩咐了一大通。让他别在外面流露出一丝亲密的神色，也不要多看她，免得杜氏心里不自在。刘仁杰虽然不以为然，但这事又无伤大雅，又是妻子的一再恳求，只好照做。

这一招果然管用，杜氏见儿子始终冷冷淡淡的，对媳妇就有了几份歉疚。

范大娘引着碧玉和小青小夏去厨房，刘家家中有个厨娘牛大嫂，见她们来了，忙迎了过来。请了安，随即给碧玉介绍厨房里的食材和刀具锅铲摆放的位置。

碧玉仔细听了不时问几句，谦虚道，"今后还要两位多照应。"

牛大嫂连忙道，"少奶奶客气，这些都是我们做下人应做的事。"她对这个少奶奶极有好感，说话温声细语，人文文静静。不像是会刻薄下人的。

碧玉点点头，卷起袖子开始准备早点。切、洗、炒、煮，忙得脚不沾地。两个丫头帮着打下手。

牛大嫂在旁边见了不由咋舌，偷偷道，"这位少奶奶纤纤玉手，柔柔弱弱的，没想手脚这么利落。"

"我家太太的眼光好着呢，听说少奶奶厨艺、女红、管家都好。所以我家太太才一求再求的。"范大娘是杜氏心腹，比较了解内情。她是杜氏当年的陪嫁丫头，到了适婚年纪嫁到外面，只是夫死子亡处境非常困难。后来听到刘仁杰中了举人，这才孤身投到刘家为奴。杜氏念着当年的旧情，见她可怜就让她留下依旧服侍她。

"难怪。"牛大嫂是一家三口投进来的，杜氏见他们老实本分就收了下来，毕竟刘家不同于以往了。牛大哥帮着干些粗活跑跑腿，一个十一岁的小子阿天就跟在刘仁杰身边做个小书童。

刘家自从刘仁杰中了举人，添了四个下人，也不算多，但也够用了。最起码不用凡事亲力亲为了。

碧玉做了六道菜一道粥点一道点心，她知道杜氏一向节俭，这次办婚事又花了许多钱，以后在吃食方面肯定更加节省。不过这是第一顿早点，一定要像样些。

果然没出她所料，早点端上桌，杜氏微微皱了下眉，随即松开。算了，这是最重要的一顿，不能落了媳妇的面子，也不能让别人笑话刘家太穷酸。

饭厅里只有他们一家三口，杜氏和刘仁杰对坐着吃饭，碧玉侍立一边替杜氏夹菜，她尝了一口，笑道，"媳妇也坐吧，我们家只是小家小户，不必来这套规矩。一家人亲亲热热吃饭才更香。"她此刻满心欢喜，看什么都顺眼。这媳妇又是她辛苦求来的，越发瞧着顺眼。

碧玉心中一喜，看来婆婆也不是一点都不通情理的人。她听说过杜氏的脾气，自嫁进刘家处处小心，规规矩矩，就是怕这个婆婆突然发难。

谢过杜氏，碧玉这才坐下，自己盛了碗百合粥，她低头喝了
几口也不夹菜。

刘仁杰有些心疼，夹了筷腊鸡腿片，正想送进碧玉碗里。碧
玉见了忙冲他摇头，朝杜氏挤挤眼。

刘仁杰心里虽觉她有些小题大做，但不愿拂她意，筷子走到
半路转了方向送进杜氏碗里。

杜氏正低着头喝粥没见到两人的小动作，别说这粥简单，可
这味道实在好。火候恰到好处，酥酥烂烂正合她的胃口。没想儿
子会给她夹菜，心中欣慰，这孩子成了亲就懂事多了。以前可从
没想到过给她夹菜。不过转眼看了一眼碧玉，假意嗔道，"杰儿，
你媳妇辛苦了，你也给她夹一筷。虽说这不合礼数,可也不算什么。"

刘仁杰张了张嘴，想起碧玉所说的话，心中转了一圈，存心
想试试这话的真假，嘴上淡淡道，"那是她应该的，有什么辛苦
的。"

"你这孩子怎么说话的？那是你的媳妇，要好好爱护。"杜
氏嘴上这么说，脸上却挂着满意的笑容。

刘仁杰察言观色心中开始相信碧玉所说的话。他娘虽没有坏
心眼，但肯定不乐意见他和妻子太过亲热。用碧玉的话说，这是
天底下做婆婆的通病。她娘的脾气他做儿子也知道几分，不过他
向来是张一只眼闭一只眼不愿忤逆她。可他也舍不得妻子受半点
委屈。也罢，就依碧玉所说的做。他可不想见到因他们夫妻感情
太好而让碧玉被杜氏记恨。而他夹在中间也左右为难。

刘仁杰吃完早饭站起身道，"孩儿去书房看书，娘没事就让
媳妇陪您说说话。"

杜氏笑道，"你才刚刚成亲，这么着急做什么，这时正应该
多陪陪你媳妇。"

"她是大人了，不用别人陪。"刘仁杰故意道，"我已经好

几天没摸书本了，这样下去功课就要落下了。"

"这话也有道理，那你去吧。"杜氏乐得眯起眼，看来儿子没有浸在温柔乡里而忘了读书。

刘仁杰趁杜氏不注意，扔了个眼色给碧玉，示意他都是照她的法子办的。碧玉不敢笑只是微微点头。

刘仁杰走后，杜氏一脸歉意地看着碧玉，"媳妇，你不要见怪，那孩子就知道读书，其他的都不放在心上。我会说他的，你不要介意。"

"媳妇不会介意，相公读书要紧。"碧玉一脸的恭谨道，"媳妇也好陪婆婆说说话。"

"你是个好孩子，我真的很高兴。"杜氏心中暗赞自己的眼光好，媳妇不仅懂事，而且孝顺。她吃了半世苦，总算苦尽甘来，有个好儿子，还有个好儿媳。老天爷待她不薄。她最满意的是儿媳对儿子并没有影响力，这样就不会出现儿子有了妻子不要老娘的事情发生。

她暗自高兴，却没想到这一切全出乎她的意料，根本不是她所想的那样。

"媳妇，你嫁到我们刘家，就是我家的人。"杜氏想了想道，"以后这家里的事你就管起来，我也好享享福。"

"婆婆，儿媳什么都不懂，还要您教导。"碧玉低着头，低眉顺眼道，"家事这副担子只有您能挑起来，儿媳学疏识浅，不是这块料。"

"不用这么谦虚，你娘可是绝顶聪明的人。"见她这么温顺，杜氏心中欢喜，"她调教出来的女儿怎么会差？"

"婆婆夸奖了，娘说您才是最聪明的人，管理家务极有章法，让我跟您请教呢！"碧玉拍起马屁那是一个准啊，正好拍到她心坎上。她跟吴氏攀比了半辈子，到了如今还能从吴氏嘴里说到这种话，真是喜出望外。

"真的？她实在太高看我了。"杜氏脸上浮起欣喜的笑意，"那我再多管几年家，多教你几年，将来你也能容易上手。"

"还是婆婆想得周到。"碧玉极谦虚，又说的极真心半点没渗假，落在杜氏眼里更是欢喜。

碧玉早知道杜氏存心试探她，这刘家好不容易有些起色，正是扬眉吐气的时候。这管家的滋味杜氏才刚过过瘾，怎么可能将管家大权交出去？不过碧玉才不在乎这些，这管家费心费力也怪累的，她正好可以多关心下相公。多培养夫妻感情，这才是最重要的。最好能生个孩子，这样她才算是在刘家立足。再说家里就这几个人，有什么好争的？杜氏只有刘仁杰一个亲生儿子，将来一针一线自然都是刘仁杰的。夫妻一体，他的东西也就是她的。

除了早上那一餐外，厨房的事都由牛大嫂打理，不用碧玉亲自下厨，又不用她管家。她反而落得自在轻松，陪杜氏说了会话，杜氏开始管理家务，她就回屋子里整理陪嫁的东西。

刘家的这院子自从庶子庶母搬出去后，已经重新调整过。正房三间除了书房和正厅外还收拾出来一间小花厅，除了吃饭外，还接待些亲近的客人。

正房后面新建了一排小屋子，是给下人住的。如今牛大嫂夫妻和小青夫妻各占一间，小夏、范大娘、阿天各占一间，还剩两间房空关着。

西厢房二间是杜氏居住，一间用来作库房。东厢房是碧玉和刘仁杰居住，三间全打通，外间是间小书房，中间是起居室，里面是卧房。家具都是吕家过来量了尺寸定制的，碧玉绣的那件双面屏将起居室和书房隔开。

院子里的青菜地和鸡窝都没了，转而种了几株错落有致的桃花树和桂花树，没了先前的农家风味，添了几份风雅，估计是想符合举人的身份。听说当年刘仁杰的姑母送了些私房钱给杜氏，杜氏就买下这座院子。后来听得侄儿和女婿中举，刘氏极为高兴专门派人送了不少礼过来。杜氏手中应该有些钱，还有中举后别人也送了不少财物。

碧玉带着小青小夏整理了一天，才把东西收拾好。从陪嫁中挑了几匹上好的绸缎送到杜氏房内，又挑了几块中等的衣料赏给家中下人，每人都有份。范大娘和牛大嫂多添了一对金耳环和一只金戒指。把这些人喜的不住称谢，范大娘更是在杜氏面前赞了又赞，更是夸杜氏有眼光，娶了这么怜下惜贫又有孝心的好媳妇。

杜氏摸着那顺滑的绸缎，心满意足。这些东西在乡下都是有钱也买不到的，听说专供那些官太太们穿的。听着范大娘的赞词，心中更是得意。

吃完晚饭，碧玉夫妻陪杜氏说了一会儿话，才回到房间里。漱洗完，小青带着小夏退了下去。

刚才还一本正经的刘仁杰一把将碧玉抱在怀里亲了又亲，"娘子，我今天的表现如何？"

碧玉笑眯眯地点头，心里很满意，今天这一关算是过了。

"那有什么奖赏的？"刘仁杰巴着她在她耳边细吻。

"相公，你……"碧玉浑身一抖，这人怎么这样？人前人后相差的太大了。

刘仁杰的吻越发向下，含糊不清的道，"听说你送了家里所有人东西，我的那一份呢？"

听着阿天那小子兴奋地在他耳边唠叨，他可以有新衣服穿了。刘仁杰还真有些眼红了。

"你要什么？"碧玉将他推开些，笑眯眯的取笑，"我的东西就是你的，需要分什么？哎哟。"

刘仁杰在她肩上咬了一口，"不行，我也要礼物。"他没发现自己在碧玉面前特别的放松和幼稚。

"不要咬我，疼。"碧玉笑的身体发软，"好了，我去拿给你。"

碧玉起身在抽屉里取出两件袍子，"相公，你看看，喜欢吗？"这是婚前她按照记忆中的样子制的，一身是淡蓝色的绸缎，一身是淡青色的棉衣。

"这是你做的？"刘仁杰又惊又喜，早在吕登炫耀身上的荷包是妹妹绣时，他就眼馋得很。他迫不及待地拿在手里细看，这两个颜色挑的很好，既不鲜艳也不暗沉。料子也很好，那针线细细麻麻，一针都不落。

"嗯。"碧玉帮着他穿上，"我也不知道合不合身，你先试试。"

刘仁杰试了试，碧玉让他转个身瞧着其他都还合身，只有袖子稍微有些短，不禁笑道，"我明天帮你改一改，你以后就能穿了。"

"这不碍事，我明天就能穿。"刘仁杰像个新得了礼物满心欣喜的小孩子，心心念念新衣裳明天就能上身。

"那可不行，会被人取笑的。"碧玉见他很喜欢这两件衣裳，笑容更盛。

"可我明天就想穿。"刘仁杰一脸的热切，穿着妻子亲手做的衣裳，感觉特别不同，心里暖暖的。

"那我今晚先改一件。"碧玉只好妥协，认识他这些年，只有此刻最孩子气。

"谢谢娘子。"刘仁杰喜滋滋的挑亮蜡烛，见妻子在烛下益发显得娇美，她垂下头拈线的那种温柔，让他不由感到温暖直愣愣地看着她。

碧玉改了半个时辰才把衣裳改好，"你再试试，这下应该可以了。"等了半天他不接话，猛地抬头，见他痴痴地看着她，她不由脸上一红，"相公。"

"啊，不用试了，娘子改的定当是好的。"刘仁杰如梦方醒，将衣服放在桌上，"我们休息吧。"

碧玉见他火辣辣的眼神，心头一乱，手足无措的被他拉到床上。想起昨晚狼狈而又疼痛的一幕，她的身体一僵。

"怎么了？还是很疼吗？"刘仁杰敏感的察觉到了，顿住动作，"别怕，我不碰你，我能忍。"只是额头上的青筋跳起，汗水一滴滴地流下。

"相公。"碧玉有些感动，双手攀上他肩膀，羞红了脸才憋出一句，"你轻点。"昨晚他行房时横冲直撞把她弄得好痛，可这种事是不可避免。他有这份为她着想的心意她已经很高兴了。

刘仁杰挣扎了许久，最后还是没忍不住抱着她狠狠纠缠了一番。少年初识情滋味，难免无法自制。不过这次比昨天顺利了许多，开始时动作还有些笨拙，但后来就像懂了其中的诀窍熟练了些。只是这力道还是孟浪了。

等一切结束时，他替她擦去额头的细汗，不放心地道，"这次是不是还疼？"他也不想让她疼，可实在忍不住。

碧玉有些细喘身体还是很痛，不过比起昨晚好了许多，见他一脸的心疼，忙安慰道，"没事，听说刚开始是这样的。"

刘仁杰听了稍微有些放心，这方面他是一张白纸，什么都不懂。婚前牛大叔局促不安的给了他一本春宫图，他才知道这男女之事。他细细研究了许久，生怕在新婚之夜露拙。

拉过被子，将她盖的严密不露出一丝缝隙，他这才放心的沉入梦乡。

回门之天，吕登一早就坐马车来接。给杜氏请过安，见碧玉脸色红润，眼睛明亮。心中大为欣喜。说话之间对杜氏添了几分敬意，杜氏倒很谦虚很客气，让碧玉在娘家多待会不用急着回来。

接了碧玉夫妻回家，在路上吕登对着碧玉上看下看，频频点头。这丫头看样子过得很好，白替她操心了。

"哥哥，你干吗？"碧玉被看得有些不自在，她身上哪里出错了？

"妹妹过得好吗？"即便心中有了答案，他还是想亲耳听到。

"我过得很好。"原来是哥哥担心她，碧玉不由笑道，"婆婆对我很疼爱，相公对我也很好。"

吕登满意地点点头道，"妹夫，这丫头从小被我们宠坏了，以后你多担待些。"

"她很好。"在外面，他又恢复了淡淡的表情，只是嘴角多了份笑意。

吕登终于放下心中大石，妹夫连这都护着，舍不得让他说句碧玉不好的话，他有这份心人又聪明应该会将妹妹照顾得好好的。

"那就好，我去京城就放心了。"

碧玉眼睛一黯，"哥哥，你什么时候走？"

"过两天就走。"吕登见状有些难舍，只是这时诸事都了，他也该忙自己的事。"为了你们的婚事，我已经耽搁了行程。"

"哥哥。"碧玉拉着他的手，满脸不舍。一走三年，这也太长了。

"大哥，一切都准备妥当了吗？"刘仁杰对这个大舅子兼同窗还是很关心的。

"都差不多了。"吕登犹豫了下，"妹夫，以后还要麻烦你能照应些我家里人。"

刘仁杰一向冷情，恐怕比他都还冷情些。他虽然托了吴家人，可还是不能放心，这次胡雪儿也跟着一起去，家里只剩下两老还有一个幼弟，实在让人放心不下。碧玉已经出门子，走动也不便利，诸事要受婆家牵制。托给刘仁杰是最好的选择，只是他能上心吗？

"这是自然，娘子的爹娘就是我的爹娘。"刘仁杰一口答应，"大哥尽管放心，家里一切有我。"对于吕家父母，他是满心的感激。

自从将碧玉许配给刘家，吕登第一次觉得刘仁杰很顺眼，这小子面冷心也冷，这世间能让他在意的除了功名和他娘外，鲜少有让他上心的。这次大包大揽想来都是念着碧玉，看来这门亲事并没有选错。刘仁杰纵然有诸多缺点，不过极守诺，有他这番话，他也能放心上京了。

"哥哥，你们去京城住在哪里？"碧玉却很不放心，问道，"这三年时间可不短，东西多带些，银子也多准备些。"

"傻妹妹，不要为哥哥这么担心。"吕登拍拍她的手臂，"我们都商量好了，到京城租个小院子住，至于其他京城里还有姐夫他们一家，自然会照应我们。"

见他们兄妹情深，刘仁杰心里有股醋意，偷偷伸手拉着碧玉的另一只手才觉得好受些。

吕登挑挑眉，一眼看穿他的小心思，心中却很欢喜。

他的脸一红，连忙岔开话题，"大哥，凡事小心。"

"多谢。"吕登郑重谢道，"我把妹妹和家里人都托付给你，你可不要让我失望。"

"放心。"刘仁杰掷地有声，神情极为庄重。

刘仁杰小心翼翼地扶碧玉下马车，吕登在旁边啧啧称奇，这小子原来也有这么温柔的一面，实在稀奇。

"女儿。"吴氏早已带着家人等候许久，听到消息连忙出来。

"娘。"碧玉扑进她怀里，抱着她的腰撒娇。

"过得好吗？有没有受委屈？"吴氏迭声问道。

吕顺忙截断话，嗔道，"说什么傻话，女儿是去婆家，怎么会受委屈！"当着女婿面问这种话，也有些过了。瞥了刘仁杰一眼，见他面色如常不由松了口气。

碧玉抬起头，"爹爹娘，女儿很想你们。"

"这傻孩子，出嫁了还这样。"吴氏抚着碧玉的脸细看，"如今出了门子，不能再一团孩子气，不要让你婆婆和相公笑话。"

"才不会呢。"碧玉笑眯眯地道。

吕顺夫妻见碧玉神采飞扬笑意盈然，心中大慰。

刘仁杰上前拜见岳父母，把礼物送上。

吕顺客气道，"何必这么见外，带什么东西，只要你们都好好的，我们就放心了。"

"要的，家母让我向两位问个好。"

"令堂可好？"吕顺和刘仁杰攀谈几句，申儿和刘雪儿上来和碧玉夫妻相互见过。

碧玉随吴氏进内室安坐，她虽一再说自己过得很好，吴氏还是不放心的打量她，生怕有什么不好的事瞒着她。

"娘放心，我不会委屈自己的。"碧玉端起茶喝了一口，是自己最爱喝的桂圆红枣茶，心中欢喜，"倒是爹娘过得可好？"

"我们都好，不必担心我们。"吴氏笑着点头道，其实自从碧玉出嫁后，家里就觉得空落落的。吕顺不时地念叨着女儿。

"听哥哥说过几天就要启程了，行李准备好了吗？"碧玉此刻最担心的却是吕顺夫妻。

"都好了。"吴氏轻叹了声，"只是很舍不得他们。"

"娘，哥哥的前途最重要。"碧玉安慰道，"如果实在想他，你们以后就去京城看他。如果嫂子有了孩子，你们更该去多住一阵子。"

"话虽如此，这京城毕竟太远了，再说这学堂你爹可舍不得关，那是他一生的心血。"吴氏即使有心上京城，但凡事缠身不得便。

碧玉想了想道，"如果你们要去京城，这学堂……可以让人代课。"就像以前那样，找吴家的那个老夫子代几日课。

"这倒是好主意。"吴氏眼睛一亮，随即黯淡下来，"不过只能暂代一段日子，日子长了你爹恐怕不放心这些学生。"

碧玉也知道吕顺对这个学堂的感情极深厚，根本不可能一关了之。"那些学生好像又多了些人。"

吴氏脸上有些得意，"自从你哥哥中举，周彬考上秀才后，这送来的孩子越来越多，你爹虽然择人严格，但还是挑了几个天资聪颖的。"

"爹爹喜欢教别人读书，就让他去吧。"碧玉想起一事，不由问道，"对了，周哥哥家听说都去了外地？连周爷爷也去了？"

"是在你成亲前几天走的。"吴氏心里一滞，细细看她脸色，"他们赶的急你又待嫁不方便见外人，所以没让他们进来告别。"

碧玉没多想笑道，"这不打紧，反正以后见面的机会还有。"

吴氏见她脸色毫无异样，松了口气。"这次陪你哥哥上京的还有你仁表哥，估计你舅舅舅妈心里也不大放心。"

"仁表哥也去？"碧玉奇怪得很。

"你哥哥身边没有得力的人，你仁表哥又想出去闯闯，这两下便宜。"

碧玉想了想道，"这大舅舅他们舍得吗？"吴敬仁人还算精明，这些年做生意下来处事也有了几分老练，也没有太大的野心。比起另两位表哥，的确更合适些。

"有什么舍不得，这是条很好的出路。"吴氏笑着解释，"你哥哥不会亏待他的，将来有的是他的好处。"

母女俩聊着家常其乐融融，外院里刘仁杰陪着吕登父子说着话，不外乎几句鼓励安慰之类的话。

中午吃过午饭，碧玉和刘仁杰给吕顺夫妻磕了头，才在吕登的护送下回刘家。

临走时吴氏泪水婆娑，拉着女儿的手万般舍不得。碧玉也红着眼眶恋恋不舍，还是吕顺分开她们的手，安慰道，"来日方长，女儿嫁的又不远，想女儿时就过去看看。"

吴氏依依不舍地看着他们上了马车，渐渐驶离视线。

吕顺笑道，"娘子，女儿离得这么近，你就这么舍不得。登儿离的更远，你是不是舍不得他走了？"

"相公，刚生下儿女时盼着他们长大。"吴氏千般滋味在心头，"长大了却又舍不得他们各奔前程。"

"都是这样的，只要想着他们是奔向更美好的生活，这心里就好受些。"吕顺替她擦去泪水，"不管如何，还有我一直陪着你。"

"相公。"吴氏感动不已，他难得说这么感性的话。

自从吕登夫妻带着吴敬仁和阿蓝小春小秋去了京城，碧玉就时时挂心不已。

杜氏还算通人情，准许刘仁杰带碧玉一个月回娘家四次，她自己有时也会一起去，陪吴氏说说话。这样两家的关系倒好了几分，吕顺拉着他不时谈诗论文，两人很谈得来。吴氏对女婿越发的满意。

平日里碧玉除了陪杜氏说说话，就是在屋子里做针线活，也从不打搅刘仁杰读书，大门不迈二门不出。偶尔下厨做道点心奉给杜氏和刘仁杰吃，杜氏对儿媳是不住口的称赞。

而刘仁杰对她越发疼爱，只要在自己屋子里，什么都听妻子的，夫妻生活也渐入佳境。当然在外人面前，他还是一副冷淡的模样，不知情的人都以为他们夫妻感情平平，只是过得去。

这天碧玉在房间里给刘仁杰做鞋子，范大娘请碧玉去花厅。

"什么事？来客人了吗？"碧玉看看天色有些奇怪。

范大娘极为恭谨，"也不是客人，是姑奶奶回来了，让您陪着说说话。"

碧玉有时会私下送些东西给她，她也是极力讨好碧玉，毕竟碧玉将来是刘家的女主人。更何况还有个做官的兄长。

原来是刘水莲回娘家了，碧玉心中越发奇怪。自从她上次在婚礼见过她一次之后，就再也没见过她，听说没什么事金家不让她出门，连回娘家都要有事才行。

她不再多问，放下手里的活计，整理了下衣服才去花厅。

碧玉进了花厅，见刘水莲坐在杜氏下首，另一个有些眼熟的妇人坐在刘水莲的下首，定睛一看才发现是刘水莲的生母江氏。

碧玉进去给杜氏请了安，和刘水莲江氏见过礼。这才在杜氏另一边落座。

大家寒暄了几句，碧玉只是偶尔陪着说上一两句，见刘水莲的身影比上次还要瘦削，不由心中暗叹一声，这富商家的媳妇也难做啊。

杜氏主动替她解开疑惑，"媳妇，你小姑这次是请我们去赴宴的。"

"赴宴？"碧玉睁大眼睛不解。

杜氏笑着解释，"金家二房生了嫡子，给我们去喝喜酒。"

碧玉嘴巴动了动，挤出一句，"几时？"这关系是不是有些远了？如果刘水莲生了儿子请她们去还差不多。不过绕来绕去都是亲戚，请她们去还算说得过去。

"大后天。"杜氏想了想，眼睛发亮，"我要准备出门的衣裳首饰，你陪你小姑说说话。"趁些机会，她可要好好显摆一下。让外人瞧瞧她的风光。

碧玉恭敬地应了，杜氏让江氏也跟着进去帮着挑衣服。

"大嫂过得可好？我母亲待你可好？"刘水莲神情复杂地看着眼前的女子，容貌居然比以前还要娇美，还要容光焕发。

"婆婆对我很好。"碧玉露出甜美的笑容，"婆婆慈爱是碧玉的福气。"

刘水莲嗤之以鼻，这杜氏慈爱骗谁啊！恐怕除了刘仁杰外，无人承认这点吧。不过不管如何，她都是嫡母，当年最起码给了他们几个庶子女一口饭吃。如今她还要靠娘家为她撑腰，她在金家的日子不好过啊。

"小姑生的孩子我还没见过，大后天可要见到了，肯定极招人爱。"碧玉很喜欢孩子，对别人家的孩子也会逗弄许久。

"一个女孩儿没什么稀罕的。"刘水莲满脸不在意道。

这话实在不中听，碧玉收起笑脸，"小姑说什么话，女孩儿怎么不稀罕？女孩子是掌上明珠应捧在手里疼若珍宝。"

疼若珍宝？她从一出生就没人待她这般，嫡母对她视而不见，生母性子懦弱根本不敢多关心她。可眼前的女子说得如此理所当然，她必是别人手掌心的珍宝，最起码是吕登的……想起这个名字，她心里一疼。忙转移心神，"我家女儿可没有这个福气，金家女孩子多，不稀罕。男孩子除了刚出生的哥儿就只有我们房中的带哥儿，这才是金家的宝贝。"话语中对自己生的那个孩子并没多在意。

"女孩儿也是宝贝，更是爹娘的宝贝。"碧玉心里不舒服，暗暗点醒她，"如果做父母的都不疼爱自己生的女儿，别人怎么会爱护她呢？"

刘水莲听了心里一动，但她来此还有一个目的，满脸希冀道，"我听说我们家的姑奶奶是大嫂的亲戚，大嫂有空帮我在她面前说几句好话。"

"她是出嫁的女儿，有这个必要吗？"碧玉见她没醒悟，为那个孩子不值又有些好笑，"她在金家能说得上话吗？"心中暗想，她成了后院的女人，也学会了用心计。当年那个胆小怕事的刘水莲消失得无影无踪。

"大嫂不知道，她是金家唯一的嫡女，老爷太太都疼爱有加，她的话管用着呢！"刘水莲软语相求，"大嫂帮帮我，我绝不会忘了你的好。"她早就打听到碧玉在吴家挺受疼爱的，作为吴家媳妇的金氏自然会给她这个面子。

碧玉心中叹了口气，心中一软笑道，"那倒不必，我会帮你说几句，不过管不管用我就不知道了。"无论如何，她都是刘仁杰的亲妹妹，能帮就帮吧。

"不管有没有用都要谢谢大嫂。"刘水莲笑吟吟的拜下去。

碧玉忙扶住她，"不用这么客气，有空就常回来看看。"

"我们家有长辈，我很难出来。"刘水莲想了想，"大嫂，我还有一事相求。"

她都这么说了，碧玉还能说什么，心里很无奈，勉强笑道，"你说吧。"

刘水莲一脸的恳求，"求大嫂平日里能照应些我姨娘。"

"江姨娘不和我们住在一起，我即便有心照应，也有心无力。"碧玉不是有心推托，这要求的确有些强人所难。

当日杜氏取出钱又买了一座院子，离这里有些远。专门用来安置那两个庶子和姨娘。江氏生的女儿嫁了出去，也让她一起搬到那里去。刘水莲虽然偷偷塞些钱给江氏，但总不放心她孤身一人，她的性子绵软也不知另两房会不会欺负她。

刘水莲眼睛盈满了泪水，楚楚可怜，"大嫂，你也是做女儿的，必能知道我的心情。我真的很担心我娘，你帮帮我吧。"

碧玉为难的锁紧眉头，她真的有难处，平时又不大出门，离的又远，她怎么照应？再说江姨娘又不是她的正经婆婆，她怎么能光明正大的照应？这不是让杜氏心里不自在吗？可见她这么可怜又于心不忍。有孝心是好事，她在金家的处境恐怕也很难。碧玉只好压下烦躁细细的跟她解释这些困难。

"大嫂，你肯定有办法的，你帮帮我吧。"刘水莲听了后依旧苦苦哀求，丝毫不体谅她的难处。

可不知为何，碧玉感到她泪水下面的咄咄逼人，都跟她解释了，她还要强求。难不成要她每天出去照顾江姨娘？开什么玩笑？她也太得寸近尺了。碧玉压制住心里不舒服，建议道，"不如你请个丫环侍候姨娘吧。"

与其在这里求她照应，还不如想些比较实际的办法。也不知小姑是怎么想的？真当她是无所不能的吗？还是存心要为难她？这么想着，眉皱的更紧。

"你在做什么？"刘仁杰的一声大喝把两人吓了一跳。

"大哥，您……您来了。"刘水莲浑身发抖，她从小就怕这个长兄，他此时横眉竖眼的样子让她更是害怕。

"相公，你怎么出来了？"碧玉忙走到他身边，避开刘水莲的视线。

"我出来松松筋骨。"刘仁杰担心地看着她，"她怎么回事？是不是为难你了？"一出来就见她一脸的为难，而刘水莲一个劲地求些什么，心里顿时有些火了。

"没有，我们只是说些家常。"碧玉为她遮掩，不想让她下不了台。

"真的？那你为什么皱着眉头？"刘仁杰怀疑地盯着刘水莲，语气有丝警告，"有什么事不要瞒我，我可容不得别人对你不敬。"

"真的没有，相公。"碧玉看着一脸紧张惶恐的刘水莲，心中不忍。"小姑只是跟我聊聊家常，并没有对我不敬。"

刘仁杰这才罢休，"你大嫂禀性弱，外面乱七八糟的事不要说给她，免得她心烦。"

刘水莲忙应了，心里又羡慕又嫉妒。这世上为什么有这么好命的人？有娘家时被视若珍宝，在夫家时又有相公护着，这世间太不公平了。

刘水莲不敢多待，只是遣人跟杜氏说一声就慌慌张张的要走，好像后面有人追赶一般，慌不择路地撞上门槛，狠狠地摔了一跤。不等那些丫头们涌上去扶起她，她已经飞快地爬起来，头都不敢回地跑了。

碧玉目瞪口呆地看着这一幕，刘仁杰却只是淡淡的瞥了一眼，拉着碧玉回房，将她轻轻抱在怀里，"不要理会她，不管她求什么都不要答应，金家的事你不要被卷过去，他家里面乱着呢。"

他并不相信碧玉刚刚的说词，明显是在帮他妹妹掩饰。刚才轻轻揭过，只是不想落了碧玉面子罢了。

"知道了，我可没兴趣插手别人的家务事。"碧玉笑眯眯的抱着他的脖子，欢喜溢满整个身体，"相公对我真好。"

"你是我的妻子，当然要对你好。"刘仁杰抱着她，心里一阵阵甜蜜。这丫头撒娇的样子好可爱，不知将来他们的女儿会不会也像她般？

碧玉想了想，还是决定将真相告诉他，免得他心里猜疑。"相公，其实她回来是另有所求。"他不问是尊重她，她可不想为了些外人坏了夫妻情分。夫妻间要经常沟通才能避免许多不好的事。

"求什么？"刘仁杰把玩着她的头发。

　　碧玉将刚刚的对话告诉他，他听完皱起眉，"这也不算大事，帮她多留心些也无所谓，她尽管可以来找我，干吗要苦苦逼你？"他最不满的就是这点。

　　"也不算逼，她不过是太过担心姨娘。"碧玉不想让他们兄妹有心结，笑道，"她一向怕你，才不敢来求你。"

　　"她怎么不怕你？她也长本事了。"刘仁杰小心眼发作，他们虽是同父异母的兄妹，但感情很疏远。从小听杜氏说起父亲的死因，难免有些迁怒。长年都是不冷不热的，可如果想看碧玉好说话想欺负她，那就别怪他不念兄妹之情。"也不替你考虑下处境，就只顾自己。"

　　"她没恶意，不要再怪她了。"碧玉心中感动，摸着他的脸安抚了几句，末了道，"相公，你……你……"

　　"怎么了？有话就说。"刘仁杰见她支支吾吾有些心疼，"你不是说，我们是夫妻，要坦诚相见吗？不能相互隐瞒吗？"这些话是她常说的。

　　碧玉咬着下唇，担心地问道，"相公，你是不是也很喜欢儿子？"万一她生了女儿怎么办？

　　刘仁杰一听这话，知道必是受了那些话的影响，"我是喜欢儿子，不过柔软可爱的女儿我也喜欢，我比较贪心，儿子女儿都想要。最好先生个女儿，再生个儿子，凑成一个好字。"

　　"你这人真的好贪心。"碧玉刮着他的脸，心里却松了口气，脸上露出笑容。大不了一直生，总会有儿子的。她虽然更喜欢女儿，可婆婆和丈夫必是要个孙儿延续血脉。

　　刘仁杰最抵挡不了她的笑脸，抱着她不住的亲，亲着亲着有些情热手偷偷伸进衣服内。碧玉吓了一跳，连忙阻止，"相公别闹。娘在正房。让她知道了会生气的。"

"她不会知道的……"他急着拉扯她的衣裳。

话音刚落，就听杜氏在院子里叫道，"杰儿，你在房里吗？"

吓得两人跳了起来，忙着整理衣服，碧玉又羞又恼，狠狠的也了他一眼。

杜氏进房，见儿子神情自若坐在椅子上，儿媳却有些脸红红的，不由怀疑地问道，"大白天的，待在屋子做什么？"

刘仁杰面色淡淡道，"刚刚大妹求娘子一件事，我正在叮嘱她几句。"

"什么事？"杜氏见他面色如常收起怀疑，她也有些奇怪，这庶女突然说走就走，也不知是怎么回事？连她亲娘都不管就跑了，真是莫名其妙。

"大妹想让娘子多照顾江姨娘。"刘仁杰转了转眼珠赔笑道，"我正让娘子不要多管闲事，这些事自有娘打理，您对他们一向照顾的妥妥当当，何需别人来拜托。"

话说这杜氏虽然不喜欢他们，但对他们还是不错的。不仅给了他们住所，还每个月送米送菜送月钱过去，并没有亏待他们。当然她也是怕别人说闲话，说儿子中了举就翻脸不认人，不照顾亲兄弟等等。这些对刘仁杰的声誉大有影响，她自然要做的让人无话可说。

杜氏听了忙道，"媳妇，杰儿这话说得对，你就听他的。"心里却想，她为庶女寻了门好亲事，她不但不感恩，还处处给自己下绊子。这庶女不是从自己肚子里出来的，果然跟她不亲。

"是。"碧玉点头应了，"不过小姑子哭得挺伤心的，我心里也有些难过。"

"你这孩子心善，不过有些事不能乱许人。"杜氏心里对这个媳妇还是很满意的，并没有为难她。"我也没亏待江姨娘她们，水莲这孩子太多心了，以后不要跟她走得太近。"

杜氏本来就不喜欢那些庶子庶女和姨娘，如今庶女还在媳妇面前落她的面子，暗示她对那些人不好，这让她尤其恼怒。

"是，婆婆。"

"杰儿，快回书房读书去。"

"是，娘。"刘仁杰目不斜视的离开房间，没有半点眷念不舍，让杜氏非常满意。

天气越来越冷，碧玉不知怎的身体总觉得疲倦，总想睡觉，早上都起不来。

刘仁杰穿好衣服，转头看她一脸困意的硬撑着起身，心中不忍，"身体不适，就给娘告个假，不用每天早起给娘请安。"

"我没事，只是有些犯困。"碧玉拿起衣服慢慢穿起来，"好端端的不去给婆婆请安，婆婆会以为我不恭的。"杜氏的性子本来就难讨好，她好不容易才讨的杜氏的欢心，可不想因为一件小事而全毁了。

刘仁杰坐在床沿，满脸心疼，"说什么傻话，我帮你告假。"他娘再怎么样，也不会为这种小事而生气。

碧玉心中一急，拉着他的手，"相公不要，我没事。"让他去说，恐怕会更糟糕。

"还说没事，你看你……"刘仁杰抱住她，摸着她睡意蒙眬的脸，"那先眯一会儿，等会再起身。"

"那我就眯一下，你要叫醒我。"窝在他温暖的怀里，碧玉越发撑不住，眼睛合起来，沉沉睡着了。

刘仁杰摸摸她的头，没有发热。也无其他不适，难道是冬天了，怕冷想睡？替她盖好被子，想了想去杜氏房内请安。

杜氏正在漱洗，见他身后没跟着碧玉，不由问道，"媳妇呢？"

刘仁杰小心地看了她一眼，"她身体有些不适，我给她告个假，让她休息一日。"

"不适？怎么了？"杜氏停下动作，"身体不适就请大夫来看看。"

刘仁杰小心翼翼地斟酌言词，"她只是犯困，人很疲倦，并无大碍。"

"疲倦？"杜氏听到这话，心中不悦，"我并没有让她做什么事。她怎么会累到？她怎么跟你说的？难不成说我虐待她了？"说到后面越来越生气，难不成儿媳在儿子面前说她坏话了？想离间他们母子那是绝对不行的。

"娘你想到哪里去了？她对你一向孝顺，不敢有半点不恭之心。"刘仁杰有些头疼，光一句话他娘就想歪了，看来并不是碧玉小心眼，收起心思极力为碧玉开脱，"身体偶有不适，也是正常的。"

杜氏盯着刘仁杰，语气有丝古怪，"杰儿，你倒是很会心疼你媳妇啊。"

"娘。"刘仁杰心思急转，神情淡淡道，"我并不是心疼她，只是担心她如果病倒了，谁来服侍娘？"原来碧玉平日的担心并不是多余，做婆婆的果然不喜欢儿子儿媳太恩爱。可是想到碧玉早上怕杜氏生气而苦苦硬撑，心中越发的心疼。

杜氏一脸的怀疑，"真的？"

刘仁杰点点头满脸真诚，"当然是真的，儿子不敢欺瞒娘亲。"

杜氏想了想，也不想让儿子觉得她太苛刻，"你说的也有道理，就让她今日好好休息，明天再晨请昏省吧。"

刘仁杰心中松了口气，面上却不露出来，"是，娘。"

吃过午饭，杜氏还是没见到媳妇，不禁有些担心，不会是真的病了吧。招来牛大嫂问道，"少奶奶午膳吃了什么？"

"少奶奶今日还没吃过东西，听说还在睡。"牛大嫂心中揣测，难道是……"是不是病了？要不要请个大夫过来瞧瞧？"

杜氏沉吟半晌，点头道，"让你男人找个大夫过来。"

牛大嫂忙应了退出去办这件事。

范大娘捧了托盘进来，"太太，这是新泡好的盐笋芝麻茶，您尝尝味道可好？"

杜氏拿起喝了口，道，"还不错，对了，杰儿那边送了茶水吗？他喜欢喝胡桃果仁茶，你不要忘了。"

范大娘低着头道，"少爷并不在书房。"

"什么？那他在哪里？"杜氏想了想，眉梢一挑，"难道是在自个儿房里？"

范大娘小心翼翼道，"少爷可能也是担心少奶奶。"

杜氏蹙起眉，每个人都会生病，他至于这么紧张吗？还放下书本守在妻子身边？是不是太在意妻子了？这可不是好现象。

范大娘含蓄地点道，"少奶奶万一真病了，您没人服侍，也会让吕家担忧。吕家长子听说在京城混的很不错。"她对杜氏的心思很了解，可她对碧玉却是打心眼里的喜欢，不想让她被杜氏排斥欺负。毕竟在这个家里，只有碧玉会想到她的风湿病，也只有她会让人搜罗治风湿的良方，料理成膏药送给她。遇上这么善心的少奶奶是她的福气。

杜氏想起吕登，心中一跳。"我去看看媳妇的病。"这个吕登对碧玉的疼爱，她可是都看在眼里的。碧玉有个闪失，他恐怕会大发雷霆的。再说碧玉总是她的媳妇，自从过门后对她一直恭恭敬敬，没有半点不当的地方，她对这个儿媳还是很满意的。

"碧玉，碧玉，你醒醒，别吓人。"还没走近，就听到一道凄厉的声音。

第十二章　怀孕

　　杜氏冲进房间，惊见儿子抱着昏迷不醒的儿媳妇，也慌了神一迭声道，"请大夫去，请大夫。"

　　碧玉静静地躺在床上，大夫把了许久的脉，脸上露出一丝笑意。

　　刘仁杰浑身僵硬地坐在椅子上，眼睛一动不动地盯着碧玉的脸。见大夫走过来，忙起身着急地问道，"大夫，我娘子她……她怎么了？"声音中有丝颤抖。

　　大夫含笑道，"尊夫人是喜脉。"

　　刘仁杰还没有反应过来，杜氏惊喜万分的声音响起，"大夫，你说什么？是喜脉？我媳妇有喜了？"

　　大夫见多了这种情况，笑着再说了一遍，"是，恭喜刘太太，恭喜举人老爷。"

　　杜氏喜上眉梢，笑得眯起眼睛，"太好了太好了，我要有孙子了。"

　　刘仁杰不安地看着依旧昏迷的碧玉，"大夫，那我娘子怎么会晕过去的？她身体有什么问题吗？”

大夫沉吟了下，“尊夫人受了惊吓又一天都没有进食，才会昏迷，并无大碍。只是她的身体较弱，以后不要再让她受刺激，那样容易流产。”

“我们不会让她受刺激的，绝对不会。”杜氏神情激动一连声道。那可是刘家的宝贝金孙，她盼了多年，绝不会让孩子有事的。

“那她容易感到疲倦时时犯困，这是怎么回事？”刘仁杰还是不放心地追问。

大夫道，“有的孕妇初期会这样的，她想睡就让她多睡会儿，这样对她的身体和肚中的孩子都好。还有一定要让她多吃些东西，千万不要饿着，特别是不能受惊吓。”

“我们会注意的。”杜氏抢着回答。

送走大夫，杜氏兴奋的出去让人准备补品，又心急的让人准备孩子穿的小衣服等等，忙得团团转。

刘仁杰默默地守在床边，轻轻地摸着她苍白的脸，心里一阵阵地疼。是他让她受了委屈，还受了这么大的惊吓。都是他不好，他还这么粗心，明知道她身体不适，却没有立即想到找个大夫过来，想着想着眼眶有些温热。

“相公，怎么了？”碧玉一睁开眼睛，就见他眼睛红红的，心中一阵惊慌挣扎着起来。

“没事，快别乱动。”刘仁杰眨了眨眼眨掉那份酸涩，按住她的肩膀不让她起身。

碧玉不安地看着四周，“我得了什么病？很严重吗？治不好吗？”

见她这么害怕，刘仁杰心疼得被刀割一般，“别担心，我们有孩子了。”

"孩子？"碧玉蓦地睁大眼睛，突然明白过来手护住腹部。"难道是……"

"娘子，我们有孩子了。"刘仁杰直到这时才有心思惊喜。他虽然不急着要孩子，可只要想到有个延续两人血脉的孩子，心中就欢喜无比。

碧玉不敢置信地看着自己的肚子，真的有了？她还没用上三表嫂的秘方呢！这么突然？心中却涌起狂喜，眼睛湿湿的，好像有东西流出来。

"这是喜事，别哭。"刘仁杰轻柔的擦去她眼角的泪水，自己眼中却晶莹一片。

碧玉眼中还有泪水，嘴里却扬起一抹笑。伸手抱住他的脖子，"相公，我好高兴。"

刘仁杰一脸的笑意道，"我也很高兴，娘子，再过几个月，就会有个白白胖胖的孩子叫我们爹娘了。"

碧玉笑道，"相公，哪有这么快？新出生的孩子可不会叫人，听说要过好几个月才会。"

刘仁杰的手轻抚着她的肚子，"可我有些迫不及待的听孩子叫我们爹娘了。"

"急什么？"碧玉调皮的打趣道，"相公心急起来的样子就有些像小孩子。"

见此，刘仁杰的心总算放松下来，"好啊，你敢取笑我。"两人的笑闹声将刚才不快的事情冲散得无影无踪。

"太太，您来了。"小青响亮的声音在外面响起。

碧玉忙从刘仁杰身上爬起来，钻到被窝里躺好闭上眼睛。这一连串动作快如闪电，看的刘仁杰目瞪口呆。

杜氏走进来问道，"杰儿，媳妇醒了吗？"

碧玉睁开眼睛柔弱的撑起身体，"婆婆，我已经醒了，劳您这么担心，是媳妇的不是。"

"别乱动，千万别动。"杜氏吓了一跳，忙按住她。"媳妇，你以后可要好好保重身体，当心孩子。"

碧玉露出腼腆的笑容，"可媳妇怎么好意思就这么躺着，太不敬了。"

"说什么傻话？你只要好好保重身体，平平安安的生下孩子，就是我们刘家最大的功臣。"杜氏此时恨不得将她捧在手掌心里呵护，满脸笑容道，"这种礼节是小事，以后也不用再每天过来给我请安，大夫说了，你身体弱想多睡会是好事，对孩子也好。"

碧玉怯生生道，"这不好吧？不来给您请安，媳妇心里不安得很。"

杜氏听了大为满意，"你是个极懂规矩的好孩子，要不就让你身边的丫头过来代你请安吧，这样既不会劳动你，也不会失了礼数。"

碧玉露出感激的笑容道，"还是婆婆想得周到，媳妇可没有您这么周全。"太好了，以后就不用这么早起身，能多睡一会儿了。

刘仁杰在一边不由心中暗笑，这丫头真是鬼灵精。

"你毕竟年纪轻。"杜氏顿了顿，心里有丝不好意思，"我让人煮了燕窝粥，你一天没吃东西了，快吃点垫垫肚子。"

"谢谢婆婆。"碧玉乖巧极了。

杜氏心里越发歉疚，刚刚她说的话太不该了。难得这孩子心胸开阔没放在心里，这般不骄不躁又孝顺的媳妇是她的福气。转过头吩咐道，"杰儿，你去外面把他们打发走吧。"刘仁康一家还有外面院子里。

刘仁杰不放心地看了眼碧玉，碧玉冲他微微点头。他这才离开出去。

小青从牛大嫂手中接过燕窝粥，一勺勺的喂给碧玉吃。碧玉虽然没什么胃口，但为了孩子勉强吃了下去。

碧玉吃过晚膳懒洋洋地躺在床上休息，白天睡得太多，晚上反而睡不着。

"怎么不困吗？"刘仁杰走进房间动手换衣服。

"不困。"碧玉有些慵懒地趴在枕头上，"相公，陪我说说话。"

刘仁杰钻进暖呼呼的被子，将她抱过来，长吁了口气，还能这么抱着她真好。

碧玉扭着他胸口的衣服，"婆婆刚才打发范大娘叫你过去，有什么事吗？"

刘仁杰想了想不想瞒着她，"她让我住到书房去，不要扰了你休息。"

碧玉手一紧，"什么？那我要一个人睡吗？"自从婚后两人同床共枕，从没分开过。如今怀了孩子，心里更加舍不得相公。

看到妻子脸上的眷恋，刘仁杰心情好多了，"我已经拒绝了，你晚上也要有人照顾，小青她们照顾的再细心也及不上我吧。"想起娘虽然不高兴，但还是同意了他的决定。他不禁心中暗自欢喜，习惯了睡在妻子身边，让他搬出去实在不适。再说他也不放心怀孕的妻子。

"婆婆有没有生气？"碧玉松了口气，可又担心起杜氏的想法。

"娘没有生气，娘子。"刘仁杰一阵心疼。

午后碧玉小憩片刻，起来时见小青的脸色怪怪的，不由问道，"小青，出什么事了？"

"没……没出……什么事。"小青低着头不敢看她。

碧玉不说话只是直直的看着她，她抵挡不住挣扎了许久，低声道，"姐儿，姑奶奶送了两名婢女过来。"

"婢女？"碧玉心中一凛，"我们家好像不缺人手吧。"

小青眼眶一红，"说是服侍姑爷起居的。"刘水莲欺人太甚，她家姐儿处处帮着她，她倒却恩将仇报，真是狼心狗肺猪狗不如。

碧玉眼里蹭的冒起火，这刘水莲安的什么心？居然在这时候送婢女过来？难道是……"人收下来了？"

"是，太太收下的，还……还挺高兴的。"小青此时把杜氏也讨厌上了。

"是吗？"碧玉听了这话反而收起火气，神色变的莫测，冷冷地问道，"相公还没从铺子里回来吗？"

刘仁杰今日一大早就去铺子查账，连午饭也没回来吃。

"还没回来。"小青的声音有丝恼怒，偏偏这时不在家里。

碧玉低头想了半天深吸几口气，打扮妥当后去正房。

"媳妇，你来。"杜氏满脸堆笑招手让她过去，"这是你小姑送来的人，你看看如何？"

碧玉在下首位置坐下，脸上硬挤出几丝笑意，抬眼看去，一名女子风姿绰约、已有成熟的韵味，一名娇弱怯生生的、极让人怜爱。这人倒挑的好，两种不同类型的女子都选齐了。抿了抿嘴道，"婆婆觉得好吗？"

杜氏笑着点头，"好啊，这是你小姑的一番心意，担心你有了身子不方便伺候杰儿的起居，专门送人过来。难为她想的这么周到。"大户之家都是如此，她从小受的教育也是这样，对这种事心中不足为怪。

"那要好好谢谢她了。"碧玉淡淡地笑道，"下次我可要回份大礼。"最起码她将不再是刘水莲的靠山。至于金氏和金家大太太那里她需要了解下情况，再决定下一步的作法。也不知这一举动是刘水莲一个人的想法，还是金家的想法？

杜氏没察觉出任何异状，"都是自家人，何必这么客气。"

"婆婆说的是。"碧玉的声音越发的淡。

"对了，她们俩以后就跟在你们身边伺候，你们还不快向少奶奶行礼。"

两名女子毕恭毕敬地上来请安，碧玉换上笑颜，"都起吧。"

杜氏看着她微笑的脸，满意得直点头。不嫉不闹，是个贤良人。

杜氏让人带这两丫头住进后面的下人房，还有两间空房子，拨给她们住正好。

碧玉陪着她说了几句闲话，这才起身退下。

碧玉回房后，脸阴沉下来，坐在梳妆镜前细细地看着自己冒火的双眼。想欺负她？那可没那么容易。杜氏真以为她是以夫命为天的人吗？真以为她是被人随意捏来捏去的面人吗？

小青急的直跳脚，"姐儿，这可如何是好？您怎么不拒绝呢？"

碧玉嗤笑道，"拒绝有用吗？婆婆心里早就做好打算，我说什么都没用。"

小青恼怒异常，"太可恶了，当初不是说不纳妾吗？如今这又算什么？"这杜氏让她不齿，儿子房中的事她也插手，管的太宽了吧！

碧玉的嘴角划出一丝冷冷的弧线，"纳妾？这场面像是纳妾吗？只是服侍的丫头，连通房都算不上。"

小青一脸的鄙视，"我瞧着这两人是狐媚子，不是普通伺候人的丫头，长成那样，再看看她们那双纤纤玉手，是干活的手吗？"她不能对着杜氏大骂，但对这两丫头挑刺总可以吧。

"那又如何？"碧玉端起茶杯，轻轻吹了口气。

小青急的直跳脚，"姐儿，您就不担心吗？万一姑爷被勾引……"她都快急死了，她家姐儿为何还这么镇定自若，一点都不闹呢？如果闹一闹，说不定事情就有了转机。

"别胡说八道。"碧玉喝了口茶，心中已有了打算。

"这可难说的很，您此时怀了身孕，正好给别人有乘之机。姑爷又血气方刚，这要是出了事，您可怎么办？"小青已经是成亲的人的，有些事清楚得很。

碧玉脸色冷竣，"这种事我拦得了一次，能拦得了二次三次，以后的无数次吗？"这种事主要看刘仁杰的态度，如果他不想要，强塞给他也没用。如果他想要，即便她想方设法赶走这些人也无济于事。

"您的意思是不去管？那怎么行？"小青脑子转的飞快，"姐儿，要不我们送信给老爷太太，让他们过来说理。"

"急什么？这事我自有打算，你不用慌。"碧玉想看看刘仁杰的表现再做决定。

"可是……"小青急的满脸通红。

"去吧，到晚饭时再叫我。"碧玉突然觉得深深的倦意，对什么都不想在意，好累好累。"我想一个人待一会儿。记住，不要把脸上的神色带出来。"最后她还是不忘提醒一声。

这种日子真的让她感到疲倦，为什么不能像她父母那般平安喜乐的生活呢？没有任何人夹在他们中间，他们相携着白头到老。这种日子对她来说，难道是种奢求吗？

她对杜氏再恭恭敬敬，守足媳妇的本分，视她如亲母。可她永远只在乎自己的感受，眼中永远只看到自己的儿子。别人的想法根本不重要。可她作为媳妇却无能为力，什么都不能做，光一个不孝的罪名，就能把她压的死死的，还会让娘家蒙羞。她还要再继续过这种日子吗？可一想起刘仁杰那张傻乎乎的笑脸，她就硬不起心肠。那么冷淡的一个人只在她面前流露出赤子之心，将真实的自己坦露在面前。对她百般爱护千般疼爱，她真的能舍下他吗？还有这孩子，她难以割舍的骨肉……

"是，姐儿。"小青心中虽不高兴，但还是听话的退下。

小青离开后，碧玉摸着自己的肚子，神情复杂，脸色越发的莫测。

刘仁杰兴冲冲地从铺子里带了些新鲜的小玩意，准备给碧玉解闷用。

他先去正房见杜氏，杜氏微笑地让儿子坐下，将两名丫环召过来见过主人。

两名女子脸红羞怯地徐徐下拜，身段玲珑，容貌娇丽，千般的温柔风情在这一拜中展露无遗。

刘仁杰脸色变了变，挥手道，"你们下去吧，我有事要和太太谈。"他娘到底在搞什么名堂？居然弄这种人在家里？

两人依依不舍地看着刘仁杰，临走时还眼送秋波，勾人心魄。

"娘，这是什么意思？"等她们一走，刘仁杰心急地问道。

杜氏脸上堆满笑意，"这是你大妹送来侍候你起居的，我见她一片孝心就收下了。"

"娘，我不需要人侍候。"刘仁杰脸涨得通红。

杜氏笑道，"如今你媳妇不方便服侍你，总得有人服侍你，我见这两人还算老实，不会闹出什么幺蛾子，再说她们的卖身契在我手里，量她们不敢乱来。"

刘仁杰皱紧眉头，"娘，您说过不会给我纳妾的，您忘了？"只要想起妻子说的话，他就满心惶恐。

"我没忘，这两个只是侍候主人的丫头，只在媳妇不方便的时候服侍你，你收用了也不用抬举她们。"杜氏心里的算盘打的当当响，只是不知别人会不会配合她？"我会事先让她们服下不能生养的药，没有孩子她们翻不出天去。过个几年她们年纪也大了，就发卖了她们，再买几个年纪小的回来侍候。"

见他娘算的头头是道，刘仁杰浮起深深的无力，脑中想起妻子一向爱笑的脸从此再也没笑容，或许还有可能离开他，他的心中一阵刺痛，"娘子已经知道了？"

"是啊，你娘子是个好的，也不吃醋拈酸的，这也是帮她分担些责任，何乐而不为呢？"杜氏这话说得真是轻松，她还真以为碧玉是她心目中贤惠端庄不会吃醋的好媳妇。

刘仁杰只觉心头一阵阵发疼，语气不知不觉强硬起来，"娘，送她们回金家去。"

杜氏讶异，"这是为何？难道她们不中你的意？"

刘仁杰丝毫没留情面，说的毫不客气，"是，我不喜欢这么妖娆的女人，一看就是有钱人家的玩物，千人枕万人尝的，我嫌恶心。"

杜氏蹙了蹙眉，"又不是纳妾，不需要这么讲究，这又不花钱，白送的……"

刘仁杰对他娘的这种心思恼怒不已，"娘，除了娘子，我不喜欢别的女子贴身侍候。"

"什么？"杜氏心中一惊，脸色不悦道，"难道你被她给勾住心魂了？不行，这……"

刘仁杰淡淡的截断她的话，"娘，我一直记得您从小对我的训诫，女色害人不可沉溺其中，我一直铭记于心。如今您怎么反而给我找女色呢？难道希望我沉溺其中吗？"

"当然不是，我怎么可能这么做？"杜氏没想到儿子会这么说，"这两个只是微不足道的女子，怎么算得上女色？"

刘仁杰闭了闭眼，再睁开时精光闪过，"娘，您想想，大妹为何平白无故的送人过来？她以前跟您可并不亲近，自从嫁进金家后，也没有送过东西出来。此次超乎寻常的举动，您就没有怀疑过吗？"

他就不信这席话引不起她的戒心，再说刘水莲送人过来的目的绝不会单纯吧，恐怕的确没安什么好心吧。

　　杜氏果然被打动，心里不安，"这……不会吧，送两个女子有什么害处？"

　　刘仁杰存心引她怀疑，慢慢道，"这两名女子是什么人？您问过吗？"

　　杜氏的心七上八下的，"这倒没有，她身边侍候的媳妇子说只是两个寻常的小丫头。"

　　"您真这么觉得？只是寻常的小丫头？"刘仁杰的眼睛眯了眯。

　　"这好像不大像。"杜氏沉吟半晌，却不肯承认里面有猫腻，"就算不是，又有什么问题？"

　　"娘，我好像记得大妹好像并不是心甘情愿出嫁的吧？她难保心中对您怀恨……"他这话没说得太透，留下无数遐想给杜氏。有时候话说的半露不露效果反而是最好的。

　　杜氏果然中计，开始朝不好的地方想去，"那死丫头，我给她挑了这么好的一门亲事，她当初还不肯嫁，整天哭哭啼啼的要我退了这门亲事。你这么一说，我就觉得有些不对劲。她怎么会这么好心？就算要讨好我们，也没见她送过一样值钱的东西给我啊。我明白了，她什么都不送偏送两个女人来，肯定是想离间我们母子，让你迷上她们，然后就能掌控你，你就和我生了嫌隙，这……太可恶了，没想到她这么歹毒。我差点上了她的当。"

　　"娘明白过来就好，马上送回去，在我们刘家过了夜就说不清楚了。"刘仁杰见成功了，心中松了口气，"谁知道那两名女子究竟是什么身份？说不定是青楼女子？"

　　"什么？"杜氏听了勃然大怒，她生平最恨的就是青楼女子。"马上安排送她们回去。"

小家碧玉
XIAO JIA
BI YU 下

"是，娘。您果然聪明。"见目地终于达到，刘仁杰很乐意给她戴高帽。

杜氏忙让人送两名女子回金家，她们哭哭啼啼的不肯走，哭的是梨花带雨好不可怜，可惜落在刘家母子眼里越发厌恶。杜氏见此深信这两人不是良家女子，恐怕真是勾拦院里出来的，对刘水莲深深的不满起来。而刘仁杰淡淡地看着她们，没有丝毫怜香惜玉之心，挥挥手硬是让牛大哥夫妻将她们押送回去。

刘仁杰陪杜氏说了几句，才回到自己屋子。

碧玉第一次没迎上来，只是趴在梳妆台上发呆，听到声音也不动。

早习惯了妻子温暖的笑脸和殷勤的举动，刘仁杰心中不由一阵失落，轻轻走过去在后面抱着她，深吸着她身上淡淡的香气，"娘子，我回来了。"

"换件衣服休息会吧。"碧玉头也不抬，淡淡的声音中全是疲惫。

刘仁杰心里一酸，勉强笑道，"娘子，你不帮我吗？"

"自有人服侍，不用我多事。"碧玉懒懒的趴着一动不动。

刘仁杰压下心里的酸意，轻触着妻子的发丝道，"娘子，你生气了？我已经把她们都送走了。"

"是吗？"碧玉的声音依旧淡淡的。刚刚小青已经跑来跟她说过了。可她的心里依旧憋屈得要命。

刘仁杰心中一阵惊慌，扳过她的脸细看她的脸色。生怕她不信的再三强调，"真的，我已经跟娘说过了，她们已经走了。"

碧玉脸上露出一丝轻嘲，"这两个走了，下次还能再送几个过来，反正也不差这几个人。"这么提心吊胆的日子她真的受不了。

刘仁杰没见过她这种表情，不由紧张的道，"你别这么说，以后绝不会再有这种事，绝不会再有女子出现在我们家。"

"是吗？"碧玉的声音露出一丝心灰意冷，"相公，我累了，好累。想静静地休息会儿，一点都不想说话。"

见她死气沉沉的样子，刘仁杰心里有几份恐惧，"你别这样，你有什么不高兴的尽管发泄出来，骂我几句打我几下都行，就是不要这样。"她这样黯淡无神的样子让他感到很害怕。

"我打骂你做什么？你又没有做错什么事？"碧玉神情黯淡地看着他。

刘仁杰急得满头大汗，一股脑道，"我知道你心里不舒服，可我对她们真的没一点心思，我会责备大妹的，她以后再也不会这么做了。"

"她不送，还有其他人送。"碧玉心中明白这种事必须想办法根治，可她却感觉浑身无力，对这种状况深深地感到无力。

"我不理会就行，无论谁送来我都退回去。"刘仁杰紧紧地抱着妻子，眼中有些发红，"娘子，你说的话我都记在心里，不敢走错一步，所以你不要这么不开心。"

碧玉即便在他怀里，身体也感到僵硬不适，"我没有不开心，我只是累，我再坐一会儿，你不用管我，忙你的事去吧。"

"你这样，我怎么安心去做其他事？"刘仁杰感觉要失去碧玉了，脸色发白一个劲地保证，"我答应你的事，一定会做到的。"

碧玉不想听这种空洞的保证，只是淡淡的转过话题，"你怎么说服婆婆的？"她对这个还是有些好奇的，毕竟杜氏并不是那种好说话的人。

刘仁杰一时语塞，"我只是随便找了几个理由，娘……娘还是很明理的，很快就想通了。"

碧玉听出了他话语中的心虚，扬起一抹虚弱的笑，"万一再有下次，你还要这么绞尽脑汁地劝服婆婆，这样不累吗？"事情的根子其实在杜氏身上，如果没有打消她的念头，这种事会一而再再而三的发生。她可没有那么好的耐性。

刘仁杰心里一疼，涩涩的扯动嘴角，"你是不是心里怪娘？"他知道他娘不对，可后来她也听了他的话将人送回去了。他还能怎么样呢？

碧玉淡笑道，"我怎么敢？她是我的长辈，只有她嫌我的份，哪有我怪她的理？"就是这种伦理道德让她觉得很无力，她什么都不能做，只能任凭别人来安排她的生活。她真的受不了。

"娘子，你不要这么说话。"刘仁杰五内俱焚，他该怎么做才能让妻子重现笑颜呢？

碧玉斜看他一眼，有些失落，"我只是担心我是不是没做好媳妇，没尽到孝道，所以才让婆婆这么不待见我。"

"怎么会？娘很喜欢你的。"刘仁杰忙解释道。

碧玉长叹了一声，"我原本也是这么认为，可从今天的事来看，并不是如此，我是大错特错了。"

刘仁杰这才知道他娘的做法伤了她的心，"娘子，你别多心，娘只是一时糊涂。"

"是吗？我怎么觉得她嫌我做媳妇做得不够好，做妻子也没尽到责任，我……"碧玉真的心力交瘁，无论讨好也没办法让婆婆站在她的立场考虑问题。她是不是该多考虑将来的事？

"别这么说，是我不好，我没有保护好你。"刘仁杰心情沉重，"别难过，我这就去跟娘说清楚，让她以后再也不要管我们夫妻间的事，再也不要收下乱七八糟的人。"说完起身要离开。

他无法责怪娘亲，只能迁怒这事的始作俑者刘水莲，要不是她，今日也不会被搅得一塌糊涂，碧玉也不会这么伤心难过。

碧玉忙拉住他的衣袖，"相公，你出去这么一说，婆婆以为是我挑唆的，心里会更讨厌我的。"

"娘不会的。"刘仁杰再聪明，但对女人的心思是一点都不懂。

碧玉苦笑的反问，"是吗？"杜氏向来见不得他们夫妻恩爱，刘仁杰把话这么一说，她不炸毛才怪。她固然不会怪自己的儿子，但会把一切怪到媳妇头上。

刘仁杰停住脚步，犹豫了半天道，"我过几天挑个适当的日子好好跟她谈谈，我定能说服她的。"

"是吗？"碧玉依旧一句不咸不淡的问话，她根本不信。

"娘子，你别这样。"刘仁杰转身将她抱在腿上，把手放在她的小腹，"笑一笑，这样愁眉苦脸对孩子不好。"

"孩子？"碧玉皱起眉头，"如果我这胎是个女孩子，娘会不会让你休了我再另娶他人呢？"心情一不好，就容易把事情往坏处想。

"你说什么胡话？娘决不会这样的。"刘仁杰浑身一震，"我知道娘的做法伤了你的心，可是她对你并没恶意，你看在我和孩子的面上，不要跟她计较。"事情怎么会变成这样？

"相公说哪里话？说这种话可会折我的寿。"碧玉低垂着头，静默许久道，"相公，我有一事相求。"

刘仁杰被她的话刺伤了，可还是勉强笑道，"我们夫妻间需要用求不求的吗？你有事尽管说。"

"相公，我想回家住几日，我想爹娘了。"碧玉心想换个环境或许会改变心情，再这样消沉下去，她都快要唾弃自己了。

"不行，其他事都能依你，唯独这事绝对不行。"刘仁杰紧紧地抱着她，生怕一个松手，她就再也不回头，"你答应过我，永远不会离开我的。"碧玉的那席话在他心头翻起滔天波涛。漫无边际的恐惧涌上心头，她是不是已经有了离开的打算？

碧玉无声地叹了口气，"我只是暂住几日，你想多了。"

刘仁杰血色全失，整个人有些抓狂，"我不能让你离开我身边，一天都不行，绝对不行。"

"不行就算了，你不要这么紧张。"碧玉拍拍他的手安慰道。

"我没紧张。"他话虽如此，这手紧紧抓的发白，青筋浮起。

接下来碧玉依旧如常，对杜氏依旧晨昏定省、早晚问安，态度恭恭敬敬的。对刘仁杰依旧体贴入微，嘘寒问暖。

可刘仁杰觉得她变得不一样了，她的心变的捉摸不透，仿佛离他越来越远，不再有以前那种心意无比贴近的感觉。碧玉若即若离的感觉让他坐立难安，晚上难以入眠。有时拉着她好好谈谈，她只是温婉地听着却不肯说话。刘仁杰一晚晚的抱着妻子无法入睡，只能睁着眼睛看着妻子日益消瘦的脸，无能为力。两人小心翼翼地相处，如履薄冰。而出了房门，依旧扮着相敬如宾的夫妻。

这种日子一天天地过去，刘仁杰心中的害怕惶恐也在一天天的增加，终于在一天爆发出来。

这天他应酬完同窗浑身疲惫的回来，见过杜氏后回房。在房间内没见到碧玉，只见一个陌生的低眉顺眼的十五六岁的丫头迎上来殷勤的要服侍。

刘仁杰连忙闪开，在室内四处查找碧玉的人影，"你是谁？少奶奶呢？"

"我叫小怜，是今日太太买回来侍候少爷您的。"丫头羞红了一张脸，杜氏买下她时已经暗示过让她暖房的。见刘仁杰相貌堂堂风度翩翩，听说又是举人，芳心暗许，巴不得能马上爬上他的床，先做个通房大丫头，等有了一子半女后就能抬个偏房什么的，那她一生是无忧了。

"我问你，少奶奶呢？"见这丫头只顾脸红，气的刘仁杰想骂人。他娘还没死心吗？居然还弄了个丫头进门。碧玉呢？她哪里去了？怎么不见了？心里涌起恐惧，她是不是走了？

他不知道的是，杜氏自从将那两名丫头送回金家后，就把这事记在心里，日日惦记着找个女人来侍候刘仁杰。别人送的她不放心，她自己亲自挑了一名姿色平凡的良家女子买进来作丫头，专门给刘仁杰暖房之用。

"少奶奶出去了。"小怜低眉顺眼的禀道。

听了这话，刘仁杰脑中那根紧绷的弦断了，眼睛发红，心中只有一个念头，娘子不要他了，她真的走了，再也不要他了。脑中一片空白，无视小怜羞答答伸出手来要给他换衣服，大手一挥，小怜整个人摔了出去，正好撞到墙上，额头上裂开一个小口，血哗啦地流出来。她抖着手一摸，居然是一手鲜红的血，眼瞳放大惊惶失措地尖叫，"啊……"

随着尖叫声，院子里传来急促的脚步声，范大娘扶着杜氏出现在门口，见此一幕，全着了慌。怎么会这样？

杜氏冲上来扶住儿子，"杰儿，怎么了？出什么事了？"

可无论她怎么叫，刘仁杰没有任何反应，他的眼睛无神，表情放空，整个人沉浸在空白的世界里。她当下吓得手脚无措脸色惨白，这可是她唯一的儿子，这要是有个闪失，她可怎么活啊！

"太太，救命救命。"小怜鲜血淋漓的爬过来，拉着杜氏的脚求救。

杜氏眼里只有自己的儿子，见她这样眼中滴出血来火冒三丈道，"贱婢，你对我儿做了什么？他怎么会这样？"

"太太，我没做什么，真的没做什么。"小怜哭哭啼啼的申辩。

杜氏眼中全是厌恶，"没做什么？这房间里只有你们两个，除了你还有谁？你究竟做了什么？"

"太太，求您相信我，我真的没做什么，是少爷把我甩出去的。求求您帮帮我，我流了好多血。"小怜感觉自己要死了，脸吓得惨白惨白的。

"你想的美，我儿成了这个样子，我还要治你的罪。"杜氏心里全是愤恨，真不得打死她，"他要是有个三长两短，你死定了。"

她心里全是后悔，要早知道这样，打死她也不会买下这个死丫头的。

"太太，真的不关我的事啊……"小怜身体抖成一团，怎么会变成这样的？刚刚她还满心幻想能过人上人的好日子，如今却成了这个样子。究竟哪里错了？

杜氏见实在问不出什么，朝她身上踢了一脚，心中还不解气，"扫把星，刚进我们家门，就把我儿害成这样，我绝饶不了你。"

"太太，太太。"小怜额头上的鲜血流下来，整张脸恐怖吓人。

杜氏看着儿子痴痴呆呆的样子，老泪纵横心如刀绞，"杰儿，你醒醒，你不要吓娘，你绝不能有事啊。"她一生的心血都花在儿子身上，如果他有个不好，她也不活了。

碧玉带着小青进来，就见这鸡飞狗跳的一幕，不由走上前，"怎么了？这是怎么回事？"

"媳妇，你快来看看杰儿，他好像听不到我的声音。"杜氏眼睛一亮，忙招呼她过来。

碧玉心中一慌，走到刘仁杰面前，紧紧拉着他的手，"相公相公，你怎么了？"一声又一声，全是害怕和紧张。

那一声声熟悉的呼喊、温暖如春水般的手唤醒了他的意识，让他从绝望的深渊中爬回来，回神见妻子好端端地站在他面前，心中激荡不已，一把将她抱在怀里，声音有丝软弱，"你别走，你别离开我。"

"相公，我没走，我就在这里。"碧玉心疼了。她虽有心让他吃点苦头，但绝不想伤害他。

刚刚她见杜氏买了个丫头坚持要放在自己房内，心里非常不舒服，借口要给兄长买些东西寄到京城，出去走走散散心。没想离开没多久，家里就出了大事。

杜氏见状整个人瘫软下来，她快吓死了。总算没事了，可见儿子紧紧抱着媳妇，心中不适，"杰儿，你这成何体统，快松手。"

刘仁杰明显察觉到碧玉的身体一抖，此时理智还没完全清醒，心中怒火狂燃，转过头喊道，"她是我妻子，我抱着犯什么错了？"

杜氏从没见儿子这么对待过自己，心中又气又恼，"你……你……"

碧玉挣了挣身体，却半点挣不脱。见杜氏的脸色铁青，不由拍拍他的后背，在他耳畔轻语，"别惹婆婆生气。"有些事要好好说，光这么喊叫是解决不了问题的。

刘仁杰听到妻子的恳求声，意识清醒了些，理智回到脑中，咬了咬牙不舍的收紧手臂抱了一下，随即才放开她。

碧玉看了看四周的人，打发人将小怜带下去疗伤，自己也去了小花厅休息。空出地方让他们母子好好谈谈。

刘仁杰一揖到底赔罪道，"娘，是孩儿一时生气冲撞了您，请您责罚。"

杜氏气的眼圈都红了，"你为了妻子顶撞起我来，是不是嫌我麻烦了？"

"娘，别这么说。"刘仁杰沉痛地闭了闭眼，"只是以后请娘不要再管这种事。"经过这次，他清楚地意识到这个问题必须解决，否则碧玉迟早会离开他。而他是绝对不能忍受失去她的痛苦。

"我所做的一切都是为了你好。"杜氏怒气冲冲地喝道。

刘仁杰脸上露出一丝难过，"可我不喜欢您事事管的这么宽。"

"你什么意思？难道我为了你考虑，这也错了吗？"杜氏气坏了，这儿子怎么就不领情呢？还出言责怪她？

刘仁杰定定地看着她，"我上次不是跟您说过，不要管这种事，您为何不听呢？"

"你是我生的，我管这种事管错了吗？这本是你妻子该做的事，可她没做到，我也不说她什么。"杜氏一脸的理直气壮，"如今我帮她做了这事，你却反来怪我。"

"娘，我上次不是跟你说清楚了吗？"刘仁杰真不知他娘的脑子里究竟在想些什么，怎么说都沟通不了？

杜氏有些不解，"上次你不是嫌她们不干净吗？这个丫头是良家之女，没钱才会卖身的……"

"我以为经过上次的事，您已经明白我不需要什么贴身大丫头，您……"刘仁杰心里叹了无数次气。

杜氏突然想到什么，板着脸道，"你是不是怕你妻子心里不悦？谅她也不敢，这是正理，她应该主动找人侍候你。"

刘仁杰听了这话，心里不舒服，淡淡地问道，"您当年也是这么对我爹爹的吗？"这一句话戳到她的痛处。

杜氏脸色大变，眼中有恨意，"他哪需要我给他找女人？他早趁我不注意就摸上其他女人的床。"

这是她的生平恨事，她那么满心欢喜的嫁进刘家，还马上有了身孕，可没想看到相公跟别的丫环赤身露体的做那种事，这让她如何能忍？她当场就让人发卖了那丫头，可也失去了相公的欢心。她的婆婆还把自己心爱的两个丫头送给儿子，她把牙都咬碎了可却不敢发作。

刘仁杰见了心中有些不忍，可为了将来他还是问下去，"您既然这么讨厌这种事，为什么还要安排呢？"

"那怎么一样？你是我儿子。"杜氏从回忆中醒来，理所当然的回答。

刘仁杰真的无话可说，他娘容不得自己相公找别的女人，可却给自己的儿子主动找。还一副理直气壮的模样。跟她怎么说都说不通。她难道就不会以己度人吗？提高声音道，"娘，以后不要再做这种事。"

"是不是你妻子对你说了些什么？"杜氏开始怀疑媳妇头上，"如果是那样，那她就不是个好妻子。"亲眼见过那一幕，她是绝对不相信儿子儿媳感情平平这一说法。他们夫妻感情好是她不能容忍的。

"她没说什么。"刘仁杰心中一惊，脑中飞快地转动，咬了咬牙，"是我有问题。"

"你？什么问题？"杜氏万万没想到儿子会这么说。

刘仁杰憋红了一张脸，"因为您一直在我耳边说的那些话，让我对女子很排斥，一看到她们我就浑身难受，她们一走近我，我就想将她们挥出去。要我碰她们是根本不可能的事。"这么说应该能打消他娘的想法了吧。

杜氏脸一阵红一阵青，"什么？怎么可能？我怎么从没听说过？"

"这种事我怎么跟你说？"刘仁杰脸上露出几许难堪，"我当日住在姑父家时，这事所有人都知道。我住的院子里只有小厮服侍，从没有丫头的。这又不是什么光彩的事，姑母让所有人闭口不许提此事。"

"不可能不可能。"杜氏大受打击，一直摇头。可心里却已经有几丝相信，刚刚那丫头的惨状，还有当日刘氏隐隐约约的暗

示，说什么要让刘仁杰多接触女子，不可矫枉过正。当时她只以
为她在嘲讽她的教育方式，原来是这样，居然是这样！

"这事您知道就行，不要跟别人提起。"刘仁杰不放心地叮嘱。

杜氏突然想到一事，"是不是因为这样，你姑母才把女儿许给吕家，而没有许给你？"

刘仁杰心中暗恼，"娘，胡家表妹早已为人妻，这种话再也不要提。"都成了亲戚，这话让别人听到成什么样子？

"可我实在无法相信。"杜氏脸色难看无比，难道是她把儿子害成这样的吗？"对了，你不是和媳妇相处得很好吗？她怎么就能接近你？你们还有了孩子？"真如儿子所说，那这是怎么回事？

刘仁杰脸上浮起暗红，心里直想翻白眼，娘怎么就这么关心儿子房中之事？脑子转了转，"我跟她是明媒正娶的夫妇，圣人有云：昏礼者，将合二姓之好，上以事宗庙，而下以济后世也。夫妇是五伦之一，她又是娘为我娶的妻子。即是如此，我自然不会排斥她。"

他说的这么官冕堂皇，引经据点，只为了给碧玉开脱，不想让杜氏记恨上。

杜氏听了这席话，呆坐许久，最后无奈地挥手让他退下。刘仁杰动了动嘴，还是把话咽下去退了出来。

坐了半天她总算想起这不是她的房间，在范大娘的搀扶下蹒跚着回到西厢房。

见她不声不响地坐着出神，范大娘犹豫半晌，递茶过来，"太太，您喝杯参茶养养神吧。"

"阿香，我是不是真的错了？"杜氏内心受到了很大的冲击，不由怀疑起自己的过去的做法。

范大娘不敢多说什么，只是劝道，"太太，您别多想了，喝了茶早点休息吧。"

"你跟我说句实话，我错了吗？我所做的一切都是为了杰儿，可有些事我是不是真的错了？"她需要有人跟她说说话，给她点看法。

想起儿子刚才那空洞的眼神，她的心揪成一团。儿子是她的命，看到儿子受到伤害，她比谁都痛。

范大娘低着想了想道，"太太，您想想以前的日子，再想想如今的日子。少爷很上进而且有了功名，少奶奶孝顺有礼又怀了孩子，再过几个月您就要添孙儿了，这样美满幸福，别人求都求不到，您应该欣喜才对。至于其他的事就不要想了。"杜氏此时是软弱，可平日里说一不二蛮横的性子她还是有些忌讳的。

可她心里是偏着碧玉，不光在做人处事方面碧玉做得滴水不漏，对他们这些下人照顾有加，性子也极大方，相比起来杜氏为人苛刻，说话尖酸，还喜欢自以为是，高人一等。再说刘家迟早要由碧玉接手管家之职，卖个人情给她将来也好有好日子过，她别的不求，只求能在刘家养老，不要赶她走。依碧玉的性子来说，这个要求肯定能获准。杜氏就很难说，一时大发善心是有可能，但也要她心情好的情况下才行。如果心情不好，就很难说了。就冲着这一点，她也要铆足了劲帮碧玉说好话。

"你说的对，过往多想无益。"杜氏接过喝了口参茶，"算了，我也不多管他们的事，就等着抱孙子吧。"想起以前连饭都吃不上，不要说喝这参茶了。如今的日子比以前好上百倍，她还有什么不甘心的。就当是为了儿子，想开些吧。将他逼急了出了事就白费了她多年的心血。今日这种事她再也不想看到。

范大娘心中一喜，"太太您这么想就对了。"如果能这样，家里就太平了。只要能太平到碧玉管家，她就大功告成了。

第十三章　生女

　　碧玉的肚子已经很大，行动不便，大夫预计这几日有可能生产。把刘仁杰和杜氏紧张坏了，一直守在她身边，吕家和吴家也是三天两头的遣人过来问安。吴家更是送来了两名接生婆，以防万一。

　　碧玉双手不停地忙碌着，刘仁杰按住她的手，"娘子，你不要再动针线，孩子要用的东西已经都备妥了，当心别伤了眼睛。"

　　"可我什么都不做，很闷的。"碧玉撇撇嘴，其实还有一层她没有说出口，她心里很害怕，手里不停能让自己少想能分散些注意力。

　　"我陪你说话，你就不闷了。"刘仁杰收掉她手里的东西，不放心地看着她的肚子。

　　"相公，你还是去看书吧。"碧玉见刘仁杰围着她团团转，不由笑道。

　　"我此时哪里还看得下书？"刘仁杰心里直打鼓，听说女人生孩子是极危险的事，等于是在鬼门关打个转，他担心的已经好几天没睡好觉了，"娘子，你想吃什么？我让人去做。"

　　"我不饿。"碧玉笑着摇头，他已经问过好几遍了。他难道忘了她刚刚才吃过小笼包和豌豆黄了？

其实她哪里知道刘仁杰巴不得她能多吃一点，养的壮一点生产时顺利点。

"多少吃点，你不饿孩子也会饿的。"

碧玉无奈地点点头，这个孩子很乖，既没有让她终日犯酸呕吐，也没有在肚子里不安分的踢打，只是让她整日想睡觉而已。

小青送上银耳羹，刘仁杰接过一勺勺的喂给她喝。

喝完一碗，碧玉偎在他怀里晕晕欲睡。吃饱了就想睡，她快变成猪了。自己的腰身粗了几圈，连脸上全是肉，她都不敢看自己的这副模样。

小夏走进来，见状有些欲言又止。

刘仁杰无声的朝她挥挥手，让她快出去别惊醒了碧玉。碧玉还是发觉蓦然张开眼，"有事吗？"

小夏矮下身体福了福，"金家派人来报喜，他们大奶奶有喜了。"

碧玉抬头和刘仁杰相视，半晌露出笑意道，"这事报给太太知道了吗？"

小青禀道，"金家的人正在花厅拜见太太，太太让我过来跟少爷少奶奶回一声。"

刘仁杰道，"知道了，下去吧。"

小夏依言退下去，碧玉笑道，"我们要不要送份贺礼过去？"

刘仁杰一脸的不在乎，"不必，这些都由娘打点，你不用管这些事，安心养好身体。"

碧玉也懒得再提，自从上次刘水莲送丫头过来，让碧玉对她所有的善意都给抹灭掉。不管刘水莲是安了什么心，但肯定是没安好心。她可不想再帮这种不识好歹的人。

这事过后，碧玉就不再跟她有任何联系，就是刘水莲下帖子来请也不肯过去，每次都推身子不便推了。

不过听说刘水莲在金家的日子很不好过，处处受排挤，她的出身本来就低，娘家又不帮她，家中的那些小妾全不服她，金家大太太也不理会她，她相公本来就是个朝三暮四的人又嫌弃她生了个女儿，根本没把她当正室看待。

一日三餐都是故意放凉才端给她吃，侍候她的丫头都被别人收买了时不时地对她冷嘲热讽，她简直度日如年。不过她突然有了身孕，还是让碧玉惊讶了一下。随即就被扔到脑后，不去管她的闲事。

而金氏知道刘水莲做的事后，还专门托人捎来份厚礼和亲笔致歉书信，说明此事与金家毫无关系，全是刘水莲一个人的主意。

碧玉只是笑笑，收下礼物回了书信，算是把这节翻过。

而那件事中最生气的人恐怕是刘仁杰，他至今对这个妹子还心里芥蒂。

"哎唷。"碧玉想着心事，突然发出一声轻叫。

刘仁杰紧张地问道，"怎么了？是孩子踢你了？"

"相公，我好像要生了。"碧玉咬着下唇，脸色发白，肚子一阵阵地疼。

刘仁杰脸色忽变乱了手脚，惊慌失措地叫道，"来人啊，来人啊。"

众人闻讯赶来，接生婆训练有素的吩咐准备开水、布匹、剪刀等接生用的东西。同时推刘仁杰出去等着，不要守在产房里。

可他握着妻子的手，死活不肯走，眼睛盯着她惨无人色的脸，害怕的浑身发抖。

碧玉无力的劝道，"相公，出去吧。"她不想让他看到她生产的样子。

刘仁杰摇着头，就是不肯走。

杜氏见了上前拉他，"杰儿，产房不是男子待的地方，容易冲撞产妇，快出去。"

刘仁杰心里一震，这才依依不舍的放手，向后面退时眼睛眨都不眨一眼，生怕有个意外，他就再也见不到她。

见到他的身影消失在门口，碧玉才不再硬撑，开始小声地呻吟，汗水早已顺着额头慢慢流入发间，不一会儿，就把头发打湿。

刘仁杰守在院子里脸色惨白如纸，听着一声声呻吟变成尖叫声，心里绞痛，恨不得冲进去陪着她一起痛。

杜氏担心地看着他，安抚道，"杰儿，女人生产都是这样的，你不用这么紧张。"

"娘子不会有事的，对吗？"刘仁杰一脸的无助。

杜氏暗中心惊，"当然不会有事，她会平安无事的生下刘家的长孙。"儿子这么紧张媳妇，万一有个三长两短，那……

吕顺夫妻从外面急匆匆地走来，满脸都是汗。他们刚接到消息，就扔下所有的事赶过来。此时也顾不得礼仪和客套，随意地点头打了声招呼。

吕顺眼睛直直地盯着内室，着急地问道，"亲家太太，我家女儿怎么样？"

杜氏心中根本没底，但脸上强撑镇静道，"接生婆在产房内接生，放心，不会有事的。"

吴氏听着内室撕心裂肺的尖叫声，心疼得要命，呆立半晌，"我进去陪女儿，她需要我。"不理会别人的劝阻，旁若无人地进入产房。

碧玉一波波的痛，每一次的阵痛都是煎熬，她心里害怕会不

小家碧玉
XIAO JIA
BI YU 下

会撑不下去？

吴氏进来紧紧拉着碧玉的手，见女儿这样眼中全是泪，"女儿，娘来陪你，别怕。"

"娘。"碧玉精神一振。这个时候有至亲的亲人陪在身边，她觉得好受些紧紧回握吴氏的手。

吴氏强撑精神安慰道，"女儿，外面你相公和你爹爹都在外面等着，你一定会平安无事的。"

看着娘亲眼中暗藏的紧张和关心，碧玉心中一阵感动，浑身似乎有了力气。

吴氏不断地给女儿鼓劲，不时地擦去碧玉额头的汗水。

在那漫长无比的煎熬中碧玉只觉下身有物滑出，耳边听到欣喜的叫声，"孩子出来了，孩子出来了。"整个人一阵轻松，头一歪昏了过去。

守在院子里的众人听到一声清脆的婴儿哭啼声，不由大喜。

刘仁杰紧绷了一天的心轻松起来，身体一软倒在椅子上。太好了，终于生了。

接生婆抱着一个大红色的襁褓笑意盈盈地出来报喜，"恭喜举人老爷，恭喜举人家老太太。"

杜氏冲上去急问道，"是男孩还是女孩？"

接生婆谄媚的举高孩子，"是女孩儿，您看这孩子多可爱啊，我接生这么多年，可没见过这么粉嫩漂亮的女娃娃。"多说几句好话，应该能多得些喜钱。举人家应该不会太小气吧，虽说是个女孩，但这是第一胎，应该会比较重视吧。

杜氏一阵失望，无精打采的随随便便看了一眼。让范大娘取了两封喜钱打赏，接生婆谢过后捏了捏，心里不高兴。才这么点，真小气！怪不得人家说刘家太太不是个好相与，又极苛刻的。

吕顺却很欢喜，从接生婆手里接过孩子细看，粉团儿肉嘟嘟的，白皙的皮肤，长长的眼睫如蝶翼般轻盈，有几分像当年刚出生的碧玉，心中不由溢满慈爱，伸手逗弄起来。小家伙闭着眼睛睡觉，眼角还有几点残泪，小嘴微微嘟起，别提有多么可爱了。

　　刘仁杰缓过气来起身看了孩子一眼，见岳父抱着女儿放心的很。只是想起妻子有些不安，走向内室，在门口被小青拦住，"少爷等会，里面在整理产房。"前段日子她已经在碧玉命令下改口，不再称他为姑爷了。

　　"少奶奶怎么样？有没有事？"刘仁杰紧张地问道。

　　"少奶奶有些脱力睡过去了。"见他这样，小青心中暗暗为碧玉高兴，他应该没有嫌弃碧玉生了个女儿。

　　下人整理好后，才让他进去，他跨进房间眼里只有闭上眼睛沉睡的妻子，轻轻抚上她虚弱苍白的脸，心疼地低语，"娘子，你真的没事吗？"

　　一直守在女儿身边的吴氏丝毫没见怪他的无礼，心中反而大慰，"杰儿，她们母女都平安，放心吧。"

　　刘仁杰胡乱地点头，呆呆地看着妻子的睡颜，对外界的事物视若不见。半晌才回过神起身对着吴氏行了个大礼，"谢谢岳母。"要不是有吴氏在里面陪着碧玉，他心里恐怕会更惶恐。

　　吴氏笑道，"不用这么客气，只要你好好待她们母女，我心里就欢喜。"

　　刘仁杰正色道，"岳母放心，她们是我的妻女，是我这生最重要的人。我定会好好照顾她们，决不会亏待她们分毫。"他明白她的意思，生怕碧玉生了女儿，他心里介意。其实他也很想有个像碧玉的女儿，可以娇宠疼爱的软软糯糯的女儿。

　　吴氏悬了许久的心终于放下，看着眼前这个一脸坚毅的女婿，感觉他变了好多，不再是那个有些冷情又愤世嫉俗的男孩子，变的成熟有担当，心中第一次承认自己相公的眼光比她好，他给女儿挑了个可靠而又疼爱她的相公。

碧玉醒来时见刘仁杰守在她身边正痴痴地看着她，心中一阵温暖，漾起一抹甜甜的笑容。

刘仁杰也露出笑容，低下头轻声问道，"娘子，你醒了？疼不疼？"他一脸的疲倦，脸上胡子拉碴，衣服也皱皱的。

"不疼。"碧玉不想让他担心，强撑起疼痛的身体困难的抬眼看向四周，"孩子呢？让我看看。"她此时最关心的就是孩子，不知长什么样子？

"岳母大人照看着。"刘仁杰忙扶住她，"快别乱动，我马上请她抱女儿过来。"

"是女儿？"碧玉心一跳，偷偷抬眼看他。

"是。"刘仁杰笑道，"我很喜欢很喜欢，我们的女儿长得好可爱。"虽然昨天只是匆匆一眼，可还是觉得极其好看。

碧玉见他一片真心没半点虚假，心中松了口气。

不一会儿，吴氏抱着孩子送到她眼前，满面笑容道，"女儿，看看这孩子，长得很像杰儿，不过这小嘴却像你。"

她不放心孩子交给别人，杜氏又不管，她只有自己带着才放心。吕顺已经回家了，家里还有个小申儿，家里不能没人。她就留了下来，住在客房内。

"让我抱。"碧玉看着粉嘟嘟的孩子心中大动，连忙伸出手来。

在刘仁杰的帮助下，她靠在他怀里将孩子抱过来，那瞬间一股暖流涌上心头，眼睛酸酸的直想落泪。这是她怀胎十月辛辛苦苦生下来的骨肉，她和相公的长女，心中一片柔软，抱着这孩子感动不已，心中盼着她一生无忧。直到这时，她才能理解父母的养育之恩有多重，他们有多疼爱自己。

碧玉仰起笑脸，"相公，我们的孩子是全天下最漂亮的娃娃。"语气充满了骄傲自豪。初为人母，那种感动无法细述，只能用这句话代替。

"当然，这是我们的女儿。"刘仁杰也是一脸的骄傲，手指轻触孩子柔嫩的小脸，嘴角不由露出微笑。这么粉嫩的娃娃是他的孩子，心中升起莫名的感动。

夫妻俩抱着孩子眉开眼笑的逗弄了半天，杜氏笑眯眯地坐在一边的椅子上看着他们一家三口。

刘仁杰觉得困意涌来，实在撑不住，到旁边的房间休息去了。

直到他离开，吴氏才走到磨床边坐下笑道，"女儿，这一天一夜杰儿一直守在你身边，谁来劝都不肯走。他对你真的很用心，娘总算能放心了。"

碧玉脸一红，"娘。"心中却甜滋滋的。

"我唯独不放心的就是你婆婆。"吴氏皱起眉头，对昔日的闺中女友很无力，"她这个人，哎。"最后只能长叹一声。

从碧玉生下女儿开始，杜氏就一直在房内不出来，连孩子也没多看一眼，想想就让人生气。不过吴氏转了转眼珠，嘴角轻抿，她就不信想不出方法对付杜氏。

碧玉有些不安地问道，"婆婆是不是嫌我生了个女儿，所以心里不高兴？"相公和娘亲都陪在一边，只有婆婆不见人影，她的心里一阵阵的难受。

"她就是想不开，这有什么？第一胎是女孩子更好。"吴氏心疼地安慰道，"你还年轻，还可以再生。"

"哎。"碧玉从吴氏嘴里得到证实，轻叹了声，心中越发的难受。

“女儿别担心，娘自有办法对付她。”吴氏微笑着，胸有成竹，"保管她会喜欢这孩子。"

若说这世上最了解杜氏的人应该就是吴氏了，从小认识，一起成长，吴氏对她恐怕了如指掌。

“真的？”碧玉眼睛一亮，她对她娘充满信心，只是……"不过不要太让她下不了台。"不管怎么说，她都是她婆婆，相公的至亲，伤了她的颜面就是打了相公的脸。

“这点分寸娘还是有的。”吴氏抿嘴一笑，如今她对女婿很满意，连带对杜氏也看着顺眼许多。

接下来的几天，吴氏是抱着外孙女不离手，杜氏只坐在一边看着时不时地喝几口茶，也不热情。

又过了几天，杜氏不淡定了，老追在吴氏后面叫道，"让我抱抱，这是我的孙女。"

“可这也是我的外孙女啊，我就喜欢抱着她，你还是在旁边歇着吧。”吴氏含笑的声音。

“凭什么吗？这是我的亲孙女，比你的外孙女可亲多了，她可是姓刘。”杜氏的声音里有丝恼怒。

“你不是不喜欢女孩子吗？”吴氏笑意更浓。

“谁说的？我最喜欢女孩子。”杜氏心虚的很，但还是硬撑着。

“是吗？”

“当然了，这是我们刘家的长孙女。”

“我本来还想说，你如果不喜欢这孩子，就让我抱回去养，我膝下没有孙辈太寂寞了，而且我身边只有一个儿子，实在稀罕女孩儿，不如……"

杜氏急了，"你想的不要想，这是我的宝贝孙女。"

……

碧玉在内室听到这些话，心中大慰，同时对吴氏大为感激。她娘为了她煞费苦心，想尽办法帮她解决了最大的难题。她为人子女，却不能为父母分忧，反而让她们为自己担心，实在很不孝。

孩子满月这天，杜氏和刘仁杰商量了下，决定办满月酒，请上亲朋好友喝酒看戏。

碧玉月子里不能洗澡不能吹风不能洗头，早已感觉脏的不成人样了。这天就痛痛快快的洗个够，从头到脚搓了半天，这才觉得干净了。换上焕然一新的衣裳，戴上价值不菲的首饰，整个人容光焕发。

刘仁杰看见妻子时眼睛一亮，灼热的视线在她身上打转。这一个月他被勒令不许进房间，只能在外面打转，隔着房门说几句而已。

虽然只办了孩子满月正日一天的宴席，人还来得挺多。院子用屏风隔开，分成两部分。前面招待男客，里面则招待女客。这院子平日里够一家人住，可办起喜事摆起酒席就觉得襟肘不便。不过这种日子也不多，勉强凑合一下罢了。

杜氏打扮的整整齐齐，满面笑容的招呼客人。还乐呵呵的抱着孩子给众人看。

席上很是热闹，大家你一言我一语的凑趣。夸杜氏有福气，媳妇过门才一年多就给她添了孙女。又夸碧玉脸色红润，比以前更好看了，还有夸孩子天庭饱满长的又好看，是个有福的，将来定能招个贵婿。把个杜氏奉承的笑眯了眼。

碧玉坐在一边，时不时露出愉快的笑容。听到别人夸自己的女儿，比夸自己还高兴。

刘水莲忽然道，"真是可惜，大嫂这次生了个女儿，要是儿子就好了，我娘家太太是极喜欢男孩儿的。"

这话一出，在场的人脸色都变了，这种场合说这种话实在太过分。这还是娘家人呢，居然还这么说话。她自己难道不是女的吗？至于这么说话吗？这不是存心给人添堵吗？

杜氏气的脸色发白，眼睛狠狠地瞪着这个庶女，居然给她下绊子，想让所有人都知道她是个坏婆婆坏祖母吗？

吴氏不动声气地笑道，"金大奶奶，你这话说得差了。亲家太太不知有多喜欢孙女呢，还把孩子抱到自己房里养，时时刻刻都要看到才放心。"

刘水莲并不闭上嘴，继续不依不饶的讽刺道，"是吗？我娘家太太转性了？居然喜欢起女孩儿来？"这话说得太刻薄了，有点不管不顾的味道。

"我本来就喜欢女孩儿，只是有些女孩儿不讨人喜欢罢了。"杜氏收起笑容，板着脸暗有所指。

要不是碍着今日是大好日子，杜氏恨不得马上把她轰走。这庶女原本就不讨喜，如今是惹人厌了。真是上不了台面的死丫头，怪不得在金家没有地位。

刘水莲的脸红白相加甚是滑稽，嘴唇动了动。

没等她开口，金太太忙笑道，"我这媳妇前些天病了一场，脑子有些糊涂，亲家太太，您千万不要放在心上。"

杜氏勉强挤出一丝笑，"好说，既然病了就不要让她出门，在家里好好养病才是。"

"正是这话，原想着这是她娘家的大喜事，让她出门沾点喜气。"金太太赔笑道，"没想吹了风，这病反而更重了。"

"我没病。"刘水莲气恼无比的声音响起。

可惜所有在场的人都仿恍没听到，喝茶的喝茶，喝酒的喝酒，吃菜的吃菜，刘水莲倍觉难堪。

"刘太太，我娘说的没错，我大嫂本来就不大习惯这种场合。"金氏起身福了福，"我替她赔个罪，原谅她病中胡言。"

"吴三奶奶不用这么客气，我也不会放在心上。"

"早听说刘太太是最大度最慈爱的，今日一见果然如此，真是碧玉妹妹的福气。"金氏一向会说话，这一番奉承哄的杜氏忘了刚才的不快，拉着她的手说笑。

刘水莲脸色难看的极点，甚至有些扭曲，她不甘心被人忽视至此，起身道，"笑话，刘太太大度慈爱……"

金氏笑脸一僵转过身对金太太道，"既然大嫂身体不适，娘不如让大嫂早点回去休息吧。"

金太太点点头，忙示意身边的婆子拉她下去。心中暗恨。

刘水莲再怎么心灰意冷也不能在娘家不管不顾的胡闹啊！真是枉费她今日送了那么厚的礼，就是想和刘家打好关系，也顺便帮大儿媳和娘家修好，可惜了她这一番苦心。

"我不走，我还有话没说完呢……"刘水莲的嘴被婆子用手捂住，硬是被几个身强力壮的婆子拉下席送出刘家。

所有的人视若无睹的继续说笑，刚才的事情丝毫没激起漪涟。

在席上敬了一圈酒，碧玉这才告了罪在杜氏身边坐下，匆匆塞了几口菜填填肚子。杜氏夹了几筷子菜给她，碧玉受宠若惊，惊讶地看着她，这可是前所未有的事。

杜氏脸上有些不自在，轻咳了几声道，"媳妇，以前有什么不愉快的事都忘了吧。"

"是，婆婆。"碧玉露出欢喜的笑容，"以前的事媳妇都不记得了。"一向骄傲的杜氏怎么会说出这种话来？不过对她来说，这是意外的惊喜。

杜氏脸上有丝暗红，微微点头转过身跟旁边的钱氏说着家常。

"听说吴太太如今不管事，家中之事全交给三儿媳管。"杜

"怎么会呢？"钱氏保养得宜的面容隐隐发光，"我早起抱抱孙儿们，陪她们说说笑笑。晌午时睡个好觉，下午找几个人打打马吊，既自在又省心，每天过得都很开心。"

"是吗？"杜氏脸上浮起几丝怀念神往，当年在闺中的她就很喜欢这项玩意。"马吊我好多年没玩了。"自从家败后，每天为生活忙碌，哪来的闲工夫玩？

"你喜欢的话可以来我家玩，我们两家隔的又不远。"钱氏忙笑道，"我们玩得也不大，来来去去几文钱而已，意思意思罢了，不过是解解闷。"

"这不大好吧？"杜氏迟疑了下。

"有什么不好的？人生一世就要活的自在些，该吃的吃了，该玩的玩了，那才不枉来到这世上一遭。"钱氏使劲鼓吹，"我们都是亲戚，一起玩玩也没什么，金家太太也常过来玩几把的。"

杜氏心中大动，"这样啊，那我有空过来看看。"

"那我就恭候大驾。"钱氏也不再多谈这个话题，笑眯眯的转到别的话题上去。

酒过三巡，撤下残羹，送上茶水点心，戏开演了。一时间，敲锣打鼓，各色人物粉墨登台热闹非凡。

是夜，杜氏清点客人送的财礼，不点不知道，一点吓了一跳。光银子就有千余两，不要说各种项圈，金银锞子、金银锁片、孩子衣物鞋帽等物。

而她家家底也不过几百两银子，这一场满月酒喝下来，反而添了许多收益，不过这以后也要回礼的。

杜氏轻叹了口气，范大娘不由心中奇怪，问道，"太太，您这是怎么了？收了这么多礼，您不满意吗？"

"哪是不满意，只是我看着这些礼好多都是冲着媳妇而来的。"杜氏看着账本，吴家三房就将近五百两，金太太这次也是大手笔，送了两百两银子，这估计是求和吧。其他刘仁杰的同窗师长都是几两几十两的，这些人手头都不宽裕也属于正常。而吕家送了二百两银子和一对金银项圈，看来吕家家底还是很丰厚的。

"这不是好事吗？"范大娘不懂她的想法。

杜氏轻叹了口气，"我只是突然觉得自己老了，也许该把这个家交给媳妇来管。"

范大娘心中一喜，嘴上却劝道，"这又何必呢？您年纪又不大，精神又好，正可以多管几年。"

比起杜氏，碧玉为人宽厚又体恤下人，还会照顾到众人的脸面。如果碧玉管家，她们这些下人日子也会好过许多，只是不知杜氏是不是真心的？

"不了，以后就抱抱小孙女，养养清福。"杜氏今日受了些刺激突然想通了，"我辛苦半世，也该歇歇。"儿子有了功名，媳妇也是个孝顺的。她做个甩手的老太君，日子会自在许多。何必老纠结在这些账本和银钱中间呢！以后再去吴家打打马吊，打发日子，想想也觉得日子好像很美好。

"这话也是。"范大娘见她一片真心，垂下头掩去一脸的欢喜笑容。

看着女儿熟睡的小脸，碧玉心中温柔无比。低头亲了亲她的脸，对奶娘细心叮嘱了几句才离开。

夜色迷离，暗香浮动，走在青板路上的碧玉心情很愉快，今日不仅见过许多熟悉的亲人，还亲热地说说笑笑，让她有种回到过去的感觉。而且杜氏突如其来的态度转变，让她很兴奋。不管如何，杜氏都是刘仁杰的生母，两人相处的好对大家都好。

推开房门，内室烛火昏暗，一片静悄悄的。碧玉环视一圈，见没人不禁有些纳闷，她走到床边，准备剔亮蜡烛。心中暗暗奇怪小夏怎么没在这里侍候？

床上突然伸出一只灼热的手猛地将她拖上床，"娘子，你总算回房了。"刘仁杰等了半天，都快急死了，碧玉这才慢悠悠地晃进来。

"你怎么在这里？"碧玉吃了一惊，坐月子这些日子他一直住在隔壁房间，怎么此时却在卧室里？

"这本来是我的睡房，我不在这里，还能在哪里？"刘仁杰边说着边心急地拉扯碧玉的衣裳。

碧玉恍然大悟的同时耳根滚烫，自从大夫诊出喜脉后，他们再也没行过房。有几次半夜醒来贴在后背的那人身体烫的厉害，气息紊乱，她不敢睁眼只能偷偷装睡。

"别急，别把衣裳扯坏了。"碧玉不好意思的提醒，这可是刚上身的新衣裳。

刘仁杰此时脑中充血，根本听不到这些话。急不可待地脱下外裳，里面的却被嘶一声扯破了。他随手一扔，莽撞地冲了进去。

碧玉还没来得及准备好，整个身体一僵，痛的蜷缩了起来。

刘仁杰身体一顿，眼中全是腥红，脸上全是挣扎，低头在她眉心亲了亲，忍耐不住开始不管不顾的冲刺起来……憋了数月的某人兽化了……

碧玉许久没和相公亲近，除了开始时的不适，过一会儿就适应了整个人软了下来。抱着他的脖子昏昏沉沉起来，一会儿像只小船在波涛汹涌的海里激荡起伏，一会儿像在风平浪静的水里游荡……

结果一大早刘仁杰是一脸的神清气爽，碧玉却手脚发软地缩在被窝里动弹不得。

"别起来了，多睡一会儿。"刘仁杰心情大好，轻抚着妻子红艳艳的小脸，越看越觉得妻子好看。

"你想害我被婆婆骂啊？"碧玉斜看了他一眼，生了孩子后，她蜕去青涩，有了小妇人的风韵。经过一夜的滋润，眉角全是春色。这人也真是的，再怎么也不能没节制啊。这折腾了一晚上，她浑身无力，怎么见人啊？

刘仁杰心中大动，凑上去轻啄了一下，嘴角含笑，"就说昨天招待客人累到了。"

碧玉无奈地笑笑，"婆婆好不容易对我有了改观，我可不能让事情再变回去。"杜氏的脾气并不好，她好不容易主动释出善意，她定要接住，不能错失了机会。

"娘子，辛苦你了。"刘仁杰有些歉疚，早知如此昨晚应该稍微收敛些。只是那种时候克制不住根本想不到那么多事。拿起桌上的衣服帮她穿起来。

在刘仁杰的帮助下，碧玉穿好衣服，漱洗后坐在梳妆台前化妆，她也不涂胭脂，只在脸上涂了一层淡淡的白粉，掩去那些红晕。刘仁杰在旁边看着不住的偷笑，被碧玉白了好几眼。

刘仁杰夫妻两人给杜氏请了安，坐下一起用了早餐。

整个吃饭过程，碧玉都偷偷看着杜氏的脸色。生怕她看出些端倪，对他们大发雷霆。

杜氏却没留心到碧玉的局促不安，吃完饭下人收拾好碗筷，送上香茶漱口。

杜氏笑道，"我昨天想了一夜，决定要把这个家交给媳妇管。"

刘仁杰和碧玉对视一眼惊讶莫名。

刘仁杰赔笑道，"娘子她年纪轻不懂事，还是请娘多管几年。"这不会是他娘的一时心血来潮吧？如果是这样，还不如不要接手，免得他娘到时后悔，又不好意思收回管家权利，光想着法子折腾碧玉。

"好了，不必多说，我已经决定了。"杜氏摆摆手，既然做了决定就干脆利落点，"等会我就把账本交给媳妇，媳妇，你以后要当好这个家。"

碧玉推托了几次，可杜氏硬是不允，只好接下管家之责。大不了等杜氏露出后悔之意时，就马上还给她。

家里就这几口人，并不难管，很多事都是依杜氏的前例在做。只有新出生的孩子稍微添了些开支。

刘仁杰想了好几天才给女儿取名刘瑛，所有人都叫她大姐儿。孩子容貌长开了些越发显得玉雪可爱，和杜氏也特别亲，每当杜氏抱她时都会笑的极甜，让杜氏爱不释手疼爱不已。这样一来，对儿子反而不大留心，只留心小孙女。

而杜氏除了早上在家里抱抱孙女儿，晌午吃过饭歇会儿，然后就让人送她去吴家做客。打上半天的马吊，晚上时一家人围着一起吃饭。

日子就这么一天天地过去，杜氏的心情很好，显然对这种生活很满意。每次从吴家回来，她都会一脸的笑容满面，有时赢了十几钱还会高兴得跟个孩子似的，会得意洋洋的跟儿子儿媳不住说起她这天的马吊打的有多好。看得出来她对这项玩意很着迷。

刘仁杰乐的见他娘这样，有时会拿出几两银子送给杜氏做赌本。只要他娘不找碧玉的麻烦，他就心里念佛喽。

碧玉心里也大为欣喜，在杜氏生辰时专门用私房钱打了套金头面送给她。杜氏嘴上不说，心里却极高兴。不时在牌友面前显摆。惹的吴氏她们又羡慕又眼红，再加上范大娘和牛大娘的凑趣奉承让她心里很得意，对儿媳是越瞧越顺眼。

家里是一片和谐平静，碧玉早上管家，下午带孩子，跟杜氏协调的很一致。

第十四章　考上了

又是三年一期的会试，碧玉帮夫君准备行李。

可她心里却万般不舍，晚上把头枕在刘仁杰怀里双手紧紧抱着他的腰默不作声。

刘仁杰察觉到妻子的情绪，不住地安慰她，有时陪着她多说说话有时从外面带些小玩意回来哄她。这赶考一来一往的最起码要半年多，他心里也很舍不得妻女和娘亲。

白天杜氏对儿子不时地叮嘱几句，也取消了每天下午打马吊的行程，想多陪陪儿子。

可再不舍，分别的日子还是来到了。刘仁康和刘仁浩吴家富还有吕顺夫妻都来送行。

刘仁杰的视线在众人身上不舍的滑过，"娘，您好好保重，有空就出去玩玩，不用拘在家里。"

"这些不用你操心。"杜氏心里又酸楚又欢喜，"你走后，我会闭门不出陪着媳妇和小孙女，我们在家里等着你回来。"

"娘子，家里一切都拜托给你。"刘仁杰转过头，"娘年轻大了，多照顾她老人家。女儿还小，你多费些心。"

"放心吧，家里有我，你安心地去考试。"碧玉心中一酸，却强忍着勉强笑道，"到了京城，帮我问候哥哥和嫂子还有三表哥。"

刘仁杰又转过身给吕顺夫妻行了大礼，同时把家中老小托付一遍。实在不放心啊，家里都是女人，有什么事都不方便出面。

吕顺一口答应，叮嘱了他几句。吴氏让他好好保重身体，早晚多穿件衣裳，不要着凉，考试时不要紧张等等。

刘仁杰垂手听着应了。

再跟吴家富告了别，吴家富托他带些东西给儿子。刘仁杰一一应了。再和两位兄弟叮嘱了好几句，让他们好好在家里过日子，照顾好家人。

最后刘仁杰在母亲和妻子依依不舍的目光下，低头亲了亲女儿粉嫩的小脸。小女儿咯咯清脆的笑声让他心里软软的，又极为不舍。不知他回来时，孩子是不是已经会开口叫爹娘了？

刘仁杰将孩子交给碧玉，眷恋地看了看妻子。咬了咬牙转身登上马车，闭上眼睛不敢再多看。他在心里暗暗发誓，他一定要努力，将来给家人过好日子。一家人能永远不分离。

碧玉抱着女儿，眼泪终于忍不住滑了下来。

刘仁杰离开后，杜氏果然如她所说的，不再天天出去玩，关上门专心照看小孙女。

而吴氏上门越发的勤快，两人一起看看孩子，又聊聊远方的儿子，倒也相谈甚欢并不寂寞。

碧玉白天忙着管家，临近春节，有许多事要准备。要裁新衣收拾屋子备年货，忙的脚不沾地，不过这样也好，可以不用时时想起那人。

晚上夜深人静之时才摸着空着的另一边床，牵挂着赶考的刘仁杰，扳着手指头计算路程，生怕他在路上挨饿受冻着了凉。整颗心七上八下的，心里极为忐忑不安。

在千里之外，刘仁杰吃过晚饭，坐在院子里抬头看着天上的那轮明月，思念着家人，整个人失魂落魄。

吕登从屋子里走出来，"妹夫，外面风大，进来陪我喝杯茶。"这要是冻病了可如何是好？还怎么上考场考试？

刘仁杰忙起身笑道，"大哥，这么晚了怎么还不睡？"

"睡不着，有些想爹娘和弟弟妹妹。"吕登拉他进了花厅，温度马上一暖，家里的小丫头递上手炉和茶水，"你再跟我说说她们的事情。"

这是坐四合院，很小巧，是吕登用每个月五两银子租下来的。吕登夫妻住了正房，吴敬仁住了东厢房，而刘仁杰住的是客居的西厢房。

刘仁杰心中一软，又再一次应他之请细细说起各人的事。来了这十几天，吕登每天都要央他说说家里的人近况，百听不厌。这浓浓的思念让刘仁杰有些鼻酸。

听了半天，吕登眼中黯然，一别三年，日日忧心家中老父老母的身体是否安康，他实在不孝。

刘仁杰不由劝道，"大哥，家里一切都好，你不用这么担心。"

吕登长叹一声，"不能承欢二老膝下，是我的大不孝，真希望有朝一日能一家团圆，能时时孝敬两老。"

刘仁杰静默半天，不知如何劝起，还是转移话题，"对了，大哥，还没恭喜你通过翰林院的考试，不知会分到哪里去？"

吕登道，"如今还不知，不过简之兄暗示有可能是翰林院编修。"

陈简之是胡雪儿的姐夫，和吕登是连襟，他的官职是吏部侍郎，两人一见如故极谈得来。前几天吕登安排刘仁杰见过陈简之，他们也是亲戚。

"那是极好的事，恭喜大哥。"刘仁杰衷心祝贺，他是真心为吕登感到高兴。入翰林是天下读书人的梦想，何况吕登的仕途稳步上升。

"谢谢。"吕登脸上并没喜色，"只是我一想又要在京城待上三年，我心里就很难受。"加上前面三年，那就要六年不见家人，这日子太漫长了。父母日渐年迈，可他身为长子却不能随侍身侧。

刘仁杰想了想，建议道，"不如接岳父岳母过来住吧。"

吕登苦笑着摇了摇头，"我在信中提起过，可爹爹却放不下学堂。"他何尝不希望能说动父母过来和他们一起居住。

刘仁杰安慰道，"岳父对学堂寄托了一生的心血，难怪他放不下。"

"我也知道，所以不忍心硬是让爹爹过来。"吕登的眉头锁的更紧。"我不想为了自己，而让爹爹放弃自己喜欢的事。"

刘仁杰长叹一声，"哎，有些事是无法两全的。"为了功名，有时要离开家离开心爱的家人，这种左右为难的滋味太难受。

吕登的视线落到他脸上，"思成，你如果中了，家里怎么安排？"这个问题他很想知道，毕竟这关系到他的家人。

"这能不能中，我可没把握。"刘仁杰脸上平静无波，低头想了一会儿道，"不过如果中了，我会接她们过来一起住，我可不放心她们住在乡下，家里都是女人，万一有什么事我是鞭长莫及。何况我也舍不得女儿。"他不好意思直说舍不得碧玉。

"我的外甥女像她娘肯定很可爱，真想马上能见到她。"吕登眼睛一亮，他是很喜欢孩子的，可自己却没有孩子，自从听到碧玉生下女儿后，就惦记起这孩子，只恨路途遥远，否则恨不得能回家乡看看。"你这样安排也很好，只是我爹娘就更孤单了。"

"这也是，岳父岳母是最疼爱娘子的，如果娘子真的来京城，他们膝下更寂寞了。"刘仁杰心中也不忍，但如果他真的中了，可没打算让妻子留在乡下。

"是啊。"吕登茫然的出神。

两人对坐着无言，都陷入对家人的深深思念中。

随着发榜的日子越来越近，刘家人越发的紧张不安，会不会中呢？每个人都在心里揣测。就连碧玉一个劲地对自己说，不中不打紧，可心里也打起了小鼓。杜氏早已寝食难安，魂不守舍的。

发榜之日，吕顺夫妻带着申儿一早就过来等消息，吕顺一个人坐在书房拿着本书发呆，吴氏虽然陪着杜氏在花厅里坐着，可一脸的恍惚。杜氏也是一脸的心不在焉，举着茶杯半天却没送到嘴边。

碧玉面上还算镇静，抱着女儿和弟弟在屋子里玩。申儿很喜欢这个外甥女，他在家里是老小，如今终于出现一个比他辈分小的孩子，心里别提多高兴了。当初碧玉生下女儿那天，吕申兴奋得一夜不睡，他做小舅舅了！

申儿还把小时候玩的玩意都抱过来送给外甥女玩，也不管她会不会玩？此刻一个劲地凑过来逗刘瑛说话，刘瑛前几天已经会一个字一个字地往外蹦了。

"瑛儿，叫我小舅舅。"申儿笑眯眯地哄着。

刘瑛抓着碧玉的手，奶声奶声地道，"九。"小模样粉嫩粉嫩的，别提多可爱了。

"不是九，是舅舅。"申儿慢慢教她。

可刘瑛始终睁着一双黑白分明的大眼睛，一直"九九"的叫。

吕申终于失了耐心忍不住朝天翻白眼，"真笨。"

碧玉不由失笑，"小弟，你小时候还比不上瑛儿呢，你两岁多还只会说几个词。如今却会说别人笨了？"

吕申撇了撇嘴，"哪有？姐姐又想骗我？"拿他小时候的事来说，他哪知道啊？

碧玉伸手揉揉他的小脑袋，"怎么是骗你？不信问问爹娘。"

吕申摇头嘟嘴，"才不要，爹娘最疼你了，只会帮着你。"

"小弟，你这话可不对啊。"碧玉下狠手掐申儿的脸，"真的假不了，假的真不了。爹娘才不会帮着骗人。"

"谁说他们骗人？"申儿脸涨得通红，又被姐姐抓住把柄了，她都是大人了，居然还跟他一个小孩子计较。

碧玉见好就收，笑眯眯的取过一碟点心，"好了，姐姐请你吃山药糕。"

申儿很喜欢姐姐家的点心，这下被好吃的一收买，也没了刚刚的气焰。吃了一块，他突然想起一事，轻声问道，"姐姐，如果姐夫中了进士，你是不是也要去京城？"

"你怎么突然问这个事？"碧玉惊讶问道。

"我偷偷听爹娘提起过。"吕申的小脸黯淡下来，"爹娘会舍不得的。"他也会舍不得，虽然姐弟俩总吵吵闹闹，可这是他们相处的方式，并没有什么隔阂。如果有人欺负碧玉，他会毫不犹豫地挺身而出。

"这事八字还没一撇呢，急什么……"碧玉皱起眉头。

话还没说完，小青已经从外面冲进来，欣喜若狂地叫道，"姐儿，来……来了。"心情太过激荡，连旧时称呼都出来了。

"什么来了？难道是……"碧玉猛地醒悟过来，蹭地跳起来，"姑爷……中了？"

"嗯嗯。"小青激动得直点头。

碧玉呆立了半天，没半点反应。

吕申拉着碧玉的胳膊摇晃，"姐姐，姐夫中了，你听到了吗？"他姐是不是高兴坏了？居然傻住了，真是的。

　　"听到了，听到了。"碧玉心中感觉复杂，一把抱起刘瑛，"瑛儿，你爹爹如今是进士了，真是太好了。"

　　小青急急忙忙叫道，"姐儿，你快出去，太太说要准备喜钱打赏，还要招待客人。"

　　"好好好。"碧玉情绪激荡的抱着女儿走出去一段路，又转回来，"小青，把那个匣子带上。"

　　"是。"小青拿上匣子，看了看，里面都是一封封赏钱，用大红纸头包着。心中暗赞了一声，她家姐儿做什么事都是做两手准备的。

　　走到正室，房间里的人都在欢欣鼓舞的庆贺，吕顺激动的脸色发红，吴氏也一脸的笑意，夫妻俩不知凑在一起说些什么。报喜的人一个劲地对着杜氏夸着刘仁杰如何聪慧，如何有福气，唾沫横飞。杜氏眯起眼睛笑得合不拢嘴。

　　碧玉上前给了赏钱，报喜的人闭上嘴，捏了捏纸包，好像挺厚的，估计有不少。脸上笑的越欢，恭维了几句，这才满意地离开。

　　这些日子各家的太太接二连三的请杜氏婆媳去做客，碧玉担心家里没人，又要照顾女儿，就留在家里照应。这天刘家来了个意外之客，而杜氏正好不在家，下人就请碧玉去正厅。

　　她一见居然是吴敬仁，不由又惊又喜，"三表哥，你怎么在这里？"他不是应该在京城吗？

　　"玉姐儿，好久不见，让我好好看看。"吴敬仁上下打量一番，不由笑道，"玉姐儿都是大人了，家里可好？亲家太太好吗？姑姑姑父好吗？"

　　"都好，谢谢表哥关心。"碧玉大方的任他打量，反而看过去，见他留了一嘴的小胡子，有些新奇。"我们都有三年没见了。"

吴敬仁笑道，"是啊，对了，我的小外甥女呢？"

碧玉让奶娘把孩子送过来，吴敬仁接过去好一顿夸，刘瑛也不怕生，不哭不闹笑眯眯的小模样让吴敬仁极稀罕，抱在怀里不撒手。

吴敬仁逗孩子玩了好半天，碧玉把孩子接过来问道，"三表哥，你怎么回来了？"

"我是受你相公的请托送你和亲家太太去京城和他团聚。"吴敬仁说起原委，原来是刘仁杰通过会试又通过殿试，考上了翰林院庶吉士。本想亲自回来接家人，可没想生了病起不了床，只好让吴敬仁走上一趟。

碧玉一听急的脸色都变了，连连问道，"我相公病了？他怎么了？什么病？"

"是风寒。"吴敬仁知道他们夫妻感情不错，故意说的平淡些。

不过对碧玉没什么用，她心急如焚地跳起来，"严不严重？请了大夫吗？"这种病可大可小的。

"别紧张。"吴敬仁忙安抚道，"表弟请大夫过来看过，我离开之时他病好得差不多了，可还不能下床。"这话是半真半假，并没有他说的这么乐观。

碧玉心中松了口气，"怎么回事？他身体一向还可以的。"

吴敬仁蹙着眉想了想，"可能是夜里睡得不好，着了凉。也有可能是压力太大了。"他看见过刘仁杰好几次晚上都不睡觉，坐在院子里发呆。这么冷的天气，不生病才怪。劝了几次都没啥效果。

"睡得不好？这是怎么了？"碧玉此时真恨不得飞去京城看看。

"可能想念家里人吧。"吴敬仁从怀里拿出一封信，"你相公亲手所写的书信，你看看吧。"

碧玉一把接过，抖着手拆开信，迅速浏览了一遍，看罢眼中含满热泪，久久不吭声。

吴敬仁见她情绪激动，不忍多看，起身道，"玉姐儿，你这几天做好准备，我先去姑姑家送信，还要回家见爹娘。"

"啊，三表哥还没回家？"碧玉回过神来，跟着起身，心中感激，"快回去，大舅舅他们这三年可想你了。"为了她们家的事来回奔波，表哥都没先顾上自个家。

吴敬仁笑道，"那我先回去了，十天后我来接你们。"

"谢谢三表哥。"

吴敬仁离开后，碧玉陷入深思，她该怎么办呢？本来她做好决定不去京城，多陪陪父母，可一听到刘仁杰因为想念家人而病倒，她心里就犹豫起来。他根本不会照顾自己，如果没有她陪在身边恐怕不行。可爹娘她又放不下，她快愁死了。

杜氏傍晚回家听到这个消息后，满脸欢喜，嘴里一个劲地唠叨要带些什么东西去京城？坐都坐不住，回屋子整理行李去。当然碧玉把刘仁杰生病的事说得轻描淡写一笔带去。

碧玉抱着女儿心情复杂，一夜难眠。

第二天碧玉陪杜氏吃过早饭，还没说上几句话，吕顺夫妻就上门了。

杜氏带着碧玉忙迎上去，大家纷纷落座，下人奉上茶。

吴氏笑道，"我们今日过来，就想跟你们说一声，我们决定也一起去京城，到时就能作伴路上也不冷清了。"

"真的吗？"碧玉眼睛一亮，她纠结了许久的事情居然这么简单的解决了，"你们真的决定了吗？"她爹前几天还很固执，不肯放弃学堂。对去京城的提议考虑都不考虑，怎么才过几天，全然改变了？

"真的，登儿来信请我们一起去。"吴氏想起儿子信中的恳求，心中一片柔软，"我们实在想儿子了。"三年又三年，再这样下去她何时才能见到儿子？她还想给儿媳调理身体，等着抱孙子呢！何况吴敬仁把吕登思念家人的情景说的极心酸，吕顺夫妻听了心里难受。

"那学堂呢？爹爹舍得吗？"碧玉担心地看向吕顺。

"学堂并不是最重要的，重要的是你们的幸福。"吕顺话虽这么说，心里却空荡荡的。那是他一生的心血，也是让他感到满足的地方。他一生不第，一事无成。只有在教导那么小学生时，才会觉得自己不是废人。

可如果他不肯离开的话，儿子会心里不安，女儿打算留下来陪伴他们。碧玉嫁了个好夫婿，他不能让孩子们的一切全毁了。吴氏说的对，年轻夫妻不住在一起，这时间一长就会生出许多幺蛾子。碧玉是他最心爱的女儿，他是绝对忍受不了她的不幸。更何况这不幸是他一手造成的，这让他光想想就觉得情何以堪。

昨晚吴氏劝了吕顺一夜，让他多为几个孩子想想。吕顺再固执也是作父亲的，他不想让儿子内疚也不想让女儿将来流泪，心肠一软，就改了主意。

碧玉放下心中大石，喜笑颜开，"太好了，爹娘，我们能一家团聚了。"

见碧玉这么开心，吕顺心里的最后一丝失落也消散了。

杜氏也很高兴，拉着吴氏的手不住的商量着要带的东西。她原来还担心在京城一个人都不认识，会太过孤单，如今却有人陪着。

碧玉按照刘仁杰信中的意思，和杜氏谈了许久。杜氏心中虽不乐意，可却不愿违背儿子的愿望勉强答应，婆媳俩将一切商量安排妥当。

杜氏将刘仁浩和刘仁康叫到家里来。将两张房契交到他们手上。

刘仁康接过来一看，"太太，这是？"

杜氏心里不舒服，可脸上没露出来，"当初分家时家里也没有什么钱，如今家里好过了些，我让人新买了一套四合院，加上你们如今住的一套，你们就一人一套，自己商量一下，拿着房契去衙门上档吧。这也算是分给你们的。"

刘家兄弟对视一眼，"我们不能收，大哥以后要用钱的地方还多着，还有你们去京城还要用很多钱。"其实他们心里都有一本账，刘家到底有多少钱他们也稍微知道一些。不过那些钱都是别人送的，又不是祖上传下的。即便不分给他们，也无话可说。

"那些我们会另想办法，你们收着。"杜氏淡笑道，"以后我们离得太远，有什么事帮不了什么忙。你们有套宅子住，我们也能放心些。"带他们一起去京城是不可能的，但有些事可以处理好，也不要留下任何把柄。

吕家的老宅子和铺子田地都托付给吴家照管，而那学堂并没有关掉，而是交给以前代过几天课的老秀才。至于月钱由吴家支付，束修也由老秀才自己收。老秀才本人很乐意，毕竟他也很喜欢这份极有意义的工作，又有另外的收益，何必而不为呢？这样一安排，吕顺心里也有所安慰。最起码没有关掉，这些学生还能继续学下去。

而杜氏如今住的这套房子和两百亩地也托付给吴家打理。这是刘仁杰最后的退路，杜氏可不放心交给刘家兄弟打理。

第十五章　进京

碧玉和杜氏带着刘瑛坐了一辆马车，吴氏和金氏带着申儿和两个孩子坐一辆马车，而吴敬仁和吕顺坐一辆。至于三家的下人男女分开坐，挤的四辆马车满满当当，加上几家的行李，浩浩荡荡的十几辆马车上了路。

因带了家眷，赶路的速度就慢了下来。一路上杜氏居然晕车，吐得稀里哗啦。碧玉将孩子交给吴氏带，亲自照顾杜氏，喂药喂饭不假手于人。

半个月后杜氏才缓过来，碧玉累得瘦了好几斤。杜氏心中感动，对着吴氏好好夸了一顿。吴氏嘴角翘了半天，嘴上却连连说这是为人媳的本分。

一直赶路，众人吃饭更衣都不方便，都随便吃一点。二个月后赶到京城，每个人都面有菜色，满面风霜。

在城门口的小茶铺里，吕登的书童小秋见到他们的马车，忙冲上来，手脚麻利地给各位请了安。

"你怎么在这里？"吴敬仁不由问道。这也太巧了。

"少爷和杰少爷见你们一直没到，都急坏了。"小秋满脸兴奋，"他们又有事脱不开身，只好命我天天守在这里，今日总算等到你们了。"他在这里都等了半个月了，每次傍晚回去见到少爷失望的眼神，他心里很难受。

"路上耽搁了几天。"吴敬仁微微解释了一下，"行了，回去再说。"

"那小的带路。"小秋兴高采烈的开口，"少爷在京城买了两座相邻的宅子，已经收拾妥当，就等着你们入住。"

"买了宅子？"吴敬仁愣了下，转眼一想那租的院子的确太小了，根本住不下这么多人。他一路上还在担心这个问题，没想吕登已经解决了。

小秋带着他们转了半天，终于在喜鹊胡同停下马车，他下车在右边第二个门前碰了碰铁环，门马上被打开，出来一个下人，一见这么多马车，眨了眨眼睛狂喊道，"来了来了。"整个人朝里跑，给主人报信去。

不一会儿，纷乱的脚步声传来，门里几个丫头媳妇簇拥着胡雪儿出来，胡雪儿眼含热泪上前给吕顺夫妻请了安。

吴氏忙扶起她，"这些年辛苦你了。"打量一番，胡雪儿人丰盈了些，不过面色有些苍白，头上戴了几枝珠钗，既不隆重也不随便。

"媳妇不辛苦。"胡雪儿脸有愧色，"只是我和相公日夜牵挂你们两老，到了今日总算一家团聚了，我们也能承欢膝下，侍奉两老。"

"是啊，以后我们一家能一起生活了。"吴氏心中满意地点点头，"登儿呢？"

胡雪儿低眉顺眼的道，"相公和妹夫都还在翰林院，今日可能有事所以这时辰还没回来，平日里要是无事晌午就能回来。"

吕顺一直在旁边不说话，这时插话道，"我们不要在门口说话，有什么话进去再说。"这在外面成何体统。

"公公说的是，媳妇一时激动居然失礼至此。"胡雪儿忙将他们迎了进来。

大家在院子里看了几眼，这是座二进的宅子，很清静很小巧，院子中种了几株芍药，此时正开的鲜艳夺目，让人眼前一亮。前院正屋三间，东西厢房各两间，还有个小天井。

在前院的正厅坐下，胡雪儿又重新正式给吕顺夫妻磕头请安，给杜氏也请了安，和碧玉和金氏申儿也见过礼。

金氏的一对儿女也给胡雪儿请安，娟姐儿今年已经六岁，带着三岁的弟弟应哥儿规规矩矩的行礼，让胡雪儿极为眼热，抱抱这个亲亲那个。并送上表礼两个装有一锭银子的荷包。

而碧玉抱着女儿给胡雪儿请安时，胡雪儿心中酸酸的，她成婚比碧玉早了几年，可碧玉的孩子都这么大了，而她却……虽这么想，脸上却丝毫未显，接过孩子亲了亲。

刘瑛奶声奶气道，"舅妈好。"这一路上吴氏不住的逗她说话，这孩子如今说话已经很利落。

胡雪儿心中一热，刘瑛黑白分明的眼睛纯真的小白兔，可爱极了。细细看她容貌，胡雪儿只觉孩子有三分像吕登，心中越发添了怜爱。"瑛儿好乖。"将手腕上戴着的宝石镯子脱下来要给她。

"大嫂，她还小呢，用不着这些。"碧玉随便看了一眼，就知道这是胡雪儿心爱的陪嫁之物，非常珍贵，连忙推辞。

"没事，给她添妆用。"胡雪儿摸了摸孩子的脸，引的刘瑛发出清脆的笑声。胡雪儿一时看得痴了。

碧玉有些无语，这小丫头还小呢。这嫁妆什么的是不是太早了？

没等她推却，吴氏开口道，"既然是舅妈的见面礼，你就帮瑛儿收着，以后自然会用到。"都是一家人，用不着推来推去的。

既然吴氏都这么说了，碧玉忙起身代女儿谢过。

闲话说了几句，胡雪儿小心翼翼地开口，"公公婆婆亲家太太，大家请先用些点心，我已经让人将行李送进后院，下人们收拾妥当，你们再进去歇一会儿。晚饭时相公定当已经回家。"

她这三年都没生子，心中极为歉疚，又生怕吕顺夫妻会怪她，心中忐忑不安极了。

"麻烦你了。"吴氏满意地笑道。儿媳这几年算是历练出来了，行事极有分寸，安排事情滴水不漏。这样她也能放心做个不管事的老太太，抽空给她调养身体。

"婆婆千万不要这么说。"胡雪儿转过头道，"对了，舅母，你们的房子就在隔壁，是不是让下人先过去收拾行李？"

当初吕登买下这两座宅子时，就是为了两家人准备的。他认为再怎么亲近同住一个屋檐下，总会磕磕碰碰。还不如分开住，两厢便宜。住的这么近，又能相互照应。他算的是很好，不过唯一没算到的是金氏带着两个孩子和下人们也一起进京了。

胡雪儿斟酌了下，按照吕登安排的，先将吕顺夫妻和吕申这三人安排在后院的正屋三间，他们夫妻原本就住的是东厢房两间屋子，原来给吴敬仁留的一间西厢房就安排金氏住进去，原本做库房的屋子就收拾出来给一对孩子住。至于下人的屋子就挤一挤吧。

"我们有自己的房子？"杜氏又惊又喜，她还以为要寄人篱下呢。"就在隔壁？"太好了，另住一宅就不用低声下气看人眼色了。

"是。"胡雪儿并没多说，见杜氏不反对，就准备开口叫人。

碧玉站起来笑道，"还是我亲自过去安排。"这样更妥当些。

"也好。"胡雪儿叫身边的一个丫环带她过去。

杜氏抱着孙女陪着大家说说笑笑，心中极为欢喜。此刻心满意足，只等着儿子回来看看他的身体如何？胡雪儿说是没事了，可总要亲眼看到儿子安康她才能放心。

碧玉带着下人从大门出去转到隔壁的门，转过影壁朝里看，这和隔壁那宅子格局一样，也是二进的小四合院。前面院子里种着几株桃树李树，桃树上结着几个小桃子。

沿着正屋空地朝后走，有四间小屋子。再过去就是后院。碧玉走进去，内院正屋也是三间，不过正屋左边一间盘了炕，另两间屋子家具都全。而东厢房两间屋子打通，里面的家具好像是新打的，架子床、衣橱、梳妆台俱有，这里放着刘仁杰的衣物，看样子好像已经入住。院子里种着几株海棠花。屋子是半旧的，门板影壁都是重新粉刷过的，看着这一切碧玉极为满意。

碧玉指挥下人们收拾行李，后院的正屋收拾出一间给杜氏住，盘炕的那间也给杜氏冬天里住，另一间做刘瑛的睡房，照顾她的小夏也住在这里。此次刘瑛的奶娘并没有跟来京城，而是回了吴家跟相公孩子团聚，刘瑛也一岁半了，不需要奶娘照顾，碧玉就成全了奶娘，让小夏过去专门照顾女儿。

东厢房给自己和刘仁杰住，西厢房就做成花厅，一间做库房。而四间小屋子就指给小青夫妻和牛大嫂夫妻。范大娘一间，书童阿天一间。

而范大娘已经收小夏做了干女儿，一个是无子无女，一个是无父无母，在碧玉的撮和下，一拍即合。两人相互依靠，相处的如同亲母女般。而牛大嫂见小夏温顺懂事，极为喜欢就求了杜氏，要娶小夏为媳。杜氏一口答应，帮着两家说合。范大娘见阿天眉清目秀，又是刘仁杰的书童，将来必会有出息的，答应了这门亲事。就等小夏满十五岁就成亲。

前院三间正房则收拾出来布置成书房，给刘仁杰读书用。待客的正厅布置的高雅简洁，另一间就做饭厅。东厢房则成了厨房间和食材间，西厢房是茶水间和放置杂物间。

碧玉忙乎了半天，累得满头大汗，刚想坐下休息一会儿，小青跑过来笑嘻嘻地禀道，"少奶奶，少爷和登少爷回来了。"

碧玉惊喜地抬起头，东张西望。"在哪里？"

"在隔壁。"小青不由好笑，她太心急了吧。

话还没说完，碧玉已经冲了出去。

隔壁正厅，吕登和刘仁杰已经给各位长辈请过安，嘘寒问暖一番，着实亲热。两位母亲此时已经休息了半天精神正好，拉着自己儿子的手说长道短的，兴奋不已。

吕登见父母双亲在堂，心中欢喜。只是环视一圈，不由问道，"弟弟妹妹和外甥女呢？"

刘仁杰的耳朵竖的高高的，这问题他早就想问了，可担心显的太心急被人笑话，已经忍了又忍。

吴氏会意地笑笑，"你妹妹打点行李去了，申儿和瑛儿还在内院休息呢。"

吕登不由担心地问道，"是不是一路上累着了？"孩子不比大人，经不起千里奔波。

"那倒没有，两个孩子精神极好，一路上陪着我们，解了许多路途无聊。申儿刚下车时还兴致勃勃地说着话，刚刚大家都休息了一下，他们都还没起呢。"

碧玉在门口缓下脚步，调整下呼吸，这才迈进厅里，视线落在相公身上。刘仁杰消瘦了不少，不过面色还好。

"娘子。"刘仁杰看到半年未见的妻子，心情一时激动，起身走过去。

碧玉抑制住翻腾的情绪，淡淡地道，"相公，听说你病了，如今可好了？"如果这里没人，她真想扑进他怀里。

刘仁杰当着众人的面也不敢太显露情绪，极力自持，"都好了，听说你这一路上照顾身体不适的娘亲，辛苦娘子了。"

碧玉笑道，"这是我的本分，何来辛苦？"只是一双眼睛紧紧地看着他，看的他气血上涌心头发热，他们已经好久没在一起了。

吕登忍不住取笑道，"你们夫妻久别重逢，说话怎么这么客气？"

"哥哥。"碧玉这才移开视线看向吕登，当年那个稍显稚气的男子已经完全褪去青涩，嘴边留起了小胡子，整个人看上去成熟了许多，不知情的人还以为他有二十七八岁了。"你怎么跟三表哥一样，都留起胡子了？"

吕登没想到碧玉第一句话居然说起这个，不由一笑，"没办法，太年轻有时会让人觉得不牢靠。"官场上好多年过半百的官员对年纪轻的后辈多有轻视，常笑称他们这些毛头小子，办事不牢。

原来是这样，碧玉明白地点点头，"多谢哥哥帮我们找了这么好的房子。"

吕登扬扬眉，"喜欢吗？"兄妹俩几年没见，居然没一点生疏感。

"很喜欢，你费心了。"碧玉心中欢喜，兄长的性子一点都没变。

"喜欢就好，不枉我找了两个多月的房子，这房子够你们一家几口人住的。不过我们这边可能有些小，先住着，到时再掉换。"他没料到金氏会带着孩子一起来京城，所以并没有将她们算在里面，这样子就显得有些拥挤了，不过挤一挤还是能住的。

"这房子贵吗？"碧玉不知这京城的房价，有些担心。

"不贵不贵，才三百两。"看出了她的心思，吕登摇头安慰道，"这里住的都是些小官员，价格都不贵。"

"我让人把银子送过来。"碧玉连忙道，她知道这笔钱肯定是吕登垫付的，刘仁杰身上没有那么多银子。

"急什么，我还怕你赖账不成？"吕登开起玩笑，顺手摸摸她的头。

"咳咳，你们兄妹有点正形，怎么还跟孩子似的，也不怕人笑话。"吴氏见他们有些忘形，心中好笑，这双儿女在外人面前都温文有礼的模样，可私下里却像调皮的孩子，时不时地要逗上几句。有可能是从小养成的习惯。"亲家太太别介意，他们兄妹向来亲密，平日里就爱开开玩笑。"

杜氏赔笑道，"哪里的话，嫡亲兄妹正应该这般亲亲热热谈笑，太过见外，那还是一家人吗？"她高兴还来不及呢，他们兄妹感情越好，对刘家的将来越有利。

小夏抱着刚睡醒的刘瑛过来，刘仁杰上前要抱她，她眨巴眨巴眼睛看了半天，小嘴一扁伸手要旁边的杜氏抱。

杜氏忙接过她哄道，"瑛儿，这是你爹爹啊，你不记得了吗？"

刘瑛将小脑袋埋在杜氏怀里，不理会刘仁杰。

刘仁杰脸上一阵失落，几个月不见，这孩子都不认识他了。

"瑛儿怎么了？这是你爹爹，他最疼你的。"碧玉走上去摸着刘瑛的小脑袋，见她还是不理，不由安慰起刘仁杰，"相公，你别急，孩子刚刚睡醒，不爱理人。过一会儿就好了。"这是刘瑛的小习惯，平时都很好说话，唯有刚睡醒时情绪不高，不喜欢不熟悉的人抱。

"她都不认识我了。"刘仁杰脸色黯然。最心爱的女儿居然不认识他了，他心里难过起来。

碧玉笑道，"这有什么打紧，接下来日子长了，她自然会亲近你的。"

"说的也是。"刘仁杰话虽这么说，脸上难掩失落。

吕登是第一次见到这小姑娘，见她玉雪可爱，像极了小时候的碧玉，心里痒痒的。走过来对着刘瑛又摸又哄，小姑娘开始时不爱搭理她，不过在吕登拿出各种小玩意诱哄之下，刘瑛总算是正眼看他了，伸出肉乎乎的小手让他抱，把他乐坏了。

刘仁杰在旁边看的眼热，终于忍不住冲上去拿起小玩意哄她，两人为了哄小姑娘的欢心，使出浑身解数。这两个大人居然为了个小姑娘争夺起来，抢着要抱。把大家都逗乐了，别人犹可，胡雪儿心里特别酸楚，她相公是这么喜欢孩子，可她却给不了他。

要不给相公纳个妾吧，这样也免得公婆认为她不贤，不能生养孩子，还不肯给相公纳妾。要是妾生下一男半女，她就抱到自己房内养着。可一想到要将相公分给别人，心里难受，又想起那个流掉的孩子，心中更是一阵阵地疼。

等到吃晚饭时，刘瑛对凭空冒出来的大舅舅和爹爹已经很亲热，笑眯眯的跟他们玩。这乖巧的小模样让大人们稀罕的不行。连金氏的一对儿女也抢不去她的风头。

吕登抱着外甥女越看越喜欢，"妹夫妹妹，让瑛儿陪在我们身边几天吧。"

"大哥，我们住的这么近，随时随地能过来一趟。"刘仁杰可不答应，他做老子的都没好好抱够呢，"想她了就让她过来玩。"

吕登赔笑打着商量，"就几天，好不好？"

刘仁杰还是不肯答应，"孩子晚上容易吵闹，你们带不住的。"不是他不给面子，实在是吕登夫妻根本没有带孩子的经验，带不好孩子的。

吕登很想试试亲手照顾孩子的滋味，"我们晚上亲自带着她睡。"

刘仁杰还是摇头拒绝，"这孩子一直养在我娘身边，乍一离开恐怕不大方便。"

吕登听了这话，只好闭嘴。总不能让长辈来成全他的心愿吧，算了，以后天天能见。

吃完晚饭，刘仁杰带着家人回去时，吕登让人将掏换来的一箱玩意儿送过去。这让吕申眼红的不行，心中暗自生气：大哥太偏心了，眼里只有外甥女，没有他那个可怜的小兄弟。

吕登察觉到了他的小心思，心里笑了笑，将为他准备的文房四宝衣裳荷包给他看时，申儿感到了重视，不再闹别扭。

等杜氏和女儿都歇下后，刘仁杰和碧玉才回房间。

在众人面前不敢轻狂，一回到属于自己的屋子，两人先不忙着说话，刘仁杰抱着妻子亲热了几回后，喘着粗气紧紧抱在一起调整气息。

刘仁杰抚着妻子细滑的肌肤，很是心疼，"娘子，你瘦了。"碧玉生了孩子稍微丰满了些，这下全消瘦下去了，那腰细的都能折断。

碧玉摸着他的脸轻声抱怨，"你也瘦了，前段日子是不是病得厉害？自己也不好好保重身体，都让我担心死了。"

听着妻子温柔的抱怨，刘仁杰心中冒出欢喜的泡泡，低头亲了亲她的脸，"一点小毛病，躺了几天就没事了。"

"以后当心点。"碧玉知道他故意说得这么轻描淡写，是不想让她担心。

刘仁杰轻笑道，"以后自有娘子照顾我，我怎么还会生病呢？"

"你呀。"碧玉轻捶他的胸膛，转而兴致勃勃道，"跟我说说考试时的情景。"

刘仁杰细细的将一路考试过五关斩六将的事道来，听的碧玉一脸的骄傲，她相公好厉害。

只是听到殿试时碧玉心揪了起来。在她想来，由皇帝亲自主持考试是件风光又可怕的事。"你那时害怕吗？"碧玉手心都渗出汗来。

"害怕还好，就是很紧张。"刘仁杰想起当时的场景，嘴角勾起一抹微笑，"心跳的特别快，等退出来时，浑身都湿透了。"那是他一生最荣耀的时刻，是无数读书人一生的梦想。

碧玉不由也跟着笑起来，"估计大家都这样，有没有人紧张的晕过去？"

"有啊。"刘仁杰低头闷笑了几声，"一位头发苍白的老贡士进了殿脚一直抖，考到一半时心情激荡晕了过去。"

天啊，还有这种事？碧玉本来是随口问问，没想还真有实事，"那他怎么办呢？皇帝会不会怪他帝前失礼，要治他的罪？"

"陛下仁厚，念他年纪大了，网开一面并不追究他的罪。"吕登笑道，"只是他要等下次再面圣殿试，太可惜。"

"能保住命就已经万幸。"碧玉毕竟心肠软，"他的年纪已经很大了吧？下次还有机会吗？"

"如果没机会那也没办法。"吕登想了想道，"不过他有个儿子已经出仕，他即便中了，也只是锦上添花，他年纪这么大，也不大可能出仕。"不过他能理解那位老贡生的想法，读了一辈子的书，能考上进士算是功成名就，也给自己给家族有了个交代，至于出仕什么的并不重要。

碧玉越想越好笑，"这家人倒挺有趣的，父子顺序倒过来了。"

"别人家的事不用多理。"刘仁杰低下头凑到她唇边低语，"娘子你还是多陪陪我吧。"

碧玉浑身发烫朝后退了退，"别闹，你身体刚好，不宜太纵欲。"说到最后羞的声音都听不清楚。

刘仁杰将她拉过来，人压了上去，语气亲昵无比调笑道，"我已经好了，不信你试试。"

碧玉脸像块红布，"可我累了，想休息。"这种事来日方长，以后他们都会在一起，何必急在一时呢！

刘仁杰心中一软，他只顾着缠着她，忘了妻子这一路劳累，翻下身体，"那睡吧，明日让人炖点补品给你好好补补。"

"我没事。"碧玉双手抱着他的腰，闭上眼睛低语，"婆婆倒是要补补，她一路上遭了不少罪。"

"都补补。"刘仁杰将她珍宝般贴在胸口紧紧抱着，双手在她后背轻拍。

不一会儿，碧玉细细的鼻息传入他耳朵里，他温柔无比地看着她的睡颜，长长的睫毛，红润的小嘴，闭上眼睛安睡的小脸显得格外的秀美安静。他空空落落了几个月的心终于被填满。

刘仁杰低头亲了亲她的额头，伴着她一起沉入梦乡。

一家人在京城过得如鱼得水，生活的很不错，日子过得飞快。

这一日，娘几个说了会闲话，下人送上鲜鱼羹做点心，吴氏婆媳出去了半天，正有些饿了，接过来吃起来。

碧玉也接过来刚想张开嘴马上脸色一变，捂住鼻子想吐。

"快拿下去，快拿下去。"吴氏大急，放下手里的碗揽住女儿一连声地问道，"怎么了？哪里不舒服？"

胡雪儿忙取过茶递了过去，吴氏接过喂碧玉喝下。

碧玉这才压下那股恶心感，拍拍胸口，"我没事了，刚刚闻到那味有些难受。"

吴氏毕竟经验比较丰富，想了想笑道，"女儿，你不会是又有了吧？"女儿小夫妻俩感情好，这也很正常。瑛儿都快二岁了，是该再添个孩子。

碧玉愣了下，低下头想了想脸有些红，"好像这个月是迟了几日。"这几个月夫妻俩闺房内百无禁忌，房事也比较密。难道又怀上了？

胡雪儿见两人愣着，不由出声提醒，"婆婆，快找大夫过来看看。"

"对对对，来人啊。"吴氏急急地吩咐下去，找最近的大夫过来瞧瞧。

闻讯赶来的杜氏走进来，担心地问道，"怎么打发人去找大夫？是谁不舒服？亲家太太，你不是刚带着媳妇回来吗？"

吴氏笑道，"是女儿不舒服……"

杜氏紧张地打断她的话，"媳妇，你怎么了？哪里不舒服？"好像脸色有些苍白，是不是累着了？

吴氏看在眼里，心中很满意，这杜氏是真心疼爱碧玉的。"亲家太太你不要紧张，等大夫来了再说。"

杜氏并不理会，还在询问，"身体不舒服为何不早说？有病就要早医，硬撑会……"

吴氏难掩笑容，"亲家太太，女儿她是犯恶心。"

"犯恶心？"杜氏呆了一下，见吴氏不急反笑，突然灵光一闪，"难道是有喜了？真的吗？媳妇。"说到最后，已经乐的笑出声来。

碧玉见状心里有些不安，这要不是有喜的话，那她们该多失望啊。"婆婆，这……还不能确定，要等大夫诊过脉才知道。"

"对对，要等大夫。"杜氏直点头，眼睛直盯着碧玉的肚子。

半个时辰后，大夫被请了来诊了脉，拱了拱手道，"恭喜太太奶奶们，是喜脉。"

杜氏惊喜莫名，脸上全是笑意，"大夫要不要开副药？我媳妇刚刚犯恶心。"

"不用，吃些酸的东西即可。"大夫看上去挺有经验的，"前三个月最要紧，平时多让她休息静养，多吃些补品。"

杜氏忙不迭地点头应了，喜形于色。

吴氏摸着女儿的头发，欣慰不已，总算又有了。心中暗暗祈求上苍，最好这胎是男孩子，这样刘家就有嫡子。碧玉就能轻松许多。

杜氏送走大夫，转过身来笑道，"媳妇，你快回房休息。家里的事都交给我吧。"

碧玉为难地蹙起眉，"可是瑛儿还需要人照顾。"杜氏一个人能忙得过来吗？不过有小夏和范大娘帮着应该忙得过来。

"有我呢，我会帮着搭一把手。"吴氏忙劝道，"听大夫的话，前三个月最要紧，半点都闪失不得。"

碧玉被两位母亲劝着一左一右的扶着回房间，胡雪儿看着三人的背影心里酸涩不已，碧玉这是第二胎了，可她什么时候能有孩子呢？她拍拍额头，努力压下这种伤怀，指挥下人去炖补品，等会给碧玉送过去。

不一会儿，所有的人都知道了，赶过来贺喜。杜氏在外面应酬这些人，她笑眯了眼，只顾着乐呵呵的笑。

吴氏陪着女儿待在屋子里，不住的提醒怀孕期间要注意的事宜。碧玉虽然已经生过一胎，但还是仔细地听着，心里暖洋洋的。手放在还扁扁的肚子上，嘴角含着喜悦的笑意。

刘仁杰下午回家刚进门，就听到了这个好消息，喜上眉梢地飞奔进来。见房中还有其他人，忙收住脚步给吴氏请了安。

吴氏说了几句话就回去了，将屋子让给他们夫妻俩。

刘仁杰笑得合不拢嘴，"娘子，我们又有孩子了。"真是太好了。

"相公，你上次起的名字又能用上了。"碧玉靠在他怀里，心中满满当当的满足感。

"好好，最好都能用上。"刘仁杰眉开眼笑，他上次起了六个名字备用，有男有女的。

"相公你好贪心。"碧玉伸手刮他鼻子取笑他。

"你不相信我有这个能力吗？"刘仁杰拉下她的手放在嘴边亲了一下。

"相公。"碧玉羞红了脸娇嗔，如今他说话越来越百无禁忌了。

第十六章　又怀上了

这一胎碧玉很是辛苦，吃什么吐什么，每天睁开眼睛的第一件事就是晨吐。没过几天，她就身体虚弱脸色就难看的很。

所有人都心急如焚，杜氏想尽办法煮些清淡的吃食给媳妇吃，可碧玉依然吐的天昏地暗。

刘仁杰把大夫找来要开止吐的方子，大夫开了一张方子，但交待不能多吃，对肚子里的孩子不好。

碧玉知道后不肯喝，生怕伤了孩子。可什么都吃不下的状况再拖下去，她的身体也熬不下去。

吕家人担心得要命，让吕登在外面搜罗各种食物回来，变着法子让碧玉吃下去，可惜都没用。

过了几天，所有人都愁眉苦脸的，好好的一桩喜事怎么会弄成这样？

刘仁杰更是愁眉苦脸，心烦意乱。

他抱着妻子强忍心痛，"娘子，把这个孩子打掉吧。"

"你说什么？"碧玉瞪圆眼睛，不敢置信地看着他。

刘仁杰心里难过至极，"这样下去会伤到你的身体，我们不要这孩子。"他何尝想这么做？

碧玉头猛摇，眼泪摇摇欲坠，"相公不要，我要这孩子，你别伤害他。"

"娘子。"刘仁杰声音滑过一丝哽咽，"我们以后还能再生，可伤了你的身体就……"

"不要，你走。"碧玉狠狠推开他，婚后第一次对他怒目而视。

"对我来说，最重要的是你。"刘仁杰眼中闪过伤心，可还是劝道，"如果为了这孩子伤了你，那还不如不要。"

碧玉双手抱着自己的肚子，一脸的戒备，"出去，我不想听。"他怎么可以这样？这是他们的亲生孩子，怎么可以说打掉就打掉？

"娘子。"刘仁杰走上去想再劝。

"出去。"碧玉情绪有些失控，身体朝后退。

"你们这是怎么了？"闻讯赶来的杜氏见到这一幕不禁吓了一跳，"这么晚了，还闹出这么大的动静，是为了什么？"

碧玉如同看到救星，伸手求助，"婆婆，相公要打掉孩子。"

"什么？"杜氏脸色大变，上前扶住碧玉，"杰儿你疯了，这是刘家的骨肉，是你的血脉，你怎么可以这么做？"

刘仁杰讷讷难言，"可是这样下去，对谁都不好。"

杜氏见碧玉一脸的害怕不安，连忙挥手，"杰儿你先出去，让媳妇的情绪稳定些再说。"

刘仁杰皱紧眉头，再看了一眼妻子这才闷闷不乐地走出屋子，一个人孤零零地坐在前院的书房内。闭上眼睛，眼泪终于忍不住夺眶而出，那也是他的孩子啊，他那么期盼出生的孩子，他何尝舍得？可如今这种情况，他又能怎么做？

杜氏抱着泪如泉涌的媳妇不住地安慰，一再保证不会拿掉孩子，这才把碧玉安抚住。

吕家听到动静，派人来问，杜氏草草解释了一下，回到屋子闷坐了一夜。

吕登一听急了，匆匆过来找刘仁杰好好谈谈。

而吕顺夫妻听了心中实在难受，也是一夜的难眠。

吴氏一大早就跑到厨房亲自下厨。

"婆婆，我来帮你。"闻讯赶来的胡雪儿急忙开口，同时心中羡慕不已，有娘家人在身边，真的很好！有父母疼爱，真的很好！

其实前些日子吴氏已经做了好几道菜出来，可碧玉依旧不给面子吐了出来。她昨晚想了想，还是从碧玉最喜欢的点心下手。

"不用，我自己来吧。"吴氏摇摇头拒绝，"女儿从小就爱吃我做的东西，我想想还有什么她爱吃的。"

不一会儿工夫，吴氏就做了道小馄饨和蛋羹，让下人送去。坐在厨房歇了歇，看着眼前的一团面粉，脑子里想着各种点心。猛地想到一道吃食，吴氏顾不得辛苦又起身做了起来。

胡雪儿不敢多劝，只是默默地在灶下帮着烧火，这是她唯一能做的。

碧玉昨晚没睡好，哭了一晚眼睛还肿肿的，脸色暗黄没有一丝神采，看在刘仁杰眼里又心疼又心酸。

刘仁杰不顾她的抗拒，上前抱住她，"娘子，是我不好，你不要伤心了。"被妻子拒绝的滋味也不好受，被大舅子教训的滋味也不好受。

碧玉揪紧他的衣服，始终坚持一点，"不要打掉孩子。"

"好，都依你。"反正出任何事，都由他陪着她。

碧玉盯着他看了好一会儿，见他是认真的，总算松了口气，这才想起关心他，"你昨晚在哪里睡的？"

“在书房睡了一夜。”刘仁杰无奈的很，昨晚碧玉恼了他不许他进房，杜氏安排他睡到隔壁的房间，可他无心睡眠，在书房待了一晚。还被闻讯赶来的吕登好好说了一通。

“对不起，相公。”碧玉愧疚地低下头。再怎么生气也不该把他赶出去。

刘仁杰亲了亲她的脸，“我知道你的心思，你舍不得孩子，其实我何尝舍得……”

小青的声音在外面响起，“少爷，少奶奶，亲家太太派人送吃食过来了。”

“快送进来。”刘仁杰放开碧玉扬声唤道。

下人将热气腾腾的吃食端上来，刘仁杰小心翼翼地亲自将这两道点心送到碧玉嘴边，可惜碧玉闻到这味道就想吐，强忍着恶心吃了几口，不一会儿就悉数吐了出来，最后连苦胆水都吐了出来。

“这可如何是好？”看她惨白着一张脸这么痛苦，刘仁杰恨不得代她受这些罪。

碧玉勉强笑道，“没事的，我可以再吃。”为了孩子，她一定要吃下东西。

“娘子。”刘仁杰抱着妻子心痛难抑，这生孩子怎么会这么遭罪？生瑛儿时明明挺轻松的，就是容易犯困，其他并没有什么反应。可轮到这个孩子就这么痛苦。

吴氏亲自带着下人过来，问了些情况，知道碧玉依旧没吃下什么东西，不由蹙紧眉。“女儿，娘又给你做了面条，你好歹吃上几口。”

碧玉愧疚不已，“娘，给你添麻烦了，是女儿不孝。”

“说什么傻话。”吴氏疼爱地摸摸她消瘦的脸，“来，娘喂你。”

碧玉点点头，撑着无力的身体起身。刘仁杰忙扶起她，让她靠在怀里。

低着看了一眼，是碗清水面条，细细的面条上面飘着几根青菜，其他什么都不加。

吴氏挑了一筷子面条喂碧玉，碧玉只觉没啥味道，只是感到清香。吃了几口居然没想到吐，不由心中一喜，"娘，这个我能吃。"

听到这话，吴氏和刘仁杰紧绷的心松了下来，满脸喜色。

"真的不想吐吗？"刘仁杰小心地问道。

"嗯。"碧玉点点头。

刘仁杰快喜极而泣了，这么多天，终于有一样食物是碧玉不排斥的。太好了。"岳母，这是怎么做的？"

"先手工擀面，再清水里煮开放点青菜就行，不要放各种调料和配料。"吴氏很开心的喂女儿吃下余下的面条。

见碧玉一口口吃的香，刘仁杰笑道，"那我记下来，让下人天天做。"

"也好。"吴氏也极感欣慰。刚刚她在厨房里想到，碧玉对任何味道都排斥，那不加其他的配料试试，没想居然能成。

碧玉吃完东西，浓浓的疲倦感猛地袭来，她一晚没睡好，此时吃饱喝足眼皮就有些抬不起来。

刘仁杰扶她躺下，盖好被子，默默看了会儿，才和吴氏退了出来。

他深深的给吴氏行了一礼，"岳母，谢谢您。"

"傻孩子。"吴氏忙扶起他，对这个女婿是越看越满意，"她不仅是你的妻子，也是我的女儿。"

杜氏抱着刘瑛笑呵呵的过来，"听说媳妇已经能吃东西了？"这可是个天大的好消息。

吴氏的声音里有丝得意，"是啊，她很喜欢我做的面条。"

"阿弥陀佛，总算吃下去了。"杜氏这次没有反唇相向，真心诚意的感激，"亲家太太，这次是多亏了你。"

见她这样，吴氏反而有些不好意思，"不用谢我，我把这做法说给你们听，也好随时让下人做。"

"好好好。"杜氏一连声的点头，让人去把牛大嫂叫来。

牛大嫂来后，吴氏将做法细细地说了一遍，牛大嫂不明白的地方，她再解说，直到牛大嫂明白为止。

不过中午时，牛大嫂做的面条依旧让碧玉吐了出来。

杜氏没办法只好找吴氏过来询问详情，吴氏也是一头雾水，亲自动手做了一遍，让下人们在旁边看着。虽然是一道极其简单的面点，可擀面时面条的宽度、柔韧度都有讲究，下锅里的时机，煮的火候也是有讲究的。

当吴氏将一碗只放着几棵青菜的面条放在碧玉面前，碧玉很给面子的吃个精光。

这让大家困惑不已，讨论纷纷。

后来金氏的一番话或许能解释一二，"同样的菜，每个人做出的饭菜味道都不同，估计姑姑做出的面条味道合玉姐儿的胃口。"

这种解释倒是能让人接受，不过吴氏就要辛苦了，一日三餐都要给女儿做面条吃，因为碧玉只能吃这个，其他的吃食都不行。

吴氏倒挺乐意的，能让女儿多吃几口也好啊。只是天天吃这个，未免太单调，也容易营养不良。只是她有时换个花样，碧玉就会吐出来，只能作罢，只在这面汤里做些小文章。用骨头汤做汤底，再稍微加点肉末，幸好碧玉对这并不排斥。

杜氏和刘仁杰感激万分，尤其是刘仁杰，硬是给吴氏磕了好几个响头。

这种日子过了两个多月，碧玉终于止住了恶心吃啥吐啥的状况，能吃些比较清淡的吃食。

众人都松了口气，万幸！这种日子只有两个多月，如果长了就麻烦了。

刘吴两家的厨娘是变着花样做各种菜式，刘仁杰每当看到妻子能吃能喝，心中非常欣慰心中的大石总算落地。只是这段日子下来，他好不容易养胖了些的身体又瘦了一下来。

碧玉见此，连忙让下人炖补品给刘仁杰补身体。刘仁杰笑笑，为了让她心安，逼着自己吃下这些东西。说实话，这些补品的味道实在不行，难喝得要命。

吕登难得回家的早，给父母请过安后，就过来刘家。

见碧玉脸色恢复了红润，吕登放心不少，拿出买回来的零嘴。

碧玉不由笑道，"哥哥，你那么忙，不用为我这么操心。"她都这么大了，哥哥还把她当成小孩子哄，可心里感到很幸福。她有一群疼她爱她的家人。

"这又不费事，正好顺便经过就带了些回来，爹娘和你嫂子三弟那边都有一份。快尝尝好不好吃？听说是京城最好吃的点心。"吕登拆开那精致的盒子，将盒子递给她。

碧玉看了看，有枣泥麻饼、椒盐三角酥、桃仁酥、藤萝饼。笑眯眯地拿了块藤萝饼尝了尝，"果然跟我们自家做的不一样。"

"那当然，都是几十年的老字号。"见碧玉吃的香，吕登心里也很高兴，"听说都是些上了年纪的老师傅做的传统秘方，所以味道很特别。"前段日子碧玉折腾的所有人心里都惶惶不安，他从不知道怀孩子是这么辛苦的事情。

"不过下次就不要买了。"碧玉看着那盒子，是百味居的点心盒子。他家的点心虽然好吃，但价钱也很贵，光这盒子恐怕也值上几钱银子，"太费钱了。"

"买点心的钱还是有的，小田庄已经有出息，家里的开销也降了不少。"吕登不禁笑了，这丫头也学会了节俭过日子，"再说就这几口点心，哥哥还是买得起的。"

"谁说你买不起呢？"碧玉转了转眼珠，"只是多备些钱，将来嫂子生了小侄子，花钱的地方多得很。"

吕登摇了摇头故意为难她，"有了孩子难不成我就不能给妹妹你买点心吃了？"

"我不是这个意思。"碧玉有些头疼，吕登偶尔的孩子气也挺让她为难的。"嫂子有消息吗？"

"还没有。"吕登收起笑意，嘴角有些凝滞，"可能我们和孩子的缘分比较迟。"他也很想有个亲生的孩子，特别是看到刘瑛这么可爱时，非常想要个孩子，可这种事强求不来。

"别心急。"碧玉有些后悔挑这个话题，可她真的很担心这件事，吕登没有嫡子，这是吕家的大事，每个人心里都压了块石头，"嫂子喝了那么多药下去，自然会见效的。"

"希望吧。"吕登并不多指望，只能说道，"我们还年轻，以后有的是机会。"他看着妻子每天皱着眉头喝苦药，也很心疼，更舍不得出声问情况，免得给她造成太大的压力。

碧玉安慰道，"哥哥这么好，老天爷一定会给你一个健康可爱的孩子。"

"希望承你吉言。"吕登毕竟是见惯场面的人，很快调整自己的情绪道，"对了，妹妹，不如让我抱瑛儿过去住几天吧？我看你婆婆这些天也挺辛苦的。"不能抱自己的孩子，抱碧玉的孩子过过干瘾也行。

碧玉笑眯眯地道，"这个恐怕有点难哦。"她哥哥有时还挺可爱的。

"有什么难的？"吕登瞪了她一眼，这丫头存心想让他急吧。

"只要你肯点头，思成这小子还敢不听你的话吗？"

"哥哥瞎说什么呢？"听了这话，碧玉心里不乐意了，"向来是我听他的话，哪来的……"

"行了，别哄我了。"吕登笑着摇了摇头，"这些话骗骗你婆婆这些人还行，在我面前就别装了。"他早就看出来了，刘仁杰被碧玉捏在手心里，碧玉说东，他绝不会说西。

碧玉小嘴一撇，头一甩，"装什么？我可是相夫教女的好媳妇。"

"你呀。"吕登又好气又好笑，心中暗想，真是得了便宜还卖乖，估计刘仁杰很吃这一套。

说曹操，曹操就到，刘仁杰正好一脚跨进来，"大哥来了？"

吕登朝天翻了白眼。

刘仁杰回来稍微有些晚，请杜氏请过安后，听说妻子和大舅子在花厅，直接进来了。"说什么，这么高兴？"

碧玉站起身，"哥哥想让你同意一件事。"

刘仁杰忙扶住她，她的肚子已经显怀了，这些日子的强补初有成效，"坐好别乱动，什么事？"

碧玉笑嘻嘻的，"他想让瑛儿过去住几天。"

"大哥怎么又想到这事？"刘仁杰无奈极了，"我不是已经说过了吗？"

"以前是以前，如今妹妹身体不适，亲家太太既要管家又要照顾孩子，这样会很累的。"吕登一向能找准时机一举拿下，"不如让我们带几天，让她老人家也稍微轻松一点。"

这些都是借口吧，刘仁杰心中暗想，他可不想让女儿过去住。女儿从出生到现在都没在别人家住过，虽然就在隔壁，要是晚上哭闹起来可如何是好？

他刚想开口拒绝，碧玉手指着堆了一桌的点心笑道，"相公，这是哥哥给我买的，可好吃了。你尝尝。"

刘仁杰如今只要看到碧玉能吃东西，他就开心，"你喜欢这些？那我下次也给你买。"

"偶尔吃吃还行，经常吃就没什么味道。"碧玉递了块他爱吃的椒盐三角酥，软软说道，"哥哥还给我带了许多核桃，这个吃了对孩子很好很好的。"

刘仁杰不由微微一笑，他娘子这是变着法子替吕登求情呢。他们兄妹感情好的让他有时心里酸溜溜的。

见他只笑不语，碧玉拉着他的手，"相公。"

刘仁杰心里一软，"瑛儿晚上吵闹怎么办？"

碧玉转了转眼珠，"有小夏陪着，应该能应付。"

"对对。"听出刘仁杰的语气已经软和下来，吕登心里乐坏了，"还有我娘呢，她老人家经验足，你不会是不放心她吧？"

吴氏是绝对不能得罪的，刘仁杰紧张地叫道，"怎么可能？岳母最会照顾孩子的。"

"那不就行了，就这么说定了，我去安排。"吕登兴奋的说完，一溜烟地走了。

刘仁杰笑着摇摇头，这也太心急了吧。"娘子，我们回房吧，你也该歇歇。"

"我很好。"碧玉笑道，话说如此，可还是任由刘仁杰扶着回屋，她知道他心中的不安，生怕她有个闪失。

刘仁杰跟杜氏说了一声，傍晚吕登就兴高采烈的和胡雪儿一起过来接刘瑛。刘瑛早已和吕登混熟了，伸出小手要他抱。

吕登抱起她，眯起眼睛亲了又亲。刘仁杰皱着眉头，至于嘛，住的这么近，还弄出这一场面来。

杜氏倒没说什么，只是叮嘱了几句。胡雪儿细心的听了，不时地点头。

这样晚上吕家就多出来一个孩子，整个气氛就不同了。每个人都围着她转，哄着她玩。

刘瑛在吕家是常来常往，小孩子是最敏感的。她知道这些人都是极疼她的，根本不怕，笑嘻嘻地跟这个玩一会儿，跟那个玩玩。嘴巴甜甜的，外祖父外祖母舅舅舅妈轮着叫了个遍，对着人未语先笑。

连一向严肃的吕顺都不再只顾盯着小儿子的学业，吃完晚饭也不再逼申儿去看书。而是耐心地陪着小姑娘说话，这让申儿开心极了。巴不得小瑛儿天天住在自己家里。

当夜，刘瑛是跟着吕登夫妻睡的，胡雪儿亲自抱着她哄她睡觉。看着孩子甜甜的睡颜，胡雪儿眼眶一热，泪水忍不住纷纷落下。

"别哭，小心惊到孩子。"吕登拉妻子在旁边的椅子上坐下，安慰道，"我们也会有孩子的。"

胡雪儿热泪盈眶，这药都吃了这么久了，还没有效果。"可是还要多久？我根本没信心。"

"大夫不是说你的身体状况越来越好，过些日子就能怀上？这都是当初流产落下的病根。"吕登心中一疼，那个流掉的孩子也是他心中的痛，"也怪我不好，什么都不懂，让你一个人里里外外的打点，结果把身体累坏了，都是我不好……"

"相公，不关你的事。是我太傻了，明知道身体有些不舒服，可硬撑着没去看大夫。"想起往事，胡雪儿泪流满面，"要是早去看大夫，孩子说不定就不会流掉，如果生下来的话可能比瑛儿都大了。"

那个孩子是他们夫妻共同的隐痛，平日里从不谈起，可在这深夜，再也忍不住泪流。

吕登的眼睛也红了，抱着妻子给她擦泪，"那孩子跟我们无缘，不要再多想了。"

再说了会话，夫妻俩宽衣歇下，把个孩子放在中间，小心翼翼地护着。本应该让刘瑛另居一室的，可吕登硬是要抱到自己房间亲自照看。他也只能照看个几天而已，机会难得，一定要好好把握。

吴氏也只好同意，同时不放心地叮嘱些注意事项。她这儿子难得有这么坚持的时候，还是顺着他吧。

到了半夜，刘瑛醒过来哭了几声。幸好早有准备，胡雪儿抱起她把了尿，将旁边温着的羊乳喂她喝了半碗。刘瑛砸巴着小嘴闭紧双眼又睡了过去。看着她长长的睫毛下还湿湿的，红润的小嘴扁扁的，胡雪儿的心中爱怜四溢，伸手柔柔的替她拭去泪意，孩子身上的乳香味窜进鼻子，她的心越发柔软。这孩了要是她生的，该有多好啊！

第二天一早，刘仁杰不放心的跑过来看女儿，见女儿适应良好笑眯眯的躺在吴氏怀里，心中一松。

吴氏心中明白他的意思，不由笑问，"杰儿，吃过饭了吗？"这么疼女儿，让她心中暗自点头。

刘仁杰脸上一红，"我担心女儿晚上会哭闹，所以还顾不上吃饭。"他和碧玉担心了一夜没睡好，早上一起来，就跑过来看看。

"那在这里吃吧。"吴氏让下人再送一份早点过来。

刘仁杰也不推辞，在吕登对面坐下来接过碗筷吃起来。

吕登边吃边取笑道，"思成，你也太心急了。瑛儿跟我们可亲了，没哭也没闹。"声音里带了几丝得意和得瑟。

"那就好。"刘仁杰没兴趣跟他斗嘴。

两人吃完饭，刘仁杰想回隔壁跟家人道一声别再去翰林院。

吕登见他官服都穿妥了，一切都挺妥当的，不由笑道，"行了，别那么麻烦，让下人过去说一声就行。"这刘仁杰来来回回的也不嫌烦？

刘仁杰想想也是，让下人过去跟杜氏和碧玉说了一声，他就不回去了。

吕登笑眯眯道，"走吧走吧，今天没什么事，中午就能回来。何必这么黏黏糊糊的？"

刘仁杰脸有些微红，这大舅子越来越喜欢打趣他了。不再多说，转身跟着他出门。

可惜吕登的话没说对，他们俩马上遇上了件事，还是件倒霉事，麻烦事。

杜氏和碧玉等着刘仁杰回家吃晚饭，可等了许久，人影都不见，心中都着慌起来。

让人去吕家看了看，吕登也还没回来，他们也正等的焦急。

"婆婆，是不是出事了？"碧玉心中忐忑不安，刘仁杰很少这么晚回家的。

杜氏生怕她胡思乱想，忙安慰道，"不会的，他们可能都忙碌，一时之间抽不开身。"

看着这暗下来的天色，碧玉心中暗想，这天都黑了，没听说过晚上还要办公啊？！可嘴上不敢说出口，生怕一说出来就变成坏事了。"估计是，相公也真是的，有事就找人回来说一声，也好让我们放心。"

今日刘仁杰是直接从吕家走的，根本没回来，所以也没带上书童阿天。可吕登身上应该有人吧？可怎么也不回来说一声呢？脑子里一时乱如麻，各种念头乱转。

"说的是啊，这孩子太粗心了。"杜氏心中忧心，嘴上却不露，"先别管他了，你不能饿肚子，我们先吃吧，饭菜给他留一份出来。"

碧玉摸了摸肚子，点点头。为了孩子，她要准时吃饭，可不能饿到孩子。

婆媳俩心不在焉地吃着饭，碧玉勉强吃了半碗饭就吃不下了。

下人们收拾碗筷出去，刘仁杰还没回来，婆媳俩心里七上八下，忐忑不安极了。

不一会儿，吴氏带着胡雪儿和金氏过来，每个人脸上都是惶惶之色。"杰儿还没回来吗？"她担心碧玉着急上火，又担心儿子女婿是不是出了状况，叫了她们两个一起过来商谈。家里只留下吕顺父子看家。

杜氏忙招呼她们坐下，"是啊，不知道出了什么事，登哥也没回来吗？"这个问题问了又问，明知渺茫，但还是再问一次。

今天的情况没发生过，这让所有人的心都揪了起来。

吴氏心情沉重地点点头，"不仅他没回来，连仁哥也没回来。"早上三人一起出的门，还是她亲自送出去的，可到了这个时辰还没回来，她的心充满了各种猜疑。她最忧心的是，这朝堂风云变幻，一不小心就会摔得粉身碎骨。要是那样，她可如何是好？

杜氏愁眉苦脸地问道，"那怎么办？"她的性子遇到事情全然束手无策，只能等着别人出点子。

吴氏皱着眉头，"我让下人去打听过了，晌午时他们就走了。"也去李家问过了，他们家大人也没着家，打听不到一星半点消息。这愁坐困局的滋味真的太难受了。

杜氏着急的追问，"那有没有打听出来，去了哪里？"

"没打听到。"所以吴氏才愁啊。如果有个下落，他们也能安心，可没半点踪影，他们怎么能不担心呢？

一屋子的人愁眉不展，究竟出了什么事啊？

第十七章　上官送妾

不一会儿，吕登和刘仁杰吴敬仁喝得醉醺醺地回来了，女眷们大喜，连忙迎了上去嘘寒问暖，探问情况。

吕登和吴敬仁都喝的满脸通红，刘仁杰还好，嘴里稍微有些酒气。

杜氏让人送上清水，让他们漱洗一下，又让人送上醒酒汤。忙乎了半天，才安坐下来。

"相公，你还好吧？"碧玉担心不已，他一向不喝酒的，今天好像破例了。

"没事，我只喝了两杯。其他的酒都被大哥挡了。"刘仁杰神情很不安，在酒席上不喝酒，是件很为难的事。幸好有他们帮他挡挡。可长此下去，也不是办法。

吴氏的心放松了些，可还是数落吕登几句，"这是怎么回事？出去应酬也该派人说一声啊，知不知道我们都很担心？"这种漫无边际不像是儿子的行事风格啊，他一向谨慎细致。有事也会打发人回来说一声的。

吕登低着头道歉，"对不起，娘。"事出突然，他一时找不到人手回来禀报。让家里人担惊受怕，是他的不是。

碧玉的视线一直留在刘仁杰脸上，他的脸色怪怪的，不像是喝多的模样，反而好像很不安，还不时地看向她，她怎么感觉他好像有些害怕呢？"相公，是不是出事了？"

刘仁杰为难的皱紧眉头，他不想骗碧玉，可又不想让她伤心。

杜氏一口气提了上来，"杰儿，说话啊。"

刘仁杰闭了闭，一鼓作气道，"上官送了两名姜室给我们。"

"什么？"众人异口同声地惊呼。

碧玉神情复杂，突的低下了头。而胡雪儿脸色大变，惶恐、不安、紧张都一一流露在脸上。

金氏是最平静的，因为没有吴敬仁什么事。

"这也没什么，不用这么大惊小怪的。"吕登的神情倒是很镇定，这可以说是件风雅的事，可惜他不喜欢，也无福生受。

原来今日是户部侍郎过生辰宴请吕登他们，他们不好推辞不去，只好跟着大伙一起去喝寿酒。而散了宴席后每人送了名家姜，这烫手的山芋让他们很是为难。刘仁杰时时记的碧玉的话，生怕她一生气就要不理他。而且她还怀着孩子，不能生气的。

吴氏不由皱眉问道，"他是户部侍郎，又不是你们的直属上官，怎么就拉上你们去喝酒？"

吕登也蹙起眉，看上去很困扰，"李侍郎跟姐夫比较熟悉，而且他的父亲和思成是同年，我们都推托不了。"上司请客，他们这些下官能不给面子吗？虽然不在同一部门，可李侍郎是他们得罪不起的人。

碧玉抬起头看着刘仁杰的脸色，"他父亲就是那个在君前失仪的老贡生？"她对这人有些印象，隐隐约约记得老贡生没事，一大原因是他有个侍郎儿子，而且是个极有权势的侍郎。皇帝卖他面子，所以才会轻易放过昏过去的老贡生。

刘仁杰一脸的惶恐，"对。"好端端地送个女人给他，这不是要害他吗？喝个酒都会喝事来，真让人不省心。

碧玉咬了咬下唇，"那两个女人呢？"难道没跟他们一起回来？

刘仁杰直言相告，"在门外候着。"眼睛始终在妻子脸上打转，生怕有个不对劲。他反正没想要那个女人，管她死活。想起那几个女人出来敬酒时，任人上下其手妖媚的模样一看就不是好东西，恐怕是李家专门用来暖床用的，而且是任何人都可以拉上床的那种家妓。

场面一下子静了下来，所有人脸色都很复杂。

吴氏突然开口道，"既然推不掉，就让人进来吧，待在外面成何体统？"

"是，娘。"吕登应了，让下人把她们带进来。

很快两名女子在下人们的指引下进了门，容貌都很出众，缠着小脚，走路的姿势甚是好看。

两人矮下身体给每个人都行礼请安，应对极有分寸，礼仪也丝毫不差。如果不知道的话，还会以为她们是大家闺秀。不过眉间的风情却显示出她们的身份。

杜氏明显不知道该说什么好。碧玉看了她们几眼，就低着头一声不吭，没人看见她的脸色。

而胡雪儿脸色一片惨白，面无人色。

吴氏微微蹙着眉，"抬起头让我看看，叫什么名字？"

两人听话的稍微抬起头，声音清脆娇柔，听在耳里无比的舒服，"奴婢雨晴。""奴婢雪晴。"

吴氏在她们脸上一直打转，半晌开口道，"你们会些什么？"

雨晴禀道，"回太太的话，我们琴棋书画略知一二。"

"都是才女，好好好。"吴氏笑了笑，语出惊人，"我正感到有些寂寞，不如陪陪我这个老婆子，有你们陪着我定能开怀不少。”

“这……恐怕……”这一招明显让两名女子愣住了。这是怎么回事？她们可是身负责任而来的，陪个老婆子那她们怎么完成任务？

“怎么？”吴氏挑了挑眉，语气冷硬，“不想陪我这个老婆子。”

雪晴低眉顺眼地回道，“奴婢不敢，不过侍郎大人将我们送给两位大人，自然由两位大人处置。”这话虽然柔顺，可话里的意思挺值得人玩味。

所有人的眼睛都看向吕登和刘仁杰。

“这是我的母亲，家中之事都由她老人家说了算。”吕登抿了口茶，漫不经心的很，“她既然这么说了，你们就陪着她吧。”

胡雪儿闻言脸色好看了许多。

“可是……”雨晴怯生生地开口，“奴婢的主人是刘大人。”

吴氏冷冷瞥过去，“刘大人是我的女婿，我的话他敢不听吗？”

“小婿不敢。”刘仁杰脸色如释重负，心里暗吁了口气，“这位姑娘你还是陪在岳母身边，给她老人家解解闷，也算我的一片孝心。”太好了，总算有人接手这烫手山芋。

主人都这么说话了，雨晴再委屈也乖乖地闭上嘴，只是那双妙眼水灵灵的斜也着刘仁杰。

可惜抛媚眼给瞎子看，没用。刘仁杰心神明显都放在碧玉身上，他不时地扫向妻子。只是碧玉一直低着头，没理会他。

吴氏当机立断将人都带过去，决不能在这时给女儿添堵。心里将那个送妾给下属的李侍郎骂得狗血喷头，什么人啊？什么不好送，送两个狐狸精过来。想施展美人计，也不看看人，居然找上她儿子和女婿。真是大烂人。

回到屋子里，刘仁杰殷勤的跑前跑后侍候碧玉，生怕她心中着恼。

碧玉漱洗后舒舒服服地坐在被窝里，见他这样，不由拉着他的手笑道，"我不生气。"

"真的不生气？"刘仁杰小心翼翼地看着妻子的脸色，他收到这份礼物时，心里可担心了，生怕碧玉翻脸。她以前说过的话他都记在心里，始终没忘。

"你跟她有关系吗？"碧玉转了转眼珠，声音轻柔，只是里面却暗含了危险。要是他答的不合她心意，哼哼！

刘仁杰头摇得拨浪鼓似的，"没有，我连一根手指头都没碰她。"那种女人是什么货色，他心里一清二楚。何况他有妻有女，已经心满意足，对别人没什么兴趣。

"那我还生什么气。"碧玉笑得很开怀，经过上次的事后，她已经想通很多事情。动不动生气是解决不了问题的，既然是要相伴到老的夫妻，那就心平气和的好好沟通，合力解决所有的难题，这样才是最好的办法。

"娘子，我一路上都担心坏了，就怕你会生我的气。"刘仁杰终于放下高悬的心，抱住妻子细细解释，"我真的不想收下那个女人的，可大舅子说当场拒绝会得罪于李侍郎，所以我只好收下了。"

自从他进入翰林院，都是由吕登照拂他，处处关照他，教了他许多为官的窍门。而且吕登的好人缘也帮了他不少忙，让他少受了许多暗算。他对吕登的话一向推崇备至，言听计从。

碧玉笑眯眯地问道，"那你收下后想过怎么处理吗？"她很想知道，如果没有她娘临时插了一手，他会如何处置那女人？真的纳进刘家是不可能的，这点碧玉还是有信心的。

"交给你处理。"刘仁杰很坦然，他本来就没想纳那个女人，随便碧玉怎么处置。

碧玉主动抱住他亲了亲，他的答案让她很满意，"如今让娘处理也好，她对这个挺有办法的。"

刘仁杰狂拍马屁，"岳母一向是女中豪杰。"他对吴氏是又敬又怕，从不敢得罪她。

"你会不会舍不得那么美丽的女子？"碧玉心中好笑不已，整个人放松下来，懒洋洋的，眼睛半闭半合。

"娘子，你明知道我心里只有你。"碧玉的玩笑话让刘仁杰当真了，他气恼不已，"你存心想气我吗？"

"我跟你开玩笑。"碧玉睁开眼睛，抱住他的脖子凑过头亲了亲他的唇，"对了，那个李侍郎为何要送个妾给你和哥哥？"平白无故的送好处给别人，肯定是有所图。

刘仁杰被妻子亲昵的举动引得有些心神恍惚，可是看看她有些凸出来的肚子，深吸了口气，将她拥在怀里，慢慢说起事情的原委。"他想拉拢我们，我们以后离了翰林院能助他一臂之力。"

朝中分成两派，一派以首辅为首，一派是以赵太师为首，这赵太师虽然没有实权，但极得皇帝的宠信，后宫最受宠爱的贵妃就是太师的长女。而这李侍郎就是太师一派的，他名彦宏，是太师的左膀右臂。此人城府极深，心思极重，而为人极小气，得罪他的人下场都很悲惨。他跟赵太师是翁婿之亲。换句话来说，他和皇帝是连襟。

"他的野心倒不小。"碧玉一听，这知道这李言洪是想拉拢相公和兄长，他们此时虽然不起眼，但他们都是翰林院出身，将来成就还不好说。官场上流行一句话：非进士不入翰林，非翰林不入内阁。这说明翰林院是极清贵的，从翰林院出来的人将来可能进入内阁。所以他先下手为强，想抢先一步把人拉到他们阵营里，"不过你和哥哥不要加入进去，这种党争是很危险的。"

对党争，碧玉还是知道一二的，有时皇帝为了平衡势力，就会玩这手。但如果皇帝弱势些，到后来就无法掌控，那就是个大悲剧。

"我知道。"刘仁杰的语气有些沉重，"只是朝堂之上，保持中立的没有几个官员。要么加入首辅一派，要么加入太师一派，中立是件很艰难的事，他们自然会迫着你选择。"这官场的黑暗他已经见识一二，他不知道他能不能避开这些麻烦？

碧玉惊讶地抬起脸，"怎么会这么麻烦？他们斗得很厉害吗？"希望不要城池失火，殃及池鱼。她家相公只想做个好官，并不想争权夺利，可难保会被卷进去。

刘仁杰皱紧眉头，"争得你死我活，听说以后会斗得更狠。"他有时真的不懂，这样斗来斗去有意思吗？都是皇帝陛下的臣子，齐心协力为陛下效命，那不是件极好的事吗？上保皇室下护黎民本是他这个读书人最大的梦想。

"那是为何？"碧玉手指在他眉头轻按，他向来有些书生意气。她一直认为他不适合官场，也不知他如今能不能适应一团漆黑的官场。

刘仁杰对碧玉一向有问必答，并不认为不该对个女人说起这种事。他缓缓说出了争斗背后的诸多秘闻，"皇上该立太子了，首辅一派拥立皇后所生之皇子，而太师一派自然拥立贵妃所生皇子，为了这将来的争斗会更惨烈。"

按理说立太子应该立嫡，而皇后所生的皇子占了个嫡字，理所应当要立那个皇子为太子，可皇帝宠爱贵妃，贵妃之子聪明伶俐，甚得皇帝的欢心。而历朝历代的夺嫡风波层出不穷，从没间断过。只要有皇室存在这种事就永远避免不了。毕竟天下共主的位子只有一个，谁都想站在那最高的地方。而从龙之功是大部分臣子都想掺一脚的，因为那背后会有无穷的利益和权势。

"相公，这做官好像也挺难的。"碧玉听了也跟着忧心起来。

自古以来，这立太子向来是众方势力角斗最惨烈的一幕。不知有多少人死在这上面。她可不希望刘吕两家也毁在这上面。

"是啊，我本以为十年苦读，得到陛下赏识，将来做些有利于国有利于民的大好事，这样于愿已足。"刘仁杰喟叹一声，充满了惆怅，"可如今却发现这是件不可能实现的事，这朝堂暗潮汹涌，随时随地都会出事。"弄个不好，还会牵连到家人，这是他最不愿看到的。

刘仁杰经过这些日子，见识长了不少。何况有吕登在一旁提点，看到了不少官场的黑暗，这理想和现实的落差让他书生意气比较重的人很难接受。

碧玉咬了咬下唇建议道，"如果你不喜欢官场，那我们一起回老家吧。"与其每天都要提心吊胆的过日子，还不如回到过去平平淡淡的日子。

"真的可以吗？"刘仁杰不喜欢如今的生活，太累心了。人事倾轧钩心斗角尔虞我诈让他很心烦，不知何时不小心的一句话就会送了性命，甚至全家人的性命。

"当然可以，我们可以在老家好好过日子，你平时可以看看书，教孩子读书，养养花草，种种菜，看看风景。"碧玉勾勒出一幅极美好的画卷。

刘仁杰被碧玉所说的一席话说动了心，他更适合那种日子。"好，等满了三年，我想办法离开官场。"

碧玉见相公想开了，不由笑颜如花，"好啊，到时我们一起回去。"

刘仁杰轻抚她的笑脸，他已经好久没见到她这么明媚无忧的笑容了，看来她真的很替他担心，"我还可以多抽出空来陪陪你，照顾这个家。"以前他把家里的事都丢给她一个人处理，实在让她费心了。

碧玉抱着他，心里欢喜。只是想起吕登，心中不安，"哥哥他……"

刘仁杰笑道，"大哥在官场混的风生水起如鱼得水，他并没有站队，但两派都在拉拢他。"

吕登的性子本来就懂变通，极懂看人眼色，极懂察颜观色审时度势，人极通透。所以他很适合官场。

碧玉睁大眼睛，一脸的佩服，"他这么厉害啊。"她从小就知道吕登比一般人聪明，可没想他在满是人精的官场也混的这么开，不容易。

"他为人滑溜得很，长袖善舞，又不得罪人，人缘极好。"说着说着他的心里有些自卑，"我是比不上他的。"

"每个人的性格都不同，相公何必跟哥哥做比较呢。"碧玉听出了他话里自卑，忙安慰道，"在我心里，相公是最厉害的。"

明知是假话，刘仁杰的心里还是很慰帖。从她嘴里说出来的话就是中听。

过了几日，杜氏将刘瑛抱回家，吕顺夫妻都极为不舍，胡雪儿送了许多小孩子的用品过来。几天下来，胡雪儿是真心喜欢上了这个孩子。听着刘瑛甜甜的一口一声舅妈，她的心就软软的。

刘瑛虽然谁抱都不哭，但跟杜氏和碧玉最亲。回到家里小姑娘硬是待在碧玉怀里坐着不肯走，杜氏哄了半天才肯离开。

被杜氏抱在怀里的刘瑛盯着碧玉的肚子，"娘，让弟弟早点出来，我跟他玩。"

碧玉被逗笑了，柔声问道，"弟弟还要过几个月才能出来，你很喜欢他吗？"

"很喜欢，娟姐姐就很疼她弟弟，我也会很疼我的弟弟。"

刘瑛童稚的声音响起，引的碧玉媳婆大乐。

这丫头年纪虽小，但是个小机灵鬼。她每当看到娟姐儿和应哥儿姐弟情深，她就很羡慕。才三岁多的小不点，已经懂的亲弟弟和表兄弟的不同。

"瑛儿不要心急。"杜氏爱怜地摸摸她的头发，这么懂事可爱的孩子怎么不让人怜惜呢？"再过几个月就能见到弟弟，等他长大了就能陪你玩了。"

碧玉听到这话，不由哑然失笑。

刘瑛却很高兴，拍着小手笑道，"好啊，好啊，让小弟弟陪我玩。"

"什么？那个女人爬床？"碧玉一早起来就听到这个消息，整个人都不好了，居然爬大哥的床。

不行，那得去看看。

碧玉迫不及待地跑回娘家，"娘，是真的吗？那个女人……"

她的话顿住了，看到坐在一边眼泪汪汪的雪儿。

雪儿看到她，立马站起来，"婆婆，我去看一看汤好了吗？小姑，你陪婆婆说说话。"

她一走，吴氏板着脸瞪着碧玉，"女儿，你如今大着肚子，以后不要喳喳呼呼的跑来跑去。"

"我只是有些担心嘛，一早就听到这种消息，我都傻住了。"碧玉撅起嘴，撒娇的把头靠在吴氏肩膀上，"那两个女人可不是普通的家妓。"

吴氏对这个女儿一点办法都没有，含笑问道，"你也看出来了？"

"对啊。"碧玉歪着头使劲回想见到两个晴时的感觉，"那两个女人的眼神很不一般，感觉是专门训练出来的。"这种人恐怕是派专门用途的，比如打探消息、收集情报、施展美人计等等。不过她家兄长和相公已经让人这么重视了吗？还派出专门的人来对付他们？

"女儿你越来越精了。"吴氏不由失笑，"你和你哥哥算是锻炼出来了。"这双儿女一直是她的骄傲。

碧玉得意的扬了扬头，"我跟哥哥是没法比，不过这种事我都看出来了，没道理哥哥会看不出来。他怎么可能喜欢上那种别有用心的人？"这才是她深信不疑吕登对那两个女人没兴趣的原因。再傻的男人也不会喜欢上别有所图可能要害他的女人。

"我也这么认为。"吴氏小心翼翼地摸着女儿的肚子，百思不得其解，"可就是想不通，登儿他怎么会跟雪晴同处一室的？你哥哥绝不是那种喜欢美色而不要命的人。"

碧玉笑道，"等哥哥回来问问就知道了。"

"说的也是。"吴氏有些好笑，她如今还不如女儿有耐心，"我有些沉不住气了。"

碧玉忙道，"您是关心则乱。"因为太在意儿子，反而失了平常心。

"如今的人无所不用其极，连登儿都会中了招。"吴氏眼角有丝忧心，"你家相公怎么会是这些人的对手？我真的替他担心。"

比起吕登，刘仁杰单纯了许多，别人如果存心要对付他，那还不是小菜一碟。

"相公不想再做官了。"见吴氏担心，碧玉忙将他们夫妻商量好的结果说给她听，"他答应我，做满三年就想办法离开。"

说实话，她一直认为刘仁杰的性子不适合走仕途，能顺势离开是最好的结局。免得她日夜悬心。

"真的？那太好了，他的性子虽好，但不适合乌烟瘴气的官场。"闻言，吴氏松了口气，这些年下来，她对刘仁杰的性子知之甚祥，"他能舍下功名利禄，那就好。"她也能放下一层心事。

碧玉问道，"到时我们回家乡，爹娘跟我们一起回去吗？"

"我很想回去，家乡的一切都比京城好。"可是吴氏心有顾忌，"不过到时再说，你哥哥如果需要我们，我们就留在这里。"小两口身边没长辈总不大好，总得有个长辈为她们掌舵。像今天遇上这种事，没个长辈在身边，还不知道会如何？

"这样也好。"碧玉也知道吴氏的意思，并不强求。吕登也不容易，年纪轻轻在京城做官。"爹爹和小弟呢？还在书房吗？"

她都来了这么久，也没见他们出来。通常吕顺知道她来了，都会出来看她几眼，确定她安好然后再进书房的。这是前段时间养成的习惯。

吴氏不由露出笑意，"他带你弟弟去了小田庄，说是让孩子了解书本里没有的知识。"想起吕申问父亲，鸡蛋怎么会生出小鸡？吕顺目瞪口呆哑口无言的样子。越想越好笑，可怜她家相公虽然从小在村上长大，可从没亲手做过一顿饭，他根本不知道这些知识。为人父的尊严，岌岌可危啊。

"呃？"碧玉听了这些话，不由也笑开了，"爹爹了解菜是怎么种的吗？鸡鸭怎么养的吗？"据她了解，她爹爹只对教书在行，其他都不会。

"你这丫头，居然打趣起你爹爹来。"吴氏心情大好，笑道，"让他知道了，看他怎么捶你？"

"才不会呢，爹爹最疼我的。"碧玉根本不怕，顺手轻抚着肚子，"要不是肚子里的孩子，我也很想去小田庄看看。"住在这里不能走动，真的好闷。

"一切都孩子生下来再说。"吴氏知道碧玉的小心思，"如果觉得闷的话就过来走走，不过一定要带上人。"

碧玉撅起嘴，"娘，我又不是瑛儿这种年纪的小娃娃。"她娘也太小心了吧。

吴氏捏捏她因怀孕而有些胖乎乎的小脸，打趣道，"你如今还比不上小娃娃，小娃娃能蹦能跳，你能吗？"

碧玉不依地叫道，"娘。"

"小心点，不要让我们担心。"吴氏别无所求，只求一家人都平平安安的。

"知道了，娘。"碧玉知道她娘疼她，心中欢喜。

傍晚时分，吕登回家按照习惯先给父母请安。

吴氏让他坐下，问起昨晚的事。

吕登也不瞒他娘，一五一十地把所有经过说了一遍。

吴氏大讶，"你说什么？我让她送点心给你吃？"怎么可能？

吕登也很羞愧，居然让个女人绊倒了。"是的，娘。"

"我只吩咐厨房给你做份点心，并没有指名让雪晴送过去。"吴氏大为奇怪，"我早就发话下去，不许她们乱走动。"都这样了，这女人还能拿着点心送到吕登的书房，这里面恐怕有内情。

"是儿子一时疏忽，并没有想这么多。"吕登心里把雪晴骂了一百遍，"看书看迷了，才会保无防备。不过应该没做出什么事来。"当时他真的没想到这女人胆子大到敢在点心里下药。

吴氏皱着眉头，恐怕家里的下人也出了问题，"并不是你的错，看来家里也要彻查一遍。"千防万防却没想到会出家贼。

吕登也想到这点上，心中不安，"娘说的是，家里的人一定要清白，否则家无宁日了。"

"这个交给我来办。"吴氏比较担心这两个女人的难缠程度，"不过你打算如何处置这两个女人。"

"她们两个身负重任，恐怕不好打发。"吕登想了想有了主意，"我在想我们就当做什么都不知情，然后随手就送给别人吧。"

反正李侍郎把人送给他们时，并没有说什么。他们也随手把人送出去，不会惹怒那人。

"这也是个办法。"吴氏松了口气，"不过这接收的人选要考虑周到，不能害了人家。"这种女人可不是什么好货色，要是害了别人，她心里可不安的很。

"我自有分寸。"吕登点头应了，"不过在之前还是不要传出风声，免得她们早做防范。"心里却暗想，他娘毕竟心软，这官场上的人有几个是好人？到时谁害谁还不知道呢？不过这人选的确要好好选一个，最好弄的李侍郎吃个哑巴亏，又不敢发作。

吴氏一想就透，不放心的提醒道，"你也要小心，这官场的水太深了。"吕登再聪明，也还是个二十几岁的年轻人。遇到老谋深算的老狐狸，恐怕也要吃亏的。

吕登心中暗叹了口气，"我会当心的，有些事我会避开。"有什么办法呢？要走仕途就要承受这些。可这是他挑的路，他会坚定不移地走下去。

吴氏对官场只知一二，并不深入了解。遇到事情也是爱莫能助。"这些你比我懂，自己掂量，不要卷的太深。"

"知道了，娘。"吕登点头应了，为了家人他也会小心的。他还想好好地服侍爹娘到百年。

吴氏大张旗鼓地将那天的事查了一遍，终于查出当天那个厨娘有问题。厨娘依照吴氏的命令做好了点心，可却安排雪晴送过去。这本来就不合常理，但因为是深夜，大部分人都歇下了。雪晴偷溜出来端了点心去书房，并没有让人看到。

吴氏盯着跪在地上的厨娘问道，"你是我从家乡带出来的，为什么要帮着外人？"这让她很是痛心，她本来很欣赏她的厨艺的。生怕吃不惯京城的饭食，专门从家乡千里迢迢带过来。

"太太，奴婢错了，我不该贪雪晴那丫头的银子，才会一时糊涂……"厨娘抖着手，从怀里取出雪晴收买她用的银子。

李四妈一把接过，递到吴氏面前。

吴氏看了半晌，"为了五十两银子，就背叛主人，你的忠心实在有限。"真是人为财死，鸟为食亡。为了银子什么都不顾了。

厨娘此时心里充满了悔恨，"太太饶命，我下次不敢了。您就饶过我这次。"她实在不该为了这些钱做出这种事，可当时看到这五十两银子，她的眼睛都直了。对她来说，这是笔一辈子都赚不到的钱。她能不动心吗？却忘了自己的卖身契在主人手里，主人要怎么处置她都行，她光有银子有什么用？

吴氏不跟她啰唆，"登儿，打十棍发卖了，卖的远远的，不要让我看见。"不是她狠心，一次不忠百次不容。她能背叛主人一次，就能背叛第二次，只要对方手里的筹码更多。

"是，娘。"吕登起身应了。

吴氏将所有下人都叫到厅里观刑，杀鸡儆猴，看谁还敢再犯。李叔亲自拿了棍子执行吴氏的命令，十棍子打下去厨娘皮开肉绽。

几个下人拖着半昏迷的厨娘出去，一路上还收到了无数鄙视的眼神。

胡雪儿第一次看到吴氏大发雷霆，动用家法，心中半是害怕半是羡慕。

打发下人出去，厅里只剩下吴氏和吕登夫妻。

吴氏皱着眉头，"看来家里要好好梳理一遍，我们宁可人手不够，也不能留下不忠心的下人，那样的人容易被人收买。"

吕登见吴氏脸上有丝倦意，连忙道，"这些事交由儿子处理吧，娘就不要费心了。"要不是为了他，好久不管家事的吴氏也不用亲自动手处理。

吴氏点头道，"也好，让媳妇跟在身边好好学学，将来这些都是她的事。"男主外女主内，只有这样家里才能兴旺才能有条有理。

胡雪儿有些羞愧，这些都应该是她做的。可她却没有将本分做好，只顾着自己心情不好。看来此后她要在家事上多花些功夫。

吕登处理了一些人，有放出去的，也有发卖掉的，整个家里的下人都梳理了一遍。只剩下当初家里的那些下人，李四妈夫妻和小秋小冬几个还有吴雪儿从家乡带来的忠叔一家，重新又买了几个看着本分的人进来。

至于吴敬仁带的都是几代的老家人进京，没有这方面的担心。他们的下人都没动。不过经此一事，吴敬仁也对下人们好好敲打了一遍。

胡雪儿趁此机会主动将她房中的几个丫环也放出去了，她实在不大放心，这几个丫头年纪也不小了，平时总爱在吕登面前卖弄下风情，日子长了恐怕会有意外。

身边丫环都打发出去，身边没人可不行。她想到当初的小春和阿蓝，如今都嫁了人，嫁的是胡家的下人。她干脆就让她们依旧进来帮她打理家务。

她们的相公就管着她的嫁妆，两厢便宜的事。又买了两名八九岁的小丫头放在房内贴身侍候。这样她放心了不少。

至于雪晴雨晴还是好菜好饭的供养着，就是不许乱走动，不准出屋子一步。

而过了一个月，吴氏还专门请了个大夫过来给她把脉，确定是否有喜。吴氏把这一切安排的滴水不漏，把所有的后路都绝了，让她们一时想不出化解的办法。

等大夫确认没怀孕，吴氏笑吟吟的送走大夫。

而雪晴几乎将银牙咬碎，她用那一招曾经得手过数次，唯独在吕家行不通。这到底是怎么回事？

不行，得想个办法！

还没等她们出手，吕登就让人送来漂亮的首饰和衣裳，让她们打扮妥当后，带她们出去应酬。

这种事是常有的，她们以前经常被人带出去应酬。心中还挺得意，以为吕登终于想通回心转意了不再关着她们，量吕登一个小小的官员不敢跟太师一派的人做对，所以才软下姿态。

可当她们从轿子里下来，看到那个浑身富态胖乎乎头带玉冠的男人时，她们才惊觉不对，可惜太晚了。

吕登对着那个男人行礼下去，"王爷，这是李大人送给卑职的两名姬妾，听说王爷喜欢收集美人，卑职特意送上，还请王爷笑纳。"

眼前这男人是安王爷，皇上的胞弟，吃喝嫖赌俱全，唯独对政治不感兴趣。

吕登无意中认识了他，和他还能说上一两句话。而这个安王爷最让人诟病的一点，太爱女色，来者不拒。

因为皇上的纵容，没人敢说他的不是。即便是斗的正欢的两派都不敢得罪这位王爷。

安王爷色眯眯的眼睛粘在雪晴雨晴身上，戴着金玉戒指的手摸了一把雨晴，"吕大人果然深知本王的心意，本王此生对美酒美人最感兴趣。不错不错，她们俩的确当得起一声美人。"

吕登神情恭敬，"王爷喜欢就好。"

"吕大人知情识趣，本王就喜欢你这种人，将来有什么事可以来找我，我能帮的自然会帮你一把。"安王爷越看越满意，这两个可是绝色美人，风韵更胜一筹。

吕登露出感激之色，"卑职先谢过王爷，天色不早了，卑职告辞。"他若非万不得已，一向不得罪任何人。不过有时候非要雪晴急的脸色发红，"吕大人，您不能扔下我们姐妹不管呀。"落到这种人手里，她还能活吗？

雪晴雨晴常年在外面混的，干的就是细作的勾当。对皇室中人和各位官员的情况了如指掌，面这位王爷的大名更是如雷贯耳，她们岂能不知？

"两位姑娘何出此言？"吕登含笑道，"王爷是怜香惜玉之人，必会好好待你们的，这里华衣美食享用不尽，只要你们好好服侍王爷，王爷自然不会亏待你们。"敢算计他，算计他的家人。哼，来而不往非礼也。就让她们尝尝这后果吧。

"吕大人。"雨晴眼含热泪，苦苦哀泣。美人含泪别有一格风情，可惜啊……

"怎么？"这一切落在安王爷眼中，心中大怒，"两人美人看不起我，不想跟着我？"他是皇室中人，看上这种女人是她们的福分。

"不是的不是的。"雪晴可不敢得罪这尊大佛，连太师都不敢惹的人，她怎么敢？"王爷看上我们姐妹，是我们姐妹的福气，只是……"她还想好好活着。

吕登一语截断她的话，"既然你们知道，那就好好惜福。王爷告辞。"

雪晴雨晴绝望地看着他离开，全身瘫软在地上。她们就太小看吕登这个人了，居然认为他是好糊弄的人，还妄想牵着他的鼻子走。没想他是这么狠绝的人，想出这么狠毒的招。让她们猝不及防栽在这里。

吕登走出王府，只觉一身轻松，太好了，总算扔掉两个大麻烦。家里终于能恢复平静的生活，哎，这一个多月处处提防的日子太累心了。在外面小心翼翼地防范，到家里还不能放宽心休息，累死人了。

吕登回到家中，将事情跟吴氏说了一下。吴氏安心的同时也担心会不会有后遗症？毕竟她们后面的靠山太大了。

吕登安慰了几句，说再大也大不过皇帝，他只要忠心皇帝，自然会无事的。

吴氏不知他的话是真是假的，但还是勉强安慰自己是真的，让自己不要杞人忧天。

而最高兴的人恐怕是胡雪儿，她终于拔掉了眼中钉，肉中刺，这让她的心情极好。

等李言洪得到消息时，一切都已经来不及了。人已经送给了安王爷，他也无可奈何。心中气的吐血，那可是费了他好多心血才训练出来的两颗棋子，可就这么被废了。想想就心痛，同时也对吕登记恨上了。

只是他岳父极赏识吕登此人，还盼着能收为己用。此时还不能动他，所以他只能咽下这口气，忍的心口发疼也只能干瞪眼。

吕登依旧如无事人般，如常地跟他们打招呼。

李言洪恨得牙痒痒，可还是挤出一张笑脸。心中暗想，等哪天岳父改了心意，或者没有了利用价值，他就能狠狠收拾他。

临近产期，碧玉的身体越发沉重，动一动就喘个不停。晚上睡觉翻个身都需要人帮忙，还时常抽筋，把个刘仁杰心疼坏了。

可他也束手无策，只能帮着按摩。碧玉晚上经常起夜，让刘仁杰也没睡好。

碧玉劝他搬到隔壁去住，可他说什么也不肯。妻子受苦，他什么都做不了，只能陪在她身边分担一二。

而在翰林院，刘仁杰越发觉得压力大，有些投靠太师一派的官员有意无意地给他制造些小麻烦，让他不胜头疼。心知是上次的事惹下的后遗症。他不肯低头求饶，咬着牙苦撑。

　　每次回到家中，他都装的高高兴兴的样子，没让家人察觉出异样。只有作为枕边人的碧玉有所察觉。可每次细问，他只是说担心肚中的孩子和她，担心她生产时会不会像上次那样痛苦。

　　碧玉明知并不是全是这个原因，可怎么也问不出。只能抽空去问吕登，吕登是什么人，他在此时绝不会让碧玉担心他们，更是瞒的滴水不漏。

　　碧玉无可奈何只能安心养胎，刘吕两家的补品日日不断，把碧玉补的珠圆玉润。

　　吃完晚饭，碧玉和刘仁杰陪杜氏说了会儿话，就回了房中。

　　坐在梳妆台前，碧玉捏了捏胖乎乎的脸蛋，又捏了捏粗粗的大腿，烦恼地叹了口气。

　　刘仁杰上前抱住妻子，"娘子，怎么了？"她这几天好像都有些闷闷不乐的，问她也不肯实说。

　　碧玉一脸的哀怨，终于忍不住要倾诉一番，"我越来越胖了，像只小猪。吃了睡，睡了吃。"越看越像，真是讨厌。

　　刘仁杰这才知道碧玉在烦些什么，女人都是这样吗？到了生产前就会担心这担心那？"像小猪好啊，多可爱。"

　　碧玉横了他一眼，"哪里可爱？都丑死了。"

　　刘仁杰不由笑了，亲了亲她，"胡说，我娘子是最漂亮的。"

　　"不用哄我，我知道自己如今是不能看，脸丑身体也圆滚滚的……"碧玉边说边小心地捏捏自己的肚子。

　　刘仁杰紧张地拉住她的手，不住地安慰她，"娘子，你看你越说越离谱，娘子哪里都好看，真的。"

　　明知是假话，可碧玉心中还是好受了许多，可嘴还是微微嘟起。她偶尔在刘仁杰面前会撒撒娇，让他哄哄她。"你会不会嫌我丑？"

"傻瓜。"刘仁杰果然心疼地将妻子抱在怀里，"你是为了替我生孩子才变成这样的，我怎么会嫌你呢？再说你怀着我们的孩子，我怎么看都觉得特别顺眼。"这话他没有骗人，虽然碧玉此时没有窈窕的身形细细的腰身，但看在他眼里，哪里都好看。尤其因为怀着孩子脸上有种神圣的母爱光辉，越发让他心动。

碧玉被他哄的眉开眼笑，"相公，你越来越会说话了。"以前那个对着她不敢多说一句话的少年如今已经是她的相公她孩子的父亲，而且极为疼爱她。

"娘子，在我心里，你一直是最漂亮的。"见她终于笑了，刘仁杰心安了些，想起初见时的情景，低声笑道，"我永远记得第一次见到你时的样子。"那是他生平头一次留心一个女孩子，一个比他小好几岁的小女孩，回到家中他惦记了许久。

见他笑的温柔，碧玉眯起眼睛道，"第一次见到我？是糕点铺子的那次？"她反而记得不太清楚。

"对。"刘仁杰笑着点头，"那次你送了我一盒点心，我至今还记得。"还记住了那个女孩子回首的嫣然一笑，也让那个女孩子在他心里生了根。

碧玉想起往事，心中一甜，笑嘻嘻地问道，"你不会是从那时起就喜欢上了我吧？"

刘仁杰温柔地看着她，眼中一片深情，"是啊，我第一次见到你时就喜欢上你。"

碧玉只是随意开个玩笑，没想却引出了他的真心话，神色一喜，"相公，这是真的？"

自从他们婚后，从没提起过往事，也从没提起喜不喜欢这种话。

"当然是真的。"刘仁杰摸摸她肉乎乎的脸蛋，软软的很舒服，"怎么不相信吗？"

　　碧玉心里欣喜异常，她知道他从不会骗她，"我一直以为你是听从婆婆的安排不得不娶了我。"

　　"傻话。"刘仁杰索性先告诉她一些实情，让她安心。"当娘提起，想让你做我妻子时，我心里别提多高兴了。可后来岳父岳母不肯将你许配我，我真的很失落很难过，以为这生与你无缘。"还有一句话没提，当他知道周彬也向吕家提亲时，他真的很害怕吕家会将碧玉许配给周彬。怕的好几个晚上没睡好，直到听到吕家也没答应时，才安然睡下。

　　"这些你从来没跟我提起过。"碧玉越听嘴角越发上扬，只是娇嗔道，"我们刚成婚时，还担心你不喜欢我，提心吊胆了好久。"

　　"啊？"刘仁杰睁大眼睛，心中有些歉疚，"是我不好，那时我只顾欢喜，根本没想到这些。早知如此，该早点告诉你的。"也好让她早点安心。

　　所以说夫妻间要多沟通，要让对方知道自己的想法，遇到事情也能相互配合。

　　碧玉笑道，"那时你脸皮那么薄肯定不好意思跟我说这些。"

　　"这倒是。"刘仁杰想起新婚的那段日子，他忐忑不安地讨好着妻子，但只敢私下花心思，却不敢大刺刺的表现出来。那时的他们处于磨合时期，什么事什么话都要先想想再说，哪像如今毫无顾忌呢？

　　碧玉满心欢喜，笑眯眯的抱着刘仁杰的腰。

　　刘仁杰见妻子笑颜如花，心中大动。他们好久没亲热了，这段日子他憋的更呛。可视线一扫到妻子大腹便便的样子，极力压制住心猿意马。暗暗提醒自己，妻子快要生产了，再忍忍。"娘子早点休息吧。"或许灭了烛火看不到她的样子，心火就没有那么旺了。

两人宽衣睡下，刘仁杰从后面抱着妻子，两人叠着睡，这些日子这种姿势比较好。

只是还没睡着，碧玉已经察觉到后背的刘仁杰身体热的异常，某个部位捅着她的臀部，不由羞红了脸。仗着他看不见她的脸，小声地问道，"是不是很难受？"

刘仁杰额头上的汗都冒了出来，"娘子，别跟我讨论这个话题，我会忍不住的。"

碧玉低垂着头，静默了半天，才声音低如蚊虫，"那个……春宫图里……有一招式或许能稍……"

声音太小，但刘仁杰还是听到了，也意会了，双手一紧，"你去研究那图了？放在哪里我看看。"

这春宫图是吴氏在碧玉出嫁时放在箱底的压箱之物，碧玉夫妻俩以前常在屋子里照着这个图……只是自从碧玉有了身子后，刘仁杰怕看了上火，妻子又无法配合，就将这玩意儿收了起来。

碧玉羞的像滴出血来，她要不是看他晚上痛苦难耐，她至于去研究那个吗？从枕头下拿出春宫图扔给他。

他笑着接过，细细翻看。翻到一页看了半天，不由笑道，"我们试试这招。"边说着边伸手解妻子的衣裳。

碧玉半推半就的依了他，是夜两人除了没有完成最后一步，其他的无所不至。

夫妻俩经过这一夜的敞开心扉，感情更上一层，更是如胶似漆。

第十八章 产子

这日下午未时，吕登和刘仁杰刚踏出翰林院，吴桥已经在外面等候许久，一脸的着急。

吴桥见他们出来忙迎了上来，"少爷，表少爷，少奶奶已经发动了。"

碧玉吃早饭时还好好的，可没过多久，肚子就痛起来。幸好家里早有准备，立马送她去产房，请了接生婆过来。

两人愣了愣，突然醒悟过来，吕登也急了，"什么时候开始的？"

刘仁杰脸色一白，"娘子怎么样？"当初碧玉生头胎时，他可是一步不离地守在外面。当时的情景依然历历在目，碧玉生孩子时痛的尖叫声依然让他时时想起。这次也不知能不能顺利平安的生下孩子？

吴桥道，"巳时三刻发作的。"边说边引他们走到旁边的马车上。

两人不再多问，在马车上忧心忡忡的往家里赶。刘仁杰一路上不安的直冒汗，生怕有个闪失。

而两人刚踏进刘家大门，一声清脆的儿啼声响起，产房有人大叫，"生了生了。"

刘仁杰大喜，一个箭步冲了上去，"娘子有没有事？孩子有没有事？"这次怎么这么快？

杜氏眉开眼笑道，"杰儿，你回来了。这孩子跟你亲啊，要等你踏进家门，才肯乖乖出来。"她在这里等了几个时辰，这孩子都不肯落地。而是赶在刘仁杰和吕登进门的这一刻出生。

院子里站满了人，除了吴氏在产房里外，刘吕两家的人都在这里了，连吴敬仁夫妻也守在这里，此时听到好消息都笑逐颜开，替碧玉高兴不止。

胡雪儿抱着刘瑛一脸的羡慕和渴望，刘瑛倒是很开心，小脑袋一个劲地向里面望。

吕登走到她们身边，接过刘瑛自己抱着，眼睛一直盯着里面的动静。

接生婆抱着孩子出来，"恭喜太太恭喜大人，是位小少爷。"

杜氏喜动颜色，一把抱过孩子细看，嘴里不住夸赞孩子。跟在一边的范大娘忙送上喜钱，足足一锭银子，把接生婆乐得眯起了眼睛。

刘仁杰在旁边看了两眼，只觉孩子白白嫩嫩的，样子极可爱。只是小模样还没展开，一时看不出比较像他还是像碧玉。

想起妻子，刘仁杰心中一慌，"少奶奶怎么样？"这老婆子怎么只提孩子，不提妻子呢？情况不好吗？

接生婆忙笑道，"大人放心，少奶奶这是第二胎，此时精神还好。"

刘仁杰舒了一口气，等产房里的人收拾好，大步跨了进去，一双眼睛只顾着找妻子。

产房内吴氏正在喂碧玉喝参茶，碧玉喝了几口摇了摇头。

刘仁杰见妻子好好的睁大眼睛躺在床上，脸色虽然憔悴，但精神尚可。心中重重松了口气，生女儿时碧玉精神不济昏了过去，生儿子时却好了许多，这第二胎的确如别人所说的那样，好生。

等吴氏出去，刘仁杰才走到床边轻抚妻子苍白的脸，"娘子辛苦你了。"

"这孩子在肚子里时折腾的要命，可生他时却挺顺利。"碧玉眉目间全是温柔笑意，"他并没有折腾我太久。"

"算他这次识相。"刘仁杰此时心满意足，只是嘴里却有些不适，"要是生产时还那么折腾你，我非得打他屁股。"谁让那小子这么会折腾。

碧玉气恼地瞪了他一眼，"胡说什么呢，他还是个孩子，什么都不懂，跟孩子计较些什么。"她这么辛苦才生下这孩子，他怎么能这样呢？

刘仁杰笑着安抚道，"好好好，都听娘子的。"

碧玉这才展颜笑了，真好，有家人陪在她身边，又有了一双儿女。

在这初冬时节，碧玉腹痛了二个多时辰后，刘家的嫡长孙呱呱坠地，刘仁杰为儿子取名刘玦。

这孩子的出生，把所有人都高兴坏了。杜氏尤为欢喜，刘家大房终于有了继承香火的男丁。不用怕被二房三房压一头了。

碧玉也松了口气，儿女俱全凑成了个好字。也算完成了为人媳妇的责任。她心中虽然更喜欢女儿一些，但作为刘家的长媳，承担着为刘家开枝散叶的重任，所以儿子是绝对不能少的。

刘仁杰先前说过不介意这胎是女儿，可等儿子落地后，他抱着儿子傻笑的欢喜劲，把个吕登看的又嫉又恨，一把抢过孩子抱着，不肯还给他。

不过碧玉的一个建议让吕登很是欢喜，她如今在坐月子。杜氏也要管家，还要照顾新出生的孙子，这孙女就顾不上了。吴氏虽然时时过来帮忙，但总有不便的地方。碧玉就让吕登夫妻帮着照看一个月，等她出了月子再接过来。

吕登闻言大喜，他此时正是眼热的时候。他又极欢喜外甥女，上次接过去住了几天，就硬是被刘仁杰接了回来。后来他再提出接过去住，刘仁杰怎么也不肯同意。如今可好，可以住上一个月。实在是太好了！

胡雪儿也非常高兴，在他们夫妻旁边准备了一下小房间，一切用品都备齐了，只等人入住。她是真心疼爱刘瑛这孩子，盼着能和她多相处多抱抱她。不过刘吕两家的人多着呢，都抢着抱这小姑娘，而轮到她的机会很少，这次总算能过过瘾。

她特别羡慕碧玉生了一对儿女，可她吃了这么久的药还不见效果。或许沾沾碧玉的喜气能帮帮她。

刘仁杰长子满月之日摆了几桌酒请了班小戏，除了家里人外，还请了不少翰林院的同僚。这种大喜事自然逃不过要请他们喝酒听戏热闹一天。

只是刘吕两家来了京城二年多，还从没有在家里请过客。

这次刘家极为注视，不敢有丝毫差错，生怕被人笑话了去。杜氏好几天前就开始安排人手，订酒席、订点心、打首饰定制衣裳，打听哪家的戏班好，忙得不亦乐乎。

而吴氏也接下了照顾女儿和外孙的重任，还好手下的人都很得力，不管是小青母女还是小夏手脚都是极麻利，所以并不吃力。小青的孩子比刘玦早生三个月，小青的乳水很足，就让她做孩子的乳母，同时给两个孩子喂奶。

先前吕家整顿家里下人时，重新买了些丫头，吴氏调教好后送了两个八九岁的小丫头放在碧玉身边照顾，所以人手也够了。

碧玉坐完月子打扮一新，出去坐席招待客人。这次不比上一次刘瑛满月之时，那次是杜氏全程招呼客人的，碧玉只在旁边帮忙。

而这次大为不同，因为这些女客都是官员的内眷，口音各异，性格也各异。有人落落大方有人拘谨畏缩，应付乡下的太太们，杜氏能应付。但这些人就棘手了，一个不小心说不定就得罪了人。所以让碧玉出面，她只坐在首位抱着孙女儿逗乐，听听这些客人说话，但对话应酬都由碧玉出面。不过碧玉都能应付自如，让每个人都如沐春风。并不因为各位夫人相公官位高低而忽视任何人。这让众人交口称赞，也让杜氏心里极为得意。

最让碧玉留意的是胡雪儿的姐姐，陈家太太。她还是第一次见到这位亲戚，忍不住细细打量了几眼，长相和胡雪儿有三分相像，但气质更严肃些，更内敛些，闭着嘴极少开口。身边跟着几名美妾，极周到小心的服侍着她。陈太太是那种最典型的官太太，出身大家神情端庄大方，行事滴水不漏。

不过她送上一份厚礼，一对金项圈，一对金镶玉的手镯，一对龙凤玉佩，一套宝石头面。

当碧玉下去更衣时，小丫头送上几份礼单，碧玉快速浏览了一遍，看到陈家的这份礼单时，呆了半晌，这不过是满月酒宴，不用送这么贵重的礼物吧。

碧玉的脑子里转了几转，"先收到库房去，等晚上问过老爷再说。"无功不受禄，太重的礼往往代表着若有所图。

因为人多，碧玉要照顾客人，所以没跟陈太太多谈几句，只是浅浅的客套了几句，相约以后两家多走动。

热闹了一天客人都散去，碧玉累得浑身发酸倒在椅子上休息，招呼客人真是件挺累心的事。幸好刘家不大请客，否则肯定会累死。

刘仁杰也在外院应酬了一天，回到房中已经浑身乏力。

他的铺盖早晨已经搬回卧室，不用再住到隔壁孤枕难眠了。这点让他特别满意。

碧玉硬撑着服侍他换衣漱洗，好久没做这个了。

刘仁杰拉着她的手心疼不已，"不要管我，你先躺着，今天肯定累坏了。"他住在隔壁都是自己动手，不用人服侍。

碧玉捏了捏自己的脸，"还好，只是这脸快笑僵了。"笑了一天的结果。

刘仁杰不由好笑，"我何尝不是，这些人谁都不能得罪，何况这是大喜事。"这也是没有办法的事情。

"对了，我忘了一件事。"碧玉将陈家送的礼物说了一遍，未了问道，"他家这是为何？"

刘仁杰皱着眉头想了半天，"可能是他家想替首辅大人拉拢我们吧。"他只得出这个结论也不知对不对？这礼重的有些不合情理。

碧玉惊讶地张大嘴，"先前不是说表姐夫跟李侍郎交情不错吗？怎么突然又倒向另一边了？"

刘家和陈家是二重亲戚，在称呼上依照刘胡两家的表亲关系，称表姐表弟。这样更省事些，如果照碧玉和胡雪儿的关系论，更麻烦。

刘仁杰一五一十地将朝堂上的事说出来，"表姐夫跟李侍郎以前关系是不错，但并不是属于他们一派。只是前几天他认了首辅做干爹，算是正式倒向首辅一边了。"这官场上关系错综复杂，一不留心就会掀起惊波骇浪。

碧玉的嘴张的更大了，"怎么这么突然？"认干爹，好像官场上很流行认干亲，通过这种关系将两家人紧紧联系在一起。

小家碧玉
XIAO JIA
BI YU 下

“我也觉得挺突然的。”刘仁杰笑了笑，“只是在官场上随时都会发生稀奇古怪的事情，这样一想也就觉得挺平常。”

碧玉只觉那份礼单烫手，“那我们收下这礼会不会有麻烦？”要是有，拼着得罪陈家，也不能收下这份礼。

刘仁杰想了想，“不会的，这是满月酒的礼，就算别人知道，也没什么。”他是这么认为，不过明天再问一下吕登，如果他也这么认为，那就没事。

“那就好。”碧玉想起一事有些担心问道，“那个讨厌的李言洪有没有为难你和哥哥？”这人简直就是刘吕两家的心腹大患。

刘仁杰忙安慰道，“没有，你别操心这些。”

碧玉噘了噘嘴，“可我就是担心你们嘛。”

“傻瓜，照顾好自己的身体，照顾好这个家，照顾好娘和孩子们，这些就够你忙的。”刘仁杰抱着她哄道，“外面的事有我们男人应付。”

“知道了。”碧玉也知道他的话有道理，点点头道，“相公，你很累了，歇着吧。”管好内院让他没后顾之忧，就是她的责任，其他的事她无能为力。

两人分开了许久，此时抱在一起并没有亲热，轻言细语的交谈，身体虽疲倦，但却舍不得休息，心中都觉得温馨无比。

月光照进屋子里，散落在两人的脸上，形成一副相依相偎的极美画面。

这些天杜氏身体有些不适，碧玉忙着请医熬药，管理家务照顾两个孩子，忙得团团转，实在抽不出空去隔壁看望胡雪儿，只有不时地让人炖些补品过去，表表心意。

碧玉想着给婆婆补补身体，让人炖了锅鸡汤，分出一半送到隔壁去。

她亲手端着汤喂杜氏，杜氏病了些日子，脸色苍白神情有些憔悴。

杜氏就着碧玉的手喝了半碗汤，"媳妇，这些日子辛苦你了。"年纪上去，人就不中用了。偶尔少穿件衣服，就受寒生病了。

碧玉见到杜氏脸色稍微好了些，心里极欣慰，"只要婆婆能早日康复，媳妇再辛苦也值得。"

杜氏满意地点点头，只是想起孩子有些不放心地问道，"两个孩子呢？"都五天没见到孙女孙子，实在想得慌。她生怕过了病气给孩子，一直不准他们过来。

碧玉理解杜氏的心情，忙提出建议，"在隔壁屋子里，婆婆想见的话，我让人带过来。"

"不要。"杜氏连忙摇头，"孩子身体弱，不要带到这屋子里，免得过了病气。你也要保重身体，你要是病倒了，这家里也要乱了。"这孩子实在孝顺，她生病媳妇也没休息好，只顾着围着她转，连孩子们也往后推。她半生辛苦，到了此时却享尽清福，这都是有个好媳妇。

碧玉笑道，"媳妇年轻，能撑着住。"脑中却想起在外面的相公。

刘仁杰这两天一直很担心杜氏的身体，每天都会早早地回来。只是今天好像有些晚了，都过了晌午还没回来，可能有事吧。

碧玉无意中扫到照顾孩子们的小青在门口探头探脑，脸色极为着急。心中咯噔一声，难道孩子们出事了？要不怎么这么短的功夫都等不及？稳了稳心神，叮嘱范大娘好好照顾杜氏，就找了个借口退出来。

碧玉拉着她走远一段路程，确定杜氏听不到后问道，"小青，你怎么来了？孩子们呢？"

小青急的脸色发白，头上都冒出汗来，"由小夏看着，少奶

小家碧玉
XIAO JIA
BI YU 下

奶出事了。"看，说话都颠三倒四了。

碧玉知道肯定发生了大事，否则小青不会这么混乱。"谁出事了？别急，慢慢说。"心里却七上八下的。

小青有些语无伦次，"是少爷和登少爷出事了，您快去隔壁，表少爷派人……"

话还没听完，碧玉心神俱乱头重眼花，眼里一黑身体晃动，小青连忙伸手扶住。"少奶奶您可要镇静些，家中如今只指望你了。"

家中老的老，小的小，都没个能帮忙的人。杜氏又在病中，只有碧玉能支撑这个家。

碧玉来不及多问，咬的下唇出血才镇定情绪，匆匆往隔壁赶。

大厅里，吕顺夫妻和吴敬仁夫妻脸色灰败默默地坐着，碧玉心怦怦乱跳，害怕地走到吴敬仁身边，"表哥，出什么事了？"众人的脸色这么难看，难道事情很严重吗？

吴敬仁一脸的难过，"玉姐儿，你相公和兄长都被抓起来下狱了。"

五雷轰顶晴天霹雳或许就是碧玉此时的感觉，她慌乱地抓着他的胳膊，"为什么？他们做错什么了？"为什么要抓他们？

吴敬仁叹了口气，将缘由说了一遍。原来是翰林院里一位庶吉士抨击时政被下狱，平日里刘仁杰跟他交情很不错，又佩服此人有风骨，就出言求情，没想被卷了进去。而吕登急了，忍不住为妹夫说了几句公道话，也被投进狱里。

碧玉并不懂朝堂上的事情，可心中愤愤不平，"为了这点小事就抓他们？这实在太过分了。"

吴敬仁眉头紧锁，"这种事本来是可大可小的，可主办此事的是李侍郎的手下。"要不是他一直守在外面，听到消息后跑得快，恐怕连他也要抓进大牢。

碧玉恍然大悟，原来是借机发作。"先前李侍郎不是罢手了吗？"难道是刘仁杰为了安慰她而哄骗她？应该不至于啊。这人也太反复无常了。

　　"他那种小人岂会轻易罢手，逮到机会定会好好发作一下。"吴敬仁欲哭无泪，他知道两家的过节，可一直以为李侍郎不会再下手。谁知遇到这种事，他就极狠的出手，半点都不让他们有防患，"他是个心眼极小的人，有仇必报。"先前按捺住不动，是碍着太师的面子。可如今情势又变了，估计太师也没有什么耐心了。所以才出了今天这一档子事情。

　　吴氏面色惨白，紧张不安问道，"那怎么办？他们会不会有事？"

　　她心中却恨极了这个李侍郎，总是跟他们家过不去。也不知前世欠了他什么，总是纠缠不清。

　　吴敬仁摇摇头，"我也不大清楚，回来和你们商议，看有没有解决的办法？"最重要的是解救他们出来，如果刘吕两人出了事，那两家就垮了。而吴家也不会好到哪里去。

　　吴氏压下心中的怒火，决定委曲求全，"敬仁，那我们去求那位李大人开恩通融，不知能不能行？"

　　"姑姑，我认为求他是没用的。"吴敬仁为难地握紧拳头，"据我判断他是趁此机会让表弟他们低头求饶，既能出口恶气同时也将他们拉到自己的阵营里。"这一举而得的好事，李言洪能放过吗？

　　碧玉心慌意乱，喃喃自语，"我家相公是绝不会低头的。"他的性子她最清楚，被强压着低头是不可能的。

　　"我也知道表妹夫的性子。"吴敬仁心里何尝不慌，"所以才担心他们在里面吃皮肉之苦。"如果一旦用刑，他们两个都是文弱书生，能熬过去吗？嘴巴再硬能硬得过刑具吗？

听了这话，吴氏慌了手脚，眼中含着热泪，"那再找找别的门路，看有没有人能救出他们？"如果有人能救出他们，她愿意去下跪求情。

这条路他早就想过了，可惜不通啊。"李侍郎位高权重，一般人都不敢得罪他。"如果去求另一派的人救吕登他们，会不会引起更不好的后果呢？如果两派相争起来，吕登他们说不定会成为牺牲品。只要想到这种后果，他就不敢轻举妄动。

碧玉心里绝望害怕，突然眼前一亮，"对了，还有陈家，我们可以去陈家求援。"她抱住一丝希望，陈家是嫂子胡雪儿的亲戚，他们家也是有根基的世家，或许能一试。

吴敬仁苦笑一声，"我已经去过了，他们连门都没让我进。"

历来这世间雪中送炭的少，锦上添花的多。遇到这种事，大部分人都选择避开。就算有亲戚之谊又能如何？出事时跑得比谁都快。

在场的人脸色越发惨白无光，这事难道很大吗？居然让陈家也不敢伸一下手。陈家跟李侍郎不是政敌吗？难道他怕李侍郎趁机也把他拖下水吗？屋子里一片寂静，每个人都惶惶不安。

吴氏恨的银牙都快咬碎道，"那到底该怎么办？难不成我们只能坐着等吗？"

这就是没有强硬后台的小人物的悲哀，只能任人鱼肉。权贵可以随意践踏他们的尊严，可以随时夺走他们的性命。而他们只能无助的流泪，却半点办法都没有。

吴敬仁想了想，"我们先打点看守大牢里的人，免得他们在里面受苦。"先要保证他们的人身安全才行。

"对对。"吴氏如抓住一根浮木，"敬仁你去打点，钱要多少都行，只要他们能平安，姑姑全靠你了。"

"姑姑不要担心，我会尽全力营救他们。"吴敬仁心里没谱，可嘴里不敢说出来，"只是不知能不能行？"

要是李言洪存心跟他们过不去，这救出人的希望太渺茫了。这刑部有一半的人是他的手下。太师一派的事情都是交由李言洪出面处理的，太师是隐在幕后指挥。所以大部分人都直接听命于他，他要整几个官员那是简单至极的事情。

碧玉脑袋乱得一团糟，想了半天才想到一点，"让我们去大牢里探监，我想亲眼看看他们是否平安。"她最怕的就是那些狗官对他们用刑。

"对，我也去。"吕顺连忙开口，"到时可以问问登儿有没有要好可以帮得上忙的同僚？"百无一用是书生，这种时候他什么都做不了。

"这也可以一试。"吴敬仁眼睛一亮，最起码进去问问吕登的意见，"姑父姑姑，我先出去打听。"

"你自己也小心点。"吴氏连忙叮嘱道。

吴敬仁点头应了，匆匆忙忙而去。

静默半天，金氏突然开口，"姑父姑姑，这事要瞒着表弟妹，要是让她知道了，恐怕会动了胎气。"这不得不防，胡雪儿此时情况特殊，要是有个万一就麻烦了。

"正是，她的身体刚刚好些，绝不能让她知道受了刺激。"吴氏心中又气又急咬咬牙，"李四妈，发话下去，所有人都不许提起今天的事，不许走漏一点风声，绝不能传到少奶奶耳朵里。"

李四妈为难地皱着眉头，"是，可是太太，这事怎么瞒得过少奶奶呢？"

吴氏脑子转了转，"我会亲自过去跟她说，登儿和杰儿都被外派公干，短时间内不在京城。"这样应该能应付过去，胡雪儿又一直关在屋子里静养，瞒过她应该不难。

　　李四妈应了下去办理此事，家里的下人要稳住，不能让人心惶恐不安。否则家里更难以支持了。

　　碧玉怔怔地坐着，脑子一片混乱。这突然袭击的灾难一下子让她傻住了。想起早上她相公离开家门时，温柔淡笑的面容。她忍不住眼中的泪哗啦啦地流下来，他会不会回不来？她不敢再想下去，她无法想象没有他的日子。

　　吴氏心里也难过得要命，可还是强打起精神劝慰她。劝了半天碧玉才收住泪水，她不由想到一事，"女儿，你也要瞒着你家婆婆，她还在病中，要是知道此事，恐怕会病情加重。"女儿这么柔弱，她能撑起一家大小的生活吗？

　　老天爷，你就开开眼，保佑他们平安归来吧。她愿用下半生的吃斋念佛做好事还换回他们的平安。

　　"我明白，娘。"碧玉眼睛红肿愁眉不展，直直地看着吴氏，"他们会平安回家的，对吗？"

　　吴氏心如刀绞，一把抱住女儿，"别害怕，一定会的。"安慰女儿也是安慰自己，要是真有个万一，这天都要塌下来了。到时吕刘两家的命运又会如何呢？

　　她的相公只会教书，其他什么都不会。幼子还小，根本没有办法肩负这些重担。还在肚中的孙儿更是……长子是她的骄傲她的期盼，要是有个好歹，她怎么活下去？

　　碧玉伏在吴氏怀里哽咽难言，"等他们出来后，我就劝他们离开官场，这太危险了。"自从出嫁后，她再也没躲在母亲怀里痛哭流涕了。

　　为什么要在这个时候出事？都快满三年了啊，就要到他们夫妻约定的期限。他们都已经决定要辞官归故里啊。

　　"是啊。"吴氏何尝不这么想，"宁愿一家人守在一起喝菜汤，也不要过这种提心吊胆的日子。"如果能躲过这一劫，他们就回老家平安度日。功名利禄虽好，也要留着命才能享用。要是命都没有了，还谈这些有什么意义？

第十九章　下狱

碧玉在娘家狠狠哭了一场，在吴氏的劝慰下止住泪回到家里。

在房间里呆呆地坐了许久，屋子里全是刘仁杰留下的痕迹，他睡过的另一边枕头、他穿过的衣服、他看过的书本、他喝茶用的茶杯。越看越伤心，泪水又掉了下来。

朵儿过来禀道，"少奶奶，太太请你去。"

碧玉心里一惊，忙拭干泪水，匆匆赶到杜氏房中。

杜氏仔细看了她几眼，"媳妇，你的眼睛怎么了？"怎么肿成这样了？出什么事了？

碧玉心中暗怪自己惊痛之下竟忘了这茬，可实情是决不能跟杜氏说起，"夫君被上官临时派出去公干，我有点担心……"

原来是这样，杜氏也很担心，心思一下子都转到儿子身上，倒是没怀疑碧玉的说辞。

且不说杜氏和范大娘在房间内如何闲话，只说碧玉离开后转身到了孩子们的屋子里。

刘瑛见到她欣喜地叫着娘，扬手让她抱。

碧玉抱着女儿软软的小身体，心中又痛又难过。同时也从女儿身上汲取力量和勇气。为了两个孩子，她不能再哭哭啼啼。她要想办法救出相公和兄长，她不能让孩子失去自己的父亲。

亲了亲女儿，抱了抱儿子。碧玉回到自己屋子里不再沮丧落泪，找出几件刘仁杰的换洗衣服，准备托人带进去。

碧玉勉强自己吃了半碗饭，命令自己闭上眼睛休息，她要保存体力照顾这个家，还要营救相公出狱，她不能垮掉。可是再怎么命令自己也没用，只要一闭眼睛就会想起刘仁杰。一夜无眠，碧玉看着两个黑黑的大眼圈，苦笑不止。有些事可以勉强，有些事是无法勉强的。

没想却听到吴敬仁带来的消息，他已经买通狱卒，下午可以进去探监。

听了这话，碧玉精神一振，下厨亲自做了几道刘仁杰和吕登都爱吃的菜。又备了些顶饥耐放的干粮和点心。

下午吴敬仁带着碧玉和吕顺夫妻出门，两家人都托付给金氏一人照顾。

杜氏那边并没有怀疑什么，因为碧玉托词要上陈家问问刘仁杰此次出京的具体情况，顺便托陈大人带些东西过去。杜氏也很想知道这些，便催着媳妇出门。

吴敬仁带了几壶好酒，一个食盒送到狱卒头头手里，请他们几个看守的人一起吃。

狱卒头头脸上堆笑，爽快的收下来，随手点了个小狱卒带他们进去。

大牢对他们这些人来说都是极陌生的，进来的一路上不时听到有人哀号有人痛哭，把他们吓得脸色发白。

走到大牢深处，狱卒打开一间牢房，"快点，只给你们一炷香的功夫。"他还急着回去吃东西呢。

吴敬仁送了块银子过去，"谢谢军爷，这些给你买酒喝。"

狱卒拿着银子在手里惦了惦，满意地点点头，语气温和了许多，"有话快说，我待会过来。"

吕顺夫妻和碧玉已经踏进去，看到吕登和刘仁杰两人脸色有些苍白，头发凌乱衣服乱糟糟的，但身上好像没有受伤，三人不由松了口气。

吕登忙迎了上去，"爹娘妹妹，你们怎么来了？"

吴氏拉住儿子的手，眼中含泪，"登儿，他们有没有打你们？有没有受伤？"她实在不放心，说不定在他们看不见的地方已经被打的伤痕累累。

吕登心中歉疚难安，忙摇头安抚道，"没有，他们没有对我们动刑。"一夜之间，从朝堂上意气风发的青年才俊变成阶下囚，这让他深刻明白权势的重要性。没有权势，别说保护家人，连自己的命都保不住。如果他能出去，不管要付出什么代价，定要将权势握在手里。

吕顺心疼不已，"登儿，他们有没有给你们饭吃？"

"当然有。"吕登不想让他们担心，尽量说些好话让他们宽心，"爹娘你们不用担心，我们还好。"

吴氏摸着他的脸，心痛的很，"在这种鬼地方，能好到哪里去？你不要哄我们。"她引以为傲的儿子啊，居然会落到这种境地。

另一边，刘仁杰一脸歉然地看着碧玉，"娘子，是我处事不周，让你担惊受怕了。"

碧玉心中难受，可还是强打精神，"相公，以后不要再这么莽撞，你快吓死我了。"

"是我不好。"刘仁杰在牢里待了一夜，最担心的是家里人，

"娘有没有事？她老人家肯定担心坏了。"

碧玉眨了眨眼，眨去那份酸楚，"我瞒着她老人家，不敢让她知道，我怕她受不住。"

刘仁杰松了口气，"娘子，还是你想的周到。"幸亏有碧玉将家里照顾得好好的，否则家里出了什么事，他都没有办法帮忙。

"先别说这些了，我带了饭菜给你们。"碧玉打开食盒，将饭菜端出来，碗筷摆好，"哥哥，相公你们多吃些，这里的食物肯定不能吃。"

两人其实是饿了一天了，这牢里的食物都是馊的，又酸又有味，他们怎么也咽不下去。此时香气喷鼻的饭菜摆在眼里，顾不得其他，先填饱肚子再说。狼吞虎咽的模样引的四人心酸不已。

不一会儿，几盆菜就被扫荡一空，吕登打了个饱嗝，"还是妹妹做的饭菜香。"

"这是我带的点心，能放上几天，应该够你们吃几天。"碧玉细心的一一交待清楚，"相公，这是你的换洗衣服、被子。你将就些，等出来后我们都换新的。"

"好。"刘仁杰点头，可心里越发难过，他还能出去吗？

吴氏也将带来的衣物给吕登，点心吃食也备了不少。

吕顺看着两人皱着眉问道，"登儿，杰儿，如今该怎么办？你们认识什么可以帮你们脱困的人吗？"

吕登苦笑几声，"这种时候谁会帮我们出头？陈家也避而不见吧。"世态炎凉，历来如此，怨不得别人。

众人静默，心里都憋得慌。

刘仁杰对着吕登一揖到底，"都是我不好，是我连累了大哥。"

吕登忙一把扶住他，"别傻了，李侍郎早就盯上了我们，就算不是这件事，他也会借其他事发难的。"

是他自作聪明，想着两边都不得罪，左右逢源。可他们怎么会容得下他这种想法呢？何况两派之争到了白热化阶段，正是用人之际。他这种袖手旁观的态度，自然不容于他们。这次还说不定是谁连累谁呢？

"哥哥，这时候不要再提这些，真的没一个可以帮得上忙的人吗？"碧玉昨晚已经想了一晚上，脑子转了许久，"比如像御史什么的，他们不是应该纠劾百司，辨明冤枉吗？"

吕登无奈地扯扯嘴角，"这些人没几个是正直敢言的，很多都是沽名钓誉之徒，徒有虚名罢了。"御史真有用的话，这狱中那么多冤案是哪里来的？

碧玉急的脸色发红，"总会有一个清正廉明的吧。"

其他人也脸色紧张不安，眼睛紧紧盯着吕登，盼着他能说出一个能救他们的人名来。

吕登想了想，不愿掐灭所有人的希望，"有个姜御史为人还不错，不过他位卑言轻，恐怕……"

吕顺打断道，"就算有一丝机会，我们也要试试。"满朝文武百官他们都不认识，要是能认得一个说得上话的人，该有多好啊。此时他深深恨痛自己的一无是处，帮不上儿子。

吕登看着父亲眼中的痛苦，心中越发不安，"是儿子不孝，让爹娘为我操心了。"

吴氏抱着吕登痛哭流涕，"儿啊，你可不能有事，否则我们吕家可怎么办啊？"

吕登拍着吴氏的后背安慰道，"娘，你别这样，生死有命富贵在天，有些事是强求不得的。"

吴氏听了这话，急的狠狠瞪了他一眼，"胡说什么，你绝不会有事的，就算要死也是我先死。"

碧玉皱着眉心，"娘，不要在这种地方说死不死的，多晦气。"

吴氏心中暗恼，真是脑子发昏了。居然在牢里说丧气话，这不是戳儿子的心吗？"对对，看我急糊涂了，不管如何，我都会想办法救你们出去。"

"有没有瞒着娘子？我的事不要让她知道，她肚子里还怀着孩子。"吕登忧心的皱紧眉，放心不下怀孕的妻子。要是他有个万一，那孩子就是他唯一的血脉，他的延续。

吴氏忙安慰道，"这点你放心，家里瞒的严严实实。"

"那就好，爹娘你们也不用担心。"吕登暗暗松了口气，"我们这种罪名不会砍头的，顶多关些日子，到时自然会放我们出去。"

所有人眼睛一亮，吴敬仁急忙问道，"真的吗？"要是真这样，那他们还能放心些。花些银子打通关节，到时拖点日子，平了风波就能出来。

吕登绞尽脑汁安抚他们，"当然真的，又不是我们亲口抨击时政，只是出面求个情罢了，他们没有什么证据可以定我们的罪名。"心中却暗叹不止。

吕顺信以为真忙点头道，"好好，那就好。"

碧玉一直闭嘴不言，眼中将他的脸色看得清清楚楚，心下明白这是吕登在哄她们，有句话叫欲加之罪何患无辞。

估计吴敬仁也想到这节，脸色黯淡闭上嘴不再说话。

吕顺夫妻拉着儿子说长说短，不住叮嘱儿子。吴敬仁看着这两人，心中沉重不已。

刘仁杰眼睛一眨不眨地盯着妻子，仿佛怕再也见不着了。嘴里却安慰道，"别怕，一切都会好的。好好照顾家里人，这里以后也不要来了。要捎东西派下人来就行。"

碧玉不置可否，强忍泪水道，"我会照顾好婆婆和孩子们的。"可是她还会再来的。

一趟牢探下来，每个人心里都沉甸甸的。吕顺或许会相信儿子的那篇话，其他人可都不信。

接下来的日子吴敬仁不停地去各家求援，可惜都被拒之门外。只有那个姜御史请他进去，听了事情的详情后答应上本为他们求情。

吴敬仁虽然不抱什么希望，但心里还是很感激。走了这么多家，只有姜家肯伸出援手，世态炎凉本是常情，有个愿意雪中送炭的人怎么不让他心中感动呢？

回家跟家里人说了这情况，大家心中升起一丝希望，或许事情会有转机。可过了好几天，却没有丝毫动静，众人心里渐渐凉了下来。

碧玉每天早起先给杜氏请安，服侍她吃了早饭。然后再去孩子们的房间，看看他们是否安好，陪陪他们。接下来才开始打理家务，日子过得漫长而烦琐。

这天杜氏让碧玉坐下来陪她一起吃饭，一个人吃实在没滋味。

碧玉应了，在她对面坐下，默默地吃着饭。

杜氏实在忍不住问道，"媳妇，杰儿什么时候回来？都这么久了，他有没有书信捎回来？"

碧玉动作一僵，手里的筷子顿住了，"婆婆，相公才走一个月而已，他就算要寄信回来，也不会这么快的。"

这一个月她过的心力交瘁，除了要照顾家里人，还要打点刘仁杰要用的东西吃食衣物。还要取出些私房钱打点那些狱卒，让他们对狱中的两人照顾一二。

她怕杜氏起疑，不敢多去狱中探望，只托吴敬仁将东西带进去。

当着杜氏的面却要强颜欢笑，不敢露出一丝难过。生怕她会看出破绽。碧玉晚上又睡不好，日夜操心，整个人瘦了一圈。

杜氏还被蒙在鼓里，一心以为儿子在外面办差，"他走得很远吗？陈大人有没有说什么？"也不说去了哪里办差？也没有一纸半语，真让人心焦。

碧玉眼睛一眨不眨，"我也不是很清楚，陈大人说这是朝廷机密，不能对外人说。"撒了一个谎就要用无数个谎来圆，可她别无选择。

听到是机密，杜氏也不再深问下去，"杰儿这孩子也不知事情办得怎么样？真替他捏把汗。"她是个妇人，一直生活在内院，对朝廷之事一点都不懂。

"婆婆不用这么担忧。"碧玉强忍心酸，安慰道，"相公身边有哥哥，他们遇到事情也能有商有量，您就放宽心吧。"

杜氏对吕登还是很有信心的，"也是，登哥聪明得很，人又老练。有他在杰儿身边，出不了大事。"

"婆婆经历的事多，您既然这么认定那肯定是没错的。"碧玉的心苦如黄连，嘴里苦涩无比，吃的饭食都好像有苦味。可她还要苦苦瞒着婆婆。

杜氏微微蹙着眉，她担心的是另有其事，"只是杰儿快要考试了，可如今人却在外面这可如何是好？"

他要赶不上考试了。

三年一期的翰林院庶吉士考试又要开始，这将关系到这些人一生的命运。成绩优异的分别授予翰林院编修、检讨等官。其余的分发到各部任主事，或者以知县优先委用。当初吕登成绩优异就授予翰林院编修，这官位极清贵，既悠闲又体面，是很多庶吉士都想要的位置。

碧玉咬着下唇，"这些朝廷自有考量。"人都在大牢里，这些功名官位都是虚无啊。

听了媳妇的话，杜氏不由哑然失笑，"你看我人老了，就爱瞎操心。这种事自有专人处理。只是你家兄长三年任期快满了，也不知会去哪里任职？这万一要是外放地方，你家父母会不会跟去呢？"这三年刘吕两家相处得极融洽，要是分开她也有些舍不得。

碧玉眼眶一热忙低下头掩饰，"这些爹娘没提起过，我也不清楚。"杜氏再问下去，她不知道还能瞒多久？撒谎真的好累好累。

杜氏也不再多问，毕竟这是别人家的家务事。"哎，杰儿也不知能不能在玦儿抓周之前赶回来？"

"我也盼着相公能赶回来。"碧玉眼中的泪珠摇摇欲坠，声音却很平静，"可要是不行，那也没办法，我们只能自己办吧。"她也好希望儿子抓周之时，刘仁杰和吕登已经出了那个鬼地方。

杜氏没察觉到任何异样，嘴里还在嘀咕，"瑛儿抓周之时他在京城，这次玦儿抓周又不在身边，我心里难免有些遗憾。"

碧玉咬了咬下唇，"公事要紧。"头始终未敢抬起来。

听了这话，杜氏不再多说，朝廷之事轮不到她这个老婆子多费话。婆媳俩埋头吃完饭，范大娘带着下人上来收拾。

杜氏突然想起一事，"媳妇，最近你娘脸色好像有些难看，她是不是身体不舒服？"

这些日子吴氏一次都没来过，她倒是去过隔壁几次。只是总感觉吴氏的脸色怪怪的，精神也不大好。

碧玉心里一酸，绞尽脑汁想了个理由出来，"我没留心到，可能是照顾嫂子有些累到了。"

前些天胡雪儿有些伤风，大夫建议不要吃药，能自己硬撑过去最好。毕竟是药三分毒，这时候服药对肚中的孩子不好。胡雪儿听了当然照做，肚子的孩子是她的命根子，决不能有丝毫差错，为此吴氏挺担心的。

再说吴氏脸色怎么可能会好呢？她的儿子还在大牢里关着，她日夜思念担心儿子，还要照顾儿媳妇，早已心力交瘁，只是在苦苦强撑罢了。所以说不知者才是最幸福的，要是杜氏知道这些实情，估计她的脸色会更难看。

杜氏是知道胡雪儿的情况，所以轻易接受了这个理由，"哎，她也不容易，媳妇怀着宝贝金孙，吕家还没有孙辈呢。"如果她处在吴氏这个状况，恐怕也会很紧张媳妇的肚子。

碧玉强笑道，"正因如此，娘才会这么上心。"

"这也是应该的，吕家子嗣最要紧。"杜氏忍不住多看了碧玉几眼，"媳妇，你最近气色不大好，是不是忙坏了？多炖些补品吃，不要只记得省钱。身体要多保重，家里全靠你一个人照顾，要是累，就歇歇，我帮你打理几日。"如今的她早已对碧玉疼爱有加，人心都是肉长的。碧玉对她如何，她心里明白。

碧玉心中有丝感动笑道，"多谢婆婆关心，媳妇还撑得住。"这种时候她哪敢将家务托给杜氏打理，她每天要让人做些吃食送去大牢，杜氏要是管理家中之事，这可瞒不了她的。

杜氏也不勉强她，只是让她多保重身体。说了几句话语一转，"瑛儿昨晚好像有些不适，饭都没吃几口，是不是找大夫过来瞧瞧？"

她虽然有了嫡孙，可长孙女也是她的心头肉。一直养在她房中，刘瑛又是极惹人喜欢的孩子，又爱撒娇。杜氏被她柔柔的叫几声祖母，心都要化了。

碧玉微微皱眉，"她身体好得很，只是跟我闹别扭罢了。"这孩子一向乖巧，偏在这事情上耍脾气，让她心里不悦。这要是在平日时，她还能花心思哄哄孩子。可这个关口上，她哪有心情哄女儿？只是不理会她，让小青多照看些罢了。

杜氏心中惊讶，孙女儿不是爱闹别扭的孩子啊。"这是为何？"

"嫂子前几天有些伤风，我不敢带女儿过去，生怕过了病气。"碧玉叹了口气，"瑛儿见我不肯放她去隔壁，心里不自在呢。"

不好。孩子爱玩爱闹，可这时候谁有心情陪她玩。胡雪儿又怀着
吕家的嫡孙，万一有个磕磕碰碰出了什么事，就麻烦了。所以她
还是不想让孩子过去。

杜氏一听这话，连忙点头道，"媳妇你说的对，有些事不能
依着她。要是过了病气，最后落的痛苦的是她自己。这孩子以前
性子开朗，从不任性的，这些日子是怎么了？"

正说到这丫头，小青牵着刘瑛的小手进来给祖母请安了。

刘瑛一脸笑意的给杜氏和碧玉行了礼，没见有什么不对劲的
地方。

杜氏招手让她过去细看，"瑛儿，听说你闹别扭了？"

刘瑛小脸一红，奶声奶气地说着小青教她的话，"祖母，瑛
儿知道错了，不该任性让长辈担心。"

昨晚小青跟她说了好多话，有些她懂有些她不懂。但有一点
听懂了，她做的不对，让娘不开心了。

"能想明白就好。"杜氏摸摸她柔软的头发，"瑛儿，你娘
最疼你的，你可不要惹她伤心。"

听杜氏这么一说，刘瑛越发明白她做错了事，心中惶恐，"瑛
儿不敢。"她忙走到碧玉跟前赔罪。"娘，女儿错了，您原谅女
儿这一次吧。"娘会不会因为这事就不疼她了？她不要啊！

看着小大人般的刘瑛，碧玉心中酸酸的，要是她父亲也在这
里该有多好。

刘瑛急了，眼睛一红小嘴一扁要哭了，"娘亲，您怎么了？
是不是您恼了瑛儿？"心里害怕极了，小手拉着碧玉的衣服下摆
不肯放。

"娘怎么会恼你？瑛儿，你要乖乖的。"碧玉见状心疼地将
女儿抱住哄道，"娘不是不让你去，而是大舅妈身体不适。"

"青姨已经跟我提起过了，是我不好。"刘瑛的泪水哗啦啦地落下来，小手紧紧抱着碧玉，"娘，您别生我的气。"

碧玉抱着女儿，眼睛发红地哄着她。被女儿这么一哭，她也好想哭，可她是大人没有资格随心所欲的流泪。

刘瑛哭了半天，见碧玉眼睛红红的，忙擦干眼泪，"娘您别难过，以后我再也不惹您生气了。"

碧玉见她这么乖巧，心中既欣慰又难过，"我没事，瑛儿你也快满四岁了，要懂事些。"要是刘仁杰有个万一，她们三代人就要相依为命了。家中除了个不满周岁的刘玦，全是女人。这将来可如何是好啊？！

杜氏发了话，刘玦的抓周要办的隆重些。

碧玉虽然没心思，可还是应了，安排着准备事宜。

坐在书房里，碧玉拿着笔写账本。最近开支太费，要不是有私房钱，恐怕早就入不敷出了。有的地方该节省些，但打点狱卒的银子不能省啊。

正当碧玉愁绪满怀时，范大娘进来禀道，"少奶奶，亲家太太请你快过去，好像有什么事情。"

碧玉呼吸一急，停下手中的笔，"有没有说何事？"

范大娘摇摇头，"来人没说什么，只让你快去。"

碧玉心中一跳，难道是大牢那边……来不及多想，匆匆忙忙赶到隔壁去。

她走进屋子里来不及开口，先看众人的神情，只见吴敬仁和吕顺夫妻的神情复杂得很，有不安有放松也有紧张也有喜悦。

碧玉一时看不懂他们的脸色，开口急急问道，"娘出了什么事？是不是哥哥和相公那边有什么好消息？"

吴氏张了张嘴没说话，吴敬仁反而说道，"玉姐儿，宫里出事了。"

一听这话，碧玉有些泄气，亏她一心以为有好消息呢，无精打采道，"宫里出事跟我们这些小百姓有什么关系？"

"关系大了。"吴敬仁眉目间有丝兴奋，语气亦然，"你知道吗？贵妃之子昨夜暴毙。"

"你说什么？暴毙？"碧玉震惊了下，转而脑子一转，突然脸露喜色道，"那是不是说相公他们可能要出来了？"

"很有可能。"吴敬仁一早打听到这消息，就急忙回来跟他们说。"太师拥立的皇子没了，还拿什么跟首辅斗？"两派相争是为了利益，但利益最关键的一环是太子之争。如果连这人选都没了，还有什么好争的。

他们这些百姓对谁当太子谁当皇帝并不在意，只要能让他们安居乐业，那就是个好皇帝。至于怎么坐上皇位的？私下有没有隐情？百姓是不感兴趣的。

可如今谁当太子却跟吕登他们能不能出狱有着微妙的联系，难怪他们会大加关注。

吴氏从听到这消息，心情激奋一直说不出话来，此时终于缓过神来，"如果太师一派倒台，那我们疏通关节，登儿他们就会被放出来吧？"这是她最盼望的事，为了儿子女婿入狱之事，她已经好久没睡好了。

"对。"吴敬仁紧绷了许久的心第一次放松了些，"他们俩得罪的是李侍郎，如果他都倒了，还怎么关着他们？"对刘吕两家来说，这可是个好消息。到时走走门路，将人放出来。

碧玉抓住关键地方，"可问题是，那个李侍郎倒了吗？"

这话一出，神情激动的人静默半天。是啊，那家伙要倒了，吕登他们才有出狱的希望。

吴敬仁低头想了半天道，"如今是没有倒，可难保哪天突然倒了，那时我们就能想办法救他们出来。"

"那就是说，还要等他倒台了才行。"碧玉苍白着脸咬着下唇，"如今相公他们还出不来。"情绪一上一下的起伏太大，让她有些接受不了。

"别急，事情很快会有转机的。"吴敬仁心里也沉甸甸的，先前他只顾兴奋忘了这茬，"我们这么多日子都等了，再等段日子吧。"

碧玉喃喃自语道，"真希望李言洪能马上倒台。"

吴氏突然激动地叫道，"我恨不得抽他几鞭子，让那个小人去死。"

大家都被吓了一跳，吴氏一向温婉有涵养，如今却说出这么激烈的话。恐怕是这段时间压力太大，刺激太大的缘故。

吕顺连忙安抚道，"娘子你冷静些，恶有恶报，善有善报，总有一天这种人会遭恶报的。"

"可是要等到什么时候？"吴氏心中充满怀疑，"老天爷真的有眼吗？"这种无能为力的感觉太难受了，她看到那些恶人做尽坏事，照样活的风风光光。可好人却不断地遭受厄运，被权贵欺凌的家破人亡。如果真有报应，为什么还是这个样子？

吕顺能明白妻子此时的感受，这些日子也让他受到了很大的震动。可嘴里还是要安慰妻子，"娘子，老天爷看着呢，总有一天会把恶人都收了去。"心中却暗想，这世间不公之事太多，平民贱如草莽，就算十年苦读做了个小官，到头来还是护不住自己。这究竟是怎么回事？

吕顺从小读的是圣人书，学的是尊儒之道，他平日只知善莫大焉。可在这种困境开始怀疑自己生平所学的东西究竟对不对？

吴敬仁也劝道，"姑姑别激动，我再出去找找门路，说不定这时会有人愿意出手帮忙。"

吕顺忙点头道，"好好，快去想办法疏通。"自己则安抚着妻子，生怕她气着身体。

碧玉呆呆地坐着，眼中一片茫然。

吴敬仁天天出去跑，很多官员都不置可否，估计是想再看看风向再说。他也无可奈何的很，只能在大牢里下功夫，确保他们在牢里能过得好些。

碧玉尽管情绪压抑，但刘玦的抓周宴不能不办。

她备了两桌酒席，也没请什么人，只打算请吴敬仁一家和吕家人过来，一起吃顿饭热闹热闹。

杜氏倒兴高采烈的给孩子做衣裳荷包鞋子，再给大姐儿订了几套新衣裳。

而碧玉一大早给孩子穿上新衣服，抱着他给祖先祭拜。

吕胡两家人也早早地过来，心情虽不好，但这是喜事，强振精神摆出笑脸，还送了不少礼物给孩子。

抓周时桌上摆满了物品，有纸笔墨砚、书本、算盘、银锞子、印章、账册、吃食等等，应有尽有。

碧玉将他抱到桌子上，让他挑一样。大家都围在桌旁看着他，不知他会抓哪件东西？

杜氏大气都不敢出，紧张地看着孩子。

小家伙茫然地看着面前的东西，太多了，不知该拿哪样好？

申儿转了转眼珠，跑到他面前手指着毛笔叫道，"玦儿，过来，抓这个。"这个寓意比较好，做个读书人。这个是杜氏最喜欢看到的。

玦儿睁着黑葡萄般的眼睛，看了看毛笔，转头又看了看碧玉，似乎在询问着什么。

碧玉温和地笑道，"玦儿，你喜欢什么就拿什么。"

小家伙咬着手指头犹豫了半天，眼珠子转来转去，忽然瞄上一盒吃食，口水滴滴答答的流，看了会儿，小身体动了动，朝那盒吃食爬过去。

"玦儿，拿书啊。"杜氏急了，冲孙儿叫道。这吃食是谁拿进去的？

刘玦听到声音，抬头看着她。突然手指着她清脆地叫道，"爹爹。"

碧玉心里一震，这孩子自从牙牙学语开始，还是第一次叫爹爹，可他爹爹在哪里？

而杜氏愣了一下，笑道，"傻孩子，我是你祖母。"这孩子难得吐字清楚，可还叫错了人。

她的话声刚落，她身后传来熟悉又激动的声音，"玦儿真乖，都会叫爹爹了。"

所有人精神一振，视线穿过杜氏朝后面看去。顿时脸上露出狂喜的神色。

吕申惊叫一声，"哥哥。"人已经扑了过去。

碧玉用手捂着嘴眼中泪花转动，居然是刘仁杰和吕登，他们怎么出来了？也不通知一声，她好去接他们回家。

吴氏不敢置信的颤悠悠地伸出手，"登儿，你回来了？"她以为自己在梦里。

吕登揽着吕申的肩膀走过来，接住她的手神情也很激动，"娘，不孝儿回来了。"

吴氏的泪水夺眶而出，"回来就好，回来就好。"为了这天，她盼的眼睛都快盼穿了。

"登儿，担心死我们了。"吕顺眼睛也有些湿，举着袖子不动声色的拭去。"媳妇，你过来让登儿看看你。"

胡雪儿眼中含泪，扶着腰在丫环的搀扶下走过来，声音抖的不行，"相公，你……你回来了？"

小家碧玉
XIAO JIA
BI YU 下

"是，我回来了。"吕登看着妻子已经显怀的肚子，感觉恍若隔世，他还以为见不到自己的孩子出世。"这些日子辛苦你了。"

胡雪儿颤抖着身体，眼眶发红，"不辛苦，只要您回来就好，我们的孩子也盼着爹爹早日归来。"

另一边，刘仁杰走到杜氏面前跪下磕了三个响头，"娘，孩儿回来了。"

"这是做什么，好不容易办完差事回来。"杜氏惊讶地看着儿子的举止，忙扶起他，"看，人都瘦了。让你媳妇给你好好补补。"

刘仁杰心中充满歉疚，"娘，让您老人家为我操心了。"都是他不好，让家人担惊受怕，吃一堑长一智，以后再也不能这么莽撞了。

"你外出公干，这也是没办法的事。"杜氏不知内情，只是笑着将碧玉拉到身边，"你媳妇这些日子最辛苦，你可要记得她的好。"

刘仁杰给妻子行了一礼，"娘子，我以后再也不会让你担心了。"

碧玉侧身避开，压制住情绪柔声劝道，"相公，以后做任何事前，先想想婆婆和两个孩子。"就算不为她考虑，也要想想家里的老小。

刘仁杰明白妻子这段日子所受的苦，心中发疼，表情郑重的答应，"我知道了。"

杜氏有些莫名其妙地看儿子儿媳打哑谜，只是身边的玦儿拉她的胳膊，吸引了她的注意力，"杰儿你回来的真巧，正好赶上玦儿的抓周礼，你快主持孩子的抓周礼吧。"此时她心满意足，儿子能及时赶回来一家团聚。媳妇孝顺，孙子孙女健康可爱。拥有这些，她已经不再多求什么了。

"是，娘。"刘仁杰暂时收起激动的情绪，继续被他们打断的仪式。

刘玦绕着桌子的东西爬了一圈，最后取了个印章抓在手里不肯放。

杜氏喜形于色，"我孙子将来要做官的，太好了。"刘家已经出了个进士，难不成二十年后再出一个？要是那样就太好了，她将来在九泉之下也能骄傲的面对刘家先人和相公了。她，刘杜氏是刘家风光显赫的最大功臣。

周围的人一声声的恭贺声让她飘飘然。

刘仁杰微微皱了下眉，又很快消失表情恢复了平静。

反而吕登微笑的赞许道，"这孩子将来是个有出息的。"

碧玉心情有些复杂地看着儿子，说实话她真不想儿子将来也走仕途，这条路太过艰辛太过崎岖。一不小心就粉身碎骨。可儿子的将来并不是她一个人能说了算的。

抓周仪式完成，杜氏吩咐开席。下人们忙里忙出的端盘递碗筷，整治佳肴美酒。

大家围坐一圈，脸上满是欢喜。说说笑笑吃吃喝喝，笑声不断。这意外的惊喜让所有人脸上都挂着大大的笑容，早没了刚才的忧郁气氛。

吕顺也破例多喝了几杯酒，喝的脸色发红眼神涣散，可嘴角还扯开笑个不停。

吴氏和杜氏两人兴奋的相互敬酒，都喝高了，到后来眼色有些迷离人都软软地趴在桌子。

碧玉忙吩咐下人送她们回房休息，好好照顾她们。

而胡雪儿怀着孩子，不耐久坐，也趁势跟着吴氏回家。

隔壁吕家需要人照应，金氏也带着孩子们回隔壁照顾吴氏婆媳。

碧玉吩咐下人捡几样菜几样点心果子和一壶酒装进食盒送过去，让金氏在那边也能吃喝。

碧玉又让人煮了醒酒汤，服侍吕顺喝下。

吕顺歇了会儿，神智有些清醒，见女人们都离开桌面了，而碧玉是知情人，没了顾忌忍不住开口问道，"你们倒是说说，怎么放你们回来了？"他要不是怕捅破这事让杜氏和胡雪儿知道，早就想问了。

对此吕登满眼的疑惑，"我们也不清楚，说是上面有人开恩，放我们回家。"

今日是刘玦抓周的日子，刘仁杰心情很压抑，一早起来就长吁短叹。可过了几个时辰牢头居然满脸堆笑的着请他们出去，当时他们都愣住了。实在是太突然，一点预兆都没有。他们当时问了好多问题，牢头只是客客气气的，但没有吐露一言半语。

吴敬仁忙问道，"上面？是哪位大人？"他几乎跑遍了朝中官员的家，好像没有人肯伸出援手啊？

吕登摇头道，"他们没明说，我和思成猜了半天也没猜出来。"这回来的路上两人想的脑袋都疼了，也没想出是谁救他们出牢的。他们四周好像没有好到有过命交情的朋友，更没有身居高位不怕李言洪报复的朋友。

吕顺对朝中官员并不熟悉，但对儿子女婿能出来心中极为欣慰，"出来就好，至于是哪位恩人，以后可以慢慢访。"心中对这人非常感激，做了好事也不让他们知道，真是好人啊。

吕登听了这话，不由笑道，"爹爹说的极是，我们当时都不敢置信。"何必纠结这个问题呢？如果那人有什么目的话，自然会跳出来让他们知道。如果说此人是毫无目的救他们出来，他可不相信这朝堂上还有好人。

"你们都受苦了，好好休息几天。"吕顺见儿子神情疲倦，有些心疼，"等休息够了，我们就回老家。"

"什么？"吕登惊讶地张大嘴，"我们还要回翰林院供职，怎么能回去呢？"

吕顺也很惊讶，"难道没革你们的职吗？"出了牢还能做官？

吕登接到的通知并没有革职这一项，"没有啊，让我们三天后回翰林院。"

听了这话，吕顺心里很不安，"那个李侍郎能善罢甘休吗？"那可不是好人，再同朝为官下去，恐怕会出夭蛾子。

刘仁杰愤愤不平叫道，"管他怎么想？我们又没做错事，凭什么要退让？我们牢也坐了，苦头也吃了。还能怎么样？"

"话虽这么说，但他要是再使坏，那可如何是好？"吕顺皱紧眉头，心中很紧张，"不如你们辞官吧，我们回去过太太平平的日子。"这种提心吊胆的日子怎么过？再来一次牢狱之灾，吕刘两家人都受不住。

"爹爹，哪有这么容易的事？"吕登苦笑不已，"估计有人盯上我们了，我们想脱身恐怕不容易。"如今想急流勇退，可能有些难。

不过说实话，吕登根本不想这样离开官场。经过这一场牢狱之灾后，他更想掌握权力。只有手握权力，才能更好地活着。

吕顺心中惊慌，"这是什么意思？"

"这不好说。"吕登沉吟片刻，"只是有一点我能肯定这次放我们回来的人，不会比李侍郎来头小。"他总觉得事情没这么简单。

听到这些吕顺头大如牛，"我弄不懂这些，我只想知道你们会不会再有危险？"

"暂时不会有的，爹爹不要担心。"吕登安慰道，"凡事等三天后我们复职看看情况再做决定。"

吕顺无可奈何,"这样也好,凡事小心。"

大家的酒都喝得有些多,起身时摇摇晃晃的,吓得碧玉让下人扶他们回去。

她自己扶着刘仁杰回房,小青指挥着下人们收拾残局。

刘仁杰喝的脸红红的沉沉地睡去,碧玉扶他躺在床上。让阿朵打热水过来。

挥退所有下人,碧玉自己动手,绞干毛巾给他细细的擦脸。额头、眉毛、鼻子、双唇、下巴,擦着擦着泪水突然落下来,一滴滴落在他脸上。

刘仁杰似乎感觉到了什么,可眼皮实在揭不开,脑子一片糨糊。身边有股非常熟悉的味道,让他不知觉得感到安心。闭着眼睛伸手一拉,将碧玉拉进怀里固定住。

碧玉猝不及防一下子倒在他怀里,有些气恼的挣了挣身体。可被他抱得紧紧的,动都动不了。

她无奈地叹了口气,抹去眼角的泪水,愤愤地打了他几下,见他没有什么反应。只好慢慢伸出手抱住他的腰,头靠在他心口,眼皮有些沉渐渐陪着他睡过去。

她已经很久没睡好了,这一闭上眼睛睡的天昏地暗,等她觉得浑身发烫,烫的她不得醒过来,只觉有人伏在她身上重重的喘气,整个身体沉重的很。

碧玉心中一紧,忙睁开眼睛。正上方刘仁杰正满头大汗,满脸通红,表情有些痛苦又有些陶醉。心中啐了一口,居然趁她睡着时偷袭她。只是没等她多想,一波又一波的热浪朝她涌来,熟悉的麻酥酥销魂的感觉让她不由自主地抱紧他,一起卷入那让人心醉的世界。

等两人恢复意识平复呼吸时,碧玉突然想起一事跳了起来惊叫道，"糟糕，婆婆和孩子……"他们睡下时才寅时，可此时天色全黑了，这晚饭怎么弄的？

刘仁杰在她耳边轻笑，"娘子，已经子时了。"

他醒来时见妻子伏在他怀里睡得香，不舍得吵醒她。自己出去将一切安排妥当了，这才回屋休息。

碧玉不敢相信天色居然这么晚了，她好像才眯了一下眼。"我睡了这么久？那晚饭……"

刘仁杰知道她在担心些什么，忙安慰道，"别担心，我陪娘一起吃的晚饭，孩子们我也去看过了。娘还让你多歇息，说你累着了。"

碧玉松了口气，倒回他怀里，想起刚刚的事不由含羞啐道，"你怎么急成这样？"他以前可从来没这样过。

刘仁杰抚摸妻子柔腻的肌肤，"我很想你。"想的光在旁边看着她受不了，想和她身心合一，想紧紧地抱着她，想和她你中有我我中有你。想的全身发痛，顾不得她需要休息，纠缠起她。在牢里他一心以为他再也回不到妻子的身边，全是靠着那份回忆撑过了最艰难的日子。好不容易回到家里，他需要触碰妻子来证明这一切都是真的，不是梦中的虚幻，醒来后会全都消失掉。

闻言碧玉心中柔软摸摸他清瘦的脸，"在牢里的日子很难过吧，他们有没有为难你？"虽然花银子打点了，但她并不相信那些人，谁知道在他们看不见的地方有没有受苦呢？

"你们在外面打点，我们在里面并没有受苦。"刘仁杰见到妻子怜惜的眼神，浑身暖暖的，"只是不自由，书还能照看，饭也能照吃。"可是这种不自由的生活很痛苦，他很想家人，很想她。

碧玉想起这些日子，紧紧抱住他，"我真怕你们出不来。"要真是那样，她真不知该怎么办？

"别怕，我不是出来了吗？"刘仁杰温柔地摸着她的长发，"以后我会小心翼翼的,再说三年之期快到了,我们马上就能回老家。"

"好,我就盼着这一天。"碧玉心中有些欢喜,只是心思转到吕登身上,要是她没理解错,吕登好像并没有隐退之心。"哥哥那边呢?他会如何?"

"大哥可能会继续做官。"刘仁杰知道她内心的隐忧,可有些事是没办法顺着她的心意。"他不比我,有雄才壮志。"

在牢里,两人除了看看书,就是一起谈天说地。刘仁杰对吕登的了解也更深一层。他非常清楚吕登百折不挠的性格。

"他还不怕吗?"她可是吓怕了。

刘仁杰对这个大舅子打心眼里佩服,"这点事吓不倒他,反而更激起了他的斗志。"自己不是这种人,但不妨碍他欣赏这种人。

碧玉也很了解吕登的性子,"是啊,我忘了他的性子是越挫越勇的。"

刘仁杰拍拍她的后背,"一切顺其自然吧。"

只能走一步算一步,吕登是谁也无法左右的。哪怕是他最尊敬的娘亲,或者是最疼爱的妹子,都无法改变他的决心。

刘仁杰好不容易熬到三年期满,考试之时留了一手,一心认为没有任何机会,可以顺理成章的回家乡。可没想居然被分到国子监做助教,从七品。

这一消息让所有人震惊莫名,同僚有羡慕的,也有幸灾乐祸的。从七品啊,起步就是从七品,好多人是从八品开始的。这怎么能让人不嫉妒呢?只是这是个清水衙门,没人看重。

刘仁杰最初的震惊过后,心里反而很欢喜。这位置虽然没油水也没有翰林院编修体面,更没有政治前途。但对他来说,却是个极好的位置。

吕登在消息出来后,连忙向他道喜,"妹夫,恭喜你,这样一来你能专心教书,也不用掺和到朝廷之争中。"

"我也没想到会这样。"刘仁杰心中很奇怪,这好端端的怎么会捞到这种位置?他的成绩又不出色。当年吕登成绩优异也不过弄了个正七品,而他如今只比大舅子当年低上一级。"我本来想收拾行李跟娘和娘子她们一起回老家了。"

吕登心中何尝不奇怪,但还是真心为他感到高兴。"国子监总管天下学子,是很受人尊敬的。"

他知道刘仁杰有些孤傲的性子不适合为官,但教书还是能胜任的。既有朝廷俸禄,又受学子们尊重。但又不参与朝廷之事,也就没有了纷争。这是谁安排的?

难道是上次救他们回来的那个人吗?他究竟是什么人?如果这次刘仁杰的差事是他安排的,那个人对他们倒是有份善意。并没有将刘仁杰拉进朋党之争的混水里。可谁会这么好心呢?吕刘两家都不认识这种人啊?!

刘仁杰此时心里极满足,转而关心起吕登,"那大哥你呢?你的任命出来了吗?"他们的任命应该差不多时候出来的。

吕登嘴角上扬,"去户部任主事。"他也很满意这次的换位置,翰林院编修虽然风光,但没有实权,只是个摆设。但户部主事却有实权,可以做很多事。

刘仁杰笑着拱了拱手,"恭喜大哥高升。"他知道吕登想在仕途一展抱负的雄心,真心地祝福大舅子。

翰林院的编修是正七品,可户部主事是正六品,一连升了两级,真是可喜可贺。

等两人回到家里将好消息一说,众人都喜笑颜开,围着两人不住地恭贺。

当下刘吕两家大赏喜钱,另赏给下人们每人两套衣服,两双鞋子。

杜氏是欢喜的眼睛发亮,从七品啊,在她眼里最大的官县太爷也不过是正七品。她儿子的官级如今比县太爷只小一级。刘仁杰算是光耀门楣，为她争光了。

吴氏笑得合不拢嘴，早忘了前些日子一定要儿子辞官的情景。儿子是越来越出息了。

吕登当初拒绝吴氏的请求，也是迫不得已，此时见吴氏欢喜不由凑上去笑道，"娘，您不怪我吧？"

"怎么会呢？你如今也越来越上进了。"吴氏骄傲地看着儿子，心中满满的得意，"只是凡事小心些。"

胡雪儿又惊又喜，相公真的很有本事，这么快就升上正六品了。如果她能为吕家生下嫡长孙，那就是双喜临门了。只是……

吕顺则一脸羡慕地道，"杰儿，我教了一辈子书，可还没进过一次国子监。"进国子监教天下学子是他一生梦想，在他看来在这种地方为人师表是一生的荣耀。

杜氏乐陶陶地笑道，"这也没什么，亲家老爷，改天就让杰儿带你过去看看。"语气中难掩一丝得意。

"不不不。"吕顺忙摇头道，"那是杰儿教书的地方，可不是任何人随便能进去的。"他也不过是心里想想罢了，又不是市集，谁都能进。

杜氏扬起头问道，"家人应该能进吧？"话说她也很想国子监看看，享受一下那种受人尊敬的风光滋味。

刘仁杰失笑道，"娘，我是去教书的，不是去玩。"听他娘说的，好像去游玩似的。

杜氏这才扫兴地闭上了嘴。

刘仁杰见碧玉始终一声不吭，脸上表情全无，不由有些担心，走到她身边拉着她的手，"娘子，你会不会生我的气？原本答应你的事，恐怕做不到了。"

"怎么会呢？这又不是你的错。"碧玉心中虽然有些失望，但这也算是件喜事，"这样也挺好的，最起码在国子监能安心些。"只要时时提醒他不要强出头，低调的做事，应该不会再出事的。

"妹妹放心吧，那里清静的很，他只和学子们打交道。"吕登耳尖听得仔细，不由安慰道，"天地君师亲，那些学子们只会对妹夫恭恭敬敬的，绝不敢有任何冒犯。"

"那就好。"碧玉不想扫大家的兴，只好放开怀抱笑着提醒道，"哥哥，你也小心点。"

吕登摸摸她的头，笑道，"年纪也不大啊，就这么啰啰唆唆的，你家相公也不知怎么忍受你的？"

碧玉气呼呼地瞪了他一眼，"哥哥，我这么担心你，你还取笑我。"说她啰唆，他自己有时还不是也一样啰唆吗？

吕登见她生气了，忙低下头道歉，"是哥哥错了，给你赔个不是。"两人虽然都娶妻嫁人，但感情依旧很好。

"赔不是就算了。"碧玉转了转眼珠，"你把那支小狼毫送给我吧。"那支笔比一般的笔小一些短一些轻一些，她早就看中这笔了。趁此机会敲诈过来。

吕登有些莫名其妙地看着她，"怎么？你想练字？"按说碧玉的字已经很不错了，也是吕顺亲手教出来的，清丽的小楷字，吕顺见了也夸过几句。

"给瑛儿的。"碧玉有些好笑地说出原委，"那小丫头如今练字了，可手小拿不住笔。我看那支适合给她用。"自从生了孩子，这心思总转着孩子转。

"好，我等会让人送过来。"吕登一口答应，刘瑛也是他疼爱的孩子，"不过妹妹，你可要做些点心给我吃，我好久没吃你做的点心了。"

碧玉做的点心和菜式都和别人不一样，她特别喜欢别出心裁，另辟蹊径。吕登极喜欢吃她做点心，每一次都有不一样的滋味。

"哪有好久？"听了吕登的话，碧玉哭笑不得，"你前几天还吃了我做的红豆酥。"她最拿手的是这道点心，家里刘瑛最喜欢吃的，吕顺也很爱吃甜食。所以她每隔几天都要做一次，做的时候都会分出一部分送到吕家。而吕登估计也受了父亲的影响，也很喜欢吃这种吃食。

吕登举着四根指头，语气夸张，"四天了，妹妹。"

碧玉朝天翻了白眼，兄长在外面稳重大方，在她面前却这么幼稚，为了一口吃的还这么的贫嘴。要是外人看到了，不知眼珠会不会掉下来？

……

刘玦在丫环们的陪伴下在院子里走来走去，见碧玉走进来，软软的叫道，"娘。"整个人扑了上来。

碧玉将他抱起来亲了亲，这孩子又重了，吃的真壮实，再过些日子就要抱不动他。

刘玦满眼的恳求，"娘，让我跟姐姐去读书吧。"

碧玉奇怪地看着他，"你才几岁啊？长大些再说。"这孩子真够心急的。

"我三岁了。"刘玦伸出三个胖乎乎的手指摇晃，奶声奶气的哀求，"娘，好不好嘛？"

"等你满了五岁再去读书。你太小了，笔都拿不动。"碧玉想了想，摸着他的小脑袋，"为何要去读书呢？谁跟你说了什么吗？"以前也没听他这么要求啊？

刘玦一脸的失望，眼睛泪汪汪的，"姐姐可神气了，会写自己的名字。"

223

第十九章 下狱

碧玉一听就明白，这小丫头肯定是在儿子面前显摆了，连忙在他小脸上亲了又亲，“别跟姐姐比，她比你大多了。等你像她这么大时，肯定也会写自己的名字。”

刘玦噘起嘴闷闷不乐，不再吭声。

碧玉见着可怜，心里一软，摸着他细软的头发，“你是不是想写自己的名字？娘教你。”

“好啊，我要学。”刘玦听了展开童稚的笑脸，“姐姐会的，我也要会。”

碧玉真不知自家的女儿还做了什么，让他受了这么大的刺激。抱起他走到书房里，丫环们忙研磨拿纸笔。

正准备写字，刘仁杰的声音从外面传来，“娘子，你这是要做什么？”

刘玦一脸的欣喜，欢快清脆地叫道，“爹爹。”

碧玉笑道，“你的宝贝儿子也不知怎么的，非得缠着我要读书，我只好答应教他写自己的名字。”

“我来教吧。”刘仁杰一把接过儿子，“可能是瑛儿在他面前显摆，让孩子受了刺激。”他可是亲眼看到的。

碧玉原想给女儿遮掩一二，没想丈夫把一切都看在眼里，“那丫头，才学了几个字，就这么张扬，真得好好说说她。”

刘仁杰听了忙摆摆手，“别别，孩子要多夸奖才会有上进心。”他最疼爱女儿，怎么看都像是妻子的缩小版。

“可是……”碧玉心里暗想，这也太疼孩子了，管得不好这丫头恐怕听不进任何人的话，所以要教的时候还是要好好教的，该说的时候还是要说几声。

刘仁杰抬起头冲她一笑，“对了，吴桥来了。你去看看吧。”

碧玉心思一转，将女儿的事放在一边，“他来了？又到了结算账目的日子？我都把日子记糊涂了。”

"你是忙坏了，去吧。"刘仁杰耐心地一笔一画教儿子写字，"算好账后回房休息一会儿，家里有我呢。"

碧玉听了心里甜滋滋的，有个人能与自己同甘苦共患难，这种滋味真的很好。

小丫头刘瑛在碧玉的安排下，每日上午依旧跟着吕顺读书，下午就学女红厨艺。把个大姐儿拘的难受，在祖母面前撒娇了一回，想要替她求情。无奈杜氏认为碧玉做得对，是该教些女孩子必须学的东西。

本来是想让小青教她女红，可这丫头不服管教，碧玉只好亲自教她。

大姐儿见无人帮她，只好委委屈屈地学。

碧玉平时温和比较好说话，管教女儿时特别严格，不许她偷懒。

刘瑛刚上手，感觉什么都不顺，就心里就动起脑筋来，"娘，我还小呢，不用学的这么早。"

碧玉板着脸，"我像你这么大时，已经会绣荷包了。可你却连最基本的都不会。"

刘瑛脸上露出讨好的笑容，"那是娘比较聪明，我……"

碧玉瞪了她一眼，"那你是自认为比较蠢笨吗？"她就不信收服不了这孩子。

"不是啦。"刘瑛缩了缩脖子，"您就让我歇一会儿喝口茶吧。"

碧玉心里真的好无奈，"你已经歇了好几次，喝了好几口茶了。"都怪她们太宠这孩子，把她宠的不知天高地厚。

刘瑛委屈的偷看她娘，小心翼翼地问道，"这个好难学的，我能不能不要学？"

碧玉也不生气，只是淡淡地问道，"那你要不要做刘家的女儿？将来要不要嫁为人妻？"

刘瑛小嘴一撇，"我不嫁人，不过我要做刘家的女儿。"她这种年纪对嫁人没有太大的认知，所以不会感到害羞。

"你这丫头。"碧玉狠狠戳着她的脑门，"无论是你祖母还是外祖母，所有女孩子都这么过来的。你娟姐姐早就开始学起，如今都能有模有样的绣出一朵花来。你要被她比下去吗？"只能从这孩子好强的性格着手。

刘瑛得意地抬着头。"可娟姐姐不识字，她是比不上我的。"

碧玉见她这模样摇摇头，嘲讽道，"她娘教过她识字，千字文她也会，你别小看人家。也别总以为别人不如你。"这丫头的性子不磨是不行了，要好好地调教，才能像个女孩子。

刘瑛听了这话不满的很，"娘您偏心，您帮着娟姐姐。"

"你才是我女儿，我干吗要偏着别人家的孩子？这只能说明你不如人家。"碧玉柔声劝道，"别再找借口，要是你学得不好，到时丢的是刘家的脸。"

刘瑛没办法了，"那我慢慢地学。"她做做样子吧，免得她娘骂她。

"用心点，只有花了心思才能学的好。"碧玉一眼就看出她的小心思，"要是学得不好，不许你再去读书。"想跟她玩心眼？真是人小鬼灵精。可惜道行不够。

刘瑛急了，她最喜欢读书了，而且还可以到处显摆。急的满脸通红叫道，"娘，您答应过我的，您允许我去读书的。"

"连女孩子最基本的技能都不会，还好意思去读书？"碧玉加重语气，"读书不过是让你识几个字懂些道理，女红管家厨艺才是根本，别不分轻重。我说到做到，你如果学得不好，以后都不许去读书。"不能太心软，这孩子真的太娇纵了。不教的话将来可怎么办？她还盼着女儿将来找户好人家，这种性子如果嫁到别人家有得苦头吃。做人家媳妇可不比做女儿，婆婆可不是自家的亲娘。

刘瑛到了此时，也没有办法，只好乖乖的学着这些东西，小手上扎的满是针孔。

碧玉虽然看到了，但还是强忍住心疼，依旧严格教导，每个女孩子都是这样学过来的，她小时候也是扎的满手是伤。

刘仁杰看到了心疼不已，为女儿求情，"娘子，你别把女儿拘得太紧。"

碧玉挑了挑眉，"她又到你那里哭诉了？"

"没有。"刘仁杰连忙否认，那丫头只是将自己的手展示给他看。

"相公，女儿就交由我调教，你别管这些。"碧玉靠在他身上，有些累，"你当初答应我的。"当初说好女儿由她管，儿子由他教。

刘仁杰还能说什么，"好好，都听你的。"

"我也心疼女儿，可这些是她必须要学的。将来她嫁到婆家，这些都是她立身的根本。"碧玉长叹了口气，"再说我只帮她打基础，后面我也教不了她。"

"怎么了？你真生她的气了？"刘仁杰误会了她的意思，急忙哄道，"她只是个孩子，何必跟她较真？"

"你想到哪里去了？"碧玉嘴角含笑温柔的眼睛，"你明日回家时帮我请个大夫。"

"大夫？"刘仁杰吓了一大跳，坐直了身体查看她的身体，"你哪里不舒服？怎么不早说？我马上让人请大夫过来。"说着要出去叫人。

碧玉一把拉住他，"这事不急。"

"身体不适怎么能不急……娘子，你是不是又有了？"刘仁杰突然开窍了，毕竟是最亲密的夫妻，妻子的身体情况他很清楚。

碧玉脸一红，微微点头，"好像是有了，不敢肯定。"

"怎么不早说？肯定是有了。"刘仁杰满脸喜气，"对，找大夫。"虽然已经是两个孩子的父亲，但听到这种好消息，还是乐不可支。

"天色都晚了，等明日再说吧。"碧玉连忙阻拦，"免得婆婆觉得我兴师动众的，不大好。"这要是真有了，还好说。要是落的一场空欢喜，别人怎么看她啊？

刘仁杰整个人沉浸在喜悦中，想不到这么多。"娘知道了肯定很欢喜，怎么会怪你呢？"前几日他给娘请安时，娘还唠叨家里只有两个孩子太单薄了，最好再多添几个孩子。当时他哭笑不得，这种事哪能说得准？

碧玉指着肚子扁了扁嘴，"我不能肯定啊。"

刘仁杰镇定了些，想了想明白碧玉的顾虑。不再嚷嚷着请大夫过府，心中下了决定，明日早点回家候消息。"有没有特别想吃的东西？我回家时帮你带回来。"

"没有特别想吃。"碧玉摇摇头，"你也不要先露出口风，免得让大家空欢喜。"

刘仁杰自然应了。

第二天兴冲冲地回来，身后跟着个大夫。

杜氏不知发生了什么事，心里直发慌，一个劲地追问家里谁身体不适？

刘仁杰只笑不答，杜氏心里若有所悟，看到大夫给碧玉把脉时，已经有了谱。

当大夫说碧玉有喜时，杜氏早已准备好诊金亲自送人出去。回来时满脸欣喜，"媳妇，以后的家务事就交给我，你不要操那么心。"

老人家喜欢子孙满堂，孩子是越多越好。刘仁杰只有一妻，也没有一个妾室或通房，她原本以为这一房子嗣会稀少，没想这儿媳妇这么会生。真是太好了，看着儿媳妇的眼睛全是满意和欢喜。

碧玉也是满脸笑容，"媳妇的身体不碍的，还能支撑几个月。等撑不住，自然求婆婆帮忙。"虽然已经有了一女一子，但能再生一个，也是件极好的事情。

杜氏一个劲地点头，"也好，千万不要硬撑，一切以肚子里的孩子为重。"此时碧玉的话就如奉旨般，她说什么都对。

碧玉点头应了，不一会儿吕家人都已知道，过来贺喜一番。

吴氏拉着碧玉的手细看她的脸色，还好，挺红润的。"女儿，大姐儿就由我来管教，我正好在教娟姐儿女红，让她过来一起学吧。"

本来娟姐儿的女红不是她亲自教的，但金氏此时快要临盆。两个孩子她帮着带，金氏知道吴氏的女红是一绝，亲自去求吴氏教自家女儿。吴氏想想也没事，就答应下来。

"还是我来吧，这孩子太任性，实在太难教。"碧玉何尝没想过将女儿送到吴氏那边学，可吴氏太宠大姐儿，恐怕不会真狠下心来管教她。

"你这种时候最不能伤神，还是我来，我会教好她的。"吴氏一迭声的保证，"我会严格待她的，绝不会心软。"

她也知道碧玉的顾忌，没办法，隔代是亲。只要大姐儿眼眶一红，她就心疼得紧，巴不得摘星星摘月亮的哄她高兴。

"是啊，娘子，你一手好女红都是岳母教出来的。"刘仁杰帮着说情，"我家大姐儿必能在她老人家的调教下大有长进的。"

既然都这么说，碧玉就将刘瑛交给吴氏管教，叮嘱了好久。刘玦依旧由杜氏亲自照顾。

胡雪儿亲自让下人带了半箱子小衣服鞋子过来，"妹妹，这是当初我娘家送来的，东西太多，这些都是我家诤哥儿没穿过的，给你肚子里的孩子用，你可别嫌弃。"

碧玉随手拿起一件，衣料软和绣工精致，都不是凡品。"这些都是亲家太太专门给嫂子准备的，我可怎么好意思？"

"诤儿长得快，这些都用不着。"胡雪儿笑道，"留给你家孩子用正合适。"

碧玉听了这话忙谢过，"那我就却之不恭了。"这些都是好东西，她甚是领胡雪儿这份情。

吴氏看着这一幕，心中很满意。这媳妇和女儿的关系修复的不错，媳妇的为人处事也有了长进。

日子过得飞快，一转眼就过去了两个多月。

碧玉守着家人过的风平浪静，有时去隔壁转转，陪陪吴氏说话。

这天她刚从娘家回来，刘仁杰正好也踏进家门，"娘子，出大事了。"

"什么事？"碧玉心里一咯噔，有些慌了手脚，不会又有坏事吧？

"别慌。"刘仁杰见自己吓着了妻子心中有些懊恼，忙扶住她笑道，"太师倒台了。"

"啊？"碧玉张大嘴惊讶的不行。"怎么会呢？前些日子不是风头正劲吗？"听说太师还从旁支挑了个女孩子送进宫，帮着贵妃娘娘固宠。

"那是最后的挣扎。"刘仁杰心情非常的好，笑个不停。悬在吕刘两家头上的乌云终于被移走，这下能睡个安稳觉了。

碧玉心急地追问，"什么罪名？你别光顾着笑，说清楚。"

原来太师和贵妃串通要谋反，结果被首辅大人打探出来密告皇帝，铁证如山让皇帝怒不可遏，结果就下旨查抄太师家，并从太师家里搜出了件龙袍。这皇帝吧，其他的事情还能容忍，这谋反是他最不能容忍的，想反了他家的天下，那是做梦。一下旨将所有的相关人等全抓了起来，一个也跑不掉。

"真的谋反吗？他们是不是昏了？"碧玉真不懂这些人在想些什么？好好的太平日子不过，想些愚不可及的事来做。不过这是小百姓的想法，那些有权有势的人想法不同，总想更上一层楼，握有更多的权势，能把整个天下握在手里，那是野心家们梦寐以求的事。

刘仁杰笑着看了她一眼，"这种事情谁知道？反正陛下认为是谋反，那就是板上钉钉的谋反罪。"金口玉言一开，谁也不能翻盘。

说的是，反正太师倒台对他们只有好处没有坏处。她最恨的就是李侍郎一而再再而三的对付他们刘吕两家，这下靠山倒了，他恐怕也要完蛋了。"李侍郎他呢？"

刘仁杰大笑几声，才开口道，"被关押起来，等着陛下最后的判决。"真是解气啊。当初将他们逼得无路可退，在大牢里关了那么久。现在却把自己送进了大牢，就不知会关多久？不过估计是关不久的。

碧玉一点都不同情，"太好了，这种人死不足惜。"出来混的，总要还的。

最后的结果三天后就出来了，贵妃赐白绫、太师赐毒酒、李言洪和其他主要党羽腰斩，犯官家属男的流放三千里发给披甲人为奴，女的充作官妓。

而吕登不仅复了职，还升了二级做了户部给事中，这是正五品。

这种结果让碧玉很是惊讶，不过跟刘仁杰谈过后，才知道吕登在这件事上是立了大功的，这是封赏。至于他做了什么事情，刘仁杰怎么也不肯说。

这几个月的变化大的让人目不暇接，从一开始的忧心忡忡到如今的欣喜若狂，这人生的跌宕起伏实难预料。

这种大喜事当然要好好庆贺一番，但吕登怕在这关口闹的太大，会太惹眼，劝说不要摆酒听戏。

吴氏想了想作了个权衡，她作主请上几个至亲好友摆上几桌，算是贺喜。戏台子就不请了。吕登听了也就点头同意。

内眷们都在刘家的后院吃酒，众人对着吴氏一个劲地奉承。

吴氏微笑着听了，不时地劝酒。而杜氏陪着陈太太说说笑笑，也能聊上几句。

正在这时，吕登急匆匆地跑过来，凑到吴氏耳边道，"娘，有贵客到了，快去迎接。"

"是谁？"吴氏跟着站起来，脸上茫然得很。

"出去便知。"吕登春风满面的卖关子。

来人是梅姑，昔日吴氏的教养嬷嬷，因缘际会成了首辅夫人，她也是吕登和刘仁杰几次化险为夷的贵人。

直到一年前，吴氏无意中知道此事，激动地跑去感谢，两家才有了暗中的走动。

梅姑带着两名丫环四名侍从，轻衣简车不惊动他人。吴氏又惊又喜的将她迎了进来，都是至亲也不用避开，都过来请安。

男子请过安后都退到吕家，只留下女眷陪着她老人家。

梅姑让丫环送上贺礼，四匹绸缎、两套宝石头面、一匣子首饰、一匣子名贵的宫中香粉。

吴氏请她坐在首位，"姑姑，您也不提前打个招呼，我也好准备一下。"最起码做些她喜欢的吃食。

"准备什么？不用。"梅姑年事虽高，但还是神采奕奕精神很好，"我今日特意过来喝杯水酒，不介意吧？"

"看您说的，姑姑是请都请不到的贵客。"吴氏亲手斟好酒奉上，"您尝尝，这是碧玉自己酿的五花酒，味道还算特别，不知能不能入您的眼？"

她知道梅姑爱喝几口水酒，而且这酒清冽可口，可以当成果子酒喝，对身体无碍的。

梅姑抿了一口夸道，"好酒，玉姐儿，走时送梅婆婆一坛。"对着自己喜欢的晚辈，她的性子依旧很爽快大方。

"是的，梅婆婆。"碧玉笑着应了。她是极喜欢这位老人家的。

其他女眷都是见过梅姑的，唯有孙太太是第一次见，眼睛不敢直盯着她看，心里却喜悦异常。这就是传说中的首辅夫人？天啊，吕家居然还有这门贵亲？怎么没听人提起过？真是太好了，她家的女儿果然是有福分，挑了门好亲。

梅姑饮了几杯，就被吴氏请进内室，碧玉也跟着后面侍候。

留下胡雪儿招待两位官家太太，只是几人的心思都有些走神，眼珠子都盯着门口。杜氏虽然也很想跟进去瞧瞧，无奈不合礼数。

碧玉的肚子有些显怀，不过还是亲自端着杯热茶奉上，"梅婆婆您喝口茶解解酒。"

"我只喝了几杯而已，醉不了人的。好孩子快坐下。"梅姑啜了口香茶，许久才道，"宝儿，这次我来此，一是为了贺喜，二是为了辞行。"本来不该来的，只是再不来恐怕就再没机会了。

"辞行？"吴氏浑身一震，"姑姑您要去哪里？"不会是她猜想的那样吧？

"我家老爷过几日就会上奏折辞官归故里，我自然也要跟着走。"这是早就安排好的计划，她临走前想再多看这孩子一面。

"这是为何？太师不是倒台了吗？"吴氏震惊的连连发问，"这种时候正是首辅大人大展身手之时，怎么能辞官呢？"她真的不明白事情怎么会这样？她原来还以为已经可以光明正大的和姑姑家走动了。这消息太突然了，让她一时接受不了。

碧玉也一脸震惊地看着她，怎么可能？

"我家老爷见惯世情，深知急流勇退功成身退的道理。"梅姑是赞成相公的想法，"他的年纪也大了，该是过些平静的日子。"何况她这些年跟着相公担惊受怕，早就过够了，好不容易有个能退步的机会，她是极力支持的。功名利禄虽好，但比起踏踏实实的生活，她更喜欢后者。

"可是……我好不容易才见到您老人家。"听到这里，吴氏已经知道这事成了定局，眼眶已经开始发红，"这才重逢多久啊，如今又要分离？我怎么舍得呢？"

"天下无不散的筵席，如果有缘自然能再见。"她拍拍吴氏的肩膀劝道。

话虽如此，吴氏深知此生再见，恐怕是不大可能。不由眼泪直流，"姑姑，我幼年时受您大恩，如今总算有了回报的机会，却不能稍尽心力，我实在……"

"别胡说，只要你们过得好，我就放心了。"梅姑的眼睛也红了，却小声斥道，"登儿是个有出息的孩子，将来必能大展宏图。申儿也是个好的，聪明俐伶听说书读的甚好。而玉姐儿夫妻和顺，婆婆慈爱。你下半辈子也不用愁的。"

吴氏心中一阵感动，只是这……"申儿这孩子虽好，可却是个不长进的孩子。"

"娘。"碧玉惊呼，吕申是幼子，所以最得吴氏疼爱，平时连声喝骂都舍不得。怎么突然在梅姑面前说这种话？发生什么事了？

"这话怎么说？"梅姑愣了愣，她打听到吕申是个很不错的

小家碧玉
XIAO JIA
BI YU 下

孩子。

吴氏蹙着眉，"他的志向不在仕途，而是在商界。"

碧玉心里惊讶的很，娘怎么会知道三弟的想法？他们兄妹都没提起过。吕申自己也不会傻乎乎地去说给娘听啊。

她哪里知道，知子莫若母，吕申心里的想法就算从来不说，但吴氏还是从他看的书写的东西里略知了一二，当她第一次知道时气的她想用尺打他手心。她只是想不到解决办法，将这些都憋在心里不说而已。

梅姑心思转了转劝道，"无论孩子想做什么都好，只要有恒心有毅力，不要好高骛远，那便是好的。"她毕竟见思的多，想法与众不同。

"姑姑，您不觉得丢人吗？"吴氏从小到大束手无策时都会向睿智的梅姑求助，这次见到她习惯性的又想求她帮着想办法解决难题。只是梅姑的话让她很是不解。

商人的社会地位极低，读书人听到这种想法都会嗤之以鼻。可身为天下读书人楷模的首辅大人的妻子，想法居然这么特别。

"怎么会，只要脚踏实地的努力肯干，还有一颗与人为善的心。"梅姑眼神清澈如水，"有这些就够了，再说你们家又不是一点根基都没有的人家，怕什么。只要自己不觉得丢人就行。至于别人的口水唾沫管他们呢？"

这些年的坎坷经历让她看破许多事情，眼光放的更远，心胸更宽阔。这天底下只要自己活得开心，别人的想法并不重要。

而吕登将来的前程远大着呢，听她家老爷说，过个十年二十年，他的成就不会在任何人之下。有这么个强而有力的后盾，还怕别人嘲笑吗？

吴氏听了这些话若有所失，只是一时之间还转不过弯。

碧玉却暗自为吕申感到高兴,她娘最听梅婆婆的话。就算一时想不通,但最起码不会再阻止。

"对了。"梅姑从怀里取出一张地契,"这次我们京城的宅子田地都会卖掉,只留下个五顷的小庄子,就在城外十几里处。我也没什么好送你的,这把这庄子送给你吧。"就当是纪念吧。

吴氏急的脸色发红,一个劲地摇手,"姑姑,我做小辈的都没送什么东西奉敬您,怎么能收您的东西?"

梅姑硬塞到她的手里,"收着,长者赐不敢辞。"

既然这么说了,吴氏忙俯身拜谢。

梅姑亲自扶起她,"起来,你平时让人送来的吃食点心,我都吃了,味道都不错。"

吴氏笑道,"有些点心是女儿做的。"

"玉姐儿是个好孩子。"梅姑疼爱地看着碧玉,"听说你又有喜了?"

碧玉脸一红,低下头去。

"等这孩子生下来时我们都出京了,我挑了个物件送给你肚子里的孩子。"说着话她又取出一对白玉龙凤佩,雕工精致的栩栩如生,一看就知道价值不菲。

"梅婆婆,我……"碧玉刚想推却,梅姑递给吴氏,"让孩子收下吧。"

吴氏忙替女儿谢过接了过来,都是至亲骨肉,再说她老人家不喜欢别人太客套。

三人叙话半刻,梅姑起身要走。

吴氏拉着她的手依依不舍,强忍住泪花。

梅姑先前已经发话不让她们到时候去送行,这次就当作是在京城的最后一面。

碧玉忙让下人拿了几坛五花酒,还有各种自家做的吃食点心,交给她家的下人。

梅姑说了好多话安慰她，又跟大家告辞，这才含泪离开。

是夜刘仁杰见碧玉躺在床上发呆，眉间有些闷闷不乐，"娘子，今天这么热闹，你怎么不开心？"不像是碧玉的性格啊，难道在酒席上发生了什么事？

"哥哥的大喜事，我怎么会不开心？"碧玉微微抬眼看他，"只是想到梅婆婆一家要走，这心里有些难受。"她也很舍不得这么慈爱的长辈离开。

刘仁杰没想到她是为了这件事而不乐，他已经从吕登那里得知了这一消息，"这是首辅大人的聪明之处，用这种办法保全自己。"

碧玉果然被吸引住注意力，眼睛睁得大大的，"什么意思？"

"太师那一派都倒台，下面的爪牙也都清洗一空。"刘仁杰用最简单的话跟她解释，"这样一来首辅大人在朝堂上就太扎眼了。适时的退步，是最聪明的自保。"

他原先也不明白，但听了吕登的一番话后茅塞顿开。当今陛下最喜欢玩制衡，两派相争，他才好控制局面。如今倒了一派，他岂能让另一派独大？肯定会寻机出手对付的。与其这样，还不如抽身远去。君臣之间也能留有余地，也算在青史上留下一段君臣相得的佳话。

"原来是这样。"听明白了这些内情，碧玉心里好受了些，"首辅大人明明是最忠于皇帝的，陛下他还不放心吗？"这身处高位的人是不是都有疑心病？

"帝王称孤道寡，你说呢？"刘仁杰一语正中要害。哪个皇帝没有疑心病？只要坐在那个位子由不得他不疑心。

说的是，这样一来也算是个好结局。免得到时狡兔死走狗烹，那才是她最不想看到的。拿出梅姑给她的玉佩，"你看，这是梅婆婆给我肚子里孩子的。"

刘仁杰凑上来细看，"怎么会送这么贵重的东西？还是龙凤佩？"感觉怪怪的，一般人都不会送这种东西。

碧玉疑惑地抬头，"怎么了？有什么问题吗？"她娘没觉得不妥才替她收下的啊。

刘仁杰低头想了一会儿，没想到有什么不对劲的地方。含笑道，"我只是见这玉色很温润，真是好东西。"或许是随手拿的，何必庸人自扰呢？

碧玉不再多问，身体靠在他温热的怀里，手里把玩着玉佩。他下意识地收紧胳膊，将她们母子抱得更紧，那种充实的感觉让他嘴角扬起淡淡的笑容。真好，有她陪在身边。

碧玉此时心里也是一腔温暖，她有父母疼爱、手足相护、婆婆爱护、相公疼惜、儿女双全，如此的人生她已经知足了，再过几个月就能迎来他们的第三个孩子。她不求大富大贵，只要平安快乐的和家人一起生活，于愿已足。

她就是如此平凡的女子，追求的也是这种平凡朴实无华的生活。